KB261153

깍주

제1부 외장外場

객주

1

김주영 장편소설

문학동네

차례

제1부 외장外場

숙초행로(宿草行露)

1

샛바람 사이를 긋던 빗방울이 멎자 금방 교교한 달빛이 계곡의 억새밭으로 쏟아져내렸다. 계곡에 널린 돌과 바위들이 차갑게 빛났다. 이경(二更)*이나 되었을까. 신선봉 협곡으로 내리쏟아지는 바람결에 간간이 여우 울음소리가 섞여 들려왔다.

계곡을 끼고 새재[鳥嶺]로 기어오르는 에움길*을 봉산 수숫대같이 키가 멀쩡한 불상놈 하나가 봉발(蓬髮)을 하고 열고나게 기어오르고 있었다. 보아하니 행색의 초라함은 양주골 홀아비 꼴이었지만 행전(行纏) 하나는 단단히 쳐져 있었고, 어디서 잡았는지 어깨엔 토끼 한 마리가 밀치끈*에 꽁꽁 묶여 매달려 있었다.

---

* 이경: 하룻밤을 오경(五更)으로 나눈 둘째 부분. 밤 아홉시부터 열한시 사이.
* 에움길: 굽은 길.
* 밀치끈: 마소의 꼬리 밑에 거는 나무 막대기 밀치부터 안장 또는 길마에 매는 끈.

사내는 부지런히 길을 줄이다가 문득 개천으로 내려가는 자드락 길*로 바꾸어 잡았다. 개천에는 낡은 복찻다리*가 가로놓여 있었고, 복찻다리 건너 기슭에는 박달나무 숲이 무성했다.

멀리 들리던 여우 울음소리가 퍽 가까워졌는데도 봉발의 사내는 개의치 않는 듯 다리를 성큼성큼 건너가더니 어깨에 메었던 토끼를 내려놓고 바윗등에 풀썩 걸터앉았다. 북두갈고리 같은 손을 동저고 리 속으로 집어넣더니 수리취*를 꺼내 부시를 치기 시작했다. 곰방대 를 피워 물고 사내는 달빛이 하얗게 내려앉은 계곡의 돌밭으로 눈길 을 주었다. 여우 울음소리가 금방 사내가 건너왔던 계곡 건너편 여울 목 어름에 와 있었다.

앉은자리에서 곰방대를 털고 사내는 신들메*를 고쳐 매었다.

박달나무 숲을 헤치고 나가자 다시 잡목 숲이 나타났다. 잡목 가지 들이 사내의 발길에 휘어 눕혀졌다간 다시 떨며 일어났다. 산새가 놀 라 밤하늘로 날아올랐다.

잡목 숲 저쪽엔 밤에 봐도 시커먼 큰 바위 하나가 산자락 옆으로 불거져 나와 있었고, 그 바윗등 뒤로부터 사람들의 말소리가 바람결 을 타고 두런두런 들려왔다. 낌새를 보았는지 바위틈 사이에서 패랭 이를 쓴 사내가 일어서더니 금방 잡목 숲을 헤치고 나오는 사내 앞으 로 잘똑거리며 걸어왔다.

"봉삼(奉三)인가?"

• 자드락길: 산기슭의 비탈에 난 좁은 길.
• 복찻다리: 큰길을 가로질러 흐르는 작은 개천에 놓은 다리.
• 수리취: 국화과의 여러해살이풀. 말려서 부싯깃을 만든다.
• 신들메: 들메끈. 신이 벗어지지 않도록 신을 발에다 동여매는 끈.

“예.”

“늦었네그려.”

“예.”

둘은 잠시 동행이 되어 바윗등 뒤에 있는 숯막까지 걸었다. 봉삼은 어깨에 멘 토끼를 숯막 앞 모닥불가에다 풀썩 내려놓았다. 모닥불가 에는 역시 동저고리 바람에 패랭이를 쓴 장한(壯漢) 셋이 삿자리를 깔고 앉아 오한을 들이고 있었다.

“객쩍은 소리들 그만하고 어서 서두르게.”

그중 건장해 보이는 불혹(不惑)의 사내가 그렇게 이르자, 자춤발이*가 토끼의 목에 걸린 밀치끈을 풀기 시작했다.

숯막 옆에 있는 다복솔에다 대고 소피를 끝낸 봉삼이 어깨를 으스스 떨며 모닥불로 다가오자, 앉았던 축들이 삿자리 한 곁을 내주었다.

불혹의 사내가 넌지시 물었다.

“어떻던가?”

“내왕은 벌써 끊어진 지 오랩니다.”

“첩첩산중이니까.”

옆에 있던 장한이 고개를 끄덕였다.

다시 옆에 앉았던 축이 느닷없이 샅으로 손을 집어넣더니 수퉁니* 한 마리를 꺼내 모닥불로 던졌다. 금방 콩 볶는 소리가 들리고 엷은 누린내가 풍겼다.

“담장은 역시 그대로지?”

• 자춤발이: ‘자춤거리는(약간 절면서 걷는) 사람’을 조롱조로 이르는 말.

• 수퉁니: 크고 굵고 살진 이.

“예.”

“근방은?”

“글쎄, 그게 좀 마음에 걸립니다.”

“뭐가?”

“집 근방에 외주물집*들이 많아요.”

모닥불가에 잠시 침묵이 흘렀다. 행수(行首)로 보이는 사내가 곰방대를 모닥불에 깊숙이 꽂아 불을 댕겨 물었다.

“축시(丑時)* 어름까지 기다리는 수밖에 없겠네.”

봉삼이 삭정이로 모닥불을 거두다가 행수를 쳐다보며 말했다.

“마을에서 곧장 샛길로 들어서지 말고 샛길 못미처 안돌잇길*로만 올라오면 감쪽같지요.”

“그렇게 하세.”

“쌩이질*은 없을 거구요.”

“요기하고 한잠 자두세.”

“예.”

“인시(寅時)*까지는 추달을 마치고 여길 뜨세.”

모닥불에선 금방 고기 굽는 누린내가 낭자하게 피어올랐다. 소싯적엔 송파(松坡) 객줏집의 감상칼자*였던 자춤발이 최돌이(崔乭伊)

• 외주물집: 마당 없이 길가에 바싹 붙여 지어 길 밖에서도 안이 보이는 작고 허술한 집.

• 축시: 십이시(十二時)의 둘째 시. 오전 한시부터 세시까지.

• 안돌잇길: 험한 벼랑에서 바위 같은 것을 안고 간신히 돌아가게 된 길.

• 쌩이질: 씨양이질. 한창 바쁠 때 쓸데없는 일로 남을 귀찮게 하는 일.

• 인시: 오전 세시부터 다섯시까지.

• 감상칼자: 숙수(熟手). 잔치와 같은 큰일 때의 조리사.

가 육편(肉片)을 일매지게˙ 발라내는 솜씨가 보통 아니었지만, 어지간히들 허기가 들었던 모양으로 제법 중강아지만한 토끼 한 마리가 다섯 사람의 장한들에겐 요기랬자 언 발에 오줌 누기였다.

"옴 오른 덕분에 그것 긁는다고 그놈 때문에 고기맛은 봤어."

패랭이를 벗어 삿자리에 던지며 자춤발이 최가가 짧은 혀로 잇몸을 핥았다.

봉삼을 따라 개천을 건너왔던 여우 한 쌍이 불을 보고 놀라 멀리 산기슭을 타고 올라서선 숯막께를 내려다보며 몇 번인가 길게 목 놓아 울었다.

"저것들이 어디서부터 따라왔던가?"

"마을 초입에서 만났지요."

"잉걸불˙을 덮게."

일행이 모닥불을 덮는 사이, 행수는 행전을 풀어 속에 넣어둔 쇠좆매˙를 어름하여 만져보았다. 그리고 다시 행전을 단단히 치고 숯막으로 들어갔다.

봉삼 혼자만 불가에 남기고 넷은 행수를 따라 숯막으로 기어들어 잠을 청했다. 그러나 밖에 있는 봉삼은 물론이거니와 자리를 봐서 숯막에 누운 행수 조성준(趙成俊)을 비롯한 세 사람의 장한들도 잠을 청할 수가 없었다. 모두들 헛기침을 하며 엎치락뒤치락하여 삼경(三更)˙이 넘고 있었는데도 남모르게 뜬눈들이었다.

˙ 일매지다: 모두 다 고르고 가지런하다.

˙ 잉걸불: 다 타지 않은 장작불.

˙ 쇠좆매: 황소의 생식기를 말려 형구로 쓰던 매.

˙ 삼경: 하룻밤을 오경(五更)으로 나눈 셋째 부분. 밤 열한시부터 새벽 한시 사이.

가슴들이 두근거렸고 그 두근거림은 자정이 넘어가선 더욱 심사를 괴롭혔다. 만약 이번 일이 만에 하나 송도 오이장수 꼴이 된다면 고을 관아로 끌려갈 것은 뻔한 일일 테고, 주리 압슬*에 단근질*로 모진 닦달을 겪으며 섭산적이 되도록 맞아야 할 판국이었다. 아니, 단근질은 고사하고 세상 다시 볼 가망조차 없어질지도 몰랐다. 이 거사를 맡아 나선 게 크게 일을 저지른다는 후회도 감돌았지만 삼경이 넘어 사경에 이르자, 밖을 지키던 봉삼이 서리 맞은 동저고리를 후줄근하게 늘어뜨리고 숯막 안으로 기어들었다.

"축시요."

봉삼의 말이 떨어지자, 잠든 줄 알았던 네 사람이 뱀 만난 여치들처럼 화들짝 놀라 일어나 앉았다. 숯막 속은 찝찔한 냉기가 감돌았고, 온새미* 통나무를 떠다 붙인 문짝은 습기로 젖어 뻑뻑하였다.

밖으로 나오니, 달은 구름에 싸여 보이지 않았고 모닥불은 다시 환하게 피어 있었다. 일행은 모닥불 주변에 둘러앉아 용집*이 밴 버선을 세코짚신*에 꿰고 신들메를 죄었다. 그리고 행전을 다시 단단히 고쳐 쳤다.

다섯 사람의 얼굴들엔 전에 없이 새하얀 살기조차 감돌았다.

"우렁이도 집이 있는 판국에 이런 행색으로 석삼년이니, 젠장."

---

* 압슬: 조선 시대에, 죄인을 심문할 때에 무릎을 꿇게 하고 널빤지나 돌로 그 위를 몹시 누르던 일.

* 단근질: 불에 달군 쇠로 몸을 지지는 일.

* 온새미: 가르거나 쪼개지 아니한 생긴 그대로의 상태.

* 용집: 버선 위로 내밴 더러운 땀 얼룩.

* 세코짚신: 발을 편하게 하기 위하여, 앞의 양편에 약간씩의 총을 터서 코를 낸 짚신.

발에 난 티눈 때문에 고생이 자심한 최가가 입엣소리로 투덜거렸을 뿐 모두들 말이 없었다. 행수 조성준이 외질멜빵의 괴나리봇짐을 풀어 입맷거리*로 섣달받이 북어 다섯 마리를 삿자리에 던졌다.

"가세."

일행은 다시 잉걸불을 껐다.

처음 계획은, 행수와 최가가 숯막에 그대로 남고 봉삼을 비롯한 장한들만 마을로 올라가 일을 벌이기로 작정한 터였으나, 워낙 앞일을 예측할 수 없었으므로 중론에 따라 일행 다섯이 함께 행동하기로 작정한 것이었다.

일행은 곧장 숯막을 떴다. 봉삼이 길라잡이가 되어 앞장서고 최가가 맨 뒤로 처져서 소한테 물린 놈처럼 자국 없이 비틀거렸다. 수잠*이 덜 깬 탓이었다. 앞서 이경쯤에 봉삼이 건너왔던 개천의 복찻다리를 다시 건너가는데, 씨양이질이라면 이골이 난 최가가 수젓집을 놓고 왔다고 안달복달이었다.

봉삼이 다시 되돌아가서 모닥불더미에 꽂힌 수젓집을 찾아 들고 왔다.

"그 사람, 수월찮이 사람 속을 썩이누먼."

아기똥거리며 걷던 최가가 헤헤 웃었다. 행수가 한마디 나무랐을 뿐 모두들 입이 뜬지 말들이 없었다. 숙수(熟手) 출신답게 붙임성이 있어 최가는 조성준을 따라다닌 지 이제 3년이었다.

일행은 개천을 얼른 건너 다시 수목이 자욱한 에움길로 숨어들었

---

* 입맷거리: 겨우 허기를 면할 정도의 음식.
* 수잠: 깊이 들지 아니한(못한) 잠.

다. 계곡의 물소리만 지천일 뿐, 숲속 길은 적막하기 이를 데 없었다.

얼마를 걸었을까. 신선봉이 왼쪽 겨드랑이로 훨씬 가깝게 다가서자 그토록 낭자하던 계곡의 물소리가 문득 숨죽인 듯 귀에서 멀어졌다. 옷은 안개를 먹어 금방 몸에 착 달라붙었고, 숯막을 나설 때 느꼈던 한기는 가시고 목덜미에 땀이 후줄근하게 배어났다.

앞에 선 봉삼에겐 익숙한 길인 터라 일행은 지체 없이 걸어 축시가 다할 즈음 마을 어귀가 희미하게 올려다보이는 노송 숲에 이르렀다. 이제 고사리(古寺里)에 이른 것이다.

"이놈이 여기까지 와 있구나."

노송 등걸에 손을 얹으며 행수 조성준이 혼잣소리로 탄식했다.

"어찌하렵니까?"

땀을 닦던 한 장한이 물었다.

봉삼이 마을 어귀를 가리키며 나직이 말했다.

"저 골목으로 쑥 들어간 상두받잇집*입니다."

벽항궁촌(僻巷窮村)*이었다. 얼추잡아 20여 호나 될까. 그런 동네가 추녀들을 산자락에 내리고 납작 엎드려 있었다.

"가세."

이제부턴 행수가 앞장을 섰다.

일행은 노송 숲 안에 있는 채전을 지나 마을을 멀찌감치 두고 우로(迂路)*로 접어들었다. 일행은 걸음을 빨리하였다. 역병을 앓는 마을처럼 사위는 쥐 죽은 듯 적막하였다. 일행은 내처 걸어 봉삼이 가

• 상두받잇집: 지나가는 상여가 그 집 대문을 정면으로 마주친 뒤에 돌아나가게 된 집.

• 벽항궁촌: 외진 곳에 있는 가난한 마을.

• 우로: 멀리 돌아가게 된 길.

리킨 마을 뒤편 상두받잇집 뒤꼍에 도착했다. 감나무 서너 그루가 서 있는 뒤꼍은 삭은 바자가 쳐져 있었고, 감나무 아래엔 버캐가 허옇게 낀 오줌장군 하나가 휑뎅그렁하게 놓여 있었다.

조성준과 최가만 뒤꼍 봉창 아래에 남고 세 장골들은 울바자를 돌아 지체 없이 사립문으로 갔다. 문은 쉽게 열렸고 집 안은 쥐 죽은 듯 적막했다. 안방과 건넌방 앞에는 제법 반듯한 쪽마루가 있었고, 정지* 옆에는 마구간이 있었다.

세 사람은 손바닥만 한 남새밭을 곁들인 뜨락을 얼른 건너 곧장 안방 문을 열고 방 안으로 숨어들었다. 방 안에서는 이렇다 할 움직임이 없었다. 세 장골들은 방 안의 눅눅한 어둠을 익히느라고 잠시 그대로 있었다. 외짝 바라지는 열어둔 채였다.

바로 그때였다. 홑이불자락이 활딱 젖혀지면서 웃통을 벗은 봉발의 사내가 자리에서 일어나 앉으며 소리 질렀다.

"웬 놈들이냐?"

때를 같이하여 장골 하나가 달려들어 연놈이 덮고 있던 홑이불자락을 홱 걷어젖혔다. 그리고 두 사람이 달려들어 알몸의 사내를 끌어내어선 밀치끈으로 포박을 짓고 매듭에다 대추나무 조리개를 끼워서 요동 못 하도록 꽉 죄어놓았다.

"이게 무슨 해코지여?"

사내가 포박을 받으면서 겁먹은 소리로 앙탈을 부렸는데도 세 장한들은 대답이 없었다.

초저녁참 요분질*에 고초깨나 겪었던지 한참 부산을 떤 그때에야

---

* 정지: '부엌'의 사투리.

계집이 파르르 떨며 일어났다. 처음엔 어수선함을 남편의 잠투세로 알았으나 방 안의 새물내*와 찬 기운에 놀라 잠에서 깬 것이었다.

계집 또한 알몸이었다. 오목주발을 엎어놓은 듯 흐벅진 젖통을 수습하기 위해 저고리 찾느라고 어두운 방바닥에 손을 내어 휘저으니 아랫도리의 허연 비역살*이 또한 드러났다. 그러나 이 난장판에 그것이 찾아질 리 만무였다. 초저녁에 횃대에 걸어둔 옷을 잊어버린 것이었다. 계집이 젖통을 감싸쥐고 체머리를 앓듯 떠는데, 어느 장한이 씨부렸다.

"그년 사당년답게 육덕은 한번 흐벅지구나!"

계집은 밑도 끝도 없이 젖혀놓은 홑이불자락으로 머리를 처박고 모질게 파고들었으나, 봉삼이 홑이불을 걷어 뜨락으로 내던져버렸다.

재갈이 물린 사내는 그런 꼬락서니를 뻔히 눈 뜨고 바라보고 있었으나 지금 당장 어찌할 도리가 없어 염천 학질에 걸린 몰골로 떨고만 있었다.

"그놈을 끌어내게."

뒤껼 봉창 밑에서 기다리고 있던 조성준이 어느새 뜨락으로 돌아와 서서 나직이 일렀다.

포박 지은 사내를 밖으로 끌어내며 봉삼이 물었다.

"오쟁이*에 쌀깝쇼?"

"재갈을 물렸으면 싸게. 복물*같이 보이게 하게."

장한 셋이 사내를 밖으로 끌어내는 동안, 뜨락에 서 있던 조성준이 엇바뀌어 방 안으로 들어섰다. 그는 횃대에 걸려 있는 계집의 옷을 걸어 한쪽 벽 아래 붙어 앉아 바들바들 떨고 있는 계집에게 던져주었다.

"오색잡년인들 앞은 가려라."

그러나 계집은 미동도 하지 않았다.

"이년, 목소리로도 내가 누군지 이제 알았느냐?"

던진 홑저고리를 황급히 끌어안던 계집이 그 순간 까빡 죽는 시늉을 하였다. 홑저고리로 가슴을 미처 수습하지 못하고 계집은 벽에 기댄 채 그만 기절해버렸다.

"요절을 낼 년."

조성준이 씨부렸다.

"다 됐습니다요."

뜨락에 선 봉삼이 일렀다.

"잠깐 이리 들어오게."

봉삼이 얼른 방으로 들어왔다.

"저년을 벽 쪽으로 돌려 앉히게."

계집에게 다가간 봉삼이 난감한 낯빛이 되어 뒤돌아보며 말했다.

"기절했습니다요."

"과히 걱정할 게 못 되네."

조성준이 벽 쪽으로 앉혀진 계집에게 다가가서 치렁치렁 늘어진 머리채를 왼손으로 감아 올려쥐고 행전 속에서 장도를 꺼내 들었다.

---

* 복물: 소나 말 따위에 실어 나르는 짐.

그리고 머리채를 싹둑싹둑 잘라나갔다. 기절에서 깨어난 건지 아닌지 계집은 이렇다 할 반응이 없었다.

조성준은 장도를 다시 행전 속에 끼워 넣고 잘라낸 달비[*]는 똘똘 말아서 괴나리봇짐 속에다 쑤셔박았다. 그리고 다시 봉삼에게 일렀다.

"마구간으로 가서 작두를 들고 오게."

"작두요?"

봉삼이 어둠 속에서 눈이 휘둥그레져서 되물었다.

"그러게."

조성준의 목소리는 담담했다.

봉삼은 한참이나 마구간 옆에 있는 헛간을 헤매다가 작두를 찾아 가지고 방 안으로 들고 들어왔다.

"재갈을 물리게."

봉삼은 계집 앞에 놓인 치마를 빼앗아 들었다. 계집은 이제 기절에서 깨어난 듯 치마를 뭉쳐 드는 봉삼의 손목을 잡고 왼고개를 치기 시작했다.

봉삼의 팔이 떨리고 있었다.

"일각이 촉박하이."

조성준의 재촉이었다. 그는 계집 앞에 놓인 작두 칼끝을 한 손으로 열어서 잡고 서 있었다.

봉삼은 치마끈으로 계집의 입 언저리를 단단히 묶었다.

"오른쪽 발등만 올리게."

봉삼이 계집의 맨발을 잡아끌어 작두에 올려놓고 손을 바꾸어 잡

• 달비: '다리'의 사투리. 여자의 머리타래.

는 순간 바람 소리를 내며 작두가 아래로 내리쳐졌다. 짧은 순간의 일이었다. 계집의 목줄기가 허공에서 길게 뻗으며 부르르 떨었다. 재갈이 물려 있었지만 가슴이 찢어지는 듯한 비명을 토해내면서 계집은 금방 탈진해버렸다. 봉삼이 얼른 치맛말기를 북 찢어 피가 낭자한 계집의 발을 싸매었다.

"너 하찮은 한목숨, 내 금방 작살을 내고 싶으나, 그러나 그것도 목숨이 아니냐. 손바닥만한 장토(庄土)라도 부쳐먹으며 연명할 줄 알았다. 그 반반한 낯짝으로 하필이면 송파 저잣거리 중노미°와 사통(私通)을 하다니. 발뒤축이 잘려도 여각°의 서답° 수발이나 들병장수쯤으로는 연명하기 가히 어렵지 않을 테니 살길을 도모해라. 네년의 구멍에다 관솔불을 꽂아도 시원찮지만 갈 길이 촉박하이. 연때가 맞으면 또 만날지 누가 알겠나."

조성준이 싸늘하게 씨부리는 동안, 봉삼은 고개를 꺾고 가만히 서 있었다.

"가세."

두 사람이 문을 닫고 뜨락으로 내려서자, 보쌈이 된 사내를 한 장골이 등에다 들쳐멨다. 네 사람이 사립짝을 예전대로 닫고 다시 왼쪽 울바자를 돌아나오다보니 최가가 보이지 않았다. 뜨락 안을 조급히 살피는데 채전 옆 측간 뒤에 최가가 엉거주춤 앉아 있었다.

"성님, 거기서 뭘 해요?"

봉삼이 물었으나 한참 만에 최가가 느릿느릿 대답했다.

• 중노미: 음식점, 여관 따위에서 허드렛일을 하는 남자.

• 여각: 객줏집.

• 서답: 빨래의 사투리.

"액막이하고 있네."

뒤를 보는 것이었다.

"새남터 귀신 될까 걱정이 태산 같소, 성님."

봉삼이 삐뚜름하게 씨부리자, 최가는 얼른 뒤를 남기고 걸어 나왔
다.

다섯 사람은 마을 뒤를 돌아 산길을 오르기 시작했다.

오경(五更) 초입을 넘어 닭이 홰를 칠 때가 가까워진 탓도 있었지
만, 봉충다리에는 울력걸음*이라고 최가도 별 탈 없이 따라붙었다.

오리무중의 산길을 내처 오르던 행렬이 막 한 굽이 솔숲길을 돌아
억새와 갈대가 흩어진 계곡의 늪지대가 저만치 왼쪽으로 내려다보이
는 조그만 개활지에 나섰을 때였다.

"내려놓게."

앞서던 조성준이 헛기침 끝에 나직이 일렀다. 일행은 보쌈을 한 사
내를 내려놓고 잡목 숲 바윗등에 흩어져 앉았다. 고사리를 떠난 지
한 식경이나 되었을까. 멀리 어둠 속에서 닭이 홰를 치는 소리가 자
지러졌다. 고개를 드니 시꺼먼 마패봉이 앞으로 성큼 다가와 있었다.

일행은 고사리를 떠나는 길로 새재 쪽으로 내처 걷지 않고 내왕이
없는 마패봉 산자락을 바싹 안고 돌아 지름재 쪽으로 방향을 바꾸어
잡았었다. 동화원(東華院)에서 고사리를 잇는 평탄한 상로(商路)를
버리고 석문다리 계곡과 지름재를 잇는 마패봉 산자락을 탄 것은 나
름대로 까닭이 있었다.

일행이 다섯이어서 호환(虎患)이야 두려울 바 아니었지만, 상푸실

〔上草里〕과 혜국사(惠國寺) 가는 길이 나뉘는 길목에 산적이 지키고 있다는 소문이 근간에 파다하게 퍼지고 있는 터였고, 단양과 충주로 가는 경상도 윗녘 지방의 봉물(封物)이나 세곡(稅穀) 바리가 지나는 길을 피해 가자는 심산이었다.

조성준은 쌈지에서 막초를 꺼내 곰방대에다 꾹꾹 힘주어 다져넣고 수리취에 불을 댕겼다. 그는 부스럭거리는 보쌈의 사내를 담담하게 내려다보며 곰방대의 연기를 한 모금 길게 빨아들여 허공에다 뿜었다.

한 가닥 회한이 가슴을 저며왔다. 이름도 성도 모르는 저놈을 추달하면 저간의 사정이 밝혀지겠지만, 이제 와서 저놈의 토설을 귀에 담아 챙긴들 무슨 잇속이 있겠으며 한이 풀릴 까닭 또한 없을 것 같았다.

젊은 계집이 그렇게 된 연유가 따지고 보면 조성준 자신의 팔자소관이 아니겠는가. 계집과 옹기그릇은 혼자 두거나 바깥으로 내돌리지 말라지 않았던가. 최가와 일행이 되어 오매불망으로 계집을 찾아나선 지 3년. 이제 그 여한을 풀려는 마당에 생각보다 몸이 따라주지 않는 것이 무엇에 연유하는지 막연하고 슬펐다.

"망할 년, 늙은 서방 마다하고 사통을 했으면 비린 자반 처먹을 입장은 되어야지……"

나직이 중얼거리며 조성준은 바윗등에다 툭툭 곰방대를 털었다.

"그놈을 저리 끌어내 재갈을 풀게."

화톳불을 지피던 장한들이 금방 달려들어 사내를 쌌던 오쟁이를 젖히고 밀치끈으로 매었던 포박을 풀었다. 조성준은 행전 속에 감추었던 쇠좆매를 꺼내 들었다. 초장부터 한번 얼혼이 빠졌고, 여차하면 걸쭉한 발길질이 쏟아질 걸 알고 있는 듯, 사내는 재갈이 풀렸는데도 봉발인 두상을 사추리에 처박고 앉아 있었다. 사내는 이 분란의 맺히고 끊긴 데를 알지 못했지만 목숨이 위태롭다는 상황만은 알아차려 불문곡직하고 느닷없이 땅바닥에 넙죽 엎어지더니 입정을 놀렸다.

"어느 관아에 계시온데 이토록 작폐가 막심하옵니까?"

"그놈 중노미답게 어설픈 문자는 등 너머로 익혀 아는구나."

봉삼이 대뜸 반말거리로 이죽거렸다.

"숭스럽다, 이놈. 그 잘난 것이나 가리고 대거리해라."

장한이 가지고 왔던 홑바지저고리를 사내 앞으로 풀썩 던졌다.

"도대체?"

제법 기운을 차린 궐자는 고개를 쳐들고 불빛에 등을 지고 선 다섯 사람에게 막연히 물었다.

"똥 싼 주제에 매화타령이라더니 이놈아, 도대체 도대체 하면 어디 사화술이라도 내겠다는 거냐? 네놈을 관아로 끌고 갔었다면 벌써 요절이 났을 거다. 그러나 이놈, 우릴 갯바닥 왈짜*쯤으로 알았다간 큰코다친다."

장한 둘이 달려들어 궐자를 바위 옆 돌무더기 위에 앉히고는 발길질을 시작했다.

"네놈이 비록 하천의 무리로서 객줏집에 중노미질로 연명하였다고 하지만 인륜을 배반했으니, 너 이놈 기왓장꿇림*은 고사하고 불을 까도 시원찮다. 오지랖이 넓어도 분수 나름이지."

우두망찰하여 어둠 속에 시선을 던지고 있던 궐자가 그 소리에 문

• 왈짜: 말이나 행동이 단정하지 못하고 수선스러운 사람. 왈패.
• 기왓장꿇림: 기왓장을 깨놓은 위에 범법자를 앉혀 고통을 주던 형벌.

득 정신이 든 듯 느닷없이 앉았던 자리에서 벌떡 일어서면서 두 손으로 빌었다.

"저는 죄가 없습니다."

중노미 송만치(宋萬致)가 손사래를 치며 벌떡 일어선 것은 내심으로는 생각이 있어 한 짓이었다. 사람을 돌무덤 위에 앉히고 얽죽박죽 밟아대니 정강이를 타고 옹골차게 치받고 오르는 고통을 참아낼 재간이 없어, 여차하면 계곡 아래로 냅다 튈 요량으로 그렇게 한 것이었다. 그러나 사내 다섯은 한순간도 그에게서 시선을 떼지 않았고, 지금 이 자리가 어디쯤인지 금방 짐작하기도 어려웠다.

그러나 송파를 떠나 새재 고사리골에 정착하면서부터 새재를 넘는 행객들의 길라잡이나 월천(越川)꾼*으로 연명해왔던 터라, 앞만 쳐다보아도 여기가 마패봉 산자락 아래라는 것쯤은 금방 눈치챌 수 있었다. 그러나 상대도 그렇게 호락호락한 소소리패*들은 아니었다.

만치가 일어서는 시늉을 하자, 곽쥐* 형제같이 우락부락하게 생긴 장골이 다가오더니, 등골을 되받아 찍어내리면서 오금을 박았다.

"이놈 봐라, 심보가 염초청(焰硝廳) 굴뚝 같은* 놈. 이놈, 행여 딴 마음 먹지 마라."

그 한 놈쯤이야 왼배지기로 꼬라박을 수 있을 만큼 중노미 만치의 기골도 그렇게 호락호락한 편은 아니었다. 그러나 상대들이 설쳐대는 꼬락서니를 보니 그런 알랑수가 통할 것 같지도 않았다.

• 월천꾼: 사람을 업어서 내를 건네주는 것을 업으로 하는 사람.
• 소소리패: 나이가 어리고 경망한 무리.
• 곽쥐: 예전에 세력을 떨친, 곽준의 여덟 형제의 별명.
• 염초청 굴뚝 같다: 마음이 검고 엉큼하다.

행티를 부리고 있는 불상놈들의 거동을 보건대, 그들 역시 경강(京江) 여각의 사노(私奴)쯤의 행색을 못 벗어난지라, 경망중에도 만치는 목청을 가다듬어 제법 으름장을 놓았다.

"이놈들, 이런 패악 부리다가 나중 일은 어찌하려느냐?"

"칠월 더부살이 여편네 속옷 걱정 한다더니, 이놈아, 네 코가 지금 열댓 발이나 빠졌다."

"도대체 무슨 이유로 이런 패악질이냐?"

"네 죄를 모르겠느냐?"

"나는 죄지은 백성이 아니오."

"이놈, 변설 한번 도도하구나. 그럼 좋다. 남의 계집 끼고 자면서 그때마다 해우채°라도 건넸더란 말이냐?"

"내 계집을 내가 데리고 자는데 해우채라니? 그게 무슨 얄궂은 소리여?"

"이놈 아직 멀쩡한데그려. 그럼 그 계집 옭아갈 때 왁댓값°이라도 건넸더란 말이냐?"

중노미 송만치는 이제 할말을 잃었다. 이들이 누구이며 자기가 어디쯤 와 있다는 것이 가히 짐작이 갔기 때문이었다.

행수 격인 놈이 누군지도 알았고, 이제 이 분란 속을 벗어나기는 만에 하나라도 기대를 걸 수 없게 되었다는 것도 알았다.

한 가닥 후회가 가슴을 찔러왔지만 지금 당장은 이 신고(辛苦)를 벗어나는 것이 상책이었다. 그러나 도대체 그럴 틈이 보이지 않았다.

• 해우채: 기생, 창기 따위와 관계를 가지고 그 대가로 주는 돈.
• 왁댓값: 자기 아내를 딴 남자에게 빼앗기고 그 사람으로부터 받는 돈.

"저리 비키게."

그때 조성준이 매타작이던 일행을 내치고 만치 앞으로 다가왔다.

"이놈, 내 널 찾아 조선 팔도를 삼 년이나 떠다녔다."

"댁은 뉘시오?"

핏자국이 낭자한 얼굴을 들어 만치는 조성준을 올려다보았다. 그러나 화톳불을 등지고 서 있는 조성준의 윤곽만 먼동이 트기 시작하는 허공에 역력할 뿐 분명하게 얼굴을 뜯어볼 수가 없었다.

"숙맥불변(菽麥不辨)이라더니 내가 누군지 아직 모르겠느냐?"

"알 까닭이 없지요."

만치는 그렇게 억지를 쓸 도리밖에 없었다. 언행이 제법 골격을 갖춘 것으로 보아 소소한 왈짜들과는 신분이 달라 보였지만, 송만치 역시 대자〔五尺〕 장대를 휘둘러도 거칠 것 없이 쪽 빠진 외톨박이로, 막바지에 이르렀다 하면 눈에 보이는 것이 없이 되어 있었다.

입이 열이라도 한마디 말 없어야 할 놈이 아동판수 육갑 외듯* 악성을 지르고 포달*을 떨자, 조성준도 더이상 참아둘 도리가 없는 모양이었다.

"상판대기가 꽹과리 같은 놈."

조성준이 두어 발 뒤로 물러서더니 드디어 쇠좆매 한끝을 허공에 꼬나들었다.

쇠좆매가 시월 새벽의 숙살지기(肅殺之氣)*를 한 바퀴 휘감아선

가파르게 가르는 소리와 함께 송만치의 등줄기에선 불이 튀었다. 만치는 울컥 하고 상체를 한 번 보채다가 옆에 있는 바윗등에 금방 코를 처박았다.

그렇게 매가 떨어지기를 대여섯 번, 쇠좆매에 살점이 붙어 떨어지는지 만치의 등줄기에선 서답 치대는 소리가 났다. 송만치의 삭신이 바윗등에 걸쭉하게 퍼져 자빠졌다. 봉삼이 다가가서 중노미의 눈자위를 뒤집어보았다.

"그놈 양물을 잘라라."

조성준이 멀찍이 물러서면서 말했다.

"아예 후환을 없애버리잖구요."

"아니다."

"관재가 뒤따릅니다요."

"그것도 인명이다."

"뭘 그러십니까? 여기까지 와서 이놈을 설삶아놓을 수는 없지 않습니까요. 아예 염까지 해버립시다요."

"성님, 해코지만 하려고 삼 년을 찾아다녔습니까요?"

한 장골의 말을 되받아 최가가 성화를 부으나,

"양물을 자르게. 그것이면 여한이 없네."

조성준은 더이상 말이 없었다.

봉삼이 다가가서 널브러진 사내의 부살에다 싸늘하게 식은 장도를 대었는데도 혼절해버린 중노미 송만치는 요동도 하지 않았다. 조성준이 봇짐 속에서 한 꿰미의 엽전을 꺼내더니 만치의 가슴 위에다 풀썩 던졌다.

"그놈, 이제 색탐하긴 글렀군."

화톳불에 소피를 갈기던 최가가 씨부렸다.

"자, 어서 뜨세."

조성준이 다급해지자, 봉삼은 자신의 행전을 북 찢어서 유혈이 낭자한 만치의 부샅을 싸매었다.

2

벌써 마패봉이 뿌옇게 밝아와 등성이의 노송 가지가 꺼뭇꺼뭇 보일 정도로 새벽은 깨어 있었다. 넷은 행구들을 챙기기 시작했고, 조성준은 곰방대에 불을 댕겨 물었다. 인시가 다하기 전에 지름재와 석조다리 길목이 서로 갈라지는 계곡까지 내려가야 했다. 그곳에 있는 상엿집에 조성준이 숨겨둔 황앗짐*이 있기 때문이었다.

일행은 다시 봉삼과 조성준을 선머리로 하여 석조다리 쪽의 내리막길로 들어섰다. 길은 매우 험했다. 잡목이 무성하게 자라서 어지간한 에움길은 흔적조차 없었고, 겨우 길을 찾아 나섰다 하면 낭떠러지가 저 아래로 내려다보이는 안돌잇길이 위태롭게 걸려 있었다.

사정이야 어쨌든 사람을 해하고 길을 피해 간다는 속사정 때문에 걸음들은 빨라서 날이 완전히 샐 녘에는 지름재로 올라가는 상혜(霜蹊)* 길목쟁이가 저만치 올려다보이는 상엿집 앞에 이르렀다. 등허리엔 땀이 후줄근하였고 아랫도리 행전은 무서리에 비껴 오줄없는*

• 황앗짐: '황아'는 온갖 '잡화'를 이르던 말.
• 상혜: 서리 내린 길.

월천꾼 꼴이었다. 모두들 한시라도 빨리 고사리에서 멀어지고 싶은 심중이었는지라 쉴 참 없이 열고내어 달려온 셈이었다.

길길이 자란 노송들이 산비알에 무성했고 상엿집은 그 노송들 사이에 있었다. 그저께 밤에 숨겨둔 황앗짐은 그대로 있었다.

장골 두 사람은 썼던 패랭이를 벗어 불태우고 맨상투 바람이 되었다. 잠시 숨을 돌리고 황앗짐을 찾아내어 괴나리봇짐으로 나누어 지고는 내친걸음으로 지름재를 넘기 시작했다. 중화*참까지는 문경 땅 꼭두바위까지 닿아야 했다.

처음엔 장한 두 사람과 조성준 일행이 상엿집 근처에서 이별하기로 했던 것이나 혜국사 길목 근처에 산적들이 횡행한다기로 문경 땅 외곽까지 동행하였다가 적당한 곳에서 헤어지기로 작정한 것이었다.

일행은 지름재의 내리막길을 한참이나 내려가서 미륵골 뒷마을을 피해 돌아서 하늘재를 넘었다. 조성준의 재촉이 성화같았으므로 하늘재 쉴 참에서는 모두들 기진맥진이었다.

장골 두 사람은 이번 일로 약조된 행하(行下)*가 아직은 조성준의 수중에 있었으므로 큰 행짜를 부리진 않았지만, 쉴 참마다 시큰둥한 낯짝이 되거나 눈꼬리를 새우처럼 꼬부려가지고 조성준을 쳐다보곤 하였다.

실은 두툼한 행핫돈에 혹하여 여기까지 불원천리(不遠千里)하고 따라온 것이지, 까놓고 말하라면 조성준의 계집이야 어느 잡놈과 사통을 해서 놀아나건 남의 제사에 감 놓아라 대추 놓아라, 굴러

• 오줄없다: 하는 일이나 태도가 야무지거나 칠칠하지 못하다.
• 중화: 점심.
• 행하: 일한 대가로 주는 돈이나 물품.

간다 주워놓아란 식으로 범접할 만큼 오지랖 넓은 입장들도 아니었다. 자기들이야 산적에 붙어도 그만, 왈짜패에 붙어도 그만이었던 것이다.

조성준이 서슬이 퍼런 두 깍정이*들의 이지(異志)*를 눈치채지 못했을 리는 없었다. 그러나 그런 두 놈의 속사정을 심중에 두지 않고 막바지 골목쟁이에 돼지 새끼 내몰듯, 하늘재 쉴 참에서 땀을 닦고는 금방 또 길을 재촉했다.

그들은 관음리(觀音里) 새밭 계곡을 다시 넘어갔다. 생각보다는 길이 멀어 관음리 계곡 수재골 뒷산길로 해서 꼭두바위께로 꺾어들었을 때는 벌써 신시(申時)* 초가 되어 있었다.

꼭두바위 왼편으로 곧장 내리막길인 황정골을 이허(里許)* 길쯤 빠져내려가면 바로 문경에 닿았고, 꼭두바위 오른쪽 등 너머인 중평골 계곡을 타고 갈평골로 내려가도 문경에 닿았다. 그러기에 꼭두바위 근처는 자연 행적이 뜸한 곳이었다. 일행은 꼭두바위 근처에서 중화를 지어 먹고 노닥거리다가, 해질녘을 기다려 여우목고개를 넘어 상주 땅으로 들어설 요량이었다.

조성준은 꼭두바위에서 두 깍정이들과 하직할 작정이었다. 그러나 그 문제에 오갈이 들기* 시작했다.

늦은 중화를 지어 먹고 난 뒤, 조성준은 느릿느릿 전대(纏帶)를 풀

---

* 깍정이: 무덤을 옮겨 장사 지낼 때 방상시(方相氏) 같은 행세를 하던 천한 사람.
* 이지: 딴생각. 등지거나 저버릴 뜻.
* 신시: 오후 세시에서 다섯시까지.
* 이허: 십 리쯤 되는 곳.
* 오갈 들다: 병들거나 말라서 오글쪼글하게 되다.

고 깍정이들에게 조심누골(彫心鏤骨)*이었던 엽전 백 냥을 셈하여 내놓았다. 그런데 솔개미란 이름을 가진 깍정이 한 놈이 내놓은 엽전 꿰미를 발로 툭 차면서 설휘어놓은 갈퀴처럼 삐딱하게 대거리를 건네왔다.

"제에미, 셈이 틀립니다요. 그 고린전* 받아서 뭘 하겠소?"

조성준의 의아한 시선이 솔개미 이마로 건너갔다. 고린전이란 분명 조성준을 빗대놓고 하는 말이라 여겼지만, 조성준은 일을 번거롭게 떠벌이긴 싫었다.

"이 사람들 보게? 이게 당초부터 약조했던 액수가 아닌가?"

"우리가 언제 약조했던가요, 그냥 따라나선 거지."

"행짜 부리지 말고 그만 거두게. 이만하면 약소한 것도 아닐세."

그 말에 깍정이들은 오히려 멀찌감치 물러서면서,

"우리도 차제에 팔자나 고쳐봅시다. 상둣도가*라도 하나 차리게 될지 누가 안답디까."

"이 사람들 이제 보니까 팔자를 고치려드는가 본데, 올가미 없는 개장사라 더 그러면 못쓰네."

"왜 그러면 안 되겠소? 팔자만 고친다면 행수나 우리나?"

솔개미란 놈이 입가에 허옇게 거품을 물고 두 팔을 모양 있게 걷어붙이며 여력(膂力)*을 과시하였다. 한판 승부라도 벌이겠다는 투가 완연하였다.

---

* 조심누골: 마음에 새기고 뼈에 사무치도록 고심하다.
* 고린전: 보잘것없는 푼돈.
* 상둣도가: 상여와 그에 딸린 제구들을 파는 집.
* 여력: 완력. 육체적으로 상대편을 억누르는 힘.

조성준은 물론 최돌이 역시 심히 난감한 얼굴로 우두망찰하는데, 한 곁에 돌아앉아서 막초를 피우던 봉삼이 문득 욱기를 부리며 싸움 한중간으로 뛰어들었다.

"이놈들, 송파에서 만날 때부터 꺼림칙하더라니, 너 이놈들 자자(刺字)*를 면치 못했을 땅꾼 주제에 어디다 대고 행짜를 놔?"

부아가 끓어올라, 욱기 있게 한마디 내받았던 건 좋았으나, 그 말이 떨어지는 순간 조성준을 막아섰던 두 놈이 바람같이 봉삼에게 달려들어 먹살을 모양 좋게 죄어 잡았다.

"이놈, 이제 한 말 다시 한번 씨부려봐라."

"이 새남터 날귀신 같은 놈들!"

사태가 매우 급박하게 되었다는 걸 눈치챈 최가가 달려들어 말리는 시늉을 하였으나 고목 등걸에 깔딱낫*이지 그게 뜻대로 될 리 만무하였다. 솔개미란 놈의 한 번 발길질로 저만치 나가둥그러졌고, 그때를 놓칠세라 봉삼이 선수를 걸어 다른 한 놈의 옆구리를 양껏 차던졌다. 발길에 차인 놈이 두어 발짝 뒤로 나가 비슬비슬 넘어질 듯 말듯하더니 마침 솔뿌리 근처에 떨어진 이징가미* 한 개를 덥석 집어들고 일어섰다.

깍정이 두 놈을 봉삼이 섣불리 건드린 것이었다. 그 광경을 본 조성준은 아차 실수였구나, 하는 낭패가 가슴을 찔러오는 것을 느꼈다. 두 놈을 끌어들인 것을 금방 후회했다.

두 왈짜들은 서울 흥인문 안에 있는 오간수(五間水)다리 밑 조산

---

* 자자: 얼굴이나 팔뚝의 살을 따고 죄명을 먹칠하여 넣던 형벌.

* 깔딱낫: 보잘것없는 헌 낫.

* 이징가미: 질그릇의 깨어진 조각.

(造山) 움집에 기거하는 깍정이들이었다. 서울엔 오간수다리의 조산은 물론 문안의 광교(廣橋), 수표교(水標橋), 복청교(福淸橋) 아래와 문밖인 서소문(西小門) 새남터, 한강의 배다리〔舟橋〕 및 만리고개〔萬里峴〕에까지 깍정이들이 득시글거렸다.

거개가 자자형(刺字刑)을 면치 못할 좀도둑 전과가 있는 자들로 주로 잔칫집과 초상집을 지키며 좀도둑이나 재리들의 악다구니를 막아주고 의복이나 돈을 행하 받아 생활했었다.

내의원(內醫院)이나 전의감(典醫監)에서 약품으로 쓰는 생사(生蛇), 두더지, 지네, 두꺼비, 땅강아지, 고슴도치 등속을 잡아 올리라고 포청에 명하면, 포청에서는 깍정이들에게 영을 내려 거두어오게 하였다.

간혹 시골 양반들의 교군(轎軍)질이나 말구종* 배행(陪行)도 마다하지 않았고, 때로는 상여도 메었고, 초혼(招魂) 부르는 것, 행려 사망자의 반장(返葬) 처치도 하였고 방상시(方相氏)* 노릇도 하였지만, 그 모두가 포청의 사주를 받고 있다는 사실이었다. 포청과의 그런 연유로 하여 깍정이들의 꼭지는 알게 모르게 포청의 포교(捕校)나 포졸들과 끄나풀이 닿아 있으리란 것은 짐작하기 어렵지 않았다.

때로는 기찰(譏察)에 물린 포교들이 범법자의 용모파기(容貌疤記)*를 깍정이들에게 내려 포청의 발간적복(發奸摘伏)*에 구실되도록 하

---

* 말구종: 사람이 탄 말의 고삐를 잡고 끌거나 뒤에서 따르던 하인. 마부.
* 방상시: 음력 섣달 그믐날 밤에 묵은해의 잡귀를 쫓는다 하여 베풀던 나례 의식 때, 금빛 네 눈에 방울 달린 곰의 가죽을 들쒸운 큰 탈을 쓰며 붉은 옷에 검은 치마를 입고 창과 방패를 들었던 사람.
* 용모파기: 어떤 사람을 체포하기 위하여 그 사람의 용모와 특징 따위를 기록한 것.

였고, 실제로 포청의 발쇠꾼* 노릇을 전문으로 하는 깍정이들도 있었던 것이다.

조성준의 낭패는 바로 그 점이었다. 주먹질과 발길질에 능한 놈들인 것을 알고 잡았다가 오히려 그런 근성에 되말린 셈이었다. 말이 깍정이지 백파(白波)*들이나 다름없다는 것을 조성준이 미처 예견치 못한 탓이었다.

벌써 봉삼의 입에서는 어이쿠 하는 비명 소리가 들렸고, 깍정이놈은 손에 쥔 이징가미를 봉삼의 정수리에 쉴 참 없이 내리찍고 있었다. 산자락 아래로 꼬라박혔던 최가는 다시 요동이 없었다.

봉삼을 녹신하도록 패준 두 놈은 이제 엉거주춤 서 있는 이쪽의 조성준에게로 욱하고 달려들었다. 도척 같은 두 놈이 달려오는 것을 눈치챈 조성준이 얼른 행전 속에 감추었던 쇠좆매를 꺼내 드는 판인데, 바람같이 솔개미란 놈이 달려오면서 조성준의 면상을 모양 있게 차 버렸다.

조성준이 등뒤에 있는 바윗등을 지고 벌렁 나자빠지자, 놈이 잽싸게 날아와 다시 목덜미를 짓이기기 시작했다.

얼마 만인가, 조성준이 희미한 복통을 느끼며 가까스로 눈을 떴으나 사위는 쥐 죽은 듯 고요하였다. 기를 되찾아 간신히 일어나 앉으니, 저만치 돌무덤에 봉삼이 개차반이 된 몸뚱이로 널브러져 있었다. 아차 싶어 주위를 두리번거려보았으나 낭패는 이미 당한 뒤였다. 전대고 괴나리봇짐들이고 기승부리던 깍정이 두 놈의 행적도 묘연하였다.

• 발간적복: 정당하지 못한 일이나 숨겨진 죄상을 들추어냄.
• 발쇠꾼: 남의 비밀을 캐내어 다른 사람에게 알려주는 짓을 습관적으로 하는 사람.
• 백파: '도둑'을 달리 이르는 말.

까마득한 기분인 조성준이 우선 어깻죽지의 질펀한 핏자국으로 한 손을 가져가는데, 그제야 숨이 턱에 가 닿은 최가가 산비알 위로 고개를 깝죽깝죽 디밀어 올리고 있었다. 언뜻 하늘을 보니 유시(酉時)가 넘어 있었다.

앞가슴이 결리는 것을 참아가며, 누운 봉삼에게 다가갔더니 정수리에서 흘러내린 피로 면상은 말 아니게 작살이 났지만 맥은 뛰고 있었다.

"어서 업게."

최가가 봉삼을 들쳐업는 동안 조성준은 대강 옷매무시를 수습하였다.

봉삼의 구완이 워낙 급한지라 여우목고개를 타고 상주로 빠지려던 작정을 버리고 곧장 문경 길로 접어들었다. 중평골과는 20여 리쯤 상거(相距)한 것으로 생각되었던 계곡 길이 작정하고 나서니 제법 멀었고, 또 느린 행보 탓으로 술시(戌時)•가 넘어서야 띄엄띄엄 주마등이 가물거리는 문경 변두리 쇠전거리에 당도하였다.

쇠전거리와는 좀 멀찌감치 떨어져 풀무간 옆에 등도 없는 주막 하나가 횅뎅그렁하게 엎디어 있었다. 주막은 한산하였고, 헛기침을 하자 사당패 퇴물 같은 주모가 어깻살을 바슬바슬 떨며 문을 열고 나왔다.

최가의 등에 업힌 봉삼의 몰골을 먼 불빛으로 한참이나 새겨보던 주모가 화들짝 놀랐다.

"아이그, 이를 워째."

• 술시: 오후 일곱시부터 아홉시까지.

호들갑을 떨고 있는 주모를 보자, 문득 잘못 들어온 주막이 아닌가도 싶었지만, 이제 발길을 돌린다면 그것 또한 낭패다 싶어 엉거주춤 서 있었다.

"이런 변이 있나. 험한 문경새재 넘다가 헛발 디뎌 병신 된 사람 한둘인가."

저간의 사정을 꾸며 대기도 전에 주모가 반지빠르게 먼저 주워섬기니 이쪽이 편안해서 좋았다.

"들 만한 봉노˚가 있소?"

업힌 봉삼의 어깨가 거의 무릎에 와 닿을 지경으로 신고를 겪고 있는 최가가 냅다 쏴붙이니, 주모는 정지방 옆의 봉노를 가리켰다.

누르께하게 색 바랜 은중부(恩重符)˚ 한 장이 모잽이로 나붙은 봉놋방 문을 열었더니 식은 자릿내로 코밑이 시큰했다. 우선 냉골에다 봉삼부터 내려놓았다. 주모를 닦달하여 가져온 쑥으로 이징가미에 찍힌 자리를 골라 쑥찜을 하고 나니 반정신은 돌아왔는지 봉삼이 가까스로 희멀건 눈을 떴다.

"저 구완을 어떻게 할꼬."

구들장이 내려앉게 조성준이 한숨을 푹 내쉬는데 최가가 드디어 숨통이 틔었는지 앍죽박죽 대들기 시작했다.

"먹기는 파발(擺撥)이 먹고 뛰기는 역마라더니, 꼴좋다. 그놈들이 애당초 노린 건 성님의 전대였소. 본디 너무 서둘더라니까. 곳집에서 그놈들을 떼어놓았으면 이 낭패는 당하지 않았을 거 아니오?"

<hr>

˚ 봉노: 봉놋방. 주막집에서 여러 나그네가 함께 묵을 수 있던 큰 방.
˚ 은중부: 방문 안쪽 위의 인방(引枋)이나 그 위에 붙여서 액을 막는다는 부적.

"그걸 누가 몰랐나."

"그러면 왜 그랬소?"

"그놈들을 만약 거기서 떼어놓았다면 그 중노미에게 던져준 엽전도 옮아 갈까 걱정되었던 것일세."

"이봐요, 성님. 성님은 참 이상할 때가 많아요."

"뭐가, 이 사람아?"

"무슨 놈의 원수가 그런 원수가 있소? 불알 까고 엽전 주고, 정말 병 주고 약 준다는 거요, 그게?"

"이 사람, 객쩍은 소리 그만하게."

"이게 무슨 꼴이오? 국 쏟고 뭐 데고 귀싸대기 맞고 치마 버리고 아침밥 굶는다더니, 이게 전부 성님의 그 알듯도 모를 듯도 한 계산 때문이오."

"흘린 땀이 다시 몸속으로 들어갈 것인가? 앞으로의 일이나 걱정하세."

"우리가 솟대쟁이* 패거린가요? 빈손으로 걱정하게? 모르겠소, 난 가만있을 테니 어디 성님 그 잘난 작정이나 들어봅시다. 나야 이제 끈 떨어진 두레박 신세니까."

일시에 사지가 녹작지근해진 최가가 끙끙 앓고 있는 봉삼의 옆으로 가서 채신없게 발랑 나자빠지자 그간 희미하던 발고린내가 등천을 하였다.

조성준은 곰방대에다 막초를 이겨 담았다. 관솔 기름불이 찌글찌글 타고 있는 유지창(油紙窓) 저쪽 정지에선 늦은 저녁을 짓느라고

• 솟대쟁이: 탈을 쓰고 솟대 꼭대기에 올라가 재주를 부리던 사람.

부산하게 오가는 주모의 푸짐한 엉덩이가 비쳤다간 비켜나곤 하였다.

황앗짐 잃어버린 것은 그렇다 치고, 문제는 상주 땅에 가서 풀어놓아야 할 전대를 몽땅 털려버렸다는 데 있었다.

그때 숨죽은 듯이 나자빠져 있던 최가가 발딱 일어났다.

"성님, 잊어버립시다."

"잊어버리다니?"

"그놈들 일 말입니다요."

"이 사람, 엉뚱하기는."

"아닙니다. 그놈들이 꼭두바위에서 성님께 대거리하던 말을 곰곰이 생각해봤다니까요."

"뭔데?"

"저희들도 상둣도가 하나 차릴 참이라던 말 성님도 들었지요? 그놈들이 상둣도가 차려두면 그것을 통째로 빼앗으면 될 거 아닙니까요? 제놈들이 조선 팔도 어느 곳에 쑤셔박힌들 도방 대처(道傍大處) 안 다니는 곳 없는 우리 눈에 안 잡힐 리 만무하잖습니까요."

"아서, 이 사람아. 여든에 이 앓는 소리 그만두게."

"허기야 부러진 칼자루에 옻칠하깁니다마는."

옥하사담(屋下私談)* 주고받기 열없었던지 최가는 다시 팔깍지하고 누웠다.

"당장 화급한 게 언걸*입은 봉삼이 구완이니 잔말은 말게."

"구완이 문제라는 걸 누가 모릅니까? 구완은 고사하고 지금 밖에

---

* 옥하사담: 쓸데없는 사사로운 이야기.
* 언걸: 다른 사람 때문에 당하는 해.

있는 저 여편네가 만약 우리가 샐닢•도 없는 수무푼전•이라는 걸 알
면 아마 수월찮이 박대를 할 겁니다요."

"어찌할 텐가?"

"여긴 내게 맡기고 성님은 내일로 금방 뜨시오."

"뜨다니?"

"상주 무시로객주•에 들러 간다는 거 벌써 잊으셨소?"

상주에는 채반, 광주리, 치룽, 채독,• 조리, 솥, 빨랫방망이, 다듬
잇방망이, 홍두깨, 시룻밑, 바가지, 방비, 수수비, 삼태기, 고무래, 이
남박, 자루바가지, 나무주걱, 절구, 석쇠, 꽃나막신, 맷방석, 짚항아
리, 싸리비 등속을 취급하는 무시로객주가 두어 군데 있었고, 그중
황씨네에 들러 친분을 빌미 삼아 노자를 변통할 셈이었다.

조성준이 까치다리를 꼬고 앉아 임시낭패한 표정을 짓고 있는데,
누웠던 최가가 다시 발딱 일어나 앉으며 말했다.

"이 사람 얼추 기동되기를 기다려 강갱이〔江景〕로 곧장 내려갈 터
이니 거기서 만납시다."

"미안허이."

조성준은 말이 없었다. 최가와 마주앉아 지청구를 주고받아봤자,
남우세스러울 뿐 아무런 소득이 있을 수가 없었다.

말은 그렇게 쏘아붙였으나 최가도 사세(事勢)가 다급하긴 마찬가

지였다. 조성준이 떠나고 나면 일순(一旬)˙이나 좋이 잡아먹을 봉삼의 바라지가 문제였고 자신의 남초값은 물론, 그동안 삼시 세때 밥챙겨 먹을 일도 실은 까마득한 판국이었다. 눈치 빠른 주모가 이면부지(裡面不知)˙한 그들을 놓고 대접이 고분고분할 리도 만무하였다. 이래저래 심란하기 그지없는데 문지방 아래에선 가을 풀벌레 소리가 극성스러웠다.

물색 모르는 주모는 바삐 서둘러 한저녁을 지어 개다리소반에 얹어 디밀었고 봉삼의 몫으로 미음까지 끓여 들여보냈다.

최가는 들여온 개다리소반 아래로 고린내 나는 두 발을 바싹 디밀어 앉으면서 씨부렸다.

"성님, 어서 와요. 불알 두 쪽만 대그락거리는 형편이면 허기는 좀 허겠수."

상을 물리고 미지근하게 불기가 배어오르는 구들막에 등을 붙이고 누우니, 온 삭신이 짜뿌듯하니 늘어져서 곧장 잠이 쏟아졌다.

얼마나 잤을까. 머리맡이 뭔가 어수선하다는 느낌이 들어 언뜻 깬 것은 최돌이였다. 원래 잠귀가 질긴 편은 아니었는데다가 자리보전한 봉삼으로 하여 깊은 잠이 들지 못한 탓이기도 했다. 눈을 뜨니 뒤꼍 퇴창 어디에선가 가만가만 주고받는 말소리가 들렸다.

말소리는 분명 정지 뒷문 쪽이었다. 최가는 가만히 새벽 한기가 서린 봉당 쪽마루로 나섰다. 인시 말이나 되었을까. 어깻살을 부르르 떨며 쪽마루 밑에 있는 짚신을 찾아 벌로 손을 휘젓고 있는데 퇴창께

의 말소리가 훨씬 분명하게 들려왔다.

짚신 찾기를 그만두고 최가는 쪽마루에서 맨발로 내려가 측간 뒤쪽으로 돌아나갔다. 멀리 쇠전거리 주마등은 짙은 안개에 빠져 맥없이 가물거리고 있었다. 뒤꼍까지 울바자가 쳐져 있었고, 그 울바자를 사이에 두고 말을 주고받으며 서 있는 두 사람이 금방 시선에 들어왔다. 울안의 사람은 이 집 주모였고 울 밖은 키가 6척이나 되어 보이는 떠꺼머리였다.

떠꺼머리는 한 손으로 울바자 한끝을 잡고 집 뒤꼍으로 뛰어넘을 기세였고, 주모는 낙태한 고양이 낯짝이 되어가지고 안달복달 떠꺼머리를 밀어내고 있었다. 자라 보고 놀란 가슴 솥뚜껑 보고 놀란다고, 최가는 저놈이 송만치란 놈은 아닌가 하고 눈자위를 닦았으나 분명 그놈은 아니었다.

"그놈들이야 이제 한잠이 들었을 텐데 도대체 왜 이러나?"

분명 연하일 텐데 떠꺼머리는 주모에게 반말 대거리였다.

"알기는 구시월 귀뚜라밀세, 한잠 들었는지 아닌지는 워떻게 아노?"

"새재 넘은 주제들이 오죽할라고."

"그라지 말고 사흘만 참으소. 달거리가 끝나고 서답이라도 빨아야 만나든지 하지."

울 밖의 떠꺼머리가 그 소리에 찔끔하여 되묻기를,

"참말인감?"

"워째, 되놈하고 겸상을 먹었나, 사람을 못 믿어 이러노?"

"워째, 그놈의 경도는 심심하면 불쑥불쑥 내미나그래?"

"사흘만 참으소. 거기 섰지 말고 얼른 가요. 쇠전 마당, 입세 험한

거 모르나, 어서 가요."

주모가 손을 흩뿌리는 시늉을 하자, 떠꺼머리는 못내 아쉬운 듯 바짓말기를 두어 번 추스르더니 한 발로 울바자를 툭 차면서 안개가 자부룩하니 괴어오르는 골목쟁이 저편으로 사라져버렸다.

최가는 측간에다 늘어지게 소피를 갈기고는 으스스 떨며 방으로 들어왔으나 모처럼 싱숭생숭해지는 것이 통 잠을 이룰 수가 없었다. 오늘 새벽으로 주모를 작살낼까도 싶었지만 일에 차서가 있어야 하겠기에 조성준을 일단 상주로 보내놓고 일을 벌여야 할 것 같아 숨죽이고 누워 있었다.

3

새벽동자*를 지어 먹고 조성준은 상주로 떠났다. 떠나기 전에 최가는 조성준으로부터 봉삼이 기동할 때까지는 절대로 쇠전거리로 나가서 얼씬거리지 말도록 단단히 닦달을 받았다.

송만치란 놈이, 일행이 새재를 넘어왔을 것이라는 짐작만은 어렵잖게 할 수 있겠고, 그놈도 쓸개가 있는 놈일 테고 보면 육신이 멀쩡해지기를 기다려 일행을 찾아나서길 주저하지 않을 것이었다. 한 치의 벌레에도 오 푼의 결기가 있다 하지 않았던가. 그놈이 조성준 일행을 잊어버릴 수는 없을 것이었다.

조성준이 상주에 들러 다시 주막으로 되돌아오겠다는 것도 최가는

• 새벽동자: 새벽밥.

그런 연유로 극구 반대했었다. 열 리〔十里〕가 모랫바닥이라도 눈 찌를 가시나무가 있다는데, 차제에 문경과 상주 사이를 오락가락하다가 무슨 변고를 당할지 몰랐다. 송만치를 만난다는 것도 그렇고 행여 깍정이들을 다시 만난다면, 그놈들이 이제는 살인을 하려고 덤벼들 것이 빤했다.

결국 조성준 한 사람이라도 새재에서 일찌감치 멀어지고 봉삼의 용태 봐서 최가는 야반도주라도 하는 수밖에 없었다. 이 사단이 무사하게 끝조짐이 못 된 것을 이제 와서 후회해보았자 죽은 자식 자지 까보기였고, 당장 닥치는 일이나 변고 없게 다스려나가는 도리밖에 없었다.

어쨌든 풍각쟁이 몰골이 되어 주막거리를 나서서 저만치 연자간(硏子間) 모퉁이를 돌아가는 조성준의 행색은 가을걷이가 다 끝난 들녘에 선 허수아비처럼 쓸쓸해 보였다.

"어쩌다 그런 계집과 작배(作配)했던고, 쯧쯧."

최가는 혼잣소리로 혀를 끌끌 찼다. 그러나저러나 설거지는 마누라 차지라고 조성준이 훌쩍 뜨고 나니 최가의 심사는 더욱 괴롭게 되었다.

혼자 떠나는 행객의 눈치로 보아, 대강은 낌새를 챘는지 뭐라고 입정을 놀리지는 않았으나 주모는 곱지 않은 눈초리로 최가를 잠시 흘겨보다간 무슨 말을 건넬 듯 말듯하더니 정지로 들어가버렸다.

주막은 쇠전거리와 멀찌감치 떨어져 있는 탓도 있었지만 혜국사 길목을 지킨다는 산적들 소문이 이쪽에도 파다해서 행객들이 뜸한 편이었다. 하루 동안 심마니 몇이 허기를 달래고 갔을 뿐, 길손이 없었다.

하루 동안 최가는 주모를 눈여겨보았다. 눈꼬리가 파르족족한데다가 귀밑 볼에 홍도색을 끼고 있으니 원래 팔자를 고칠 상은 분명한데, 그런 여자란 겸하여 음행(淫行) 하나만은 자별해서 코밑에서 단내가 나고 음정(陰挺)에 마모가 나는 한이 있어도 열 사내를 마다하지 않고 채근하여 사내 열을 하나같이 식초로 씻어낸 듯이 노글노글하게 빼내놓는 재간이야 갖추고 있는 법이었다. 게다가 봉삼을 구완함은 최가보다 더 극성인 편이었다. 요강을 갈아댄다, 사속죽(死粟粥)을 달여 바친다, 음식 수발이 아금받았고 하루종일 마당 안에서만 뺑글뺑글 돌 뿐 마실 다니는 낌새도 없었다.

어쨌든 그러한 하루가 무료하게 지나가고 다시 해질녘이 되자, 최가는 봉놋방 쪽마루로 술상 하나를 내오게 하였다. 짭짤한 장떡과 송이산적을 안주하여 최가 혼자서 탁배기를 마셔가며 흥얼흥얼 콧노래가 심심찮은데, 굴신을 못하고 방 안에 누운 봉삼의 앓는 소리도 심심찮게 최가의 심사를 흔들어놓았다.

봉삼에게 미음을 떠먹이고 쪽마루로 나오는 주모를 보자, 얼큰해진 최가는 치맛자락을 은근히 내리잡으면서 수작을 걸었다.

"이리 좀 앉게나."

"애고, 이것 놔요."

금방 귓불이 빨개진 계집은 최가의 은근한 수작에 추파는커녕 눈썰미가 새파래지더니, 잡힌 치맛자락을 획 걷어붙이곤 쪽마루 아래로 성큼 내려섰다. 그러나 그것에 찔끔할 최가도 아니었다.

최가는 호리병에 남은 술을 죄다 따라 마시고 쪽마루에 허리를 걸고 나자빠져 누웠다.

새벽녘에 보았던 그 떠꺼머리가 다시 울바자를 넘기 전에 계집에

게 자국을 내버려야 밥값을 떼어먹든 야반도주를 하든 손쉬울 것 같
았기에 최가는 스름스름 안달이 나기 시작했다. 아니래도 연전에 콩
밭 우산뱀에 물린 마누라를 졸지에 잃고 나선 공연히 육허기(肉虛
飢)가 들기 시작해, 새벽 장터거리에서 팥죽장수 할미 엉덩이만 봐도
싱숭생숭하던 판국이었다. 그렇다고 상화방(賞花坊)*을 드나들 처지
도 못 되어 미친년 달래 캐듯 간간이 용두질로나 양물을 달래오던 터
였으므로, 제법 해사한 주모를 보자 속셈은 제쳐두고 우선 이판사판
이란 심정부터 움트기 시작했던 것이다.

해가 완전히 기울어 쇠전거리 먼 주마등에 불이 켜지고 이제 행객
이 다시는 오지 않을 낌새가 보인 이경 넘어까지 끈질기게 기다렸다.

이경이 넘자 최가는 맨발로 부엌으로 내려가서 주모가 잠든 부엌
방 앞으로 다가갔다. 우선 문에다 침을 발라 구멍을 내고는 발꿈치
를 바싹 치켜올리고 한쪽 눈을 문구멍에다 불고염치하고 가져다대
었다.

좁은 방 윗목에 찌그러진 의롱(衣籠) 하나가 댕그라니 놓여 있고,
그 위엔 메줏덩이가 오롱조롱 매달려 있었다. 이알이 곤두선* 최가는
가만히 문설주를 밀었다. 문은 쉽게 열렸다. 아랫목 한쪽에 이불을
덮고 누운 주모의 형체가 희미하게 보였다. 불고염치하고 덮치느냐,
아니면 고운 말로 한번 달래보느냐, 싱숭생숭 마음 졸이면서 냉큼 방
안으로 기어들었다.

문을 닫고 한참이나 이불자락 옆에 앙가조촘 쪼그리고 앉아 있었

다. 가만히 이불깃 한끝을 건드리면서 기어들어가는 소리로 불렀다.

"이보게, 주모!"

횃대를 힐끗 쳐다보니 허옇게 옷가지들이 걸려 있었다. 속으로 이 년이 고쟁이도 활딱 벗은 채거니 생각하였고, 그 생각 따라 벌써부터 음낭은 자발없이 뻐근하게 당겨왔다.

"여보게, 주모!"

다시 건드려보았으나 잠귀 질긴 여편네가 통 알은체를 하지 않았다.

쇠전머리 떠꺼머리와 서방질을 하고 있는 처지라면 정절을 지키고 있는 입장은 물론 아닐 터이니 언구럭*을 피우다보면 그깟 하룻밤 샛 서방쯤이야 한강에 배 지나간 자리일 텐데, 깨어주질 않으니 우선 난 감하였다. 그러나 여편네는 그제야 새물내를 맡았는지 부스스 어섯 눈*을 뜨고 일어나 앉았다.

"왜 그래요?"

마뜩잖은 얼굴로 최가를 기웃이 쳐다보았는데, 괴이한 것은 야밤 에 불쑥 잠을 깨우는 남자에게도 겁에 질린 자국이 없어 보이던 것이 었다.

"잠이 안 와서 그러네."

"잠이 안 오다니요?"

"우선 등잔에 불이나 댕기게."

"이 쪽 빠진 삼경에 불은 켜서 어쩌려고요?"

"어쩌긴 뭘 어째. 마침 속도 출출한 판이니 탁배기 두어 잔이라도

• 언구럭: 교묘한 말로 떠벌리며 남을 농락하는 짓.

• 어섯눈: 사물을 대강 이해하게 된 눈.

마셔야 잠을 자지.”

하품을 늘어지게 퍼질러내고 주모는 이불 속에서 몸을 빼냈다.

가을 채전(菜田)의 속살 굵은 무 한잔등같이 흐벅진 허리를 쑥 빼내어 말코지에 걸린 치마를 내려 허리통을 싸매었다.

정지로 나가 불씨를 가져와선 등잔에 대고 한참 불어대니 드디어 불이 댕기고 방 안이 밝아왔다. 등잔에 불이 댕기자 주모는 정색을 하고 아랫목에 오도카니 앉은 최가를 쳐다보았다.

“잠자다가 술 생각이 난다니 웬 귀신이 이 앓는 소리요? 그 눈치를 내가 모르겠소?”

“알면 대순가? 내 비록 범배(凡輩)에 불과하지만 언감생심 아낙을 겁간하겠는가. 이래 봬도 송파에선 알아주던 감상칼자로 아직은 인륜을 그르친 적은 없네.”

잠기가 보송보송 배어 있는 주모의 얼굴은 왜 그런지 낮에보다 더욱 예뻐 보였다. 나중에야 멍석말이를 당하는 한이 있더라도 내 이 주모의 샅에다 무엇 하나 꼬라박고서야 직성이 풀리겠거니 싶어 앉은걸음으로 주모 곁으로 썩 당겨 앉았다.

“술상이나 참하게 보아오게.”

“장떡이나 안주 하면 몰라도……”

어디 믿는 구석이라도 있는지, 아니면 깔쭉대는 최가의 채신을 얕잡아보았는지 주모는 별 군말 없이 조촐한 술상을 보아가지고 방으로 들어왔다.

“한잔 치게, 이녁도 한잔하고.”

“혼자 들어요. 나는 술이라면 젓가락으로도 못 집어요.”

“내가 조선 팔도를 발섭(跋涉)하고 있는 처지로서 아낙같이 연연

(娟娟)한* 용색도 드물다는 생각이 든 참일세. 그러니 너무 그렇게 뻣뻐드름하게 그러지 말게나."

"에따, 말솜씨는 한번 제법이네."

아랫목에 어깨를 끌어박고 누워버리려던 주모가 발딱 몸을 젖혀 일어나더니 입잔*에다 안다미로* 탁배기를 따라 부었다.

"삼경에 일어나서 술 따라보기는 처음이네."

삐죽거리고 앉아 있는 주모에게 최가는 넌지시 물었다.

"고향은 어딘가?"

"들병이* 삼 년에 고향 물음 받기는 또 처음일세."

최가는 배알이 뒤틀렸으나 참았다. 없는 놈에 자두치떡*이라고 식채(食債)가 쌓인 주제에 하룻밤 작배인들 손쉬울 것 같지 않았다.

"아낙은 태는 곱게 빠진 터수에 말버슴새는 제법 밉상일세그려."

"혼자 사는 들병이, 나도 등짐쟁이들께 배워서 그렇소."

"이녁이나 명색이 사내인 나나 다 환갑 전에 철들기는 글렀네그려."

배리다는 심정 없지 않았으나 최가는 짐짓 주모의 한 손을 잡았다. 손을 빼치지 않는 게 다행이었다.

"통성명이나 하세."

"통성명은 좋소마는 반쪽 낟알만 잡수셨소, 웬 반말이 그리 심해

• 연연하다: 아름답고 어여쁘다.

• 입잔: 작은 술잔.

• 안다미로: 담은 것이 그릇에 넘치도록 많이.

• 들병이: '들병장수를 하는 계집'을 속되게 이르는 말. '들병장수'는 병술을 받아서 파는 떠돌이 술장수를 말함.

• 자두치떡: 한 자 두 치나 되는 크기의 떡.

요?"

"허, 내가 실수를 했나?"

"실수랄 건 없지마는 어찌 속이 메슥메슥해서 그렇소."

응구첩대(應口輒對)*하는 주모가 하도 얄미워 최가는 접어두었던 한마디를 툭 던지고 말았다.

"어젯밤에 떠꺼머리와 수작하는 걸 내 측간 출입하다가 우연히 엿들었네."

화들짝 놀랄 줄 알았던 여편네는 그 말 날름 받아서,

"독수공방도 분수 나름이지, 밤마다 천장 갈비만 세고 누웠자니 차마 못할 노릇입디다. 그것도 정분이라고 때때로 숨어서 만나는데 분수없이 찾아와 딱할 때가 많답니다. 삭신은 녹아나는데 이놈은 까마귀고기를 처먹었는지 전에 한 것은 금방 잊어먹고 밤새도록 하자니 그것도 못할 노릇이어서 달거리한다고 내쫓을 수밖에요."

"나도 그런 줄은 알았네. 달거리한다는 여자가 집 안 어디에도 서답 걸린 데가 없었으니까."

최가는 주모의 치마 아래로 넌지시 한 손을 집어넣었다. 그 손을 쑥 빼내 던지면서 주모가 신둥거렸다.

"고향 생각 무던히도 나는 모양일세."

"나도 한동안 처를 둔 몸이었네만 상처한 지 삼 년일세. 그래도 물건 하나로는 가히 홀대받은 적 없으니 면전에서 괄시하진 말게. 사내자식이 잘 익은 홍시를 보고 그냥 지나친다는 것도 말이 아닐세. 인색하게 굴어야 남는 건 한 줌 흙이 아닌가."

• 응구첩대: 묻는 대로 거침없이 대답함.

여윈 강아지 똥 탐하듯 최가는 언죽번죽[*]하였다.

다시 아낙의 엉덩이 아래로 손을 쓱 디밀었다. 손등으로 타고 오른 온기가 온몸에 찌르르하니 전해지자 다시 부샅이 뻐근하게 당겨왔다. 두 달 전에 강화(江華) 달곶이〔月串〕 주막에서 막창(幕娼) 하나를 만나, 번갯불에 콩 구워 먹듯 한번 어찌하고는 처음 만나는 방사(房事)였다.

최가는 관자놀이가 후끈 달아오르는 것을 느꼈다. 코밑으로 뜨거운 입김을 훅 내뿜으면서 아낙의 목덜미에다 우선 문뱃내[*] 나는 주둥이부터 갖다 대고 쓱 문질러보는데, 아낙이 한 손 얼른 들어 주둥이 한 모서리 툭 치면서 왼고개를 쳤다.

"아이고, 이 고린내."

"사람 좋으면 됐지 고린내가 푼순가?"

"세물전(貰物廛)[*] 영감처럼 이녁도 말마디는 안 빠지는구려."

"방위 좋고 궁합 맞는데 말인들 더듬거려 쓰겠나?"

최가는 개다리소반을 발끝으로 윗목에 쓱 밀치는 한편 아낙의 젖가슴으로 자발없는 한 손을 밀어넣었다. 꽤나 흐벅지고 통살이 찐 젖가슴이 무더기로 만져지니 금방 아랫배가 돌에 짓눌린 듯 뿌듯해오고 꽁무니가 메슥메슥해졌다.

"이 양반이 솥뚜껑에 엿을 얹었나, 왜 이리 바삐 서둘까."

"에따, 변설도 도도하다. 이제 그만 씨부릴 때도 된 것 같구먼."

최가는 아낙을 슬쩍 옆으로 밀쳐 뉘면서 금방 엉덩이 아래에 있던

• 언죽번죽: 조금도 부끄러워하는 기색이 없고 비위가 좋은 모양.

• 문뱃내: 술 취한 사람의 입에서 나는 냄새.

• 세물전: 예전에, 일정한 삯을 받고 혼인·제사·장사 때 쓰는 물건을 빌려주던 가게.

손을 빼내어 어림짐작으로 단속곳 속으로 집어넣는데, 저 멀리 쇠전 거리 한 모퉁이쯤에서 강아지 한 마리가 하늘을 보고 콩콩 짖는 소리 가 들려왔다.

"어이구, 이를 워째, 글쎄 힘도 세지."

최가에 밀려 방바닥으로 벌렁 나자빠지면서 아낙은 감꽃 냄새를 최가의 입 언저리로 끼얹었다. 거웃으로 가 있는 최가의 손에는 벌써 뭔가 축축하니 만져졌다.

"참말로 일 저지를 참이셔요?"

입정도 대단하다 싶어 최가는 대답도 않는데 아낙은 일순 고개를 위로 들어 내저으면서 다시 물었다.

"참말이오?"

"참말이지, 그럼. 이 삼경에 농담으로 이러는 줄 아나?"

"참 뻔뻔스럽기도 해라."

"뻔뻔하긴 피차 마찬가지지."

최가는 속으로, 호박이 덩굴째 떨어져도 분수 나름이지 이렇게 손 쉽게 하룻밤 정분을 틀 수 있는 걸까 싶었다. 가슴에 넣었던 손을 얼 른 빼내어 아낙의 치맛자락을 홱 걷어붙이고 단속곳을 잡아 젖히니 디딜방아 다리처럼 허연 두 다리가 모양 좋게 드러났다.

양양자득(揚揚自得)*하여 콧잔등이 찡하도록 어금니를 사리물고 발뒤꿈치에 빠득하니 뚝심을 실어붓고는 모골이 송연하도록 기를 휘 어잡았다. 중치에 묻어 있던 침을 꿀꺽 삼켰는데 30년 동안이나 목구 멍에 매달려 안달이던 목젖이 폐장 속으로 쑥 빨려드는 듯한 느낌이

• 양양자득: 뜻을 이루어 뽐내며 거드럭거림.

었다.

그러나 기왕에 벌여놓은 잔치라면 본때 있게 해치워야겠다 싶어긴 저고리 옷고름 풀고 옹구바지*도 얼른 벗었다.

그때 모양 좋게 누워 일의 귀추만 바라보고 있던 주모가 발딱 일어나 앉고 말았다.

"왜 그러나?"

"한심해서 그래요."

"심란해서 그러나?"

"달리 심란한 게 아니라 남정네 꼬락서니하고선. 해우새를 쳐다보니까 하도 기가 차서 그렇소."

"내가?"

"그럼, 이 방에 이녁이 말고 또 누가 있어요?"

황망중에 벗어버린 옷을 다시 주워 입지는 않았지만 이불자락을 몸뚱이에 똘똘 말아 감아쥔 주모가 능멸에 찬 시선으로 비쩍 말라비틀어진 최가의 빈약한 체수를 바라보았다.

주모의 해사한 두 어깨가 이불자락 위로 바라보이는데, 이 여편네가 끝조짐에 가서 이 무슨 횡소린가 싶어 최가는 멀거니 주모를 건너다보았다.

"어찌 계집 다루는 솜씨가 희멀건 게 맹물에다 맹물 타놓은 것 같소?"

"다급해서 그러네."

"어따, 다급하긴 이녁이나 나나? 그러나 일엔 차서(次序)가 있는

• 옹구바지: 바지통이 옹구처럼 축 처지게 입은 바지.

법인데, 그래 가지구서야……”

“이끼, 그런 소리 말게. 범절이 너무 까다로우면 진미가 덜한 법이야.”

거칠 것 없는 계집의 육담(肉談)에 기가 죽은 최가는 어무윤척(語無倫脊)*으로 어루꾀는데,*

“싫소, 난.”

하고 되받아 쏘면서 계집은 발치에 놓인 단속곳을 끌어당기었다.

그때 윗목 의롱 앞에 앙가조촘 앉았던 최가가 느닷없이 두 무릎을 착 꿇더니 어깨를 납죽 엎드리고 두 손으로 싹싹 빌기 시작했다.

“이녁이, 그러지 말게. 그런다면 남정네 체면이 뭐며, 자네 또한 심란하긴 마찬가지가 아닌가?”

“샐닢도 못 가진 주제에 뭣 찼다고 체면 찾기는……”

수이 여겼던 계집이 수월찮이 속을 태웠다. 최가는 앉은걸음으로 계집에게 다가가선 납작 엎드리며 한 팔을 잡고 늘어졌다. 어찌나 열불이 났던지, 최가는 그 주제하고선 잦은 방귀를 곁들여 빌빌 꿰어 댔다.

“그런 말 말게. 어제 간 조 행수가 내일이면 돌아온다네. 내가 해우채를 떼먹고 야반도주를 할 사람 같은가?”

“숙식 행하는 어떡하고?”

“그야 말이라고 하는가?”

“어쨌든 난 싫소.”

• 어무윤척: 말의 순서나 줄거리가 없음.
• 어루꾀다: 얼렁거려서 남을 꾀다.

"제발 그리 토라지지 말게. 오뉴월 겻불*도 쬐다 나면 서운한 법일세."

"그럼 내가 오뉴월 겻불이란 말씀인가요?"

"허어, 누가 자넬 겻불이라고 했나. 알불일세, 알불."

바람 소리가 나도록 싹싹 빌던 최가가 그만 이불깃을 젖히고 계집의 하문(下門)으로 기어드니 효험이 있었던지 계집은 혀를 한 번 툭 차더니 뒤로 누워버렸다.

들병장수 3년에 벗겨둔 아낙 앞에서 게발비듯하는* 사내는 처음 보았고, 그 체통이 또한 가소롭기 그지없었다. 하지만 그 엉뚱하고 야마리* 없는 몰골을 처음 보는 순간, 사내가 참하게도 보이고 갸륵하게도 보여 냅다 차버리려던 심사를 고쳐먹었던 것이다.

"이 사람하구선, 진작 그럴 것이지."

이제 다급해진 최가는 지체 없이 계집에게 달려들었다. 식으려던 육허기가 일시에 동하였다.

쐐기를 박자, 계집은 금방 자지러지면서 최가의 상투를 휘어잡고 늘어졌다. 머리를 들면 아래로 당기고 아래로 당겨들면 위로 발딱 메쳐서 상투는 상투대로 놀고 육신은 또 따로 할 일이 있었다.

계집의 요분질이 강화 달곶이의 막창에 비하면 가히 일품이었고, 쉴 참 없이 끼욱거리는 감창 소리를 듣는 것도 그에 못지않았다. 황해도 장연(長淵) 땅 장산곶에서 만났던 막창의 음성보다도 끼욱거리고 넘어가는 장단이 볼품 있었다.

• 겻불: 겨를 태우는 불. 불기운이 미미하다.
• 게발비듯하다: 게가 발놀림하듯 싹싹 빌다.
• 야마리: 얌통머리.

최가는 코밑이 시큰해왔다. 워낙 오랜만에 하는 짓이라 최가 쪽에선 금방 결판이 나버렸지만 계집은 생긴 값을 하느라고 몹시 굴었다. 뒤통수에 휭 바람이 지나간다 싶을 정도로 지신거리고 나니 겻불이고 알불이고 간에 동티가 난 기분이었다. 얼추잡아 삼합(三合)을 치르고 나니 오경 인시에 이르렀다. 퇴창에 어름어름 새벽 기운이 와 닿는 듯한데 노글노글해진 잠귀 밖으로 뭔가 울바자 흔들리는 소리가 들려왔다.

"누님!"

울바자가 세게 흔들리고 인기척이 가까웠다. 그 소리를 듣자, 어섯 눈을 뜬 계집의 두 다리가 돌 맞은 게 발 모양으로 오그라들었다.

"매월이 누님!"

그러나 매월(梅月)이는 금방 일어나서 문을 따줄 엄두가 나지 않는 모양이었다. 삼경이 넘어 오경에 든 이 시각에 주막에 와서 계집의 이름을 다짜고짜 부를 수 있는 처지라면 보통 사이가 아니란 건 짐작하기 어렵지 않았다. 매월이의 입장이 매우 난감하게 된 모양이었다.

"사람이 있긴 있는 모양인데, 원……"

삽짝 밖에선 집 안에 인기척이 없자, 뭐라고 씨부렁거리면서 뜰 안으로 쭈뼛거리고 들어서는 기색이었다. 이제 더이상 어찌할 수 없었던 모양으로 매월이는 황급히 이불을 젖히고 일어났다. 단속곳은 벗은 채로 우선 치마부터 찾아 허리에 둘렀다.

방문을 열고 밖으로 나서면서 한 손으로는 젖혀두었던 이불자락을 최가의 면상에다 덮어씌웠다.

"이 밤중에 누구요?"

어물쩍거리며 매월이가 정지 바닥으로 내려서는데, 정지방 앞까지 걸어온 장한이 계집을 나무랐다.

"웬 잠귀가 그리도 질기시오그래?"

"아니, 이게 누구야?"

"끼참, 사람 알아봤으면 어서 방문이나 따시오."

최가가 듣건대 사내는 병색이 완연한 목소리였다.

"이 꼭두새벽에 웬일이냐?"

매월이는 재우쳐 묻고만 서 있었다.

"어서 방에다 불이나 뜨끈하게 지펴주시오."

"좀 기다려라. 정신을 차려야 염불을 하지."

매월이와 수작을 걸고 있는 사내의 목소리가 어디서 두어 번 상대 해본 목소리 같았다. 황망중에 짚어보았으나 얼른 생각나지 않았다. 그것보다 사내가 봉놋방을 마다하고 기어이 정지방으로만 기어들려 는 판국이라 그 당장 숨을 곳이 없어 낭패였다.

매월이는 사내와 대거리를 해쌓으며 시간을 끄는 모양인데, 어디 숨을 곳은 고사하고 구멍이라고는 뒤꼍으로 난 퇴창 하나뿐이었다. 일이 난감했다. 문고리가 달그락달그락하는데 수서양단(首鼠兩端)*
으로 앉아 있을 계제가 아니었다. 최가는 드디어 문밖에다 대고 버럭 소리를 질렀다.

"거 바깥에 누구라더냐?"

일순, 정지 바닥이 찬물을 끼얹은 듯 조용해졌다. 최가는 기회를 놓칠세라 한 번 더 목청을 가다듬어 꾸짖었다.

---

* 수서양단: 진퇴나 거취를 결단하지 못하고 관망하고 있는 상태를 이르는 말.

"아무리 누이 되는 사람이라 할지라도 이 꼭두새벽에 누이 방에 무작정 들이닥친다는 게 체면이 아니란 걸 어찌 모른다더냐?"

"거 누구요?"

드디어 사내가 물었다.

"넌 누구냐, 이놈!"

"이놈이라니?"

"야밤에 누이 방을 덮치려는 놈이 여간 급한 놈인가?"

"너 이놈, 누구냐?"

"송파 사는 최가다, 이놈아!"

사내가 제 손으로 문을 벌컥 열었는데, 그동안 최가는 벗은 옷을 다 주워 입은 다음이었다. 문이 벌컥 열리는가 싶더니, 금방 장한 하나가 문도리 사방이 그득하게 막아섰다.

그게 다름 아닌 양물 까인 송만치란 놈이었다. 아무리 눈을 치뜨고 보아도 만치란 놈이 분명하였고, 그쪽에서도 두어 마디 대거리가 오가는 동안 목소리가 귀에 익었던 나머지 불문곡직하고 문을 열어젖힌 거였다.

"네 이놈, 여기 있었구나."

만치는 방 안으로 성큼 들어섰다. 최가는 일순 눈에서 불이 튀는 기분이었다. 윗목 저만치 비켜선 최가를 보자, 바짓말기에 피가 벌건 만치는 주저 않고 덮쳐왔다. 최가는 달려드는 놈의 어깻죽지에다 아까부터 들고 있던 심돈우개를 쿡 질러넣었다.

"아쿠!"

비명을 지르며 만치가 허리를 꼬고 벽을 짚는 순간, 최가는 문을 박차고 나가 잡히는 대로 짚신을 주워 들고는 집 뒤꼍으로 내달았다. 안개가 자욱한 쇠전 마당으로 튀는데, 뒤에서 만치가 소리를 질렀다.

"저놈 잡아라!"

4

만치가 그 몰골을 하고 새재를 넘어온 것은 제 누이에게 구완이라도 받아볼까 한 것이 분명했다. 그런데 하필이면 들병이 매월이가 제 누이 될 줄이야 새까맣게 몰랐다. 무슨 놈의 장난이 이리도 너무한가 싶었지만, 만치란 놈이 그 몸뚱이를 하고도 죽기를 무릅쓰고 뒤따르니 최가 역시 뛰지 않고 배겨낼 재간이 없었다. 그러나 하룻밤 사이에 석 달 묵은 기력을 몽땅 빼버린 뒤라 얼마 못 가서 목줄기에 땀이 비 오듯 하였다.

어깨가 착 늘어졌지만, 최가는 미친년 널 뛰듯 천방지축으로 쇠전 거리를 벗어나서 당도한 곳이 고모산성(姑母山城) 동쪽 기슭이었다. 고모산성은, 장터를 벗어나 소야내[所耶川]를 끼고 걸어, 모곡 산비알을 지나 늙목에 이어지는 복찻다리를 건너, 산 아래 개활지가 멀찍감치 건너다보이는 산기슭에 있었다. 장터에서 치면 이수(里數)로는 시오 리가 가까운 거리였고 소야내가 흘러서 가은(加恩)으로 흘러가는 영강(潁江) 줄기와 만나는 강목이기도 했다. 여기서 꼬불꼬불 재주를 부린 조령천(鳥嶺川)을 따라가면 10여 리 상거한 틀모산 밑에 찰방(察訪)이 버티고 있는 유곡 역참(幽谷驛站)에 닿았다.

최가가 거기서 걸음을 멈추고 잠시 숨을 돌리기로 작정한 것은 내

앞이 넓은 개활지여서 만치란 놈이 뒤쫓는다면 앉아서도 멀거니 바라볼 수가 있기 때문이었다. 맞은편 산자락에서 개 짖는 소리가 퍽 가깝게 들려왔지만 마을은 보이지 않았다. 계곡에 흐르는 물소리가 산자락을 적시고 있었다. 개활지에는 억새가 지천으로 깔려 있었고 멀리 보이는 복찻다리엔 개 한 마리가 고개를 주억거리면서 건너오고 있었다. 마을은 맞은편 산자락 뒤에 있는 모양이었다.

최가는 언뜻 고향 생각이 났다. 시월 막사리께니까, 그곳에서도 지금은 발바심*이 한창일 것이었다. 엎드려 농사나 지을걸, 신곡머리*에 배를 곯게 생겼으니 딱하기 그지없었다. 아랫도리를 내려다보니 행전은 고사하고 꼴에 맨발이었다. 최가는 손에 들었던 짚신을 그제야 꿰신고 신들메를 단단히 죄었다. 이 몰골로 길을 다시 나섰다가는 새재를 넘는 유곡 찰방 역졸들에게 수상한 눈짓 받기가 십상이었다. 행객들 또한 지나쳐 보진 않으리라.

그것보다 더 못한 노릇은 봉삼을 주막 봉노에 그냥 두고 나온 일이었다. 물론 그 분란 중에 봉삼을 들쳐업고 튄다는 것은 생각 못 할 일이었다. 그러나 최가의 뒤를 쫓다 못한 송만치란 놈이 되돌아갈 곳은 제 누이가 기다리는 주막일 것이 분명하였다. 그 주막 봉노에 굴신 못하고 누운 봉삼을 못 볼 리 만무였다.

"봉삼이 자네 일이 큰일일세."

최가는 흡사 옆에 일행이라도 있어서 들으란 듯이 그렇게 탄식하였다.

• 발바심: 본격적인 추수에 들어가기 전 햇곡식을 우선 추수하여 낟알을 떨어내는 일.
• 신곡머리: 햇곡식이 날 무렵.

"내가 어쩌다 이렇게 누추하게 되었는고…… 차라리 외주(窩主)
삼촌을 따라나섰다면 서푼 개평은 챙겼을 게 아닌가……"

생각다 못해 그 깍정이놈들이나마 다시 만났으면 했다. 한때의 동행이었음을 꼬투리 삼아 동정을 구해봄직도 하였지만 언덕이 있어야 비벼볼 노릇이었다. 봉삼을 주막에 두고 줄행랑을 놓는다는 일이 체면이 아니었으나, 이미 살인이 날 일이라면 결판이 났을 테고 모가지가 부러질 일이라면 또한 진작 거덜이 났을 터인즉 다투어 걸어서 상주에 있을 조성준을 만나는 게 상책일 듯싶었다. 혼자의 힘으로는 이 분란을 어찌할 도리가 없기 때문이었다.

최가는 신들메를 다시 고쳐 맸다. 개천을 따라 한참 걷다가 굴모골에서 오른쪽 자드락길로 들어섰다. 유곡 역참을 피해 가야 하기 때문이었다. 거기서 곧장 수정봉 산길로 접어들어 상주 땅인 말암실을 지나 박석골 늪지대로 내려섰다. 그러나 거기서도 상주까지는 질러간대도 60리가 빠듯하였는데, 해는 벌써 중화참이었다.

갈대가 무성한 늪지대 위로 까투리 몇 마리가 날아가고 있었다. 최가는 둑길에 펄썩 주저앉았다. 일각이 천금 같은데 허기가 져서 허리가 휠 지경이었다.

"그런 옹춘마니°를 삼 년이나 따라다닌 내가 백 번 죽어 헐한 놈이지……"

최가는 욕가마리°인 조성준이란 놈이 두고두고 이가 갈리는 것이었다.

• 외주: 도둑이나 노름꾼 소굴의 우두머리. 접주인.
• 옹춘마니: 소견이 좁고 마음이 너그럽지 못한 사람.
• 욕가마리: 욕을 먹어 마땅한 사람.

계곡 어디에 어살[漁箭] 지른 데라도 있으면 물고기라도 건져먹겠고 마을을 만나야 인부심떡*이라도 얻어먹지, 그런 데도 없고 보니 낙심천만에 시장기는 더해 뱃가죽이 등에 붙는 것 같았다. 둑길에 퍼질러 앉아 공연한 신들메만 고쳐 매는데 어디서 희미하게 곡소리가 들려왔다. 대낮에 느닷없는 곡소리를 듣는다는 게 언짢았지만 최가는 가만히 귀를 기울였다. 곡소리는 늪 건너 마을인 예주목에서 들려오고 있었다.

최가는 얼른 일어섰다. 늪을 돌아가니 20여 호나 됨직한 작은 마을이 나타났다. 마을 초입에, 억새반지기 풋장*이 울바자 위로 높다랗게 쌓인 초상집이 보였다.

여남은 명 되는 상두꾼들이 마당가에서 상여를 꾸미고 있었다. 최가는 외문(外門)인 척하다가 어뜩비뜩 상두꾼들 사이로 빠져나갔다. 빈소에는, 우박 맞은 잿더미같이 낮짝이 박박 얽은 외상제가 오동상장(梧桐喪杖)을 짚고 서서 곡을 하고 있었다.

빈소에 들자마자, 최가는 서럽게 울기 시작했다. 건성으로 울고 있던 상제는 서리병아리* 같은 상놈 하나가 산신제물에 메뚜기 뛰어들듯 하더니 읍곡을 하자, 생게망게해서* 맥을 놓고 바라보았다. 맨상투 바람인 걸 보아하니 재인놈*이 분명했다. 망자(亡者)의 생시 때

• 인부심떡: 아이를 낳은 집에서 사람으로 말미암는 부정을 막기 위하여 만든 떡.
• 억새반지기 풋장: 억새가 많이 섞인 땔나무.
• 서리병아리: 이른 가을에 알에서 깬 병아리로 힘이 없고 추레한 사람을 비유적으로 이르는 말.
• 생게망게하다: 하는 행동이나 말이 갑작스럽고 터무니없다.
• 재인놈: '박수(남자 무당)'의 사투리.

교분이라야 손바닥처럼 빤한 판국에 이 작자는 아무래도 낯설었지만, 섧게 우는 문상객을 내칠 수는 없는 노릇이었다.

상제께서야 그런 의심이 들었거나 말거나 최가는 눈치볼 것 없이 낙루(落淚)하기에 인색지 않았다. 넉살 좋게 울고 있는데 참다못한 얽둑빼기* 상제가 다가와서 최가를 잡아 흔들었다. 대강 수습을 하고 최가는 상제와 맞절을 건넸다. 상제가 먼저 운을 떼었다.

"어디서 오셨는지요?"

"예."

"저의 어머님과는……"

"그저 그렇지요."

"멀리서 오신 모양인데 어째 알아뵙지 못하겠습니다요."

"예."

"소식은 언제? 사실은 오늘 매장일입니다."

"그렇게 보입니다요."

"함자는요?"

그제야 최가는 무릎걸음으로 상제 앞으로 바싹 다가가 앉았다. 그리고 말소리가 장지 밖으로 새어나가지 않게 상제의 귓불에다 대고 나직이 씨부렸다.

"실은 하찮은 행객이온데 마침 마을 앞을 지나다가 허기를 만나 염치 불고하고 들어왔습니다."

설령 행티깨나 부릴 줄 아는 상제라 할지라도 시신을 앞에 두고 영색(令色)이 완연한 사내에게 오기를 부릴 순 없었다. 사내의 채신은

• 얽둑빼기: 얼굴에 잘고 깊이 얽은 자국이 성기게 있는 사람을 얕잡아 이르는 말.

꼴같지 못하되 섭수*가 밉지 않았고 또한 신색이 좋지 않아 보였다.
응망(凝望)*하던 상제가 뜰에 눈짓해서 상을 보아오게 하였다. 상을
받은 최가는 술질이 아귀아귀였다. 부리나케 허기를 끈 최가는 금방
초상집을 나섰다. 얼요기*를 하고 난 후인지라 그런대로 행보를 떼어
놓을 만하였다.

예주목 작은 마을을 하직하고 숭덕산 가장자리를 오른편으로 끼고
돈 지 한 식경이나 되었을까. 그제야 저만치 산자락 아래로 제법 번
듯한 큰길이 나타났다. 길가에는 행객들의 왕래가 심심찮았고 마침
소 예닐곱 마리를 거느린 소몰이꾼 상단(商團) 셋을 만나 상주까지
60리 길이 과히 고되지 않았다. 상주 장터거리에 도착하고 나니 시각
은 이미 초경 술시에 당도하여 있었다.

무시로객주 황석배(黃錫培)의 집은 장터거리를 조금 벗어난 윗녘
에 있었다. 희미한 장명등이 흔들거리는 대문채를 기웃거리니 마주
보이는 쪽마루에 장주릅*으로 보이는 중늙은이 하나가 팔짱을 끼고
앉아 있었다.

"왜 그러시오?"

꺼칠한 최가가 얼른 대답을 않고 머뭇거리자 늙은이는 옷소매에서
두 손을 빼내며 재우쳐 물었다.

"어느 도가에서 오셨소?"

최가는 대문채로 쓱 들어섰다.

• 섭수: '수단'의 사투리.
• 응망: 눈길을 모아 한곳을 똑바로 바라봄.
• 얼요기: 대강 하는 요기.
• 장주릅: 시쾌. 장터에서 흥정 붙이는 일을 업으로 하던 사람.

"이 집이 황도주 어른 댁이지요?"

"그렇소만, 어느 도가에서 왔느냐니깐?"

장주릅 행색인 늙은이는 자기는 상대 않고 자꾸만 안채 쪽으로 기웃거리는 최가의 거조가 눈에 거슬렸던지 눈시울이 삐뚜름해졌다.

"황도주 어른 계시우?"

"출타중이오."

늙은이는 버선을 벗어 쪽마루 난간에다 태질을 하며 퉁명스럽게 대답했다. 최가는 힐끗 하늘을 쳐다보았다. 후드득후드득 빗낱이 듣고 있었다.

"언제쯤 오십니까?"

"원행했으니까, 한 장도막은 걸릴 거요."

"이런 낭패가 있나."

난감한 빛으로 최가는 집 안팎을 두리번거렸다.

"그런데 도주 어른은 왜 찾으시오?"

"혹시 조성준이라고 송파 사는 사람인데, 어젯밤이나 오늘 아침에 들러 가지 않았던가요?"

"송파 사는 조성준이라?"

"예."

"그 어디서 뭘 팔아먹는 동무요?"

늙은이 대답이 고분고분할 수 없었던 게 최가의 행색이 화객(華客)으로 드나드는 등짐장수도 아니었거니와 찾는 사람 또한 엉뚱했기 때문이었다. 그 눈치 모를 최가가 아니었다. 보건대 늙은이는 장주릅이나 하다가 여가 봐서 황객주에 들어 번(番)*이나 서주는 입장인 것 같았는데 붙임성이 없어 보였다. 그러나 마땅히 와 있어야 할 조성준은 도대체 어떻게 된 일일까. 최가는 생각다 못해 한마디 더 던졌다.

"노인장, 그러지 말고 장책(册)이라도 한번 뒤져보슈."

"어허, 그 사람, 그런 사람 다녀간 적이 없다니까 그러네."

"노인장 모르는 사이에 다녀간 적이 있는지 어떻게 아오?"

"딱도 하네. 장책을 함부로 뒤적거릴 수도 없거니와 난 까막눈이오."

까막눈이긴 최가도 마찬가지였다. 봉삼이라면 언문 정도는 뜯어볼 수 있었겠지만 최가는 그렇지 못했다.

장명등에 빗낱 듣는 소리가 스산하였고 게다가 아슬아슬 한기가 들기 시작했다. 조성준이 여길 다녀가지 않았다면 중도에서 사단을 만난 게 틀림없었다. 그러나 어떤 사단을 만났다 할지라도 상주 무시 로객주에는 꼭 들러야 할 입장임을 최가는 알고 있었다. 여기서 기다리다가 장맞이하는* 수밖에 없었다. 최가는 짐짓 탄식조로,

"허어, 이게 까딱하면 한 파수 놓치겠는걸."

저만치 안채 쪽으로 걸어 들어가던 늙은이가 고개를 돌리고 물었다.

"한 파수 놓쳐요?"

"글쎄, 그렇게 되겠는걸."

최가는 도부꾼〔褓負商〕* 행세를 하지 않을 수 없었다. 늙은 장주릅의 홀대에 잘못했다간 노숙하기 십상이었기 때문이다.

"그 조가란 동무님은 꼭 오게 되어 있소?"

• 번: 차례로 숙직 · 당직 등을 하는 일.
• 장맞이하다: 길목을 지키고 기다리다가 사람을 만나다.
• 도부꾼: 팔 물건을 여러 곳으로 가지고 다니며 장사하는 사람을 홀하게 이르는 말.

최가는 쪽마루로 가서 착 걸터앉았다.

"그렇잖으면 내가 상주 땅, 황도주를 어떻게 알고 찾아왔겠소? 내 행색이 꺼칠해서 댁이 나를 홀대하시는 모양인데, 그렇다면 주막이라도 찾아나서야겠소? 장사치란 눈썰미가 있어야 하는 법이오."

최가는 은근히 장주릅을 나무랐다.

"우리 통성명이나 합시다."

"난 최송파요."

"나는 권가올시다. 미안허우. 진작 그렇게 말씀하시지, 자꾸 안채를 기웃거리니 댁의 뜻을 알 수 있어야지요."

"내 행색 탓인가봅니다."

장주릅은 그러나 아무래도 최가가 의심스러운 듯 주저하더니 불쑥 물었다.

"채장〔信標〕*은 갖고 계시겠지요?"

최가는 찔끔하였다.

나라에서는 팔도 보부상들에게 채장을 발급하고 있었다.

보부상단(褓負商團)의 소속과 자신의 증명으로서, 어느 임방(任房)의 보상(褓商) 누구이며 또는 어느 임방의 부상(負商) 누구라는 주소, 성명, 출생일이 명기되고 뒤쪽에는 물망언(勿妄言),* 물패행(勿悖行),* 물음란(勿淫亂),* 물도적(勿盜賊),* 즉 4계명이 기재되어

---

* 채장: 보부상들이 지닌 신표.
* 물망언: 거짓말하지 말라.
* 물패행: 사람으로서 마땅히 하여야 할 도리에 어긋나는 행동을 하지 말라.
* 물음란: 음란한 행위를 하지 말라.
* 물도적: 도둑질하지 말라.

있었다. 이를 보부상마다 지니고 다님으로써 소악패들과 걸립패나 도적과 설레꾼*들과는 구별되는 빙문(憑文)*으로 삼았다. 각도(各道)의 전 행상들에게 채장을 발급하면서 팔도의 도접장(都接長)들에게는 명첩(名帖)을 내려 보관하게 하였으므로, 전국의 행상 인원이 일목요연하게 밝혀졌다. 명첩의 간판(刊板)은 위조가 생기지 못하게 엄중하게 보관하였다가 한 해씩 걸러 각 임소로 나누어주었다. 채장이 없는 행상은 행매(行賣)는 물론이고 유숙도 금지되어 있었다. 다만 얼굴이 익숙하거나 바탕이 확실한 행상끼리 임시로 빌려줄 수는 있었으나 언제 어디서든 몸에 지니고 다녀야 하는, 도부꾼들에게는 매우 중요한 소지품이었다.

보부청(褓負廳)에서는 채장의 발급 비용을 석 냥으로 하여 두 냥은 보부상단에서 받고 한 냥은 보부청으로 상납하였다. 단에서는 그 두 냥을 가지고 5전(錢)은 그 도(道)의 도반수(都班首)에게 보내었고, 접장(接長)의 지가(紙價)로는 4전을, 그리고 해당 임소의 지대로는 1전을, 그리고 나머지 한 냥은 명첩을 서울로 보내는 경비로 썼다.

최가에게 그 채장이 있을 턱이 없었다. 꽁무니가 메슥메슥했으나 금방 저녁 굶은 시어미 낯짝이 되어,

"여보시오, 봉적하여 등짐을 털린 처지에 채장 챙길 여가가 어디 있었겠소?"

늙은이는 봉놋방 문을 열어주었다.

"조가란 사람이 올 때까지 여기서 묵으시오."

객줏집 봉놋방이란 게 뻔했다. 도부꾼들이나 외방(外方) 물주(物主)들이 물목을 맡기고 팔려나갈 때까지 묵어가는 곳이었고, 객주와 친분을 트고 있는 장주릅이나 흘러나오는 구전(口錢)을 노리는 잡살뱅이 거간꾼, 여리꾼 들의 출입이 무상이었고, 간혹은 도부꾼들 틈에 묻어 들어온 설레잡이들도 묵었다. 땡전이라도 만지는 놈이든 그런 입장이 못 되는 놈이든 전부가 한통속이어서 감발*에서 풍기는 고린내가 송장 썩는 냄새에 버금갔다. 게다가 추적추적 비가 내리기 시작하자, 냄새는 더욱 기승을 부려 코를 디밀 엄두조차 나지 않았다. 그러나 비럭질이라도 마다 못할 최가의 입장에 고린내든 삼청냉돌*이든 가릴 처지가 못 되었다.

팔깍지를 베개 하고 누워 있으려니까, 장주릅이 식은 저녁상을 들고 들어왔다. 최가는 마주 상을 받으면서 슬쩍 물었다.

"황도주께선 어디로 원행하셨소?"

"한양이랍니다."

화객으로 알아본 늙은이의 말대답이 그제야 고분고분했다.

"그동안 거래는 어떡하오?"

"화객들에게만 그럭저럭 해나가고 있지요."

"물목이 많소?"

"시골 객주라도 허술한 편은 아니지요. 경강 도부꾼들도 여기까지 들르니까요."

"도부꾼들이야 도방 대처 어디 안 가는 곳이 있겠소."

• 감발: 발감개, 또는 발감개를 한 차림새.

• 삼청냉돌: 몹시 차디찬 방을 일컫는 말.

상을 물린 최가는 빈대 핏자국이 질펀한 윗목의 목침을 끌어당겨 누웠다. 삭신은 녹아나는 듯 고달픈데도 얼른 잠이 오지 않았다. 신세가 비슷해 보이는 늙은 장주릅이나 꾀어내어 주막으로 끌어 가화주(嘉禾酒)라도 들이켰으면 싶었으나, 우선 삭신을 일으켜 세울 결이 솟지 않았다. 봉놋방 쪽마루 밖으로 질금질금 떨어지는 가을비 소리는 스산하기 짝이 없는데, 심사를 긁느라고 장터거리 저편에서 개 짖는 소리가 들려왔다. 정말 미친개가 휘젓고 지나간 듯한 황량하고 스산한 가슴을 달래줄 건덕지가 없었다.

도대체 조성준은 곧장 상주로 오지 않고 어디로 잠적한 것이며, 문경 쇠전거리 주막 봉노에 눕힌 채로 두고 온 봉삼은 어찌 되었을까. 어쨌든 이 시골 객주 봉노에 맥 놓고 앉아서 부지하세월로 조성준을 기다리고만 있기에는 너무나 다급한 일이었다. 2, 3일이 지나도록 만약 조성준이 나타나지 않는다면, 거짓을 까발린 죄로 이 늙은 장주릅에게 장문(杖問)을 당할 판국이었고, 용하게 위기를 벗어난다 할지라도 사발통문에 쫓기는 신세가 될 것이었다.

일은 막판에 다다른 느낌이었다. 꼬박 이틀을 묵었는데도 조성준은 코빼기도 비치지 않았다. 봉노에는 시골 물주들과 장주릅들이 쉴 새 없이 드나들며 아랫목에 옹동그리고 누운 최가를 힐끗거렸다. 이제 더이상은 명탯값 받으러 온 원산 물주(元山物主)인 양 죽치고 누워 있을 처지가 못 되었다.

재수가 없는 포수는 곰을 잡아도 웅담이 없고 재수 없는 봉사는 괘문(卦文)˙을 배워놓으면 개좆부리하는˙ 놈도 없는 법이다. 한양 간

˙괘문: 점괘를 쉽게 풀어서 써놓은 글. 괘사(卦辭).

황객주가 돌아온다 하더라도 조성준이 없는 최가로선 날샌 부엉이 꼴로 말 한마디 건넬 건덕지가 없었다. 그렇다고 행랑에 해죽거리고 앉아서 육대반낭(肉俗飯囊)˙으로 야마리 없는 식객 노릇만 할 게 아니라 황객주가 돌아오기 전에 어서 이곳을 떠나야 할 판이었다.

그런 최가의 막판 체면에 걸려든 것이 방물장수였다. 동래(東萊) 임방(任房)에서 왔다는 목자(目子)˙ 사나운 도부꾼 하나가 봉노에서 늘어지게 낮잠을 자고 있었고, 최가는 마침 쪽마루에 앉아 장거리 저편 노음산(露陰山) 중턱을 넘는 저녁 해를 바라보며 앉아 있었다. 가을비가 지난 뒤라 장거리엔 스산한 기운이 완연하였다.

그때 물색 옷에 얹은머리를 한 여인이 이틀 전에 최가가 그랬듯이 대문간 밖에서 서성거리고 있었다.

"뉘시오?"

객지 돌림답지 않게 자색이 반반한 여인은 고개가 뒤로 휘도록 무거운 방물고리를 이고 있었다. 먼 길을 온 듯 귓밥에 뽀얗게 먼지가 올라 있었다. 최가가 알은체를 하자 쪽마루에다 방물고리를 내려놓으면서 해죽거렸다.

"이 댁에 패물이나 좀 팔려구요."

최가는 겸인(傔人)˙인 체 짐짓 마뜩잖은 표정을 지으며 불당그래를 들어 아궁이 앞을 쓱쓱 거두었다.

˙개좃부리하다: 감기가 들다.
˙육대반낭: 주머니 같은 살덩이와 밥통이라는 뜻으로, 하는 일 없이 먹고 놀기만 하는 사람을 조롱하여 이르는 말.
˙목자: 눈.
˙겸인: 청지기. 집일을 맡아보고 시중 들던 사람.

"패물이라니, 뭣들이오?"

"밀화(蜜花)단추, 용잠(龍簪) · 화잠(花簪) · 죽절잠(竹節簪) · 호도잠(胡桃簪) · 민죽절 · 나비잠 갖가지 비녀에다, 은지환(銀指環) · 옥지환(玉指環) 갖가지 노리개에, 제비부리댕기 · 말뚝댕기 · 도투락댕기에다, 귀주머니 · 굴레 · 조롱 · 염낭에다가, 살쩍밀이 · 봉채(鳳釵)에다, 은장도 · 석장도(錫粧刀), 참빗 · 얼레빗 할 것 없이 다 있습죠."

"어지간한 도자전(刀子廛)은 뺨치고 넘겠구먼."

"예, 어지간한 물종은 다 있지요."

여인이 겸인으로 여긴 최가에게 굳이 물목(物目)들을 주워섬긴 것은, 장사치들이 흔히 싸발리는 입버릇 때문이기도 했지만 안채 출입을 예사로 하고 싶으니 어서 비키라는 뜻에서였다.

"그런 물목을 가지고 어찌 산골로 다니시오그래?"

"시절 좋다는 강경(江景)으로 내려가는 길이우."

최가는 여인을 바라보다가 문득 난감한 낯빛으로,

"혼자시우?"

"동무들이 있지요."

"뒤처졌소?"

"아마, 시오 리쯤이나 처졌을 거요."

"어느 임방이오?"

"송도(松都)에서 왔습죠."

"송도 상객(商客)들은 안팎들이 기력도 좋소. 게 앉아서 숨이나 돌리시우."

"안채에는 아무도 없는 모양이지요?"

최가는 혀를 툭 차면서 말했다.

"조금 전에 마실 나갔으니까 방금 올 거요. 마침 잘 왔소. 머잖아 혼사가 있어서 하다못해 노리개 몇 낱은 들여놓을 거요."

피곤에 전 여인이 금방 해죽해죽 웃음을 흘리었다. 여상(女商)의 것이면 그 벗은 짚신도 넘지 말라는 도방 풍속을 최가가 모를 리 없었지만, 여인의 자색이 드물게 반반하여 심사가 제법 호도(糊塗)해졌다.

"그게 정말이오?"

"허, 내가 심심한 사람으로 보이시우?"

"마실 어디로 갔수?"

"잘은 모르겠소만 아마 장터거리 황아전에라도 갔을 거요."

황아전에 갔다는 최가의 대답에 쪽마루에 앉았던 여인은 발딱 일어섰다.

"찾아나설 참이오?"

"예."

"같이 가볼까요?"

"폐를 끼쳐서……"

"그런 말 하지 마슈. 나도 일 년 전까지만 해도 조선 팔도 안 다닌 곳 없는 도부꾼이었소. 그 고리는 안채에다 맡깁시다."

여인은 다소 주저하는 빛이더니 최가의 염려가 고마웠던데다 물미가 잘만 터지면 고릿짐을 줄일 수도 있겠다는 심사부터 바빠져서 군소리 없이 최가를 따라 안채로 들어갔다.

안채에는 아무도 없었다. 여남은 살이나 되어 보이는 업저지*가 어간마루에서 혼자 걸레질을 하고 있었다. 업저지가 보는 앞에서 건

---

* 업저지: 어린아이를 업어주며 돌보던 여자 하인.

넌방 문을 열고 방물고리를 디밀었다.

대문채를 나와서 저만치 장터거리로 막 나서는데 최가의 표정이 떨떠름해지더니 죽는시늉을 하였다.

"여기 서 계시우. 잠깐 다녀오리다. 원, 냉골잠을 잤더니……"

한 손을 긴 저고리 밑으로 넣어 아랫배를 쓰다듬으면서 최가는 뒤돌아서서 대문간으로 들어섰다. 측간 출입이 바빠진 체하면서 일단 대문간으로 완전히 들어선 최가는 여인의 모습이 보이지 않게 되자 쏜살같이 안채로 뛰어들었다.

건넌방 문을 열고 방금 디밀었던 방물고리를 꺼내서 옆구리에 단단히 껴안았다. 건넌방을 오른편으로 꺾어 돌면 감나무들이 듬성듬성 제법 반듯한 뒤꼍이 있었다. 뒤꼍에는 야트막한 돌담이 쳐져 있었는데 돌담이 한 군데 이번 비로 내려앉은 곳이 있었다.

무너진 돌담을 넘은 최가는 보첩여비(步屧如飛)*로 장터거리 뒷길로 나섰다. 한참이나 뒷길을 뛴 최가는 서원 앞 북내(北川)를 허겁지겁 건너서 천봉산 아래쪽 여울 샛마을 자드락길을 내닫기 시작했다.

비 내린 뒤끝이라 길이 질척거렸고, 갈대가 길길이 자라서 여간내기는 길을 찾기에도 힘겨웠지만 줄행랑인 최가의 안중에는 길이고 갈대고가 없었다. 갈대밭을 웬만큼 지나가서 천봉산 외줄기 능선과 노음산 아랫자락이 서로 만나면서 숨을 죽이고 자울어지는 선돌고개를 단숨에 넘었다.

아마 이때쯤이면 바깥에서 기다리다 지친 방물장수는 안채로 들어와 측간의 동정을 살폈을 것이고 끝내는 업저지 계집애에게 최가의

---

* 보첩여비: 내처 걷는 걸음이 나는 듯이 빠름.

행방을 물었을 것이다. 방문을 열어본 여인은 포달을 떨며 넉장거리를 하고 있음직한데, 이미 최가가 달려온 선돌고개 어름은 장터거리 황객주 집과는 10여 리가 상거한 곳이었다. 선돌고개에선 상주 장터거리가 산자락에 가려 보이지 않았으므로 최가는 방물고리를 내려놓고 잠시 숨을 돌렸다.

마침 해가 지고 사방의 산자락에는 엷은 어둠이 깃들기 시작했다. 습기를 먹은 저녁 바람이 계곡 아래 물소리 위로 잦아지는데 노음산 산넘이바람을 타고 내려온 오리 떼가 촤르르 내려앉은 왕댓골 오태못의 질펀한 물앙금이 언덕 아래로 아슴아슴 깔려 있었다.

최가는 객줏집 봉노에서 챙겼던 시초(市草)를 한 모금 빨고는 금방 일어섰다. 오태못을 돌아가니 이숙골이란 작은 화전 마을이 나타났다.

얼추잡아도 해질녘 상주 장터거리를 떠나 40여 리를 사추리 밑이 쓰리도록 열불나게 쫓겨온 셈인데, 일모도궁(日暮途窮)*으로 갈 곳이 없었다. 뻐근한 음낭을 문지르며 최가는 잠시 망설였다. 장전(贓錢)*이 될 방물고리를 옆에 끼고 있으니 더욱 갈 곳이 막연하였다.

최가는 언뜻 생각나는 곳이 있어 조촘거리며 이미 어둠살이 끼기 시작하는 선돌고개를 내려가기 시작했다. 최가가 지목하고 있는 곳은 사흘 전에 그가 들렀던 경들못가 늪지대의 예주목이었다. 그 마을 어름에 간신히 닿고 보니 밤은 벌써 삼경 자시(子時)에 가까웠다. 사흘 전에 들렀던 상가에 가만히 다가갔더니 집 안이 괴괴하고 찬 기운

• 일모도궁: 날은 저물고 갈 길은 막혀 있음.
• 장전: 옳지 못한 짓을 해서 얻은 돈.

이 감돌았다. 아직 장사(葬事) 뒷설거지가 안 된 뜰은 지저분하였다.

한 번 보았어도 구면인 사람은 예주목에서는 낯짝 얽은 그 상제뿐이었다. 몇 번인가 헛기침을 하였으나 집 안에서는 대답이 없었다. 다시 울바자를 흔들어댔더니 상제의 방에 불이 켜지고 문이 열렸다.

"뉘시오?"

"행객입니다."

"이 밤중에 웬 행객이란 말이오?"

워낙 산중이라 느닷없이 나타난 행객에 겁을 먹은 상제는 문밖으로 고개만 내밀었지, 섬돌 아래로 내려설 엄두를 못 내고 있었다.

"사흘 전 장례일에 들렀던 그놈이옵니다."

"사흘 전에?"

"예."

"그래요?"

상제는 그제야 최가를 기억에 떠올렸던지 산초기름이 자글자글 타고 있는 등잔을 받쳐들고 뜰로 내려섰다. 울바자 안으로 물에 빠진 생쥐 꼴인 대가리를 디밀었더니 등잔 불빛으로 아슴아슴 기억을 더듬던 상제가 그제야 안심인 듯 한숨이 쑥 빠지는 목소리로,

"허어, 구면은 맞소만 어찌 또 들렀소?"

"이것도 인연인가보지요."

상제가 산골고라리*라 할지라도 삼경에 만난 타관바치를 면박 주어 내칠 만큼 억세지는 못했다. 마뜩잖은 표정이긴 했으나 말인즉 고분고분하게 들어오랄 수밖에 없었다.

• 산골고라리: 어리석고 고집 센 산골 사람을 놀림조로 이르는 말.

"이거 체면이 아닙니다."

최가는 열어준 삽짝을 닫으면서 연방 콩 심는 시늉을 하였다.

"이번 파수엔 어디로 가는 길이오?"

"예, 상주로 가는 길입니다요."

"그때는?"

"문경으로 가는 길이었지요."

윗목에 제상이 휑뎅그렁하게 놓여 있는 상제의 방은 싸늘했다.

"저녁은 어쨌소?"

"예, 문경 장터거리에서 술국 두어 사발 낮잡이 먹고 왔습지요. 어쩌다가 내왕하는 길목이 되어서 상제를 두 번이나 뵙게 되었습니다요."

"괜찮아요, 워낙 산중이라서 댁 같은 상객은 좀처럼 못 만나는 곳인데 두 번이나 마주치게 되었습니다. 저도 어머님 장사 끝나면 산비알에 붙은 장토(莊土)나 정리해서 소장사나 해볼까 하는 참에 이런저런 세상 이야기나 들어봅시다."

그러나 그 상제를 상대하여 미주알고주알 세상사를 들추고 앉았을 만큼 최가의 육신은 팔팔하지 못했다. 몇 마디 주고받다가 토벽에 기대고 코를 탈탈 고는 최가를 차마 흔들어 깨울 수는 없어, 상제도 제상 앞으로 가서 가로누워버리고 말았다.

5

최가가 잠에서 깨어보니 신새벽이었다. 토마루로 난 장지문이 희미하게 밝아와서 문을 열어보니 숙무(宿霧)°가 겹겹이 뜰에 쌓였다.

상제를 깨워 수인사라도 나눌까 하다가 마음을 고쳐먹고 집을 나와 서릿바람으로 길을 나서고 말았다. 문경 쇠전거리에 닿았을 때는 중화참 무렵이었다. 최가가 문경으로 되돌아간 것은 매월이 때문이 아니고 그 주막 봉노에 누워 있던 봉삼 때문이었다.

그 봉패(逢敗)를 당한 지 사흘이 지난 뒤니까 도륙(屠戮)이 났으면 벌써 났겠고 튀었으면 또한 그것대로 결말이 났을 것이기 때문이었다. 거동이나 보아서 천만다행으로 살아 있다면 얼굴이나 한번 구경하자는 심사에서였다. 주막거리가 멀찌감치 바라보이는 연자간 어름에 붙어 서서 주막을 살펴보니 아무래도 예전 같지 않았다. 한 식경이 지나가도록 지켜보았으나 주막을 드나드는 길손은 고사하고 정지방 문도 꼭 닫힌 채로 인적 없이 냉랭하였다.

삽짝까지 어물쩍거리고 걸어갔건만 역시 인기척이 없었다. 정지문은 박살이 났고 정지 바닥에는 세간살이들이 매타작되어 뒹굴고 있었다.

"여보게, 주모?"

삽짝 귀틀에 붙어 서서 몇 마디 불러보았으나 역병 앓는 집구석 모양으로 통 대답이 없었다. 최가는 급한 대로 봉놋방으로 뛰어가서 방문부터 열어보았으나 방 안은 시신이 나간 자국으로 썰렁하니 냉기만 가득하였다.

우두망찰로 빈 방구석을 바라보고 서 있는데 인기척을 느꼈던지 정지방 어름에서 뭐가 끙 하고 앓는 소리를 내었다. 최가는 잽싸게 정지로 내달아서 박살이 난 문 너머로 고개를 디밀었다. 아랫목에 매

• 숙무: 전날 밤부터 낀 안개.

월이가 초주검이 되어 누워 있었다. 최가는 짚신도 벗는 둥 마는 둥 방 안으로 들어가, 누워 있는 매월이 앞에 착 무릎을 꿇고 앉았다.

"이녁이, 이게 웬일인가?"

"……"

"이게 어찌 된 봉패인가, 말을 좀 해보게."

일어나려는 매월이를 가까스로 부축하여 토벽에 기대어놓았다. 매월이는 열명길*로 오락가락하는 듯한 희미한 눈을 들어 대중없이 호들갑을 떨고 있는 최가를 멀거니 건너다보았다.

"무슨 바람이 불어 또 왔소?"

"이녁이, 그런 말 말게. 하룻밤을 품어도 만리장성을 쌓는다 하지 않았던가. 내가 이녁을 두고 장달음을 놓은* 뒤에 하룻밤도 온전히 눈 붙여본 적이 없네."

"잘 왔소. 내 병구완이나 해주고 가소."

"그런데 봉노에 누웠던 총각은 어찌 되었나?"

"총각이라니요?"

"내 일행 말일세."

"그 사람이 미장가면 상투는 웬 거요?"

"그야 외자상투*지."

"난들 어찌 아요. 급살 맞을 그놈이 행티 부려서 내쫓았는지 장달음을 놓았는지 나는 모르겠소. 내 코가 석 자나 빠졌는데 남의 등창을 빨겠소?"

• 열명길: 저승길.

• 장달음 놓다: 도망치다. '장달음'은 '줄달음질'의 사투리.

• 외자상투: 정혼한 사내가 아니면서 짜서 올린 상투.

아궁불열(我躬不閱)*이었다는데 어찌할 것인가. 최가는 그런대로 고개를 주억거렸다.

"하긴 그러네."

"어이쿠, 이년의 팔자. 들병이짓도 비럭질보다는 낫겠다 싶어 애옥살이로 호구나 하려고 장터거리에 집 얻어 병술이나 팔아먹쟀더니 이게 무슨 봉패인가, 글쎄. 잘못하면 내 명에 못 죽겠네. 이게 누구 덕분인가는 아는가요?"

"죽을죄를 지었네. 그러자니 내 심정인들 오죽했겠나? 이렇게 다시 찾아온 연유를 알았으니 타박은 그만두게. 그런데 궐자는 어찌 되었나?"

"날 정지 바닥에다 엎어놓고 매타작을 하고 야료를 부리다가 제 집구석으로 돌아갔지요."

"어허, 그건 그렇다 치고 이런 낭패를 어찌할까?"

최가는 수구(瘦軀)*한 매월이의 몸뚱이를 받아서 기직자리 위에 누인 뒤, 정지 바닥으로 나가서 미음죽을 끓여 코앞에 대령했다.

미음을 뜨면서 장마 도깨비 여울 건너가는 소리*로 매월이가 웅얼웅얼 만치란 놈의 행티를 발고하는데, 만약 최가가 그때 만치란 놈에게 붙잡히기만 했었다면 재차일거(在此一擧)에 뼈추림을 당했을 거라고 했다.

매월이와 만치는 재종 남매간으로, 만치는 일찍이 타관으로 떠돌

• 아궁불열: 자기 자신이 궁하여 남을 돌볼 처지가 못 됨.

• 수구: 빼빼 마른 몸.

• 장마 도깨비 여울 건너가는 소리: 무엇을 원망하기는 하지만 입속에서만 웅얼거려 그 말소리가 분명하지 아니한 경우를 이르는 말.

며 보행객주나 여각의 중노미질로 연명하더니 3년 전에 웬 해맑은 계집 하나를 얻어와선 재 너머 고사리에 붙박여 살면서 간혹 양반 행차 길라잡이에 나섰다가 주막에 들르곤 했다는 것이다.

어쨌거나 그날 짙은 안개 때문에 최가를 놓치고 만 만치란 놈이 주막으로 되돌아와선 제 누이가 최가와 하룻밤 살을 붙인 처지였다는 것을 빌미잡아 사람을 엎어놓고 복날 개 패듯 하고는 선길에 꼴같잖은 세간들을 모조리 박살냈다는 것이었다.

그중에서 천만다행으로 봉삼의 처지만은 눈치채지 못했는데, 만치가 행티를 놓고 떠나간 뒤 봉놋방 문을 열어보니까 봉삼은 흔적조차 남기지 않고 장달음을 놓은 뒤였다는 것이다. 아마 정지방에서 곱지 않게 오가는 만치란 놈의 목소리를 알아챈 모양이었다는 것이다.

"그놈이 나를 초주검시키고 삽짝을 나서면서 댁들을 벼르는데, 땅벌 구멍에 좆을 박아놓고 견뎌냈으면 냈지 제 불알을 까고는 못 견딜 거라고 이를 바드득 가는데, 죽은 듯이 엎드린 내가 소름이 다 끼칩디다요. 사실 그놈의 오지랖을 보니까 핏자국이 낭자합디다. 정말 그놈의 불알을 까기는 깠소?"

"이끼, 이 사람, 그 무슨 벼락 맞을 소린가. 우리가 멀쩡한 사내의 불알을 왜 까고 다녀?"

"그럼 왜 그놈의 행패가 난하였소?"

"뭐가 잘못돼서 그렇다네. 졸가리는 나중에 캐기로 하고 우선 눕게. 정신 차리고 일어나기나 하게."

알고 보니 매월이는 저간의 사정을 소상히 알고 있지는 못했다. 그러나 만치란 놈의 버르장머리가 그러하다면 초조해서 여기서 하루도 묵새길 수가 없다는 생각이 최가를 괴롭혔다. 게다가 심중에 두고 찾

아온 봉삼의 행방이 묘연하니 아무리 궁리를 터봐도 최가의 신세가
돌 틈에 끼인 가재 꼴이었다.

그때 모잽이로 누웠던 매월이가 윗목에 놓인 방물고리를 턱짓으로
가리켰다.

"저 고리는 웬 거요?"

"빈 고릴세."

"빈 고리를 왜 그렇게 바싹 끼고 들어왔소?"

"그러면 못쓰나? 뭐 술잔거리 잡살뱅이 황아물 몇 낱 들어 있네."

"어찌 아파(牙婆)* 물건 같소? 옹춘마니인 줄 알았더니 섭수도 좋
으셔라. 어느 객주에서 떼어왔소?"

"이 사람하구선. 양경장수* 물건은 아니니 안심하게. 번듯한 객주
에서 엄대 긋고* 가져왔네."

"손떠꾸*도 두껍소."

"내가 누군데."

하는 수 없었다. 최가가 제 손으로 마련한 저녁곁두리* 한술 뜨고
나니, 굴신 못 하고 누운 매월이가 찌그러진 방문이며 정지 바닥에
나뒹구는 세간붙이들을 치워달라는 소청에다 아궁이에 불까지 지펴
달라는 것이었다. 복에 없는 술아비 행세로 정지와 안방을 오락가락
하면서 시키는 대로, 행패 부리고 떠난 놈의 뒷설거지를 대강 마치고

---

* 아파: 방물장수.
* 양경장수: '도적'을 속되게 이르는 말.
* 엄대 긋다: 물건을 외상으로 사고 장부에 달아두다.
* 손떠꾸: '손떠귀'의 사투리. 무슨 일이나 손을 대기만 하면 나타나는 길흉화복.
* 저녁곁두리: 점심과 저녁 사이에 먹는 새참.

나니 벌써 이경이나 되었다. 정지방으로 들어오니 그 몸을 하고 누웠던 매월이는 제 손으로 관솔불을 떠다가 등잔을 밝혀놓았다. 최가는 윗목에 앙가조촘 앉으면서 지나는 소리로 물었다.

"그런데 이녁이 앓아누운 사이에 장터거리에 있다는 그 떠꺼머리는 한 번도 들여다보지 않던가?"

"말도 마소. 그런 소소리패가 어찌 사람의 정분을 안답디까. 의초 좋아 들락거리는 게 아니고, 썩은 울바자에 노란 개 주둥이 모양으로 내 살 붙이고 싶어서 들락거리지…… 이녁도 봉노에 누웠던 일행 때문에 곰돌아들었는지 내 병수발 하려고 왔는지는 모르지만, 다시 만나니 일가붙이보단 낫다는 생각 들어 눈물이 나요."

한쪽 눈두덩이 퍼렇게 멍든 계집의 두 볼 위로 눈물 자국이 질펀한 걸 바라보고 앉아 있으려니 최가의 속내도 손돌이바람*이 지나고 난 쇠전머리 파장처럼 대중없이 쓸쓸해졌다. 최가는 누운 매월이 앞으로 다가앉으며 여윈 두 손을 모아 잡았다. 그 경황에도 매월이는 소세(梳洗)를 한 듯하였고 목덜미에서 곡분(穀粉) 냄새도 은근하게 풍겨왔다.

사흘 전에 만났을 때 그 퍼렇던 서슬도 어디로 가고 눈물이 글썽한 눈자위를 내려다보니, 들병장수 몰골이라는 게 이런 거구나 싶어 공연히 3년 전에 급살 맞은 여편네 생각이 나서 싱숭생숭해졌다. 이불자락을 들치고 매월이 옆에 누웠다. 넙죽이 엎드려 시초 한 대를 빨고 있으려니까 매월이가 천 근 같은 한 팔을 최가의 목덜미에 걸쳤다.

"그래 엎드려 있지만 마소."

"그럼 뭘 해, 또?"

"좀 껴안아주소. 온 삭신이 쑤시고 저린 게 남정네 품에라도 으스러지게 안겨보고 싶어서 그러오."

일빈일소(一嚬一笑)●하는 매월이를 힐끗 돌아다보니, 이것이 또 색이 동해 있음이 분명했다. 그러나 최가는 짐짓 떨떠름한 낯빛이 되어,

"어찌 굴신 못 하는 아낙을 내가 체면 없게 껴안을 수가 있겠나."

하고 내쳤다.

"내가 물찌똥이라도 내깔길까봐 그렇소? 배쓱거리지 말고 좀 껴안아주소. 언제는 엎드려서 싹싹 빌더니 오늘은 웬 체면으로 그렇게 뻣뻐드름하요?"

"원, 내가 체면 때문에 그런가? 아낙이 아픈 몸이니까 그러지. 어서 일어나기나 하게."

"박절하게 그러지 마소. 지금 하면 순영(巡營) 나졸들이 옭아간답디까?"

"누가 잡아간다구 했나? 아낙 몸 생각해서 그러지."

"내가 재미없습디요? 그럼 빗장거리라도 합시다."

"이 여편네가 초주검 되도록 맞았다더니 상성을 했나, 거 대중없이 굴지 말게. 이 사람 이제 보니까 신수가 멀쩡하네그려? 그러지 말게, 자리 봐가면서 발 뻗쳐야지."

"분값 용채 달랠까봐 그러지?"

최가의 괄시가 자못 섭섭했던지 매월이는 팔을 거두고 홱 돌아눕고 말았다. 곡기 끊고 누웠던 계집답지 않게 아직 결이 삭지 않은데다가 너나들이를 하고 기어드니 최가 역시 솔깃하지 않은 건 아니었다. 그러나 윗목에 놓아둔 방물고리에 신경이 쓰인데다가 매월이가 엉뚱한 생각을 하고 착 달라붙을까봐 겁도 났다.

매월이도 근본 없는 들병이로, 훌훌 털고 일어나 타관으로 나서는 데는 미립난* 계집이요, 주막 살림이 바닥째 거덜이 나버린 지금 최가가 끼고 온 방물고리를 열어서 구경이라도 할작시면 눈자위가 하얗게 뒤집혀서 따라나서겠다고 포달을 떨기 십상이었다. 계집을 달고 어디를 간단 말인가.

이 계집이 아무리 막창 출신 아랫녘장수라 할지라도 자주 살을 섞고 보면 안전막동(眼前莫同)*이듯이 그곳에 들척지근한 정분이란 게 묻어나게 마련이었다. 그것이 종말에 가선 사람을 괴롭히고 울린다는 걸 최가가 모를 리 없었다.

부평초처럼 도방 대처로 떠다니는 인생이 만나는 계집마다 정분을 주고 나면, 조선 팔도 어느 고을 어느 계곡에 눈물 자국 남기지 않을 데가 없었다. 하룻밤 정분은 그 정분대로 끝조짐해버려야 심사가 편하다는 걸 최돌이는 알고 있었다. 그러나 사내의 야무진 마음 흩뜨려 놓는 데는 계집의 야살이 한 구실 톡톡히 하는 것이어서, 돌아누운 매월이의 쉰내 나는 잔등에 쩍 하고 입을 맞추었다.

"토라지기는. 이녁이, 그러지 말게. 그렇담 한번 해도 괜찮은가?"

• 미립나다: 경험을 통하여 묘한 이치나 요령이 생기다.
• 안전막동: 못생긴 아이라도 늘 가까이 두면 저절로 정이 붙음을 이르는 말.

최가의 괄시에 결이 솟은 매월이는,

"일없어요. 꼴도 보기 싫으니깐 봉노로 건너가요. 각방자리 할래요."

"또또 그런다, 내가 언제 자넬 내치자고 했던가……"

"내가 언제 이녁의 조강지처였던가? 괜한 욕심이었지."

"그러지 말고 돌아눕게. 이렇게 다시 만난 것도 하늘이 점지한 인연이 아니면 쉽지 않네."

마음이 돌아섰는지, 매월이는 대답이 없었다. 최가는 매월이의 치마 밑으로 손을 넣어 단속곳을 벗겨내리고 불두덩에다 북두갈고기 같은 손바닥을 얹었다. 사흘 동안이나 자리보전하고 있었던 판국이라 고쟁이 속에서 오뉴월 보리밥 쉬어터지는 냄새가 물씬 풍겨왔으나, 왜 그런지 그 냄새가 오히려 사람을 동하게 만들었다.

"옷부터 벗어요."

매월이가 그제야 돌아눕더니, 제 손으로 최가의 바지끈을 풀었다. 누운 채로 발을 올려 바지 괴춤에다 발가락을 걸어서는 아래로 내려갔다. 벌써 매월이의 입 언저리에서는 단내가 물씬 풍기는 듯했다.

"이리 오게."

끙 앓는 시늉을 하며 매월이를 덥석 껴안으니, 바라고 있었다는 듯이 계집은 허겁지겁 안겨왔다.

"자넨 일부종사하고 살기는 글러버린 여자여."

서울까투리 모양으로 수줍은 기색 없는 매월이를 두고 최가가 씨부렁거리자, 매월이는 그 말씀 떨어져 흙 묻을까봐 날름 맞받아서 한다는 소리가,

"일부종사했더라면, 이녁같이 모양 좋고 짭짤하고 구석구석을 찾

아서 두량하는 남정네를 못 만났겠지요."

"허어, 자네는 행방술(行房術)도 가히 일품이거니와 구변이 좋아 삼정승 육판서를 종놈처럼 부려도 변설 모자라 내쫓기진 않겠네."

아랫배가 뜨끈해진 매월이는 이제 옴니암니* 따질 것 없이 최가의 귀쌈에다 가쁜 숨을 몰아올렸다. 부담롱(負擔籠)을 싣고 재 올라가는 말 궁둥이 형세로 엉덩이에 기를 넣고 찔락거리기 시작하더니 눈동자를 하얗게 허공에 달고는 참 없이 희학질 소리를 내질렀다. 계집은 좀처럼 최가를 내려놓으려 하지 않았다. 엎딘 자리에서 동티가 나도록 결판지게 삼합을 이루면서 최가는 속으로, 어쩌면 이 계집이 일가붙이인 송만치에게 봉패당한 분풀이를 지금에야 하고 있는지도 모른다는 생각을 하였다. 팔자 드센 들병이가 할 수 있는 분풀이라면 제 몸뚱이에 길들여진 희학질로 육신을 불꽃처럼 사르는 도리밖에 다른 용수가 없지 않은가. 이것은 색탐이 아니라 천한 계집의 대중없는 발악이라고 최가는 생각했다. 누가 횡액을 당한 이 계집의 아리고 쓰린 속내를 살필 수 있겠는가.

어르고 달래서 겨우 허락을 받은 최가는 삿자리에서 나가자빠지자마자 잠에 떨어지고 말았다. 최가가 긴 잠에서 깨어난 것은 먼 데 닭이 여러 번 홰를 친 신새벽이었다. 어섯눈을 뜨면서 옆자리에 누운 매월이의 젖무덤에 언뜻 손을 얹었는데, 젖무덤 위로 얹혀야 할 손이 그대로 삿자리 위로 떨어졌다.

매월이는 벌써 일어나 밖으로 나가고 없었다. 계집이 운신 못할 몸뚱이를 가지고 새벽동자라도 지을 일이 있나 싶어 정지를 살폈으나

보이지 않았다. 언뜻 보니 방물고리가 놓여 있던 윗목 자리가 휑뎅그렁하게 비었다. 의룡을 올려다보았더니, 문짝이 한바탕 분탕질로 어지럽게 열렸고 헌 옷가지가 방바닥에 어지러이 널려 있었다. 엇 뜨거라 싶어 정지문을 젖히고 봉당으로 내려섰다. 명색뿐인 삽짝이 휑하니 열린 저편 장터거리로 일찍 기어나온 개들이 한창 흘레를 붙고 있었다. 송도 오이장수 꼴이 된 최가는 그만 엉덩방아를 찧고 봉당 위에 털썩 주저앉고 말았다.

그길로 장터거리로 뛰쳐나와 헤매었지만 매월이의 종적은 꿩 구워 먹은 자리였다. 그렇다고 장물을 찾으려는 입장에 아무나 붙잡고 수소문할 수도 없어 주막집 두어 군데를 기웃거리다가, 마침 어느 집 뒷간 귀틀에 대고 소피를 보았다. 오줌 줄기가 서방질하다 들킨 년 모양으로 대중없이 질금거렸다.

최가가 소피를 끝내고 맹랑하달 수밖에 없는 시선을 장터거리 저편으로 던지고 서 있는데, 마침 새벽 기찰을 도는 수교(首校) 한 놈이 산수털벙거지[•]를 모양 있게 떨쳐 쓰고 사령 군노 두어 놈과 패를 지어 연자매를 돌아 장터거리로 들어서는 게 보였다.

최가는 얼른 바지 괴춤을 추스르고 그쪽으로 쫓아갔다. 수죄구발(數罪俱發)[•]로 장하(杖下)[•]에서 헤어나지 못한다 할지라도 우선은 매월이년을 찾아내야겠다는 결기가 앞섰다.

"나리들!"

목자 사납게 생긴 수교놈이 신새벽부터 웬 메뚜기인가 싶어 뒤돌

• 산수털벙거지: 산짐승의 털로 만든 벙거지.

• 수죄구발: 한 사람이 저지른 여러 가지 범죄가 한꺼번에 모두 드러남.

• 장하: 왕조 때, 장형(杖刑)을 집행하는 그 자리를 이르던 말.

아보니, 새앙쥐 같은 놈이 하나 앙가조촘하니 서 있었다.

"웬일이오?"

"발고(發告)할 일이 있어서입니다요."

"글쎄, 무슨 일이냐니까 그러네."

웬 먹다 만 쑥떡 같은 타관바치가 신새벽부터 찍자°나 놓자는 게 아닌가 싶어 마뜩잖았지만, 그래도 저들이 하는 일이 있는지라 수교는 정색인 체하며 최가를 내려다보았다.

"저는 송파 임방에서 온 도부꾼이올시다."

"송파 임방에서 나온 도부꾼이 한둘인가?"

"글쎄, 제 말씀을 좀 들어보시래두요."

"어서 발고하라니깐."

"마침 상주 뒷장을 보러 가는 행보에 날이 저물어 저 쇠전 윗거리 주막에 묵게 되었습니다."

"그렇지, 그건 잘한 짓이구먼."

"그런데 늘어지게 쉬고 나서 신새벽에 일어나보니 원래 좀 반반하게 생긴 주모가 보이지 않고 내 방물고리도 보이지 않으니 필시 이년이 방물고리를 이고 야반도주를 한 게 분명하옵니다."

"뒤껻은 뒤져봤소?"

"예, 뒤져봤고말고요. 장터거리를 이 잡듯 했습죠만 종적이 없습니다요."

"그거 안됐구먼. 쇠전 윗거리라면 들병이 매월이 말인가?"

수교 곁에 엉거주춤 붙어 섰던 사령놈이 매월이를 익히 알고 있는

• 찍자: 괜한 트집을 잡으며 덤비는 것을 속되게 이르는 말.

듯 다잡아 물었다.

"예, 매월이라더군요."

"그럼 매월이가 방물고리를 이고 튀었단 말이오?"

"튀다마다요."

그때 수작을 보고 있던 수교가 물었다.

"물목이 뭣뭣이오?"

"예?"

"물목이 뭐냐니깐?"

최가는 난감하였다. 그리고 얼른 이 발고가 잘못되었다는 것을 깨달았다. 물건을 잃었다면 관아에 통기하는 것은 예사로운 일일 테지만 물목을 자상하게 대지 못하면 관아의 비위짱을 거스르는 건 물론이요, 장물아비로 지목받기 십상이기 때문이었다. 잘못하다간 난데없는 화근을 뒤집어쓰지나 않을까 싶은데, 사령놈이 재우쳤다.

"여보시오, 물목들을 대시오."

"……"

"이것이 실성을 했나? 왜 대답을 못 하고 미적거리고 그래?"

수교 패거리들은 처음엔 그까짓 실물쯤이야 싶어 최가를 적당히 구슬려 내쳐버릴 작정이었다. 그러나 결정적인 대목에 가서 최가가 슬며시 꽁무니를 사리는 듯싶자, 뭔가 심상찮은 낌새를 느끼기 시작했다. 꺼칠한 사내자식이 하필이면 방물장수였다는 것도 의심쩍었지만 실물을 했다는 작자가 물목을 대지 않고 서 있는 게 수상하였다. 수교가 댓바람에 언사가 불손해지면서 최가를 다그쳤다.

"이놈, 바른대로 발고하렷다."

그때, 가만히 서 있던 최가가 느닷없이 제 상투를 두 손으로 휘어

잡고 헤헤거리며 웃기 시작했다. 그러고는 엉덩짝을 촐싹거리기 시
작했다.

"이런 놈이 있나? 이 무슨 맹랑한 짓인고?"

수교가 버럭 결기를 돋우며 뱅뱅 돌아가는 최가의 귀쌈을 보기 좋
게 후려갈겼다.

"이놈의 자식이 어디다 야료를 부려?"

귀쌈을 맞은 최가는 금방 볼을 두 손으로 감싸며 식초 먹은 고양이
상을 하고 대들었다.

"왜 이러쇼? 왜 사람을 쳐요?"

"야, 이놈 봐라. 이놈, 실성한 놈 아녀?"

사령 한 놈이 방망이로 최가의 앙가슴을 콱 내지르면서 예사롭지
않다는 투로 씨부렸다. 팔짱을 끼고 수작을 바라보던 수교란 놈이 그
때 고개를 설레설레 흔들며 내뱉었다.

"아녀. 그놈은 정녕코 실성한 놈이 아녀. 본색이 따로 있네. 뭔지는
모르지만 그놈이 시방 제 깐에는 야료를 부리고 있는걸세. 그놈을 끌
고 매월이 집으로 가세. 현장으로 가서 추달을 하세."

그 말이 떨어지기 바쁘게 실성했다고 말한 사령 한 놈이 달려들어
최가의 바지 괴춤을 단단히 쥐어 잡았다.

"이놈, 매월이 집으로 가자."

아주까리 대에 쥐참외 달리듯 엄장 큰 사령놈에게 매달려가면서
최가는 이제 글렀구나 싶었다. 얼핏 짚여오는 대로 짐작 없이 미친 짓
을 한 게 경솔했다. 그러나 이제 미친 짓을 그만둔다면 무슨 변고가
일어날지 몰랐다. 만약 관아로 끌려가서 본색을 토설하라고 강요당한
다면, 장판(杖板)에서 풀려나오기는 만에 하나 바랄 게 못 되었다.

삽짝이 휑하니 열린 주막 뜰 안으로 최가를 밀어붙인 사령들은 최가를 태질하듯 봉당에다 끌어박았다.

"이놈, 너 어디서 뛰어든 놈이냐. 바른대로 토설하렷다."

수교란 놈이 육방 관속(六房官屬) 거느린 동헌 치죄(東軒治罪) 흉내내어 제법 본때 있게 으름장을 놓았다.

"네놈이 송파 임방에서 온 도부꾼 행세라면 필시 채장을 갖고 있을 터인즉 그것부터 내놓아라. 그것만 내보이면 너를 방면할 수도 있을 것인즉 지체 말고 내놓아라."

최가는 봉당에 끌어 박힌 앙가슴이 아프기도 한 김에 눈알을 허공에 달고는 황소 영각 켜는 소리로 소리 질렀다.

"어이구, 배야. 네 이놈 봉삼아, 나 죽는다아."

"이놈 봐라? 야료 부리지 말고 네 본색을 발고하렷다. 봉삼은 또 웬 놈이냐?"

"예, 소인의 어머니입죠."

"네 엄니 함자가 봉삼이냐?"

"예, 그렇다마다요."

"네 엄니에게 대고 허우대 멀쩡한 놈이 욕질을 해대? 이 불효막심한 놈."

최가를 혼돌림하던* 수교와 사령 두 놈이 그참에 이르러서야 서로 얼굴을 마주 쳐다보았다. 실성한 빛이 완연한 이 타관바치 도부꾼 말대로 들병이 매월이는 온데간데없었다. 집뒤짐을 해보니 행상(行喪) 나간 집같이 썰렁하였다. 정지 아궁이에 동자 지은 흔적도, 봉노에

• 혼돌림하다: 단단히 혼내다.

행객이 묵어간 자국도 없었다. 매월이가 방물짐을 이고 야반도주를
한 게 틀림없겠고, 그랬다면 실물한 도부꾼이 잠시 삐끗하여 얼혼이
빠진 나머지 횡설수설할 수 있겠다는 짐작이 짚여왔던 것이다.

당초에 들병이들이란, 그 본색이 과히 곱지 못해서 정절이란 자반
뒤집기요, 의초 좋은 이웃사촌 사이에 끼여 붙어 조련질하기 일쑤이
니 범접 못할 계집들이었다. 들병이가 가는 곳엔 말썽이 일어나게 마
련이었다. 유두분면(油頭粉面)*에 물색 옷 단아한 젊은 들병이가 마
을 쌍거리목이나 장터거리에 차고 앉았다 하면, 계집에 걸신들린 소
악패들이나 선머슴들이 병문(屛門)에 들끓었다. 폭행, 도난, 협잡,
투전이 횡행하는 등 각종 분란이 잦아 관아에서도 반갑잖았고 여차
하면 병문 밖으로 멀찍이 몰아낼 때도 있었다.

사령들이 서로 눈짓하더니 봉당에 퍼질러 앉은 최가에게 다가가서
방망이를 흔들었다.

"이놈, 맹랑한 놈. 너 이놈, 안뒷간에 가서 똥 누고 안아가씨더러
밑 씻겨달랠 놈이구나. 네가 무슨 엠병 난 동네에 도깨비 배짱으로 방
물짐을 두고 늘어지게 잤더란 말이냐. 그 방물짐이 온전하겠느냐?"

"……"

"비상(砒霜)을 구워도 입맛을 다신다고 했다. 이놈아, 입맛 다신
게 죄냐? 비상 구운 놈이 죄지. 방물짐 간수를 허술하게 한 네놈 죄
도 헐하지는 않겠다!"

"예, 그렇다마다요."

"그렇다면, 턱밑까지 와서 옴니암니 따지고 들 입장이 아니잖느

---

* 유두분면: 기름 바른 머리와 분 바른 얼굴이란 뜻으로, 여자의 화장.

냐?"

"예, 알겠습니다요."

"이끼, 이 아갈잡이*를 할 놈."

수교놈이 방망이를 들어 공연히 최가의 어깻죽지를 한 대 갈기고
는 이죽이죽 잰걸음으로 삽짝을 나가버렸다. 삽짝을 나선 수교들이
저만치 연자맷간을 돌아서자 최가는 봉당 위에 네 활개를 뻗고 누워
버렸다.

고사리 송만치 집에서 떠날 적에 측간 옆에 뒤를 봐서 액막이로 하
잤더니, 물색 서툰 봉삼이란 놈이 경황없이 재촉하는 바람에 냄새만
피우다가 일어선 게 지금 와서 후회막급이었다. 졸지풍파(猝地風波)
로 일행을 잃어버린 것하며, 예까지 에쿠지쿠 하며 달고 온 방물짐을
그 망측한 매월이에게 고스란히 내준 것이 팔자치고는 곡절이 무던
하다는 생각이 들었다.

상주에서 방물고리를 잃어버린 방물장수는 허겁지겁 관아로 달려
갔을 게 아닌가. 형방 나졸들이 황석배의 집으로 나와서 임검(臨檢)
하며 도난 전말을 자상히 적고, 범인이 유유히 도망한 사연까지 붙여
첩보(牒報)까지 만들었을 것이다.

첩보를 만든 후 상주 관하(管下) 각 관에게 관문(關文)을 돌리어
범인을 기찰하여 체포하라는 신칙(申飭)이 서릿발 같았을 것이다.
설령 그것이 아니라 할지라도 임방에서 내린 사발통문 때문으로도
저잣거리 출입조차 여의치 못할 판국이었다.

월여 전만 하더라도 송파 저잣거리 짠물 먹어 신기 멀쩡하던 놈이

---

* 아갈잡이: 소리를 지르지 못하도록 입을 틀어막는 짓.

거동 한번 잘못해서 팔자가 비루하게 되어가고 있었다. 차라리 연주창(連珠瘡) 앓는 놈의 갓끈을 핥지* 신고 끝에 메고 온 방물고리를 이고 튀다니, 최가는 이를 바드득 갈았으나 그건 나중 일이고 당장은 살길 도모가 캄캄하였다.

6

최돌이가 당학*을 두어 죽 앓고 일어난 놈처럼 근력이 말이 아니게 봉당에 나자빠져 있을 적에, 매월이는 벌써 문경 장터거리에서 20여 리가 상거한 점촌 역말 부근 반곡리 내 앞에 이르러 있었다. 그것도 혼자가 아닌 봉삼과 일행이 되어서였다.

매월이는 초장부터 최가가 끼고 온 그 방물고리가 궁금했었다. 최가를 달래어 일부러 마당 설거지를 시켜놓고 방물짐을 풀어보았던 것이다. 매월이는 잠시 넋을 빼고 고리 속을 들여다보았다.

조바위 · 남바위 · 풍차(風遮) · 염낭과 댕기 몇 개, 가리마〔遮額〕· 분통 · 면빗 · 얼레빗 · 빗치개 · 족집게 · 연지합 · 진옥각지 · 은조롱 · 조개부전 같은 것은 고사하고라도 매월이가 더욱 놀란 것은 갖가지 비녀들 때문이었다. 대갓집 여편네들에게 쓰임새가 많은 옥모란잠(玉牡丹簪)들과 매죽잠들은 오래 갖고 다녀 손때가 묻었지만 이제 시월 들고부터 쓰임새가 당길 용잠과 은모란잠 · 옥잎잠〔玉葉簪〕· 은매

---

* 연주창 앓는 놈의 갓끈을 핥겠다: 하는 짓이 몹시 인색하고 더러움을 비유적으로 이르는 말.
* 당학: 학질의 하나. 이틀 걸러 발작하며, 좀처럼 낫지 않는다.

죽잠(銀梅竹簪)·이사금잎잠〔泥沙金葉簪〕이랑 여러 개는 태깔이 제대로였다. 게다가 그 모두가 장물이란 걸 매월이가 모를 리 없었다.

방고래가 떠나가도록 코를 골고 있는 최가를 두고 매월이는 자리에서 일어났다. 헌 옷가지들을 대강 챙겨서 방물고리를 옆구리에 꼈다. 과히 미련 없이 야기(夜氣)가 눅눅한 봉당으로 내려섰다.

먼 데 앞산자락을 끼고 청승스럽게 흘러가는 여울물 소리를 들으면서, 연자매 뒤 움막으로 달려갔다. 봉삼이 거기 있었기 때문이다.

만치란 놈이 행티를 놓고 떠난 뒤, 봉놋방 문을 열어보니 봉삼은 없었다. 봉노의 왼쪽 바라지문을 열고 튄 흔적이 보였고, 뒤편 울바자가 자빠져 있었다. 최가놈과 한통속이었으니까 튀었겠지 했었다. 그러나 그 근력으로는 먼 길 행보야 가당찮을 거라고 생각했었다. 연자매 근처에서 개 짖는 소리가 한낮까지 극성이기에 나가보았더니 봉삼이 거기 엎어져 있었다.

한둔하는 사람을 보기 뭣해서 끌고 오려 하였으나 관재(官災)가 있을지도 몰랐고 만치란 놈이 다시 쫓아오지 않으리란 보장도 없었다. 생각 끝에 미음이나 갖다 나르면서 그곳에 있게 해둔 것이었다.

매월이는 봉삼을 수이 놓아보내고 싶지가 않았다. 허우대가 장대하면서도 뜨내기 선길장수*답지 않게 사내가 귀골로 빠져 있었다. 말수가 띄엄띄엄하고 행동이 신중해서 채신머리없기로는 유명짜한 최가와는 대조를 이루는 남정네였다. 속내는 모르겠으되 용모 하나만은 번듯하게 차고 난 위인이었다.

그래서 최가와 살을 섞으면서도 속내로는 봉노에 누운 봉삼을 생

• 선길장수: 도부꾼.

각했고 또한 음식 수발을 게을리하지 않았다. 최가에게 봉삼의 거처를 토설하지 않은 것도 그를 곁에 두고자 함이었는데다가, 또한 상투는 외자로 틀어올린 것이라니 졸창간에 팔자 고칠 운세가 트일 것 같기도 했다.

움집으로 들어가니 봉삼은 한뎃잠이 한창이었다.

"이봐요, 총각!"

"응, 왜 그러슈, 이 밤중에?"

"밤중이라니? 홰를 칠 때가 되었소."

"왜 그러슈?"

봉삼은 엉거주춤 일어나 앉았다.

"먼 길 행보가 되겠어요?"

매월이는 더듬거려 봉삼의 손목을 잡았다. 손목이 써늘했다. 매월이는 가져간 배자(褙子)[•]를 얼른 건넸다.

"한고(寒苦)가 보통 아니지요?"

"예."

"일어나서 배자나 껴입으시오."

봉삼은 언뜻 긴장하였다.

"관아 사령놈들의 기찰이 대단해요. 초저녁엔 용모파기 여러 장을 처들고 장터거리에 나와 집뒤짐을 하는데, 분명 총각을 찾는 것 같습디다. 기찰이 눅어질 기미가 아니어요. 아무래도 만치란 놈이 관아에 발고를 한 게 틀림없습니다."

"지금 어딜 간단 말이오?"

• 배자: 저고리 위에 입는, 조끼 모양의 덧저고리.

"어딜 가다니요? 그럼 여기 앉았다가 점잖게 오라를 받겠수?"

"내가 오라를 받았다면 그놈도 온전치는 못할 거요."

"남의 여편네 발, 작두로 친 건 어떡하고? 총각 코가 열 자나 빠졌는데 남 온전하고 못 하고가 대수요?"

"난 못 가요."

"공연히 드센 체하지 말고 일어나요."

"내 처지가 말이 아니잖소?"

"차붓소* 같은 젊은 남정네가 그만한 변고를 가지고 아직까지 기력을 못 찾다니…… 지금 떠나지 못하면 총각도 관재 벗기는 글렀어요. 아, 어서 일어나요. 염려는 놓으시고요."

"날 생각해주는 것만은 과람하오만 어쩐지 내키지가 않아요."

봉삼이 그렇게 사양하고 내치니 매월이는 짬 없이 가슴이 탔다. 그렇다면 더욱더 봉삼을 두고 갈 수는 없었다. 사내를 달고 나가서 무엇을 어떻게 할지 당장 생각해본 것은 아니었으나, 일우명지(一牛鳴地)*에 안일화복이 손을 벌리고 있는 듯 매월이의 마음은 바빴다.

언뜻 봉삼을 욕심내는 게 장대로 하늘 재기와 같다는 생각이 들었으나 정작 사내의 손목을 놓아버리자니 경도(經度) 어름에 개짐 안 찬 밑구멍처럼 허전하고 민숭민숭하였다.

"객쩍은 소리 씨부리고 있을 때가 아닙니다. 어서 일어나요."

봉삼도 끝내는 매월이의 성화를 이겨내지 못했다.

옴딱지 떼듯 봉삼을 일으켜 세운 매월이는 외대머리*를 푹 숙이고

---

* 차붓소: 달구지를 끄는 큰 소.
* 일우명지: 소 한 마리의 우는 소리가 들릴 만한 가까운 거리의 땅.

앞서 걷기 시작했다.

"화초방에서 완피(頑皮)* 같은 설레꾼 꾀기보다는 본시 어렵소."

봉삼의 고집에 매월이는 혀를 내두르며 요망 떨었다. 얼마간을 선머리에서 웨죽웨죽 걷던 계집이 물었다.

"외자상투를 틀었다면서요?"

"예."

"왜요?"

"외방(外房) 출입이 아직은 설어서 그렇소."

"이녁도 송파요?"

"아니요, 내 고향은 송도요."

"멀리도 왔네요."

"도부꾼이 어딜 안 다니겠소. 그렇지만 남도 윗녘은 처음이오."

"혼자입니까?"

"웬걸요, 어릴 때 잃은 누이가 있소."

"간혹 통기(通寄)나 합니까요?"

"웬걸요, 십오륙 년이나 넘게 헤어져 있어서 이젠 얼굴조차 모를 거요. 바람결에 누이가 성혼은 했다는 풍문입디다."

"저런 일이 있나……"

"괜한 소리 그만둡시다. 유리개걸(流離丐乞)*하는 뜨내기가 고향은 자꾸 되씹어 뭘 하겠소. 언제쯤이건 고향 아닌 되 땅에 나가서 농

• 외대머리: 정식 혼례를 하지 않고 쪽 찐 머리, 또는 그렇게 한 여자. 기생이나 매춘부 등을 이르던 말.

• 완피: 유들유들하여 순종하지 아니하는 사람.

• 유리개걸: 정처 없이 떠돌아다니며 빌어먹음.

사나 짓고 살아야겠지요. 난 고향에서 쫓겨난 놈이오."

"총각이 꽤나 언사가 음전하시우."

"부추기지 마시오."

유복한 과수는 앉아도 요강 꼭지에 앉고 넘어져도 가지밭에 넘어진다더니, 총중(叢中)에서도 봉삼을 달고 나선 게 매월이는 다시금 가슴 뿌듯하였다. 곁에 두고 유세를 부려도 모자랄 사내가 아니었다. 아랫녘장수 더러운 치맛자락에 걸리느니 육두문자가 입에 걸린 타짜꾼이었고, 단속곳 괴춤에 몰래 숨긴 살돈〔肉錢〕이나 노리는 소악패들이 전부였다. 끝내는 창병(瘡病) 얻어 유취만년(遺臭萬年)*할 들병이 생활을 이제 중동무이하는가 싶어 매월이는 행보가 가벼웠다. 그러나 뒤따라오는 봉삼이 끝내 방물고리의 내력만은 묻지 않으니 그 연충(淵衷)* 깊은 곳을 헤아릴 수가 없어 심사가 메슥메슥할 뿐이었다. 그것이 바로 야밤에 같이 길을 떠난 까닭이 될 텐데도 봉삼은 먼 데서 닭이 재우쳐 울 때까지 걸었지만 아무 말이 없었다.

그들은 고모산성을 돌아 오른편으로 굴모리를 버리고 잔국(殘菊)이 듬성듬성 찬 서리에 젖고 있는 반곡리 질펀한 개활지로 들어섰다.

발새 익은 길이었다 할지라도, 두 사람의 근력이 시원찮은데다가 비 온 뒤끝이라 진 길이 바쁜 마음과는 달리 수월하게 줄어주지 않았다.

반곡리 세거리에 도착하니 해는 벌써 늦은 아침이었다. 그동안 문경장을 보러 가는 도부꾼 몇과 유곡 역참까지 양반 행차 배행하고 돌

---

* 유취만년: 더러운 이름을 오래도록 남김.
* 연충: 깊은 속마음.

아가는 반곡 역말 역졸 몇을 만났을 뿐이었다.

세거리에는 과객이나 도부꾼들이 들러 얼요기나 하고 갈 술국집이 두서넛 보였다. 주막 앞을 지나가는 도부꾼들의 말 워낭 소리가 썰렁해서 무양(無恙)*치도 못한 몸들이 행역(行役)에 시달릴 걸 생각하니 한결 가슴이 쓸쓸했다.

손돌이바람이 불어오는 참이라, 주막마다 지게문들이 꼭꼭 닫혀 있었다. 두 사람은 그중 봉당에 짚신이 적은 술국집을 골라 들어갔다. 거멀못이 총총히 박힌 빈 개다리소반 하나를 차지하고 앉으면서 주파(酒婆)에게 국밥 두 그릇을 시켰다. 뜨거운 국 식기 좋으라고 너부죽한 푼주에다 안다미로 국밥을 퍼올리던 주파가 봉삼을 힐끗 쳐다보더니 혀를 끌끌 찼다.

"보아하니 남정네는 운신하기 힘든 꼴인데 먼 길 나섰소?"

"먼 길은 아닙니다."

봉삼이 정색하며 대답했다.

"어디로 가시오그래?"

"글쎄요."

"딱도 하여라."

굳이 대답을 듣고자 하는 기색도 아닌, 에멜무지로 내뱉은 말이란 걸 이쪽에서도 짐작하고 소반을 끌어당겼다. 황육(黃肉) 몇 점이 씹혔고 곁반 짠지도 입에 맞았다.

"어한이나 하고 가소. 손돌이바람이라 양촌고개 넘으려면 꽤 추울 거요."

• 무양: 몸에 탈이 없음.

주파가 봉삼에게 턱짓으로 아랫목을 가리키는데, 마침 그 아랫목 한쪽에서 술국을 퍼먹고 앉았던 복인(服人) 하나가 박박 얽은 낯짝을 삐뚜름하게 쳐들고는 매월이를 유심히 쳐다보았다.

"어디서들 오시오그래?"

그 상제가 물었다.

"그저 산골들을 덧터오는˙ 길이죠."

"예에."

대답을 길게 빼던 상제는 그러나 그제껏 매월이에게 던지고 있던 눈길을 거두지 않았다. 눈길이 방물고리와 매월이를 오락가락하던 상제가 소반을 쓱 밀어내면서 다시 물었다.

"혹시 상주에서들 오시는 길은 아니오?"

아랫목으로 가서 누우려던 봉삼이 결기를 돋우며 상제를 노려보았다.

"그런데 노형, 그건 왜 묻소?"

봉삼이 결기를 세우는 듯하자 상제는 모 꺾어앉으며 중얼거렸다.

"어디서 익히 본 듯한 방물고리여서 에멜무지로 물어본 것뿐입니다."

"어디서 봤단 말이오?"

"허, 과히 심기 돋울 일이 아닙니다. 아니면 아닌 거지요."

"거, 오랜만에 외짝눈 올곧잖게 가진 상제 한번 보겠군."

"거, 무슨 범절 없는 말씀이오? 근력도 시답잖아 뵈는 젊은이가."

판세가 자못 험악하게 되어간다 싶었는데, 매월이가 재빨리 엽전

˙ 덧터오다: 거쳐오다.

두 닢을 던지고 일어섰다.

"시비할 것도 많수."

술국집을 나온 두 사람은 반곡 세거리를 떠나 해동갑*하여 겨우 그날로 용궁(龍宮) 역말에 당도할 수 있었다. 용궁에서 하룻밤을 묵고 아침 늦어 다시 길을 나섰다.

월오리 등자바위를 지나 방터골 쌍거리에 당도하니 중화할 곳이 많았다. 방터골 세거리는 황산리로 빠지는 샛길과 유천 땅 가랏골로 나가는 길, 점촌으로 빠지는 세 길이 서로 만나는 길목이었으므로 무싯날에도 길섶 주막들이 부산하였다. 제법 번듯한 주막집 서너 채가 추녀를 잇대고 들어서 있었고, 탁주동이를 안고 잔술을 파는 들병이들도 보였다. 채반이나 목판, 함지박에다가 떡과 엿을 이고 나와 팔고 있는 좌고행상(坐賈行商)들도 여럿이었다.

"여기서 해 지기 기다렸다가 하룻밤 묵읍시다요."

두 사람은 주막 툇마루에 방물고리를 내려놓고 우선 숨을 돌렸다.

"사흘 길에 하루 가서 열흘씩 눕는다더니 잠만 자꾸 자면 어떡하우?"

"그럼 불알 차인 중놈 달아나듯 대중없이 행보 떼어놓은들 무슨 수가 생기겠소? 날 타박하지는 마슈. 나는 상주로 가야 할 사람인데 아낙의 주작대로 짬 없이 따라온 것 같으오."

"날 타박하는구려?"

"방게나 꽃게나 옆으로 기기는 마찬가지요. 봉사 기름값 물어주나 중놈이 횟값 물어주나 본살 축나기는 마찬가지 아니겠소? 기왕 나선

• 해동갑: 해가 질 때까지의 동안.

길을 가지고 어디로 가면 어떻고 타박한들 뭣 하겠소."

"그렇게 생각해주니 오감하요.*"

매월이도 더는 채근하지 않았다.

봉삼은 때마침 시곗바리*들이 첨벙첨벙 건너오는 물나들 저쪽으로 눈길을 주고 있었다. 그곳에는 스무남은 명이나 되어 보이는 사람들이 삥 둘러 모여서 무엇을 구경하고 있는 모습이 보였다. 물나들을 건너온 사람들도 그곳을 기웃거리다가는 오금이 붙은 듯 꼼짝 않고 서서 행보 떼어놓을 요량을 않고 있었다. 매월이를 주막에 둔 채 봉삼도 한바탕 웃음소리가 터져나오는 사람들 쪽으로 걸어갔다. 어깨 너머로 고개를 디밀어보았더니 방복(尨服)*에 반팔 배자를 껴입은 맨상투 바람의 사내 하나가 덩실거리고 있었다. 보아하니 희자(戲者)*임이 분명했다.

사내는 손바닥을 허공에다 하얗게 까 젖히고 서서 야살을 떨기 시작했다.

"자, 눈썰미만 있으면 절에 가서도 비린 자반 얻어먹는다고 했습니다. 한눈팔면 내 아들놈이요 잘만 보면 꿀이 한 종지요."

사내는 괴춤에 차고 있던 염낭쌈지에서 거피(去皮)된 살구씨 다섯 개를 꺼내더니 삿자리 위에 모아놓았다. 그 위에 사발 하나를 덮었다. 엎어둔 사발을 한 손으로 가리키며 기합을 넣은 다음 사발을 뒤집었다. 삿자리에 놓여 있어야 할 살구씨 다섯 개가 온데간데없어졌

___

• 오감하다: 지나칠 정도라고 느낄 만큼 고맙다.
• 시곗바리: 곡식을 실은 짐바리.
• 방복: 여러 가지 색이 섞인 옷.
• 희자: 다른 사람들 앞에서 말이나 행동으로 재주를 부리는 사람.

다. 희자는 빈손을 털며 짐짓 낭패한 표정을 지었다. 어깨를 늘어뜨리고 망연자실로 서 있더니 빈 사발을 다시 삿자리 위에다 엎었다. 다시 두어 번 기합을 넣은 다음 사발을 젖히니 살구씨 다섯 개가 홀연히 나타났다.

모여 선 사람들이 일제히 소리를 내질렀다. 봉삼의 옆에 서 있던 사람이 문득 놀라 말하였다.

"저게 양귀자(洋鬼子)가 아니오?"

"아니요, 수재(手才)일 뿐이오."

봉삼이 그렇게 대답하자 그자는 더욱 놀랐다.

"그럴 리가 있습니까요?"

"글쎄, 두고봅시다."

"내 오십 당년에 저런 꼴은 난생처음이오."

희자는 다시 빈 사발을 삿자리 위에다 엎어놓았다. 그리고 위에다 명주 보자기를 덮고는 발뒤꿈치로 크게 한 번 내려치고 보자기를 뒤집으니 깨지는 소리가 나지 않았는데도 사발은 온데간데없어졌다. 희자가 히쭉 웃음을 날리며 사설을 풀었다.

"어허, 이놈이 어딜 갔나, 첩첩산중 깊은 절에 늙은 중 중화 수발 하러 갔나, 원님네 별당에 숨은 남의 낭자 중화 수발 하러 갔나, 하늘로 솟았는가, 땅속으로 숨었는가……"

다시 삿자리 위에 봉곳하게 보자기를 덮고 소리치고 난 다음, 보자기를 젖혀드니 그 속에 예전의 사발이 청승스럽게 놓여 있었다. 희자는 다시 발아래 놓았던 봇짐 속에서 바늘 한 쌈지를 꺼내들었다. 한 쌈지나 되는 바늘을 입속에다 끼룩끼룩 삼켜넣을 동안 눈동자가 허공으로 하얗게 매달렸다. 입에 넣은 바늘을 꿀꺽 삼키는 듯 목젖이 턱 아래로 쭉 당겨 올랐다가 내려갔다.

"저런 봉패가 있나."

누군가의 입에서 그런 소리가 튀어나왔다.

"거 쓸데없는 입정 놀려 산통 깨지 마슈."

"중뿔나게 말썽일세그려."

모여 선 사람들이 중구난방으로 서로 오금을 박는 사이에 희자는 실 한 타래를 다시 입에다가 틀어넣고 있었다. 실타래 한끝을 잡고 손으로 잡아 빼기 시작하니, 실타래에 바늘귀가 죄다 꿰여 주렁주렁 매달려나오고 있었다.

사람들 입에서 함성이 터져나왔다.

"저게 분명 사람이 아닐세. 구미호가 있다더니 저게 분명 구미홀세."

봉삼의 옆에 서서 구경하던 사내가 얼굴색이 하얗게 되더니 엉덩이 벗겨진 중놈 뛰듯 물나들 쪽으로 냅다 뛰기 시작하였다.

남아 있던 사람들이 삿자리 위로 몇 닢씩 던지자 희자는 삿자리를 거두기 시작했다. 그는 모여 선 사람들을 향해 손을 흩뿌리는 시늉을 하면서,

"이제 고만 갈 길들 가시우."

나무라듯 타일렀는데, 당초부터 술잔거리도 안 될 놀이채 몇 닢을 겨냥하여 판을 벌인 것은 아니란 태도였다.

희자가, 모여 선 촌것들은 거들떠보지도 않고 뒤돌아서 보자기에다 사발과 실타래를 주섬주섬 싸기 시작하였다. 그때 사람 틈에서 중치막짜리 시골 양반 한 놈이 제법 곱상하게 생긴 낯짝을 젖혀들고 사내에게 다가갔다.

"이보게!"

짐을 싸던 사내는 행세할 거조를 차리는 젊은 양반놈을 힐끗 쳐다보더니 마뜩잖은 어조로 대답했다.

"왜 그러십니까?"

"자네, 날 좀 만나주지 않겠나?"

"황감(惶感)이오만 갈 길이 바쁩니다."

양반놈이, 아직도 미련 두어 걸음 뜨지 않고 있는 사람들을 향해 손을 흩뿌리는 시늉을 하며 타이르듯 말했다.

"저리들 가시오. 이젠 다 놀았다니까. 별 구경도 아니니깐."

제법 지체는 있어 보이되, 제가 나설 자리가 아닌데도 연천(年淺)한 놈이 대뜸 반말거리로 나오는 거조에 배알이 꼬인 상것 한 놈이 불쑥 내뱉었다.

"여보시오, 상두꾼은 연폿국에 반한다*는 말도 못 들었소?"

"그래서 어쨌다는 거요?"

"무거운 절 떠날 것 없이 가벼운 중 떠나랬다고, 내 소견으로는 남비키래지 말고 단출한 댁 먼저 떠나는 게 첩경 쉬울 것 같으오."

"거 사복(司僕)* 물어미*냐? 번지르르하게 지절거리는군."

타관에는 나왔으되, 명색이 양반 결기에 상것의 면박을 곧이곧대로 받아줄 리 만무하였다. 수작이 길어지면 행티를 내겠다는 투로 양반놈이 턱살을 치켜들고 마뜩잖은 표정을 지었다. 천 마리의 참새가

---

* 상두꾼은 연폿국에 반한다: 어떠한 천한 일에도 다른 데서는 맛볼 수 없는 재미가 있다는 말.

* 사복: 궁중의 수레와 말 따위를 관리하던 관아.

* 물어미: 물을 긷는 일을 맡아 하던 여자 하인.

한 마리의 봉을 못 당하듯 모여 섰던 상것들이 하나 둘 흩어지기 시
작했다. 그제야 양반놈은 다시 희자에게 바싹 다가가 귀엣말로 속삭
였다.

"여보게, 그 사합(沙盒) 한 개를 내가 살 수 없겠는가?"

희자는 그러나 엉뚱하다는 기색도 없이 양반놈을 쳐다보며 물었다.

"얻다 쓰려구 그러시우?"

"노리개로서는 그만큼 착실한 노리개가 없지 않은가?"

"꼴같잖은 계집보다는 낫지요."

"그 사람 입도 걸군. 어쨌든 좋네. 저리 좀 가보세."

양반놈은 희자를 이끌고 주기(酒旗)가 바람에 펄럭이는 주막집으
로 들어갔다. 양반을 배행해 온 듯한 절름발이 떠꺼머리 한 놈이 연
방 콩 심는 시늉을 하면서 두 사람을 뒤따랐다. 툇마루에 앉아서 하
회(下回)를 기다리던 떠꺼머리가 마당가에 세워둔 나귀로 다가가더
니 북두끈을 풀고 부담롱을 내려선 방으로 들고 들어갔다.

봉삼은 두 사람이 들어간 봉노를 뒤따라 들어가 묵을 한 그릇 시켰
다. 아랫목에 양반과 희자가 개다리소반을 사이하고 흥정이 한창인
데, 언뜻 보아 귀천의 행적을 잊을 만큼 자별하였다.

"굳이 그 물건을 탐내시니 건네어드립니다만, 선다님 손으로 건너가
서도 사발이 그런 조화를 부릴 수 있을는지는 장담치 못하겠습니다."

"허, 그 사람, 사당치레하다가 신주 개 물려 보내겠네. 물건이 하나
인데, 자네 손에 있든 내 손에 들어오든 근본이 변할 까닭이 있겠는
가?"

양반놈은 밖에 있는 경마잡이가 디민 호로병을 들어 희자의 술잔
에다 한잔 가득 부어주었다.

"그게 그렇지 않을 수도 있습니다."

"내 이 물건으로 취리(取利)를 하고자 함이 아닐세. 저것이 내 물건이 되고 난 후에도 조화를 부리든 못 부리든 그건 자네가 상관할 처지가 아니지 않은가?"

양반은 버럭 결기를 돋우는 체하며 옆에 놓인 부담롱을 열어젖혔다. 그러고는 세목(細木) 한 필과 스무 냥이나 됨직한 엽전 꿰미를 꺼내 희자 앞으로 내밀었다.

"사십 냥이면 세목 두 필 값이 능히 될 터인즉 이만하면 억매흥정은 아니 될 텐데, 자네 생각은 어떤가?"

"아니, 이건 너무 과분하십니다."

"괜찮으이, 과분하든 못하든 나중에 다시 만나더라도 엉뚱한 소리로 채근하지는 말게."

"아니, 오히려 제가 드려야 할 말씀입니다."

"그 사람, 사양도 너무 지나치군."

희자는 사발 두 개와 살구씨를 보자기에 싼 채로 양반에게 건넸다. 양반놈은 물건을 건네받아 부담롱에 집어넣고는 장지문을 황급히 열더니 바깥 쪽마루에 앉은 경마잡이에게 득의에 찬 목소리로 일렀다.

"단단히 죄어 묶어라."

무명 한 필과 마흔 냥을 직전(直錢)으로 받아 챙긴 희자는 아무래도 뒤가 켕긴 듯 부담롱이 밖으로 나가 나귀에 실리는 것까지를 놓치지 않고 바라보았다. 양반놈은 이 주막거리에서 더이상 지체하다가는 희자의 심사가 어찌 변할지 또 몰라, 부랴부랴 행구를 수습하고 경마잡이를 재촉하여 방터거리를 떠나고 말았다.

쌍거리까지 쫓아나가서, 꺼덕거리며 상주 길로 내려가는 나귀 일행이 저만치 산모롱이를 돌아갈 때쯤, 희자는 비로소 예천 쪽 길목을 잡아 물나들을 건너가기 시작했다.

봉삼은 주막으로 돌아가서 늘어져 누운 매월이를 흔들어 깨웠다.

"예천에 가서 묵기로 합시다. 삼십 리 길이 착실하겠지만 수이 닿을 거요."

매월이는 별 앙탈 없이 트레머리를 매만지며 일어나 앉았다. 늘어지게 하품을 쏟아놓는 매월이를 이끌고 바람 써늘한 쪽마루 밖으로 나오며 봉삼은 다시 행전을 고쳐 쳤다.

방터거리를 떠나 길마리 앞 넓은 들길을 쉼 없이 가로질러 개포 쪽으로 가는 오솔길과 서로 만나는 화지골 앞내에 이르렀다. 화지동 앞내에서 오른편 얕은 계곡 길로 20여 리 올라가면 화지동 못안동네에 닿았고, 오른편 개포리 산자락으로는 내성천으로 흘러들어가는 한천내가 흘러가고 있었다.

봉삼은 화지동 한천내에 걸린 복찻다리 어름에서 괴나리봇짐에 반팔 배자 차림인 희자가 저만치 휘적휘적 앞서 걷는 모습을 발견하였다.

에서 4, 5마장만 더 걸으면 양촌 앞 야트막한 못안고개에 이르렀다. 못안고개에서 예천은 바로 지척이었다. 복찻다리 근처에서 봉삼은 애써 희자를 잡지 않았다. 못안고개 쉴 참에선 어차피 다시 대면하게 될 것이기 때문이었다.

못안고개 중턱으로 오르면서 봉삼은 지나온 한천내가 가로질러진 넓은 개활지로 눈길을 돌렸다. 길 양편으로 길길이 자란 억새들이 노을에 젖어 은빛으로 빛나고 있었다. 새밭 사이로 꾸불꾸불하게 난 길이 멀리 달아난 산자락 근처에선 흔적 없이 잦아져 있었다. 한기를 느끼게 하는 손돌이바람이 새밭 위로 서걱거리며 불어왔다. 봉삼은 언뜻 자신도 모르게 옷깃을 여미었다. 그는 이제 곧 추위가 다가올 것임을 알았다.

열여덟에 누이의 일로 고향에서 쫓겨난 지 이제 꼬박 일곱 해가 흘러가고 있었다. 한둔한 지 일곱 해, 결코 짧은 세월이 아니었다. 멀리는 의주까지, 원산포, 장산곶, 경강, 양주 땅 누원점(樓院店), 광주(廣州) 땅 송파까지, 임진나루 통제원(通濟院) 삼거리, 남양만 아산 갯벌, 길주(吉州), 북청(北靑), 과천과 말죽거리…… 중뿔나게 가진 것도 없이 적수단신(赤手單身) 홀몸으로 북녘 지방은 아니 간 데 없이 대중없이 헤매고 다닌 셈이었다. 누이의 잘못이 아니라 천성으로 역마살을 끼고 태어난 죄임이 분명하였다. 식채(食債)에 물리어 막창(幕娼)과 수작하여 야반도주한 적도 있었고, 대궁상*을 얻어먹으며 끼룩끼룩 운 적도 있었다. 때로는 여염집 낭자에게 설핏한 연정을 품은 적도, 복에 없는 취리를 얻은 적도 있었으나, 언제나 세월은 소태같아 남는 건 적수공권(赤手空拳) 외롭고 쓸쓸한 자기 몸뚱이 하나였다.

이제 꼬박 일곱 해가 되었다. 설움으로 달랜 세월이었다. 그 일곱 해 동안 한 번도 고향 땅을 밟아본 적이 없었다. 처음 몇 해 동안은 간혹 저잣거리에서 고향 근동 사람을 만나 고향 소식 먼빛으로 듣는 것이 기뻤다. 그러나 이제 그것도 시들하여졌다. 어쩌다 낯선 타관 고갯마루에 앉아 설핏한 노을을 바라보고 앉았노라면 뭉클 고향 생각이 치밀곤 하였다.

매월이를 주책없이 따라나선 것도 고향을 떠나 헤어지고 만 누이

생각을 해서였다. 누이도 잘되었으면 대갓집 반빗아치*이겠으나 삐
끗했다면 아마 매월이처럼 들병이 생활로 도방 대처를 발섭하고 다
닐 게 아닌가. 때로는 매월이처럼 숙박한 행인의 방물짐을 훔쳐야 할
때도 있을 것이고, 때로는 순영 나졸들에게 쫓기어야 할 처지도 될
것이었다. 무작정 매월이를 따라나선 봉삼의 연충 깊은 심기 속에는
누이의 팔자를 가늠할 수 없음에 대한 애틋한 정애가 도사리고 있었
다. 봉삼은 고갯길을 올라오는 소몰이꾼 일행이 새밭 사이로 보였다
간 사라지고 사라졌다간 다시 보이는 모습을 바라보면서 고갯마루에
닿았다.

바로 맞은편 길섶에 방터거리에서 보았던 희자가 앉아 있었다.

"노형, 어디까지 가시오?"

봉삼이 그자를 힐끗 쳐다보았다.

"가기는 충청도 강경 땅이오."

"강경이라면, 가만있자, 길을 잘못 든 게 아니오?"

"가다 보면 강경에 닿겠지요. 길을 따라가면 길이 아니겠소?"

"허, 노형 연천하신 분이 속도 무던하시우. 우리 통성명이나 합시
다."

"난 송도 사는 천가요, 봉삼이라고 하지요."

"난 황해도 황주가 고향이지요. 성이고 뭐고 그냥 선돌이라고 합
니다."

"아까 중화참, 방터거리 내 앞에서 노형을 보았지요."

"그래요? 그랬다면 양반 한 놈과 거래 트던 것도 봤겠수다그려?"

---

* 반빗아치: 반찬 만드는 일을 맡아보던 여자 하인.

"면분(面分)도 없는 터수에 말은 좀 빠른 것 같소만, 노형은 그 수
재도 청승스럽거니와 양반놈에게 찍자 놓는 재간도 기함하겠습디다
요."

"대중없는 시골 양반 한 놈쯤 결딴내기는 난쟁이 턱 차기보다 수
월한 놈이오. 내 애당초 그놈 하나를 겨냥하여 환희(幻戲)를 놀았던
거요. 상사람들이 양반에게 먹히지 않고 아전놈들에게 뜯기지 않는
벌이란 도적질 아니면 요런 통수나 칠 수밖에 딴 도리가 있겠소?"

"내가 보기엔 관재 입기 십상인 것 같던데?"

"양반 체면으로 개헤엄은 않는다는 말도 못 들었소? 그 당장 속은
걸 알고 날 잡아서 도륙을 내고 싶겠지요. 그러나 명색이 나잇살이나
처먹은 양반이 제 입으로 지껄인 약조들이 부끄러워 관아에 발고를
못하는 거요."

"소견이 그만하면 타관 횡액은 그럭저럭 면하겠소."

"업신여기진 마슈. 이 허우대하구선 호구책이 탐탁진 못하지만,
지각없이 상사람들 다치는 짓은 하지 않았소."

"노형의 본색이 그렇지 않다는 건 진작부터 알고 있었소."

"그런데 노형들은 어디 동무들이시우?"

"송방(松房)에서 왔습니다."

천봉삼은 턱짓으로 매월이를 가리키며 동행임을 은근히 내비쳤다.
선돌이가 매월이를 겨냥하여 재우쳐 물을 게 두려워 제 편에서 얼른
말머리를 돌렸다.

"노형께선 어디로 가시는 길이오? 보아하니 초행은 아닌 것 같은
데?"

"아산 앞바다에 내린 되 사람 상선에서 상목(上木)* 몇 필로 바꾼

물소 뿔을 가지고 예천 궁방(弓房)을 찾아가는 길이지요. 실은 환술
도 배에서 내린 되 사람들에게 배운 거요."

"요사이 황당선(荒唐船)들이 자주 갯변에 와 닿는다지요? 그들로
인해 조선 사람들이 쪽쟁이 신세 됨이 많다고 들었습니다."

"앵속(罌粟)˙ 밀매꾼들 말이구려. 그게 대중없는 여항간(閭巷間)˙
풍설은 아니지요. 조정에서 포리들을 풀어서 기찰은 놓고 있으나 해
변 연안이 워낙 넓은데다가 뱃사람들과 도부꾼들이 모두 한통속이
되어 돌아가니 결지 있고 신수가 멀쩡하던 사람들도 앵속에 감겨 창
졸간에 패가망신하여 곡경(曲境)을 겪고 있지요."

"에구, 해를 턱밑에들 두고 앉아 웬 지청구들이시오. 이제 그만 일
어들 나십시다요."

셈평 좋게 활개를 뻗치고 앉은 두 사람을 보다 못해 매월이가 한마
디 내뱉었다. 얼핏 돌아보니 아닌 게 아니라 땅거미가 지고 있었다.

예천에 도착하고 나니 예상했던 대로 매월이는 행역에 지친 나머
지 거의 초주검이 되어 있었다. 마땅한 객점을 찾느라고 장터거리를
한 식경이나 오르락내리락하였다.

"사내들이란 싸우면 적수요, 또한 사귀고 보면 친구가 아니겠소."

봉삼의 그 말을 새겨들은 선돌이가 동숙(同宿)할 양으로 두 사람
을 따라왔다.

애써 허술해 보이는 주막만을 찾자는 데는 까닭이 있었다. 남들이
보면 봉삼 일행은 남매끼리 나선 도부꾼 행색이 분명한데, 두 사람

• 상목: 품질이 썩 좋은 무명.

• 앵속: 양귀비.

• 여항간: 세상 사람들 사이.

다 채장을 갖고 있지 못했다. 봉노가 여럿이고 마방(馬房)도 갖춘 번듯한 보행객주(步行客主)에선 행색 보아 사람을 재울뿐더러 도부꾼인 체하면 곧잘 채장을 내보이라고 채근하기 일쑤이기 때문이었다. 도방(道傍)에 적도(賊盜)라도 나타나 기찰이 한창 당길 때는 양반 행차를 문전에 세워두고도 통부(通符)를 내놓으라고 호통 치는 판국에 아무 곳에나 자발없이 고개를 디밀어 화근을 자초할 수는 없었다.

대저 객줏집 술아비란 것들은 때로는 화적들과 뒷거래를 트고 있는 장물아비면서 일변 본관 사령놈들과 은밀히 내통하고 있는 발쇠꾼들이었다. 전후 사정이야 어찌 되었든 세 사람이 저마다 조금씩은 밑이 구리거나 뒤통수가 메슥메슥한 처지들이어서 차라리 누추하고 비좁은 주막이 쉬는 데는 알맞다는 생각이 들었던 것이다. 그것이 또한 분수에도 맞았다.

장터 풀뭇간에서 늦게까지 들려오는 세마치 소리를 들으면서 세 사람은 그중 허술해 보이는 주막으로 찾아가 울바자를 흔들었다. 마침 부엌 아궁이 앞에 쭈그리고 앉아 있던 주파가 뜰로 나서며 쪽마루가 붙은 봉노를 가리켰다. 우선 쪽마루에 걸터앉으니 일시에 사지가 녹작지근해왔다. 두 사내가 감발을 풀어 터는 사이를 못 참았던지 매월이는 쪽마루에 옹동그리고 모잽이로 누웠다.

"누이 되는 분은 행역이 자심한가보구려. 그렇지만 정신 차려서 초벌 요기나 하고 주무시우."

워낙 말이 없는 봉삼의 태도가 매월이를 홀대하고 있는 것으로 알아, 보기에 민망했던지 선돌이가 일부러 한마디하였다.

"괜찮수. 내 신세가 하도 망측하니까 행역이 자심한들 살펴줄 사람 없기 마땅하지요."

분명 봉삼을 빗대놓고 푸념하는 말이었으나 당사자는 쓰다 달다 말이 없었다. 세 사람은 정지방에서 딴 저녁을 시켜 한판 걸게 먹은 후 매월이를 남기고 봉노로 건너왔다. 봉노에는 의외로 선객(先客) 한 사람이 초저녁부터 아랫목을 차지하고 누워 있었다.

등잔 접시에 불을 밝히고 쌈지에서 막초들을 꺼내 곰방대에 한 죽씩 다져넣고 앉았는데 코를 탈탈 골던 아랫목 행객이 그때 어섯눈을 뜨고 부스스 일어나 앉았다. 괴춤 안으로 손을 집어넣고는 서걱서걱 열고나게 부샅을 긁어대던 행객이 등잔불 빛으로 설핏하게 드러난 두 사람의 행색을 한참 새겨보더니 불쑥 내뱉었다.

"저, 여기서 또 만나게 되었구려."

"댁은 뉘시오?"

곰방대에 불을 댕기려던 선돌이가 고개를 뒤로하고 물었다. 행객이 그 말에는 대답 않고 외짝 지게문을 벌컥 열고는 방고래가 떠나가도록 가래침을 긁어올려선 봉당 밖에다 탁 내뱉었다.

"여보시오, 사람 말이 말 같잖소?"

선돌이가 서슬을 퍼렇게 세우며 되묻자 행객은 난데없이 씩 웃음을 흘리었다.

선돌이로 말하면, 태생은 황해도 황주 땅 진안문(鎭安門) 밖 포구 건너 삼전방(三田坊)의 하찮은 갯가 상놈이되 소싯적부터 인근의 철도(鐵島)와 대동강 어귀의 송림(松林)을 비롯, 나아가서는 장연 땅 장산곶에서 갯바닥 왈짜들과 짠물 먹고 뒹굴며 성취(成娶)할 동안 욱기만 키워온 나머지, 상대가 데데하면 그 당장 참고 있기가 거북하리만큼 배짱이 드센 사람이었다.

자다가 일어난 촌놈이, 재우쳐 묻는 사람의 말에 대답은 않고 실성한 놈 모양으로 해죽해죽 웃음만 흘리고 있자, 선돌이는 댓바람에 심사가 뒤틀렸다. 무릎뼈에 우두둑 소리를 내며 일어서는 선돌이를 봉삼은 기겁하며 말렸다.

"십중팔구 나를 두고 하는 말일 거요."

"아니, 노형과는 수인사라도 나눈 처지란 말이오?"

"억지로 갖다붙인다면 그렇지요."

"그렇다면 나잇살이나 처먹은 촌놈이 쓸까스르는* 듯한 버르장머리는 뭐요?"

"까닭이 있습니다."

박박 얽은 낯짝을 하고 있는 사내를 봉삼은 그 당장 알아보고 속으로 적잖이 놀라고 있었다. 우선 장기(將棋)튀김*인 선돌이를 달래어 앉히고 오갈이 든 사내를 돌아보며 물었다.

"날 알아주어서 우선 반갑소. 전날에 용궁 못미처인 반곡 세거리 주막에서 만났던 상제분 아니시오?"

그제야 사내는 웃음을 멈추고 제법 정색인 체하며 대답하였다.

"알아보시는구려. 나보고 외눈깔 상제라더니 역시 젊은이가 눈썰미 하난 출중하오."

"눈썰미 하나로 먹고사는 놈이지요."

"이것도 인연입니다."

"글쎄요, 인연치고는 꽤나 시금털털하오만 타관 객점에서 동숙하게 생겼으니 초면보다 한결 낫소."

---

* 쓸까스르다: 남을 추슬렀다 낮추었다 하며 비위를 거스르다.
* 장기튀김: 한 군데에서 생긴 일이 차차 다른 데로 옮겨 미침을 이르는 말.

"어허, 내가 무슨 역률죄라도 저지른 행역꾼인 줄 아시오?"

"당신더러 패역질했다고는 안 했소."

"그건 그렇고, 난 상주로 명주(明紬) 사러 가는 상객인 줄 알았더니 어찌 이 길로 들었소?"

"거 총기도 좋으시우. 떠돌이 행중에 발탄강아진데* 어딘 못 가겠소."

봉삼에겐 대강 얼버무리고 나더니 상제놈은 아직도 눈꼬리가 팽팽하니 당겨 있는 선돌이에게 제 먼저 너부죽하니 엎드리면서 수작을 붙였다.

"저는 예주목 산골에 사는 석가(石哥)올시다."

선돌이는 석가의 인사수작을 받는 둥 마는 둥 윗목에 놓인 목침 두 개를 한 손으로 끌어당기며 봉삼에게 말했다.

"이제 그만 누웁시다. 내 고향 얘기나 들려주겠소."

"고향 얘기는 남의 고향 얘기라도 재미있지요."

석가는 묻지도 않은 대답을 혼자 했다.

문득 장지문을 스치는 바람 소리가 을씨년스러웠다. 바람 소리에 귀를 맡기고 오래 누워 있었지만 봉삼은 아무래도 아랫목에 누운 석가놈이 마음에 걸리적거렸다.

반곡리 세거리 주막에서 만났을 때는 깍듯한 복인(服人) 차림이 아니었던가. 하룻밤 사이에 상복을 벗고 예사 차림이 된 연유도 궁금했거니와 그 주막에서 입정 놀리던 것으로 보아 매월이가 가지고 있는 방물고리의 출처나 그 임자를 알고 있는 듯한 눈치가 아니던가.

---

* 발탄강아지: 일없이 이리저리 쏘다니는 사람을 놀림조로 이르는 말.

그자를 여기서 다시 만났다는 일이 왠지 심상찮았다. 모진 놈 옆에 있다가 벼락 맞는다더니 먹지도 못할 제사에 망건 다치지나 않을까 싶었다. 봉삼의 그런 속내를 알 리 없는 선돌이는 바람벽을 스치고 지나는 밤바람 차가운 소리가 가슴을 쑤시고 드는 듯 누운 자리에서 흥얼흥얼 타령을 부르기 시작했다.

장산곶 마루에 북소리 나더니
금일도 상봉에 임 만나보겠네
풍세가 좋아서 순풍에 돛 달면
몽구미 개암포 들여다댄다네……

봉삼도 속내가 싱숭생숭한데 바람벽으로 돌아누워 있던 선돌이가 말했다.
"속이 출출한데 아무래도 금방 잠이 올 것 같지가 않소. 우리 정지로 나가서 탁배기나 한잔합시다."
"거 듣던 중 반가운 소리요."
두 사람이 정지로 나가 주파를 불렀다. 장떡 안주로 자배기를 서너 순배 주고받아 불콰해진 선돌이는 초저녁 객회가 가신 듯했다.
"우리가 서로 만난 지 하룻밤도 못 새운 주제에 어째 일면여구(一面如舊)*하단 생각이 드오."
"나도 마찬가지요. 나도 노형의 일의직도(一意直到)*하는 그 성깔

____

• 일면여구: 처음 만나 사귀었으나 오래 사귄 것처럼 친밀함.
• 일의직도: 생각하는 대로 꾸밈없이 그대로 나타냄.

이 사실 마음에 듭니다. 그러니 우리 이러지 말고 틉시다."

"그러자구. 자네나 나나 연천한 것 같구 서로 속을 게 없네. 우리 아예 작반(作伴)함이 어떤가? 난 내일 활바치를 찾아가서 물목만 넘기고 나면 혈혈단신일세. 자네나 나나 발간 상놈으로 의기투합이면 겁날 것이 없네. 메고 나면 상두꾼이요 들고 나면 초롱꾼 아닌가."

"그건 두고 생각해보세. 난 또 달고 다니는 사람이 있으니."

"이 사람 보게? 여창남수(女唱男隨)*한 꼴이 뭐가 좋아서 그러나? 송도 사람 좋다는 건 결단 빠르고 심성이 곧아서인데 자넨 다르군."

"우선 내일 활바치에게나 다녀오게. 그러고 나서 생각해보세."

"좋으이, 나도 무리하게 채근하진 않겠네. 인연이란 게 개새끼들 모양으로 댓바람으로 되는 건 아니니까."

"자네도 외자인가?"

"아니, 취처했다네. 취처한 놈이 고향 땅 분수작별(分手作別)하고 벌써 이태째 갯가로만 쏘다녔지. 장산곶이에서 여편네가 대갈통 딴딴하게 야문 자식놈을 하나 데리고 살고 있지."

"거 고향 생각나지 않나?"

"왜 안 나. 그렇지만 말똥에 굴러도 이승이 좋더라고 난 어찌 된 상놈인지 타관이 더 좋아. 상전 빨래에 상놈 발뒤축은 희더라고, 그런 대로 세상 인심 돌아가는 꼬락서니는 대강 알고 지내지."

"갯바람 왈짜답군."

"예끼, 이 사람, 누굴 패악꾼으로 알고 있군…… 자네도 장산곶이에 들러 도모한 적이 있다지? 장연 땅 장산곶이, 말도 말게. 물피 좋

---

* 여창남수: 여자가 나서서 서두르고 남자는 따라만 함.

은 곳이지. 해천 일색(海天一色)인 몽금포 앞바다, 그리고 명사십리 해당화. 온 바다를 적시며 용궁으로 드시는 햇발은 또 어떤가. 진달래가 만산홍을 이루는 두견산 봄 풍경은 사람을 미치게 만드네. 신화(薪花) 해안 일대에 빨갛게 익어가는 감빛이 석양을 마시는 추경(秋景) 또한 일품이지. 장연 땅 한가운데를 가로지르는 불타산(佛陀山)이 흰 구름 높이 이고 높이 선 기개도 보통 아니구. 몽금포 백사(白沙)에는 방풍(防風)이 많이 나서 포리들이 지키고 있는데도 되 땅 밀선들이 와서 그걸 캐가지. 그 방풍장사로 나도 한때는 작량(作兩)하기 바빴다네. 그렇지만 외방출입(外房出入)으로 몽땅 털리고 여편네에게 창병을 옮기는 사단까지 겪고는 그만 처가 곳인 장산곶이를 떠나고 말았지. 내 고향 황주 땅은 물론이고.”

봉삼은 문득 선돌이의 눈자위가 붉게 익은 걸 보고 자신도 가슴이 섬뜩하니 벅차오르는 걸 느꼈다. 제 누이도 작배가 이처럼 잘못되었다면, 남편이래야 고작해야 1년 두고 한두 번인 이런 불한당 같은 왈짜나 떠돌이 행중 패거리일 것이었다. 진정코 선돌이 꼬락서니가 남의 일 같지 않은데, 행역에 지친 몸으로 마신 술이 과했던지 선돌이는 개다리소반 위에다 코를 처박고 깜빡 조는 듯하다가 쓰러지고 말았다.

주파더러 상을 치우라 이르고 선돌이를 업어다 봉노에다 눕혔다. 봉삼도 오랜만에 마신 술로 눈시울이 천 근같이 무거워 목침을 당겨 볼따귀에 괴자마자 금방 코를 골고 말았다.

아랫목에서 바람벽을 마주하고 누웠던 석가는 두 일행이 잠으로 떨어지는 걸 기다려 주섬주섬 옷매무시를 수습하며 일어났다. 몇 경이나 되었을까. 먼 데 다듬이 소리가 아직도 낭랑한 것으로 보아 사경(四更) 축시는 넘지 않았을 것 같았다. 석가는 늘어지게 하품을 하며 윗목에 나자빠진 두 놈을 멀거니 바라보았다.

석가는 외짝 장지문을 숨죽여 열고 쪽마루로 나와 섰다. 새벽 한기로 어깨가 시렸고 먼 데 다듬이 소리는 어느덧 뚝 멎어 있었다. 그는 쪽마루에 걸터앉아 남초 한 대를 달게 먹고 뜰로 내려섰다. 짚신을 찾아 신고 신들메를 단단히 죄었다.

발짝을 띄엄띄엄 떼어놓아 정지방 앞으로 갔다. 손가락에 침칠하여 정지문을 뚫어 방 안의 동정을 엿보았다. 주파와 매월이의 숨소리만 엇갈릴 뿐, 이렇다 할 낌새는 보이지 않았다. 그는 정지문을 조용히 흔들었다. 잠에 떨어진 두 여인이 금방 깨어날 리는 만무하였다. 그러나 질기게 흔들어대었더니 그중 잠귀 밝은 주파가 먼저 잠이 깬 모양이었다.

"뉘시오?"

주파가 길게 늘어지는 소리로 묻자 석가는 짐짓 목청을 가다듬어 대답했다.

"봉노에 든 행객이오. 심야에 안됐지만 내 일행을 좀 깨워서 밖으로 내보내주겠소?"

"일행이라니? 이 아낙 말이오?"

"그렇소."

석가는 어설픈 대로 봉삼의 목소리를 흉내내었다. 귀밝기가 신통찮을 주파의 근력을 겨냥하자는 심사였다. 주파가 곧이듣고 매월이를 흔들어 깨우는 낌새이자, 석가는 제 먼저 삽짝을 열고 나가 기다리고 있었다.

꽤나 오래 기다려서야 주파의 쓰개치마를 빌려 쓴 매월이가 허둥

지둥 뜰을 가로질러 삽짝 밖으로 나왔다. 삽짝 귀틀 밖에 엄장 큰 사내 하나가 미동도 않고 서 있는 걸 역시 봉삼으로 알아차린 매월이가 야밤에 무슨 사단인가 싶어 다가서며 물었다.

"왜 그래요, 야밤에?"

그렇게 물어도 사내가 대답 않자, 바싹 다가서서 장옷 사이로 사내를 쳐다보았다. 그 순간에 석가는 얼른 매월이의 손목을 잡아챘다.

"나는 전날 반곡리 세거리 주막에서 만났던 그 상제요."

"에구머니나!"

매월이가 기함을 하고 잡힌 손을 흩뿌리자, 석가는 잡은 손에 더욱 힘을 주며 일변으로 매월이의 입에다 재갈 물리는 시늉을 하였다.

"내 말을 들으시오. 내 말 안 들으면 아낙이 관재를 입을 거요. 그렇다고 그걸 기대어 내가 아낙을 해코지할 것도 아니니 염려 놓으시구."

매월이는 가슴이 철렁 내려앉았다. 땅에 떨어진 장옷자락을 얼결에 다시 주워 드는데, 석가는 주막 옆 풀뭇간을 가리키며 예사롭게 지껄였다.

"저리로 가요."

열 걸음 남짓한 어름이었다. 뒷간 개구리에 하문(下門)을 물린다더니, 이 원수 같은 놈이 어째서 아닌 밤중에 불쑥 나타난 건지 남정네들 자던 봉노에 건너가본 일이 없는 매월이가 알 까닭이 없었다. 게다가 전날 중화참에 만났던 상제놈이 하루 사이에 변복을 한 것도 겁이 났다. 포리들이 변복하여 기찰할 리는 만무하고 보면 분명 순영 사령·군노는 아닐 텐데, 서슬이 퍼런 걸 보니 도대체 종잡을 수가 없었다.

자기를 따라가지 않으면 관재를 면치 못한다니 우두커니 서 있을
수도 없었다. 딴 도리가 없게 된 매월이가 새벽 한기가 눅눅한 풀뭇
간으로 들어서니 석가는 화덕 옆에 앉아 있었다.

"잠자는 아녀자를 불러내어 도리가 아닌 줄 아오."

"도리를 안다면 약한 여자를 연사질*하고 있는 건 분명 실수이겠
지요?"

얼핏 넘겨짚어도 사내는 벌써 자신이 무엇을 하겠다는 결정을 내
리고 있는 듯한 결연한 낯빛이었으므로, 매월이도 심중에 박인 한마
디를 사양 않고 내뱉었다. 이제 와서 사내의 발밑에 무릎을 꿇은들
효험이 날 것 같지 않았기 때문이다.

망신을 당하려면 아버지 이름자도 안 나온다더니, 일이 잘되어나
간다 하는 판에 웬 멀쩡한 촌놈 하나가 끼어들어서 씨양이질인지, 매
월이는 제 팔자소관을 가늠하기 어려웠다. 방물을 팔아 작량도 하기
전에 웬 놈의 오갈이 이렇게 자심한지 생각을 도사려도 짐작할 재간
이 없었다. 그러나저러나 이 사내의 하회를 기다릴 수밖에 없겠다 싶
어 매월이도 화덕 옆으로 가서 엉덩이를 착 붙이고 앉았다.

"짐작은 했겠지만 아낙이 장물 와주(贓物窩主)라는 건 내가 알고
있소. 그 방물장수가 나와는 인연이 있어 예주목 우리 집에서 보름이
나 묵어간 일이 있소. 그래서 그 방물고리 안에 든 물목을 내가 환히
알고 있소."

사내의 말이 비수처럼 가슴을 후빌 텐데도 매월이는 한마디 마주
던지는 걸 잊지 않았다.

• 연사질: 교묘한 말로 남을 꾀어 그의 속마음을 떠보는 짓.

"그럼 왜 나를 발고하지 못하였소?"

"나대로 생각이 있어서요. 나도 요사이 상제의 몸으로 적수공권하고 집을 나서게 되었더란 거요."

눈치 빠른 매월이였지만 그때까지도 석가란 놈이 겨냥코자 하는 것이 두 가지 중에 어느 것인지 알 수가 없었다.

방물 와주임을 알면서도 관아에 통기하지 않은 것은, 매월이가 홍살문 안으로 끌려가서 신고 겪는 걸 원치 않는다는 뜻일 테고, 그런데도 불구하고 야밤에 아녀자를 은밀한 풀뭇간으로 불러낸 것은 몸뚱이를 달라는 뜻이 아니겠는가. 그러나 사내의 사설이 풀어지는 중에도 그 어느 것 하나를 꼭 짚고 넘어가질 않아 임시낭패하고 있었다.

"알겠어요. 내 이녘이 하라는 대로 할 테니깐 우선 양단간에 발설을 하시오."

매월이는 문득 이를 악물었다. 드러난 상년이 울 막고 살랴. 날아가는 까마귀도 맛보고 가라던 그 잘난 엉덩이쯤이야 수십 번 벗어줘 봤자 죽 떠먹은 자리겠거니 하고 한시름 놓았는데,

"내가 바라는 것은 아낙네와 내가 물목들을 공평하게 나누자는 것이오. 아낙의 심중에 무엇이 꿈틀하는지 내 모르는 바는 아니오. 그렇지만 내 비록 상복을 벗어 불효막심이나 그래도 속내는 상중임이 분명한데, 이 누추한 곳에서 댁과 살을 섞을 수는 없지 않소? 내 말이 그럴싸하다면 아낙네도 지체 말고 시행합시다."

매월이는 아닌 밤중에 홍두깨로 얻어맞은 기분이었다. 남정네들이 만정이 뚝 떨어질 만큼 못난 용색도 아닌데 까마귀가 오디 마다하는 소리도 있는가 싶었지만, 그러나 원님과 급창(及唱)이 흥정을 해도 에누리가 있는 법, 모른 체하고 치맛자락 한끝을 보라는 듯 훌쩍 까

붙여 허연 허벅지를 우선 곁맛으로 구경시키고 나서,

"내 목숨이 두 동강 나도 고리만은 내놓을 수 없소. 적도들을 만난다 하더라도 그건 못할 짓이오. 그러하니 이녁도 단념하시오. 그러나 다른 일이라면 나도 미립이 난 년이라 생각해보겠어요."

"내 말귀를 못 알아듣는군. 내 오촌 당숙 되는 분이 여기서 멀지 않은 순영에 구실을 살고 계시니, 내 입정 한번 놀렸다 하면 아낙은 이젠 세상 구경하기 힘들 것이오. 도둑질이란 시정의 껄렁한 금령을 어긴 것하고는 추달이 틀리다는 걸 알고 있겠지요? 아낙이 아직 된 변을 못 봐서 그렇구려. 보아하니 신세 단출하여 옥바라지할 사람도 없어 보이는데, 웬 고집은 그리도 질기시오?"

보아하니 여간한 시골고라리가 아니었다.

생청으로 잡아뗄 여지가 없어진 매월이는 벼랑 위에 선 기분인데, 석가놈은 오금을 박느라고 뒤미처 한마디 덧붙였다.

"오촌 당숙이 관아에 구실을 사는 사람인가 아닌가는 날이 밝는 대로 듣게 해달라면 그렇게 해줄 터이고, 보여달라면 또 그리할 것인즉, 혹시 내가 하기 좋은 말로 아낙을 어른다는 생각은 마오."

석가 제 딴에는 반협박조로 변설을 늘어놓는데, 물찌똥이라도 쌀 줄 알았던 매월이는 치맛자락을 엉덩이까지 훨씬 걷어붙이고 난데없이 해죽해죽 웃음을 흘리면서 석가의 옷고름을 풀려고 덤벼들었다. 올라오는 계집의 한 손을 내려치면서 석가는 한 번 더 뜸을 들였다.

"아낙이 정녕코 내 말을 못 알아듣겠다면 좋소. 그 방물고리를 반분하지 못한다 할지라도 아낙에게 홍살문 안 맛을 보이고 말 것이오."

"딱도 하셔라. 내가 뭐라고 이릅디까? 내 언제 엉뚱한 소리라도 하던가요. 이녁이 하자는 대로 하지요. 그건 그렇게 하고 내 소청도 마다하지 말아야지요."

"소청이라니?"

"전날 행역으로 근력이 말이 아니긴 하옵습지요만, 야밤에 이렇게 으슥한 곳에서 남정네를 만났으니 이냥 헤어질 수야 없지 않아요?"

"도대체 무슨 해괴한 소리요? 나는 아낙을 겁간하려 든 게 아니오. 상제의 몸이라 하지 않던가요?"

매월이는 얼추 흰자 많은 눈으로 석가를 흘겨보며,

"에그, 망측도 해라. 상제 소리 이제 그만하시오. 상제라는 양반이 음행은 싫되, 장물 와주 되겠다는 건 또 뭡니까요? 강은 좋고 물길은 싫다는 법이지요? 그러지 말고 서두릅시다요."

매월이는 벌써 석가의 옷고름을 다 풀어헤쳐놓았다. 그러나 하찮은 계집이 대중없이 내뱉는 말에 전루북〔傳漏鼓〕*에 춤추듯 곡절 없이 끌어 업힐 수는 없는 노릇이었다.

게다가 염량 빠른 계집의 농락에 놀아나다간 그 언걸로 해괴한 변고를 겪을지도 예측하기 어려운 일이었다. 계집을 응망하고 있는데, 매월이는 참 두지 않고 야살을 떨었다.

"내가 상것이라고 이녁이 깔보는 모양인데 어디 두고봅시다요. 먹지 않는 종이 어디 있으며 투기(妬忌) 없는 안해가 어디 있으며 길쌈 잘하는 첩이 어디 있습디까요. 이녁이 근본은 양반 뼈다귀라 하지만 도깨비는 방망이로 조지고 귀신은 경으로 쫓는다고, 여자를 달래려는 남정네가 어찌 그리 섭수가 꽉 막혔소?"

"허어, 이 아낙이 이제 보니까 천상 물귀신일세그려."

• 전루북: 경점 군사들이 시각을 알리기 위해 치던 북.

"남녀가 유별한데 야밤에 여자를 밖으로 불러낸 것부터가 실수가 아니겠소? 하나 기왕 이렇게 되었으니 여기서 체면 찾아 얻다 쓰려고 그러시오? 그렇게 왼고개 치고 허세 부리지 말아요."

모질게 파고드는 계집의 말을 듣자 하니 너무 되바라지긴 하였으되 사리가 분명하고 앞뒤로 이가 맞아떨어지고 있었다. 하지 못해 그렇지, 한 행보에 두 마리의 토끼를 잡기만 한다면야 그만한 왕기(旺氣)도 없지 않은가.

그러나 명색이 사내대장부로 결기 돋워가며 뱉어놓은 말이 있는지라 그 당장 어쩌지는 못하고 석가놈은 엉거주춤이었다. 그 눈치를 매월이가 모를 리 없었다. 달려들어 사내의 윗옷을 벗기고 바짓말기를 제 손으로 까 내렸다.

이슥토록 풀무질을 했던 화덕엔 아직도 온기가 눅눅하였고, 사방은 역병 앓는 마을처럼 쥐 죽은 듯하였다. 풀뭇간 안에서 잠시 잠깐 음일(淫佚)을 겪는다 하여 이미 죽은 조상이 다시 동티 날 일도 없을 터인즉, 석가는 어느새 단속곳을 내리고 화덕 옆 평상에 반듯이 나가 누운 매월이 젖무덤 위로 풀썩 엎어졌다.

"정녕 이래도 되겠는가? 아낙이 하는 말세가 하도 고와서 내 체면이고 뭐고 다 버렸네."

"이 마당에 체면이 다 무어요. 방갓에 쇄자질*이고 짚신에 정분칠(丁紛漆)하기지."

"옳거니……"

<hr>

* 방갓에 쇄자질: '방갓'은 상제가 밖에 나갈 때 쓰는 갓이고 '쇄자질'은 그것을 터는 일로, 제격에 어울리지 않는다는 뜻.

석가놈이 한쪽 눈을 찡긋하면서 허겁스레 매월이의 치맛자락 속으로 갈고리 같은 손을 디밀어 일을 도모할 거조를 차리는데, 바로 그참에 반듯이 누웠던 매월이가 화들짝 놀라 일어나면서 풀뭇간 외짝 지게문이 흔들리도록 냅다 악성을 내질렀다.

"에구머니나, 이놈이 사람 잡네."

그러면서 손을 번쩍 들어 석가의 귀쌈을 본때 있게 올려 쳤다.

이 무슨 변고인가 싶어 석가놈은 옷 찾아 입을 생의(生意)도 못 내고 엉거주춤한데 매월이는 연거푸 소리를 질러댔다.

"이 동네엔 사람 없소? 사람 살려요. 이놈이 사람 접간하네."

매월이는 어느새 외짝문을 박차고 밖으로 내달았다. 아니나 다를까, 잠자다가 아낙의 외마디 소리에 놀라 깬 봉삼과 선돌이가 금방 매월이가 뛰쳐나온 풀뭇간으로 달려들었다. 석가는 바짓말기에 한 다리를 쑤셔박다 말고, 달려온 선돌이에게 상투째 휘어잡히고 말았다. 선돌이는 상투 잡은 손을 바싹 끌어당겨 석가놈을 당장 풀뭇간 바닥에다 태질쳤다.

매월이의 농간에 여축 없이 놀아났다는 생각이 든 석가는 우선 튀고 봐야겠다 싶어 퍼뜩 외짝문으로 몸을 날리려는데, 어느새 문밖에는 엄장 큰 봉삼이 와서 버티고 서 있었다.

"그놈 이리로 끌어내게."

밖에 선 봉삼이 씨부리니 선돌이는 그 말 받아 씹어뱉었다.

"이놈이 초장부터 비위짱 건드리더니 기어이 일거리를 만들었군. 너 이놈, 개다리소반에 먹다 남은 부침개 같은 놈, 오늘 저승 판서 용케 만났다. 덩덩하니 굿만 여긴다더니 너 이놈, 어디서 돼먹잖은 패악질이냐?"

선돌이가 벌건 삭숭이가 그대로 드러난 석가놈을 질질 끌고 주막 뜰로 가서 봉당에다 꿇려박았다. 봉삼이 어느새 괴나리봇짐에서 걸빵을 끌러와선 석가놈의 두 손을 뒤로 돌려 야무지게 묶었다. 정지 바닥에 퍼질러 앉았던 매월이가 선잠 깬 주막 주파를 붙잡고 하는 지청구가 늘어졌다.

선돌이는 묶인 석가놈의 어깻죽지를 참 없는 발길질로 초다듬이[•]하여놓고, 마당 한가운데로 달려가서 빨랫줄에 기댄 바지랑대를 잡아서 한중간을 뚝 꺾어들었다.

"너 이놈, 아녀자 겁간하려던 죄가 무엇인지, 촌놈이지만 시계전[•] 출입은 해봤겠으니 알고 있것다?"

매타작을 당하고 있다간 온전히 살아남지 못할 지경인지라, 석가놈은 핏자국이 낭자한 인중을 쳐들며 둘러대기가 조급했다.

"아니, 그게 아니오. 저 여편네가 측간 출입인 나를 밖으로 불러냅디다. 생각해보시오. 내가 어찌 초면부지인 아녀자를 불러내어 합환(合歡)을 조를 수 있겠소? 내가 아무리 촌것이되 이런 곡경 겪을 것쯤을 예측하는 소견이야 없었겠소?"

"여, 이놈 봐라. 그렇다면 어찌해서 저 누이가 아닌 밤중에 악성을 내질렀단 말이냐?"

"그렇다면 어찌해서 생의 없는 아낙이 풀뭇간까지는 소리 없이 끌려갔겠소? 내가 아갈잡이를 했다면 벌써 그때 사단이 났을 게 아니오. 제발 내 말을 믿어주시오. 내가 잘못됐다면 무슨 연고인가 싶어

주책없이 따라간 죄뿐이오."

전후사가 이만저만하다고 변해(辨解)하니, 또한 그럴듯도 하여 선돌이는 매타작을 멈추고 정지 바닥의 매월이를 난감한 낯빛으로 돌아보며 뭔가 빌밋거리를 달라는 눈치를 보였다.

그참에 매월이가 넉장거리를 하며 포달을 떨었다.

"내 팔자가 기박하여 면면촌촌 돌며 실낱같은 목숨 연명할지언정 어디 비빌 데가 없어서 네놈을 빌려 정분을 졸랐겠느냐. 네놈의 거기엔 풍잠(風簪)이 달렸다더냐, 내가 홍합 대접을 자청하게? 네놈이 문밖에 와서 나를 깨울 때 동무를 가장했다는 건 이 집 안주인이 알지 않느냐?"

이제 꼼짝없이 당하는가 싶자, 석가놈은 드디어 매월이의 본색을 덮어둘 수가 없었던 모양이었다. 이판사판으로 석가놈은 맞받아 소리를 질렀다.

"네 이년, 네년이 무슨 말로 연사질을 한들 소용없다. 네년이 가지고 있는 방물고리가 장물이란 건 네가 알고 내가 알지 않느냐? 그걸 반분하자는 내 수작이 생판 글렀다는 거냐?"

듣고 있던 선돌이가 한중간에 뛰어들었다.

"이놈, 오지랖이 넓구나. 누이가 가진 고리짝이 장물이라고 하자. 그랬다면 일찍이 관아로 가서 발고를 하든지 해야지, 상금까지 참고 뒤밟아온 건 그것 아닌 꿍꿍이속 때문이 아니냐? 네놈을 그냥 뒀다간 누이가 살아남지 못하겠으니, 그 후환 없이 하려면 우리도 이젠 이판사판이다."

선돌이가 정지로 들어가더니, 커다란 놋양푼에 안다미로 물을 퍼 담아서 석가놈 코밑으로 디밀었다.

"너 이놈, 기갈이 자심한 듯하니 이 동이물을 다 켤래? 아니면 멍석말이를 당할래? 양단간에 결판내지 못하면 내 본색을 드러내어서 눈구멍을 쑤셔놓을 테다."

석가는 그 경황에도 잠시 생각을 도사렸다.

장목(張目)*을 한 두 놈이 작당하여 재갈을 물리고 매타작을 시작한다면 큰 봉욕(逢辱)은 고사하고 잘못하면 장명(狀命)*을 당할 염려도 없지 않았다. 밤중이라 인근의 입맛 까다로운 장터 왈짜나 객점에 묵고 있는 상단 패거리들이 모이지 않아 다행이지, 만약 그들이 꾀어든다면 왕배덕배* 가리기 전에 그 당장 멍석말이 난장질당하기 천생 알맞을 지경이었다.

아무리 궁리를 터봐도 이 봉욕을 피할 길은 없었다.

"이놈, 냉큼 결정짓지 못하겠나?"

선돌이가 땅을 구르며 다시 한마디 던지니, 석가도 더이상 대답을 지체할 겨를이 없었다.

"물을 마시겠소."

"이놈, 일구이언은 안 하것다?"

"그럴 리 있습니까요?"

"바닥이 드러나도록 죄다 마셔야 하느니."

"양껏 마시겠소."

"이놈 이제 보니까 육허기가 든 놈이 아니고 분명 물허기가 든 놈이구나."

물양푼을 턱밑으로 바싹 들이미는데, 석가는 숨을 한 번 크게 내뿜고 코피가 낭자한 인중을 놋양푼에 담갔다. 물을 켜기 시작함에, 양푼에서 고개를 들라치면 선돌이가 뒤통수를 쥐어박았고 물에 사뭇 코를 박고 있자니 가쁜 숨이 턱에 와 닿았다.

어깻숨으로 석 되가 넉넉한 놋양푼의 개숫물을 죄다 마시고 나니 배가 맹꽁이 배같이 불러왔고 눈자위가 하얗게 뒤집혀 실로 눈에 아무것도 보이는 게 없었다. 날은 벌써 오경(五更) 초가 넘어 닭이 홰 치는 소리가 들려왔다. 외욕질*이던 석가는 그제야 봉당 아래에 뒤통수를 끌어박고 허옇게 나자빠지고 말았다.

"그놈이 제 딴엔 주장(朱杖)* 무서운 줄은 알았나 보이. 한나절은 저렇게 나자빠져 있어야 할걸세."

봉삼은 석가의 뒷손 결박을 풀어주었다. 코에다 귀를 대보았더니 숨결은 들쭉날쭉이었으나 절명까지는 갈 것 같지 않았다.

7

세 사람은 곧장 행리(行李)를 챙겨 주막을 하직하였다. 잡살전*인 듯한 가가(假家)*와 옹기전 앞을 훨씬 지나 시게전이 나란한 들머릿길로 나서니, 용수 씌운 긴 장대에 주기가 늘어진 주막이 여럿이었다.

• 외욕질: 속이 좋지 않아 욕지기를 하는 짓.
• 주장: 주릿대나 무기 따위로 쓰던 붉은 칠을 한 몽둥이.
• 잡살전: 여러 가지 씨앗, 특히 채소의 씨앗을 파는 가게.
• 가가: '가게'의 본딧말.

그중 번잡해 보이는 주막으로 들어가니 새벽길 뜨려는 도부꾼 네댓이 벌써 술청 긴 목판에 둘러앉아 한창 새벽동자를 퍼먹고 있었다.

세 사람이 목판 한끝에 좌정하고 앉자 토장국을 퍼먹고 앉았던 늙은 도부꾼 하나가 불쑥 물었다.

"동무시오니까?"

"미처 주거를 상달치 못하였습니다만, 어느 임방이시우?"

"피차 그리되었습니다."

봉삼이 대답하고 늙은 도부꾼을 자세히 살폈으나 안면 있어 보이지는 않았다.

"하생(下生)* 살기는 송파가 지본(地本)이올시다."

"혹시 천가 성(姓) 가지신 분은 아니시우?"

"그렇소만, 어찌 동무께서 하생이 천가 성 가진 걸 아시우?"

"말인즉슨 이러하오."

토장국 사발을 입으로 가져가서 훌쩍 들이마시고 난 도부꾼이 그제야 봉삼의 옆으로 썩 당겨 앉았다. 봉삼은 왠지 가슴 한중간이 섬뜩하였다.

"우리 일행이 반곡리 세거리 주막에서 송파 산다는 동무 한 분을 만났소."

"그래요?"

"최가 성 가진 동무인데 몰골이 말이 아닙디다."

"최가 성 가진 동무였소?"

"분명 그렇게 들었소."

---

* 하생: 어른 앞에서 자기를 낮추어 일컫는 말.

"어찌 되었답디까?"

"어쩌다가 작반이던 동무들과 헤어진 모양인데, 장두전(杖頭錢)
한 닢 없이 주막 봉노에 맥 놓고 앉아 있습디다."

"함자는 무어라 합디까?"

"그걸 하생이 물어보지 못했소. 마침 우리도 안동으로 곡자(曲子)
를 일정 안에 대어야 하는 판국이라, 사정이 딱한 대로 십시일반하여
요기나 시켜주고 헤어졌지요."

"누굴 찾습디까?"

"하생이 그래서 묻는 바요. 천가 성 가진, 송파의 댁같이 젊은 동무
를 만나거든 운을 떼어보라고 신신당부를 합디다."

"그게 언제요?"

"어제저녁 술시 초인가?"

"어디로 간답디까?"

"그저 그렇게 척 늘어져 있습디다."

"신수가 어떠합디까?"

"글쎄요. 뭣합니다만 화초방 설레꾼에 육전(肉錢) 털린 주눅에 삼
순구식(三旬九食)도 못한 각설이패 몰골이 완연합디다. 그렇다면 동
무와는 같은 상단이시우?"

무어라고 대답을 할까. 천봉삼은 잠시 망설였다. 동자 먹던 도부꾼
들이 일시에 술질을 그치고 아연 봉삼을 쳐다보았다.

"아니요, 같은 상단은 아니옵고 다만 하생과 지본이 같다 보니 놀

• 장두전: 여행할 때 술값으로 지니고 다니는 약간의 돈.

• 곡자: 누룩.

랍고 측은하여 질기게 물어본 거요.”

그제야 봉삼은 눈치를 챌 수 있었다. 대답을 주저하면서 문득 매월이를 쳐다보았을 때, 아낙의 안색이 전에 없이 하얗게 바래던 걸 보았기 때문이다. 매월이가 가진 방물고리의 내력이 어떻게 된 것이란 걸 눈치챈 이상 차마 제 입으로 그가 최돌이란 걸 발설할 수가 없었던 것이다.

그 방물고리의 임자가 최돌이였다면, 보지 않아도 그 또한 장물이란 것을 미루어 알 사람은 봉삼뿐이었다. 최돌이가 문경 연자맷간 매월이의 주막까지 되돌아왔었다는 걸, 이제 먼 길을 와버린 예천 장터거리 주막에서 깨닫게 된 봉삼은 가슴 뭉클함을 느꼈으나 당장 일어나서 최돌이에게로 쫓아갈 수 없는 처지가 난감하였다. 또한 일족(逸足)˙을 가졌기로 방터거리에서 최돌이를 재장구쳐˙ 만날 수 있다는 보장도 없었다.

중노미가 날라온 토장국 사발에 숟가락을 집어넣는데, 타관 눈치로 늙은 도부꾼이 봉삼이 내뱉은 말 뒤끝이 고의(故意)했던지 한마디 덧붙였다.

“이(利)를 취함에도 정분이 바탕이오. 먼 타관에서 고향 사람이 신고를 겪고 있다면 쫓아가보는 것이 그 또한 결기 있는 장사치의 도리요.”

봉삼은 더이상 대거리할 말이 없었다.

도부꾼들은 너나없이 그 처지가 불우하여 동병상련으로 객고(客

˙ 일족: 걸음걸이가 뛰어나게 빠른 발, 또는 매우 빠른 말.

˙ 재장구치다: 두번째로 서로 마주쳐 만나다.

苦)를 달램에 유무상통하여 혈육지간보다 질긴 정분을 가지고 간담
상조(肝膽相照)하고 환난상구(患難相求)하는 정분으로 응어리지었
다. 살아서는 서로 의탁하고 병 얻어 타관에서 객사하면 십시일반하
여 장사 지내고 슬피 울어주니 사해지내(四海之內)가 형제란 말은
이를 두고 하는 말이었다. 손위는 형이라 깍듯하고 손아래는 거침없
이 동생이라 부르며, 동무의 부모에 대해서는 숙질간이나 마찬가지
로 대했다. 심지어 객주에 들른 도부꾼이 병들었을 때, 축객(逐客)을
하였다 하면 그 객주가 장문을 당했다. 그러한 도리를 알고 있는 천
봉삼은 주막 술청에서 만난 늙은 도부꾼의 말 한마디가 뼛골을 쑤시
고 드는 듯한 아픔으로 들려와 여간 거북스럽지가 않았다.

도부꾼들이 행리 챙겨 주막을 떠나고, 선돌이가 활바치 집으로 찾
아간 동안 새벽 찬 기운이 썰렁한 술청에 봉삼은 매월이와 같이 남
았다.

"나 때문에 공연한 봉욕이나 당하지 않을까 큰 걱정입니다요."

눈치 살펴 어려운 한마디를 매월이가 공손하게 던졌지만, 곰방대
를 입에 물고 부시를 치던 봉삼은 한참 동안 대답이 없었다.

작반하자던 어젯밤 선돌이 말에 허겁스레 대답하지 않았던 것이
봉삼은 지금 와서 다행이다 싶었다. 그에게는 어떤 곡경을 겪는 한이
있더라도 최돌이와 조성준을 꼭 만나야 할 까닭이 있었다.

일이 여의치 못해 장물 와주가 된 매월이와 동행케 되었지만 때를
봐서 작파하리란 것은 당초부터의 마음이었으나 이제 와서 선돌이마
저 기약 없는 행려(行旅)에 뛰어들었으니 앞으로의 일이 더욱 난감
하였다.

"어쩌시오, 나와 헤어지는 게?"

매월이의 심기를 떠보는 수밖에 없었다.

"헤어지다니요? 없는 놈이 자두치떡 좋아한달지 모르나 정히 그러하신다면 저는 자진해버리고 말 테요."

"나와 작반한들 공연히 아낙에게 짐만 되오."

"짐이 되면 어떻고 아니 되면 어떻소?"

매월이가 심기에 무엇을 품고 있는지 못 알아차릴 봉삼이 아니로되, 짐짓 예사로이 들어넘기는 시늉을 할 수밖에 없었다. 그렇다면 더욱더 매월이와의 동행을 작파할 수밖에 없었다. 봉삼은 능멸하는 기색은 보이지 않고 넌지시 매월이의 아픈 곳을 찔렀다.

"아낙이 장물을 가졌으니 내 체면이 가는 곳마다 낭패를 당하지 않소?"

"장물로 인하여 총각 언걸입혀 욕보이진 않을 거요."

"도대체 그 고리 임자는 누구요?"

"다 아시는 일, 다시 들춰 얻다 쓰려고 그러시오?"

문득 매월이의 눈자위에 눈물이 서리는 걸 보았다. 봉삼은 더이상 닦달하고 앉아 있기가 거북스러웠다. 더욱이나 인조반(因早飯)* 끝에 장가처한 사이도 아닌 들병이 계집이 흘리는 눈물은 행역을 앞둔 사내가 볼 것은 못 되었다. 모른 체하고 있다가 병구완 때 입은 한 줌의 은혜라도 갚았다 싶으면 나름대로 잠닉(潛匿)해버려야겠거니 생각한 봉삼은 입을 다물어버렸다. 주찬(酒饌)과 어육으로 인정을 썼으면서도 샐닢의 직전(直錢)도 챙기지 못한 매월이가 최돌이의 장물

---

* 인조반: 주막에서 묵은 나그네가, 아침에 일어나자마자 그 자리에서 아침밥을 먹음. 또는 그 아침밥.

을 옭아낸 것도 생각하면 생판 탈 잡을 일도 아니지 않은가.

봉삼의 속내가 그러하다면 선돌이의 적성(赤誠)*도 보통은 아니었다. 풀뭇간의 주막에서 석가놈을 닦달할 적에, 장처(杖處)를 내지 않고 양푼의 헐한 개숫물을 퍼먹인 것은, 매월이와 봉삼의 낭패한 입장을 일찍부터 짐작하고 있는 사람으로서의 마음씀이었다. 석가놈을 자국 없이 골탕 먹임으로써 매월이나 봉삼이 관아에 발고당하더라도 빠져나올 구멍만은 있어야겠다는 앞선 계산이 그런 선돌이의 임기응변 속에는 있었다.

두 사람의 정체를 미루어 알고 있으면서도 그런 인정을 쓴 선돌이를 봉삼은 또한 기다리지 않을 수 없었다. 주막에서 활바치 집까지는 그리 먼 행보가 아니었으므로 선돌이는 곧장 주막으로 되돌아왔다. 행리가 홀가분해진 듯하였고 대신 배자 안으로 엽전 꿰미가 든 전대를 차고 있었다.

"하매자(下賣者)를 만났나?"

"처분하였네."

"자네가 부른 시세가 눅었던 모양이지?"

"수이 되었다네."

선돌이는 모주꾼답게 하매자와 박주 일배라도 나누었는지 불콰해진 얼굴을 하고 있었다. 술청으로 올라오지도 않고 선돌이는 재촉이었다.

"가세."

"어디로 가려나?"

---

* 적성: 참된 정성.

“안동으로 가려는데?”

“무슨 작심이라도 있나?”

“계추리* 시세가 눅어졌을 테니까 그곳의 전도가(廛都家)에 한번 들러볼 작정일세. 사실은 여기서 평안도나 전라도로 명주를 사러 갈 작정이었네.”

평안도에서 나오는 합사주(合絲紬)는 평양의 관전장(館前場), 안주(安州)의 염리장(鹽里場), 정주(定州)의 상장(上場), 영변장(寧邊場), 강계(江界)의 전평장(錢坪場), 맹산(孟山)의 현내장(縣內場), 강동(江東)의 관후장(館後場), 의주(義州)의 오목장(梧木場)에서 거래되었고, 전라도의 후주(厚紬)는 전주장, 나주장, 광주(光州)의 부동장(不動場), 남원장, 여산장(礪山場), 창평(昌平)·광양·강진·남평(南平)·용담(龍潭)으로 많이 쏟아져나왔고, 황해도에서는 선돌이의 고향인 황주(黃州)나 서흥(瑞興)과 수안(遂安)에서 나오는 명주가 경강(京江) 장사치들이 탐을 내는 물종들이었다.

선돌이는 못안고개에서 천봉삼을 만나지만 않았던들 활바치 집에서 물건을 처분하는 대로 곧장 상주로 되돌아가서 의주로 가는 도부꾼 상단에 끼여 평안도로 올라갈 작정을 했을 것이었다. 그러나 전라도의 후주도 그 짜임새의 알뜰함과 질김에 있어선 황당선(荒唐船) 되 사람들이 내려놓는 삼팔주(三八紬)*에 못지않았다. 그곳에서 후주를 적잖이 거둘 수만 있다면 경마잡이 딸린 준총(駿驄) 몇 필을 세내어 경강까지 거드럭거리면서 올라갈 수 있다는 계산이 든데다가,

---

• 계추리: 경상북도에서 나는 삼베의 하나. 황저포(黃紵布).

• 삼팔주: 중국에서 나던 명주의 한 가지.

천봉삼이란 작자가 다소 답답한 구석은 있되 수이 분수작별해버리기는 어딘가 많은 아쉬움이 남는 사내 같아 보였다. 그만한 작반 만나기가 어디 그렇게 쉽던가.

게다가 안동의 계추리나 예안(禮安)의 왕골은 소문이 자자하여 전라도에서도 쓰임새가 많으니 잘만 한다면 한 행보에 취리를 겹칠 수 있을 터인즉, 작반한 천봉삼에게 한 꿰미 두둑하게 던져줄 수도 있지 않겠는가. 그러나 그러한 속내를 아직 발설하지 못하고 있는 것은 동행인 매월이와의 관계가 어떠한지를 다잡아 물어볼 처지에 닥치지 않았음에 있었다.

어쨌든 예천 장거리 주막 봉당에 나자빠진 석가놈을 멀찌감치 떼어놓고 볼 일이다 싶어 선돌이는 선머리에 서서 길을 재촉했다. 예천 장거리를 떠나 한내를 건너 도리촌 언덕을 넘어 납읍내를 지나 우리게까지 가는 동안은 질펀한 들판이긴 하되 거의 인가가 보이지 않았다.

세 사람은 우리게 앞에서 내성천(內成川)과 만났다. 우리게에서 개미내로 건너가는 개울에는 제법 번듯한 복찻다리가 걸쳐져 있었다. 복찻다리를 건너고부터는 자욱길로 변변찮은 초로(樵路)였다. 다리를 건너고부터 시오 리 정도 행보를 떼어놓을라치면 대봉산 밑 수박골 신득골고개에 이르렀다.

신득골고개는 이수(里數)로 치면 예천에서 그리 멀지 않은 30여 리 상거한 곳이지만 고개를 넘어 개장골 까칠개 앞 징검다리를 듬성듬성 건너 역골에 이르면 곧바로 풍산(豊山) 역말에 닿았다. 신득골고개에서 역말까지는 시오 리 남짓이어서 고갯마루에서 한숨 늘어지게 쉬고 풍산 장터말에서 중화를 찾아 먹을 작정을 하고 있었다. 중화를 먹고는 쉬엄쉬엄 걸어도 40리면 안동에 닿을 것이었다.

선돌이의 속내는 그러했지만, 봉삼으로선 한 행보 한 행보를 떼어
놓을 때마다 가슴속을 저미는 듯한 객회가 앞섰다. 도대체 어쩌다가
이런 곡경에 처하게 되었는지 생각을 하면 할수록 난감하고 답답하
였다.

방터골 세거리에서 오가는 길손들을 잡고 비럭질이나 하면서 자
기를 찾고 있을 최돌이를 생각하니 대낮이 밤처럼 깜깜하였다. 자꾸
만 최가로부터는 멀어져만 가는데 선돌이나 매월이 둘 중 누구에게
나 장두전을 구걸하여 돌아설 처지가 못 되었다. 낙심천만으로 망연
히 몇 행보 건너 솔부리 근처를 바라보고 있는데, 그 솔부리 위로 맨
상투 바람의 사내 머리 하나가 느닷없이 불쑥 튀어올랐다.

처음에는 솔부리 아래서 뒤를 보고 나오는 행객이겠거니 생각하였
으나, 궐자는 벌써 이쪽 세 사람의 행적을 익히 눈여겨보고 있었다는
듯 한번 히죽 웃더니 서슴없이 이쪽으로 나서고 있었다.

"저게 누구야?"

봉삼이 손짓으로 궐자를 가리키니, 두 사람은 일제히 놀랐다.

"어, 저거 석가란 놈 아녀?"

선돌이 역시 적이 놀란 낯빛이었는데, 매월이는 화들짝 놀라 저도
모르게 봉삼의 품속으로 트레머리를 처박았다.

이쪽에선 적잖이 놀라는 빛인데도 석가놈은 추적추적 솔밭 사이를
걸어나와 장읍불배(長揖不拜)＊하고 섰더니,

"여기서 재장구치다니요."

한마디 씨부리고 선돌이 옆에 펄썩 주저앉았다. 선돌이는 한참 동안

＊ 장읍불배: 길게 읍만 할 뿐 엎드려 절하지는 않음.

말없이 뻣뻣하게 앉아 있었다. 봉삼은 천천히 모 꺾어 앉으면서 몰래 행전 속으로 한 손을 디밀어 넣었다. 손끝에 차가운 칼집이 가만히 와 닿았다. 그는 이제 이놈을 찔러버릴 때가 왔다고 생각하였다. 주막에서 그 당장 장처를 내지 않고 온 걸 후회하며 맥 놓고 앉아 있기엔 늦은 감이 없지 않았기 때문이다.

행전 속에서 칼집을 잡아 가만히 당기는데, 석가놈이 제법 오갈이 들어 하며 변해하기 시작했다.

"강아지 평생 소원이 아궁이 무상출입이라 하지 않습디까. 안에 들면 밖으로 내쫓고 밖에서는 안으로 쫓으니 갈 곳이 없는 강아지 신세가 바로 저올시다. 도방 대처 발서슴하면 내 한 몸 살아갈 길이야 도모치 못하겠습니까만, 어째 댁네들이 마음에 들어 죽자 살자 따라왔습니다요."

"어허, 그놈 언죽번죽 말꼬리 챙겨 제법 설레발치는군. 이놈, 네가 야료하면 우리가 적잖이 놀랄 줄 알았지만 그것으로 끽할 우리가 아니다."

선돌이가 그제야 전대 찬 배자끈에 울컥 뱃심을 튀기며 자리에서 일어나자, 아직도 인중에 마른 핏자국이 그대로인 석가는 땅바닥에 넙죽 엎드리며 손사래로 간구(干求)하기를,

"땜장이 발등 같고 연죽전(煙竹廛)* 좌판같이 얽은 얼굴로 엎드려 용서를 빕니다. 전자에는 염치없었음을 묻어주십시오. 내 그저 연명이나 하며 댁네들을 배행이나 하리다."

"어, 이놈 봐라. 연못골 나막신을 신겨도 분수 나름이지. 이놈아,

---

* 연죽전: 담뱃대를 파는 가게.

우리가 대중없이 꺼덕이는 양반놈들인 줄 알았더냐? 너 같은 촌놈을 배행으로 두게?"

선돌이가 발아래 엎드린 석가의 멱살을 모양 있게 잡아 틀어 일으키니 엄장 큰 석가놈은 얼굴이 하얗게 바랬다.

"너 이놈, 인적 없는 고개에서 그중 잘 만났다. 저승빚 갚을 샐늪은 지녔느냐?"

"아닙니다, 진정코 새벽의 행티를 빌려는 것입니다."

봉삼은 더이상 두 사람의 대판 시비를 바라보고만 있을 경황이 없었다. 그는 행전 속의 장도를 날렵하게 빼내 들었다. 석가놈을 혼돌림 시켜놓지 않는다면 아무래도 이 행려길이 순탄할 것 같지가 않았다.

밉다고 차버렸더니 떡고리에 자빠지더라고, 토해낼 재간 있는 놈에게 개숫물을 퍼먹인 게 당초부터 서툰 짓이었다. 언죽번죽 뒤따라온 석가의 속내에 어떤 심기가 도사리고 있는 것인지 그것을 알아내려고 아귀다툼 벌이고 있기보다는 쥐도 새도 모르게 도륙을 내버림이 차라리 후환을 남기지 않는 길이라는 것을 봉삼은 알고 있었다.

행전 속에서 빼내 든 장도를 손아귀에 단단히 꼬나들고 석가의 어깻죽지를 겨냥해서 봉삼은 몸을 날렸다. 석가의 어깨 너머로 몸을 날리는 봉삼을 발견한 선돌이가 조급히 손을 들어 막았다.

"그만두게."

선돌이는 재빨리 몸을 비켜 봉삼의 장도 쥔 손목을 잡아 낚았다.

"봉삼이, 참게. 우리 이놈의 변설을 듣기로 하자구. 공연히 염충강(廉忠强)이 무장 먹듯* 엄벙덤벙하다가는 사서 환난당하지 않겠는

---

* 염충강이 무장 먹듯: 모든 일에서 두서를 모르고 아무 데나 덤벙덤벙하는 모양을

가?”

“아녀, 잘못 보구 있어. 궐자의 농락에 속지 말게.”

“어허, 봉삼이, 그렇다고 해서 이렇게 하는 것만이 능사가 아니지 않은가?”

석가가 고개를 돌려 힐끗 천봉삼을 쳐다보았다. 눈꼬리가 팽팽하게 당겨 올라가고 콧잔등은 하얗게 서리 내린 듯하고 눈알이 허공에 뜬 것 같았다.

석가는 깍짓동같이 서 있는 봉삼의 발목을 잡고 척 늘어졌다.

“언감생심 제가 다시 분탕질을 놓겠습니까? 문경새재 넘어가는 진한 꿀항아리 초병같이 얽은 내 낯짝을 두고 맹세합니다.”

“아귀다툼할 경황 없다, 이놈.”

“건성으로 이러는 게 아닙니다요.”

“야, 이놈 봐라. 어장이 안 되려면 해파리만 끓는다더니, 어디서 얼간망둥이 같은 놈이 뛰어들어 패악질이냐?”

석가는 연방 손사래를 쳐대었고, 선돌이에게 잡힌 한 팔을 뿌리치다 못한 봉삼은 떼밀려선 풀숲으로 가서 털썩 주저앉고 말았다.

“지각없이 굴지 말라구. 시방 저놈을 해코지하여 우리에게 당장 이로울 게 없네. 우리가 관아로 끌려가 허옇게 볼기 까여 곤장을 맞는 것보다는 저놈을 달고 다니면서 한 번 더 본색을 더듬어봄직하네.”

“나는 초장부터 뜨악했어.”

“그건 나 역시 마찬가질세.”

“나잇살이나 처먹은 놈이 언구럭 피우는 꼬락서니가 보통 아니지 않

비유적으로 이르는 말.

은가? 저 화근을 그냥 뒀다간 반드시 자네나 나나 언걸입고 말걸세."

"나 역시 과히 탐탁지는 않으나 저놈의 뜸베질* 하나를 우리가 막지 못하겠는가. 내칠 게 아니라 행려에 끼워서 범절을 엿보도록 하자구."

"큰 변고 당하고 말 테니 두고보게."

"자네 입으로 한 말이 있지 않은가. 사내자식들이란 싸우면 적수요 사귀면 친구라고?"

"그것도 사람 나름이지. 난 비위가 뒤틀려 저놈과는 한솥밥 먹기 싫어."

"건건이두 입에 맞아야 퍼먹는다구, 딴은 자네 말이 해롭지는 않네. 그러나 또한 나대로 생각이 있으니 내 거동만 두고봐주게."

선돌이는 봉삼의 결이 삭기를 기다려 아직도 길바닥에 코를 박고 넙죽 엎드린 석가를 손짓으로 불렀다. 어정뜨기는 칠팔월 개구리*라더니, 석가는 선돌이의 손짓을 보자 금방 일어나서 바지 괴춤을 한 손으로 모아 잡고는 방게 기듯 모잽이걸음으로 두 사람 앞으로 다가왔다. 선돌이가 흰자 많은 눈썰미로 석가를 보고 말하기를,

"네놈을 여기서 도륙 내어 마땅하겠으나 네놈이 조신(操身)하는 모양을 잠시 두고볼 까닭이 있다. 네 변설에 솔깃해서가 아니라, 우리도 명색이 신표 가진 장사치로서 네놈을 여기에 버리고 가면 임방 예의에도 어긋날뿐더러 네 정곡(情曲)* 또한 그러하니 달고 가기로 한다."

• 뜸베질: 소가 뿔로 받는 일, 혹은 그런 행동.
• 어정뜨기는 칠팔월 개구리: 몹시 엉뚱하고 덤벙대기만 함을 이르는 말.
• 정곡: 간절하고 곡진한 정.

석가는 비위 좋게 조아리며,

"이 떨거지를 용납하시니 참으로 고맙습니다요."

"앞으로 떠돌이 행중이라 하더라도 물색 모르고 알랑수를 써서 우리 농락하거나 거칠게 나왔다가는 어느 구름에 날아갈지 기약하기 어렵다."

"알겠습니다요. 어디라고 범접하겠습니까. 제가 설령 우매한 소견인들 조신하지 않을 리 있겠습니까."

"알았다. 네 본색을 드러낸다면 그 당장 어육을 만들어놓을 테니까 우리 비위 상하게 하지는 말게."

선돌이는 껄껄 웃었으나 봉삼은 사뭇 입맛이 썼다. 짐작건대 선돌이가 또한 그대로의 속내가 있는 듯해서 봉삼은 더 버틸 수가 없었다. 게다가 어차피 이 행중에서 빠져나가야 할 몸인지라, 조금 전에 신수 돌보지 않고 억지다짐으로 흥분했던 것이 오히려 쑥스러웠다.

"앞서시오."

나이대접한답시고 선돌이가 하겟말을 고쳐 공대말을 쓰자, 석가는 얼른 좋아하면서 선머리에 가서 섰다. 그들은 곧장 행리 챙기고 신들메를 고쳐 신고는 신득골고개를 내려갔다. 자드락길을 내려가서 시오 리 아래에 있는 풍산 역말 장터 주막에서 중화를 때웠다. 애벌 요기로 맞춤하니 시장기를 끄고 다시 주막에서 일어나 길을 줄이기 시작했다.

풍산 역말을 나서고부터는 안동 대도호부(安東大都護府)로 들어가는 행인들이 심심찮게 바라보였고, 경마잡이가 딸린 세마(貰馬) 타고 거드럭거리는 양반 행차도 가끔 눈에 띄었다.

안교(安郊) 역말과 철곡리(鐵谷里)를 지나 도린말 내 앞을 가로질

러 납돌고개를 넘고 두실원과 주상골을 지나 밤갓골 앞나루에 이르
니, 해는 벌써 설핏하고 강바람은 차가웠다. 나루의 사공막이 희뿌연
모래 바람 사이로 멀찍이 바라보였다.

유시(酉時)가 넘기 전에 나루를 건너려는 행객들로 사공막 부근은
제법 붐비고 있었다. 거개가 밑천 짧은 도부꾼들로 보였고 도포 자락
깨나 펄럭이는 양반들이나 아전 나부랭이들은 사공막에서 멀찌감치
비켜 앉아 건너간 배가 돌아오기를 기다리고 있었다.

"여기가 이송천(二松川)나루요!"

석가는 초행이 아닌 듯 뽐내어 말했다. 나루를 건너 한 마장 정도
더 걸어 솔티고개만 넘으면 안동 부중(府中)이 바로 코밑이었다. 마
침 사공막 옆에 좌판을 놓고 떡을 파는 아낙이 있기에 네 사람은 그
리로 가서 앉았다.

"제법 재미가 쏠쏠하겠소."

주위에 다른 떡전이 없는 것을 보고 매월이가 부러운 체하며 한마
디 던졌으나 떡 파는 아낙은 대답이 없었다.

"벙어리요."

뜨악해하는 매월이에게 석가가 대답하였다. 아낙은 떡을 팔면서도
식채는 주는 대로 받았다. 저녁겉두리를 때우고 나서도 아직 건너간
나룻배가 수이 돌아오지 않아 나루에서 오랜 시간이 지체되었다.

"솔티고개란 데는 숙박질하는 객점들이 있소?"

나루를 건너가서 선돌이가 물었다.

"고개를 넘으면 소몰이꾼들이 자는 주막이 허술은 하지만 여럿 있
습니다요."

"거기서 하룻밤 묵새깁시다."

솔티고개에 이르렀을 때는 날이 벌써 어두워 길을 재촉할 형편이 아니었으나, 나루를 늦게 건넌 행객들이 많아서 패거리 지어 고개를 넘을 수 있기에, 네 사람도 거기 묻어서 고개를 넘었다. 고개 아래엔 과연 주기가 펄럭이는 주막이 많았다. 그중 마방(馬房)도 보이고 과동시(過冬柴)˚가 높다랗게 쌓여 있는 꽤 커 보이는 주막으로 들어가니, 마당에서 절구질을 거들던 앳된 중노미 한 녀석이 떼구루루 굴러 나오면서 네 사람을 맞았다.

"저녁들은 어쩌시려오?"

"뭐가 있나?"

봉삼이 물었다.

"술도 있고 밥도 있습죠."

"황육도 있나?"

"있구말구요."

봉노에 들여놓을 짐도 없는 터라, 우선 정지방으로 들어가 앉았다. 세 사람은 너비아니 안주로 탁배기를 들었고, 매월이는 한저녁을 시켜 먹었다. 마침 정지 뒷방 하나가 비었다기에 매월이는 그리로 들여보내고 세 사람은 줄기차게 술을 퍼마시는데, 석 되나 되는 양푼의 개숫물을 마셔서 마시는 데는 미립이 난 석가가 그중 모주꾼다웠다.

"그래, 어떻게 해서 그 많은 물을 토해낼 수 있었소?"

술이 올라 불콰해진 선돌이가 하루 종일 궁금했었던지 그 말부터 물었다.

"안주인을 꾀어선 실꾸리를 달랬지요. 실타래를 자가웃이나 삼켰

을까요. 비위가 뒤틀리기 시작하더니 개숫물이 뭡니까, 나중에는 똥구멍으로 나가려던 놈까지 죄다 입으로 치올라오는데, 감당이 불감당입디다요."

"가는 길에 예천에 들러 그 노파를 혼내주어야겠구먼."

봉삼이 일부러 쓸까스르는 표정을 지으며 한마디 내뱉자, 석가는 곤댓짓*을 하며 웃어댔다.

8

몇 점이나 되었을까. 장지문 사이 두고 건너오던 세 남정네의 취담이 그제야 끊어졌다. 그들이 봉노로 건너갈 거조를 차릴 때, 매월이는 달빛이 희미한 뜰로 나섰다. 마침 봉삼이 혼자 뒤처져서 측간 옆에 있는 오줌장군에다 늘어지게 소피를 보고 있었다. 매월이가 기다리고 섰다가 뱅시레 웃음 지으며 손짓으로 불렀다.

"총각, 뒷방으로 좀 오시구려."

"왜 그러시오?"

"볼일이 있어 그러지요."

"여자 혼자 든 방에 어찌 들어가오?"

"여자 방에 들어오면 대들보라두 내려앉는답디까?"

"남녀가 유별하니 하는 소리요."

"유별한 남녀가 예까지 작반한 건 왜요?"

---

* 곤댓짓: 뽐내어 우쭐거리며 하는 고갯짓.

"거참, 말꼬리 물고 늘어지지 마슈."

봉삼은 두 다리는 봉당에 내린 채 엉덩짝만 방고래에 붙이고 앉았다. 매월이가 달려들어 사내의 두 다리를 방 안으로 거두고 장지문을 닫았다. 작은 방에 등잔에서 타는 산초기름 냄새가 매캐했다.

봉삼은 억지다짐이라도 받을 듯한 매월이를 문득 놀라 쳐다보았다. 처음보다는 많이도 수척해 보였다. 행역에 시달린 탓도 있겠으나 무엇보다 요 며칠간 심기가 편치 않았을 것이었다. 봉삼은 윗목에 떠다놓은 냉수 사발을 들어 벌컥거리고 마셨다.

"앞으로 어찌할 작정이시오?"

"글쎄요."

봉삼이 어정쩡하게 대답할 수밖에 없었던 것은 그렇게 묻는 매월이의 소이(所以)가 어디에 있는지 금방 짐작 가지 않았기 때문이다. 매월이는 봉삼의 앞으로 싹 다잡아 앉았다.

"석가놈의 괴춤에 칼집이 보입디다. 정녕코 저놈의 속내에 무슨 야료가 있는 게 분명하오."

"거 괜한 걱정 마슈. 팔자 사나운 강아지 잠만 자면 호랑이가 꿈에 뵈더라고, 오죽잖아 그런 걱정이시우?"

"괜히 드센 체하지 말고, 지금이라도 늦지 않았으니 길을 돌려 잡읍시다요."

매월이는 봉삼의 팔을 잡고 늘어졌다.

"어디로 가잔 말이오?"

"조선 팔도 넓은 땅에 갈 곳 없어 속 썩이시우?"

"난 그렇게 못 합니다."

"못 하다니요? 저 선돌이란 사람 따라가봐야 재미 못 봅니다. 석가놈을 그냥 둬보는 것이나 총각보고 작반하자고 설레발치는 것이나 자기대로 꾀가 있기 때문인 것 같으오. 젊어 한때 처신을 잘해야지 그러다가 누구 손에 난장당할지 모르지 않겠습니까요."

"걱정 마슈. 내 한 몸 섭생이야 제대로 못하겠수."

"내가 여기까지 따라온 게 총각 때문인 줄은 알지요?"

"그 눈치야 내가 모르겠소."

"그렇다면 혀 빼물고 앉았지만 말고 뜹시다요. 그 사람들 틈에 끼여 용춤 춰봐야 총각만 싱거운 사람 되오."

매월이의 눈에는 선돌이나 석가놈의 꿍꿍이속이 빤히 들여다보이는 통수인데도 봉삼이 그걸 눈치채지 못하고 있다는 데 몸이 달았다.

매월이는 문뱃내가 물씬 풍기는 봉삼의 목덜미에다 슬쩍 얼굴을 기대었다. 고달°을 빼고 앉아 있는 사내자식 하나 녹여줄 재간이야 일찍이 없었던 것은 아니로되, 봉삼에게만은 들병이 밑천대로 간릉°을 떨고 싶지 않아서 눈치만 보아온 것이었다. 그만하면 이쪽의 눈치도 대강은 알아챘겠건만, 이제 와서 생각하니 아무래도 부처님 가운데 토막에 버금갈 만한 사내 같았다.

천세나는° 게 사내자식인데 왜 이런 떠돌이 행중의 총각 한 놈에게 오금을 못 펴고 대중없는 행역만 치러야 하는 건지 매월이도 은근히 화가 치밀었다. 그렇다면 피차가 할 짓이 못 되고 피곤할 노릇이었다. 제출물로 계집 하나 노글노글하게 다룰 줄 모르는 재간 없음이야 고사하고라도 제 코앞에 닥친 횡액쯤이야 짐작할 줄 알아야 사내

• 고달: 점잔을 빼고 거만을 부리는 짓.
• 간릉: 남의 환심을 사려고 엉너리치는 솜씨가 좋음.
• 천세나다: 물건이 사용되는 데가 많아서 퍽 귀하여지다.

자식이 아닌가. 매월이는 어금니를 사리물고 심중에 구겨놓았던 마지막 한마디를 툭 던졌다.

"그럼 오늘 밤은 이 방에서 주무시오."

"누굴 멍석말이시키려고 그러시우?"

"멍석말이라니요? 우리가 서로 좋아 합환(合歡)인데 어느 미친놈이 간섭이랍디까?"

"선돌이나 석가가 있지 않소?"

"그럼 나 혼자 자는 방에 석가놈이 들어와서 칼이라도 들이대고 속곳이라도 벗겨야 총각 속이 시원하겠수?"

"사서 화근을 만들지 마슈."

"귀신도 빌면 듣는다는데, 사람이 사람의 심사를 어찌 그리 몰라주시오. 산 사람 빌기가 이렇게 어려울 줄은 몰랐네. 한방 차지한다고 내가 총각 허벅지에 칼자국이라도 낼까보아 그러시오?"

"수상히 여김을 받고 싶지 않아서 그럽니다."

"이 밤으로 뜨자는 것도 싫다, 석가놈이 겁나 한방 차지도 싫다 하시니 난들 별도리가 없구려. 하지만 기왕 들어온 방 나가지는 못하오. 나간다면 내가 소리를 칠 거요."

"그런 억지가 어디 있소?"

매월이는 얼른 봉삼에게 엉겨붙어 저고리 고름을 풀어헤쳤다. 사내의 넓은 가슴이 등잔불에 푸짐하게 드러났다.

"이런다고 내가 꿈쩍이나 할 줄 아슈?"

"나도 이젠 이판사판이우."

봉삼은 눈이 허공에 뜬 매월이의 두 손을 덥석 잡았다. 이런 계집을 어떻게 달래야 할지 봉삼으로선 난감한 노릇이었다. 금방 자리를 뜬다면 계집이 한 말대로 소리칠 게 뻔할 것 같았다. 선돌이나 석가는 그렇다 치더라도 봉놋방에 누운 상단 패거리들에게 우선 봉욕을 당할 건 뻔한 노릇이었다. 그들에게 매월이가 무슨 말로 거짓을 발고할지 또한 모를 노릇이었다.

인연이란 잘못되면 이런 것이다. 다짜고짜로 바짓말기 속으로 손을 집어넣는 매월이의 콧잔등에 살기가 서리는 것을 보며 봉삼은 앞이 콱 막힌다는 생각을 하였다. 이 방을 뛰쳐나간 다음에 당할 봉욕이 무서워서가 아니라, 계집이 내뿜는 살기에 오갈이 들어 봉삼은 헤쳐진 바짓말기를 모아 잡고 앉았는데, 발딱 일어선 계집이 치마 아래로 단속곳을 벗어내리며 씹어뱉듯 한마디 던졌다.

"연장 하나는 걸물로 차고 다니는구려."

매월이가 언죽번죽 내뱉는 말이 괴이한 건 나중 치더라도, 단속곳 벗어던진 다음 다시 매미란 놈 허물 벗듯 치마조차 지체 없이 벗어 던지는 데는 봉삼도 그 당장 어찌할 경황이 없었다. 예삿일이 아닌가 싶은데, 벗은 치마를 말코지에 건 계집은 다시 저고리를 벗어 흐벅진 알몸을 등잔불 앞에 드러내고 말았다. 벗은 저고리로 앞을 가리고 책상다리하고 앉더니 매월이가 해끔한 얼굴로 봉삼을 똑바로 쳐다보았다.

"총각이 나를 아예 상종 못할 계집으로 알았다면, 무슨 염량으로 예까지 달고 왔는지 알고나 지냅시다요. 전자에 계집 사단으로 동티 난 일이라도 있었습니까?"

"이 무슨 야마리 없는 짓이오? 이런 망측한 짓을 내 앞에서 왜 하오?"

"말씀 한번 점잖구려. 오뉴월 닭이 오죽하여 지붕에 올라가겠수? 내가 예까지 애면글면 따라온 연유가 무엇인지 알고 있다면서요?"

봉삼이 앉은걸음으로 다가가 매월이의 어깨를 잡아 흔들었다.

"지각없이 굴지 마오. 누가 장지라도 열어보았다면 무엇으로 변해 하려오?"

"흥, 구더기 무서워 장 못 담글 계집이 아니오. 이판사판이라고 말했지 않습니까?"

"도대체 무슨 망신을 하려고 이러시오?"

"내가 천상 호랑이 어금니 같으오? 부처님 공양 말고 배고픈 사람 밥 먹이란 말도 못 들으셨소?"

이젠 매월이의 악다구니를 뿌리칠 핑계가 없었다. 봉삼의 의향이야 어떻든 오늘 밤으로 결딴내야겠다는 조짐이 분명하였다. 그런 매월이를 홀대하거나 면박 주었다간 무슨 횡액을 당하게 될지 짐작하기 어려웠다. 손찌검을 한다 하여도, 아갈잡이를 한다 하여도 멀쩡하던 신수에 망신살이 뻗쳐 있긴 마찬가지였다. 계집 하나 녹여놓을 여력이 없어서가 아니었다. 매월이의 거웃에 꿀 종지가 엎어졌다 하더라도 누이 같은 여자에게 언감생심 음욕을 품을 수야 없지 않은가. 게다가 두 사람 사이를 대강 짐작하고 있는 선돌이나 석가놈에게 보일 체면치레도 말이 아니지 않은가. 갈수록 수미산(須彌山)이라더니 이런 곡경에 처박힐 줄 모르고 홍이야항이야 하며 여창남수로 따라온 게 당초부터 변변찮았던 짓이었다.

만약 여기서 발끈하여 일어선다면, 매월이는 그 당장 알몸뚱이를 하얗게 까뒤집고 넉장거리로 포달을 떨 게 분명하였다. 어쩌면 석가놈과의 행티도 매월이가 자신의 본때를 보이기 위해 꾸며낸 봉변이었는지도 모른다는 생각을 하면서 봉삼은 기어이 결기를 죽이고 말았다.

"어서 치마를 입으시오. 내 이 방에서 자겠소."

"기왕에 벗은 옷, 한방 차지한다면 애써 다시 꿸 건 뭐유."

"참, 아낙도 근력 하난 남 떼어줘도 익히 남겠소."

"엎드려 절받기라더니, 내 신세가 왜 이리 궁색하게 되었는지 나도 모르겠소."

매월이가 허연 허리통을 쭉 뻗어서 윗목에 있는 등잔을 훅 불어 껐다. 봉삼은 어찌할 거조를 차리지 못하고 풀어진 바지 괴춤을 모아 잡고 앉았는데, 매월이가 다가와 앞가슴에 트레머리를 처박고 그제야 끼룩끼룩 울기 시작했다. 마음이 허망하면 교태만 남는 법, 매월이도 더이상 자신을 다스릴 재간이 없었다. 타관에서 만난 총각에게 무작정 마음을 빼앗긴다는 것이 들병이 신세로는 용납하기 어려운 변고임에는 분명하나, 대저 오상고절(傲霜孤節)이 뜻과 같지는 아니하지 않던가. 남녀 간의 범절을 인력으로 잡을 수만 있다면, 세상사 인정물태(人情物態)가 이다지 곡경을 겪지 않아도 될 법 아닌가. 만약 봉삼 편에서 먼저 간릉스럽게 수작을 걸어왔었더라면 예까지 따라오며 속을 태우지 않았을지도 몰랐다. 제 심기를 제출물로● 다루지 못함이 또한 그것이 아닌가. 이쪽의 심기를 못내 짐작하면서도 시선이 마주치는 것조차 두려워한다는 것을 눈치챘을 때, 이젠 더이상 뜸 들이고만 있을 수 없다는 조짐이 든 것은 매월이의 입장으로선 정녕 핑계 없음이 아니었다.

떠돌이 행중에 밑천 짧은 장사치들에게서 남녀 간의 인연이란 입대고 한번 마신 호리병 주둥이요, 뒤보고 일어난 똥 자리에 불과한

● 제출물로: 남의 시킴을 받지 않고 제 생각대로.

것이 아니던가. 그러한 정분을 두텁게 하는 것은 육정(肉情)을 나눈
합환이 아니면 질길 수가 없다는 것밖에는 배운 게 없으니, 봉삼을
얽어매려는 매월이의 행티가 그리 몹쓸 형국은 아니었다. 그러나 사
내의 입으로부터 막상 그런 허락을 받아내고 보니, 문득 마음 한구석
이 가을걷이 끝낸 들판처럼 허전하고 자신의 간릉스러움이 후회되어
목젖이 떨려왔던 것이다.

이 사내와 작수성례(酌水成禮)라도 할 수만 있다면 가슴에 돌을
달고 물속으로 뛰어들어도 기꺼우리라. 장물인 방물고리를 나루에
버리라면 그 또한 기꺼이 하리라. 그런 마음 도사리고 나니 터져나오
는 울음이 잡히는 듯한데, 머리 위에서 가라앉은 사내의 말소리가 들
려왔다.

“이제 그만 울구려. 객점에 묵는 상단 패거리들이 구경 나오겠소.”
“……”

“일찍이 아낙의 연충을 헤아리지 못한 건 아니었소. 그러나 알다
시피 신수가 멀쩡하지 못했고 이만한 나이 들도록 성취한 것이 없었
으니 나대로 자제함이 없지 않았소.”

“생청으로 잡아떼지 마셔요.”

“그게 아니오. 사내자식이 타관으로 떠돌긴 했으되 어쩌다 무일푼
이니 아낙의 정곡에 눈 돌릴 틈이 없었소. 이제 그만 누웁시다.”

“같이 눕지 않으면 못 눕겠소.”

봉삼은 매월이를 안아올려 이불 속에 뉘고 그 또한 나란히 발 뻗고
누웠다. 금방 매월이의 한 손이 가슴을 파고들었다. 겨드랑이에 계집
의 단내 나는 입김이 와 닿으니 공연히 아랫배가 불끈 치받쳤다. 아
직 미장가한 사내의 객기는 있어서 금방 가래톳*이 뼈근하여졌고 살

이 거북스러웠다.

가슴에 와 있던 계집의 손이 스름스름 아래로 내려가더니 난데없이 덥석 그놈을 잡고 흔들었다.

봉삼이 후딱 놀라 부살을 움츠리는데,

"에그, 연장 하난 정말 걸물이우!"

계집은 봉삼의 가슴으로 덥석 엎어지더니 쭉 하고 입을 맞추었다. 어찌 이러할까, 봉삼은 못 이기는 체하고 누워 있었다. 마음에 당기지 않는 합환을 하고 있는 사내의 몸뚱이가 계집의 한 손에 금방 후끈 달아오르는 조화란 또한 모를 일이었다.

어느새 발가벗은 매월이가 이불을 뒤집어쓴 채 몸을 일으켜 봉삼의 바지를 홀러덩 벗겨 내렸다. 그러고는 자신의 허벅지를 봉삼의 부살에 대고 두어 번 문질러대니 봉삼의 목구멍에서 가래침 넘는 소리가 꿀꺽 하였다. 흐벅진 다리 한쪽을 다시 부살 위로 갖다 놓으면서 계집은 난데없이 이를 바드득 갈았다.

"참는 것도 분수 나름이지. 천상 이 나이 먹도록 이녁같이 무뚝뚝한 남정네는 처음 보았소."

단내를 입에 문 매월이는 이불 아래쪽으로 고개를 디밀더니 이젠 배꼽에 대고 기름병 마개에 입 대고 빠는 시늉을 하였다.

말이야 그리 하지만 봉삼도 당초부터는 부처님 가운데 토막이 아니었다. 계집의 행티를 마냥 누워서 당할 수만은 없어서 벌떡 몸을 일으켜 계집을 삿자리에 누이고는 쇠전 마당에 박힌 말뚝같이 긴 대심박이를 끄떡 들어 걸판지게 기어드니, 계집은 주발만 하게 입을 벌

____

• 가래톳: 여기서는 허벅다리의 윗부분을 말함.

리고 꺼이꺼이 감창 소리를 내질렀다.

이게 무슨 노릇인가. 마른하늘에 날벼락 맞을 짓이지, 하면서도 봉삼은 이제 경황이 없었다.

행요를 놀고 있는 계집의 알몸은 왕새우 모양으로 오그라들고 입가에는 허옇게 거품을 흘리었다. 윗목에 놓아둔 물사발이 덜그럭거릴 정도로 방고래가 몸살을 앓았고 장지문에 와 닿은 달빛이 붉었다가 푸르렀다 하였다. 디딜방아에 겉보리 찧듯 참 없이 방아고를 내지르니 매월이의 엉덩이 받쳐진 낡은 삿자리에 구멍이 날까 두려웠다. 두 사람이 내지르는 숨소리에 말코지에 걸린 옷자락이 흔들거렸고 명색뿐인 외짝 바라지가 샛바람 들이켤 때처럼 덜거덕거렸다.

매월이가 일찍이 음황(淫荒)이 자심한 표객(嫖客)[*] 몇을 경험하였으되 이번처럼 육허기에 걸신들린 듯한 사내는 보지 못하였다. 오미잣국에 달걀이라더니, 한차례의 합환이 끝나자, 그렇게 아옹다옹하던 매월이도 식초에 녹아난 것처럼 맥 놓고 착 늘어져버렸다. 허공에 매달린 눈동자를 사려 감을 근력도 없어 맹하니 천장만 바라보았고, 삿자리가 흠뻑 젖었건만 몸 일으켜 색기를 수습할 엄두도 못 내는 모양이었다.

품방아를 열고나게 찧고 난 봉삼은 등줄기에 땀이 비 오듯 하였지만 아직도 코 언저리엔 단내가 배어 있었다.

“이제 속이 시원하오?”

“……”

“이제 육허기가 가셨소?”

• 표객: 난봉꾼.

그제야 매월이는 가을바람에 놀란 여치 소리만큼 오갈 들어 대답하였다.

"예."

"이제 그만 잡시다."

"내 이럴 줄 알았지요."

"그건 또 무슨 변설이오?"

"사람을 요 모양으로 녹초로 만들고는 날 밝는 대로 진종일 행역 치르게 할 게 뻔하지 않소? 달거리가 낼모레인데 개짐 챙길 여가도 없으니, 원. 얼추 정신 들거든 작파하시고 여길 곧장 뜹시다요."

"정히 그렇다면 아낙의 생각대로 해봅시다그려."

매월이가 적잖이 놀라는 표정으로 잼처 물어보았다.

"진정이시우?"

"그렇지 않구요."

매월이가 그제야 언청이 아가리에 토란 비어지듯 혀를 한 번 날름 빼물고 나서 입정 놀리기를,

"내 이럴 줄 알았다니까. 진작 이 약조를 받아내는 건데……"

"그만 잡시다."

"노숫돈*이야 넉넉하니까 우선은 걱정 마십시오."

"이바지는 못 해줄망정 변변찮은 놈이 폐만 끼치니 체면이 아니오."

"석 자 베를 짜도 베틀 벌이기는 매일반 아니우. 품방아를 찧어주고 대갓집 서답 수발을 해주는 한이 있어도 내 총각 굶기지는 않을

• 노숫돈: 노잣돈.

거요."

"나도 명색이 사내자식인데 객점 중노미짓을 한들 살 궁리를 못 찾겠소?"

색정이 풀려 새들새들해진 계집의 한 팔이 이젠 서슴없이 가슴에 와 얹혔다. 봉삼은 뒷수습 못한 사타구니 밑이 끈적끈적하였으나 더 이상 손놀림하기도 싫어 이불깃 한끝을 겨드랑이에 끼고 돌아누웠다. 월흔(月痕)이 장지문에 희미하게 묻어 있었으나 몇 점이나 되었는지 종잡을 수 없었다. 상단 패거리들이 곤히 떨어진 봉놋방으로 곧장 건너가야겠다는 요량은 다잡아먹었으나 금방 일어날 처지가 아니었다. 밤뒤를 보겠다고 핑계하여도 측간까지 따라 나올 의심 많은 매월이의 속내를 짐작하기 어렵지 않으매, 천생 잠들 때까지는 기다려야 할 판국이었다. 그러다가 봉삼도 깜빡 잠이 든 것 같았다. 언뜻 놀라 눈을 뜨니 새벽 기운이 차가운 장지문 밖 멀리서 홰를 치는 소리가 들려왔다. 이불깃을 젖히고 몸을 일으키려다 말고 봉삼은 제참에 놀라 옆에 누운 매월이를 돌아다보았다. 허연 젖무덤을 드러내놓고 퍼질러진 채로 들숨 날숨이 일매졌다.

봉삼은 가만히 이불 속에서 두 다리를 빼내었다. 옷을 바삐 주워 입고 감발 치고 행전을 단단히 죄었다. 장지를 열고 봉당으로 내려서니 어깻살을 후비고 드는 새벽 기운이 전에 없이 차가웠다. 용마루 위로 서리가 하얀 마방 앞을 지나 마당으로 돌아 나오는 참에도 어금니가 시렸다. 삽짝 위에 세워놓은 용수 씌운 장대에도, 어젯밤 이슥하여 주막 봉노에 든 독장수들이 마당가에 세워둔 지게에 얹힌 중배 부른 옹기그릇 언저리에도 서리가 하얬다.

계명성(啓明星)이 돋아올 무렵인데도 휑뎅그렁한 주막거리 앞에는 아직도 인적이 없었다. 봉삼은 쪽마루에 걸터앉아 시초 한 대를 달게 먹었다. 그는 가만히 봉놋방 문을 땄다. 감발 썩는 냄새가 등천을 하는 방 안으로 고개를 디미는데, 방 한가운데서 시꺼먼 게 기다리고나 있었다는 듯이 벌떡 몸을 일으켰다.

"봉삼인가?"

언제부터 잠이 깨어 있었던 것인지 선돌이의 목소리가 카랑카랑했다.

"밖으로 좀 나오게."

"자다 말고 웬일이여?"

"긴히 할 말이 있네."

선돌이가 주섬주섬 거조를 차리고 있는 동안 봉삼은 마방 뒤의 골방으로 눈길을 주었으나 요행으로 두 사람이 삽짝을 열고 나설 때까지 별다른 낌새가 보이지 않았다.

"저쪽으로 좀 멀찌감치 나가지."

배자까지 껴입고도 푸들푸들 떠는 선돌이에게 봉삼은 무작정 맞은편 주막집 어름을 가리켰다.

"자다 말고 웬일인가?"

"오늘로 잠깐 다녀올 데가 있어."

"방터거리에 떨어졌다는 자네 일행 때문인가?"

"그렇다네."

"안동장이라도 보고 난 연후라면 좋지 않은가?"

"내 그럴 처지가 아녀. 본래 우리 일행은 셋이었는데, 사단이 일어나 뿔뿔이 헤어지고 말았다네. 그렇지만 그 두 사람을 꼭 만나야 할 피치 못할 사정이 있다네."

"사정이야 어떻든……"

"내 그 사람을 만나면 곧장 이리로 되돌아올 터인즉 자네 의향은 어떤가?"

"좋을 대로 하게나. 사오 일은 안동에서 묵새겨야 할 판국이니, 돌아오거든 곧장 부중으로 들어와 전도가(廛都家)에서 내 거처를 묻게나."

선돌이가 노잣돈을 건넬 요량으로 배자끈을 풀고 엽전 꿰미가 든 전대를 내려놓는데,

"사실은 자네에게 긴한 부탁이 한 가지 있네."

"뭔가?"

"저 여편네를 따돌릴 수 없겠나?"

"자네도 감장수인가, 여자 하나 잡아떼지도 못하면서?"

"농담이 아닐세."

"알 만하네. 내 어찌해보지."

"무슨 용수라도 있겠나?"

"사내자식이 길 떠날 때는 갈모 하나와 거짓말 한 가지는 가지고 떠나야지."

두 사람이 주막에서 나가 길 건넛집 삽짝 앞에서 수작을 주고받는 사이에 석가놈은 가만히 장지를 열고 밖으로 나섰다. 마방 근처와 정지방 주변을 샅샅이 뒤져보았으나 삽짝만 빠끔하게 열려 있을 뿐 집 안 어디서고 두 사람의 행적은 묘연하였다. 무슨 사단으로 그리되었는지는 알 수 없으되, 봉삼이 꼭두새벽에 자다 만 선돌이를 밖으로 불러낸 거조로 보아 수이 돌아올 처지는 아닌 것 같았다.

아직 정지 뒷방에 매월이가 나자빠져 있으니 두 놈 중에 한 놈은

금방 곰돌아들 만한데, 뒤꼍에 숨어 서서 한참 기다렸으나 도통 기미가 없었다. 석가는 더이상 기다릴 틈이 없었다. 선걸음에 뒤꼍을 돌아 정지 뒷방으로 들어갔다.

금방 몸을 날려서 덜그럭거리는 외짝 장지문을 돌쩌귀 맞춰 죄어 닫았다. 말코지에 계집의 치마저고리가 어지러이 걸려 있고 이불깃 한편이 젖혀진 것으로 보아, 표객 한 놈이 금방 육허기를 채우고 빠져나간 게 완연하였고, 계집은 농탕*에 지쳐 곤케 떨어진 형용이 정녕 송장이었다.

석가는 윗목으로 가서 말코지에 걸린 계집의 치마를 걷어내렸다. 그길로 계집의 뱃구레 어름의 이불 위에 걸터앉고서는 치맛말기로 자는 입에 재갈을 물리었다. 금방 사추리 밑이 꿈틀하더니 놀라 잠이 깬 계집이 두 팔을 허공에다 허우적거렸다. 뱃구레를 타고 앉은 석가의 어깨를 잡으려다 말고 뒤통수를 방고래에 처박고 자빠졌다. 석가는 괴춤에 숨겼던 장도를 얼른 빼내 신고를 겪고 있는 계집의 코밑에다 바싹 들이댔다.

"이년, 네년도 수월내기가 아닌 줄 안다마는 이번에 또 소리 질렀다간 밥통에다 봉창을 내줄 터이니 작정대로 하여라. 네년을 도륙낼 일편단심으로 예까지 애면글면 따라왔느니라."

죽 쑤어 개 퍼준다더니 이게 무슨 난장인가. 이 도척 같은 놈이 어쩐 연유로 이 방에 뛰어들었는지 아득한 대로 버둥거려보았으나, 차붓소같이 엄장 큰 사내의 몸뚱이는 꿈쩍하지 않았다. 팔을 내젓고 발길질을 참 없이 내질러보았으나 몸뚱이가 이불자락에 감겨 있으니

• 농탕: 남녀가 음탕한 소리와 난잡한 행동으로 마구 놀아대는 짓.

방고래만 쿵쿵거릴 뿐 옴나위할 틈도 없었다.

"이년, 아주머니 거웃은 덮어줘도 욕먹는다. 기왕 벗은 김이니 오늘만큼은 계집 사단으로 홍살문 안이 발칵 뒤집힐망정 네년을 거덜내고 말 것인즉 움치고 뛸 요량은 아예 마라."

아니나 다를까, 석가놈은 뱃구레를 타고 앉은 채로 저고리를 벗어던지더니 바지 괴춤을 엉덩이 아래로 쑥 까붙였다.

"이년, 맛 좀 보아라. 내 것도 과히 초실하지는 않을 거여. 초저녁에 다녀간 봉삼이란 놈 것보다 월등 낫거든 타박이나 하지 마라."

억적박적 기어드는 석가놈을 올려다보자니 매월이는 원통하여 가슴이 막힐 지경이었다. 이놈도 인두겁을 썼는가 싶었지만 이것이 열 명길이 아닌 다음에야 눈 부릅뜨고 난장을 당할 수밖에 없었다. 그러나 이런 밑도 끝도 없는 고약한 화냥질은 철 들고 처음이니 그 연유만은 알고 싶었다. 손을 내저어 입에 물린 재갈만은 풀어달라는 시늉을 하였으나 벌써 눈알이 하얗게 뒤집힌 석가놈이 그 경황 엿볼 틈이 없었다.

엉덩짝을 출썩 들어 매월이의 뱃구레에 덮인 이불자락을 획 젖히더니 두말할 것도 없이 울골질*로 기어들었다.

"그년, 육덕 한번 흐벅지구나."

석가는 한 손에 들었던 장도를 머리맡에 놓고는 연하여 매월이의 두 어깨짬을 옴나위없도록 잡아 눌렀다. 그리고 사추리 아래로 고개를 곤두박고 두 눈으로 빤히 들여다보면서 거드모리로* 대들었다.

---

* 울골질: 지긋지긋하게 으르며 마구 덤비는 짓.
* 거드모리로: 주저 없이 마구.

매월이는 선불리 움치고 뛸 재간이 없었다. 도대체 옆에 자던 봉삼은 이 은짬*에 어디로 튄 것일까. 어찌해서 이 성명없는 상놈이 방으로 들어와 비위 좋게 패악질을 놓을 수 있게 되었더란 말인가. 이 농락을 당하느니 자진이 옳겠다 싶었다.

석가는 왕방울솥로 솥 가시듯 왁달박달인데, 매월이는 문득 색탐에 물린 석가놈이 놓고 잊은 머리맡의 장도를 뒷손질로 가만히 집어 들었다. 그리고 단내가 후끈거리는 이불자락 속으로 밀어넣었다.

소경 의복에 똥칠하고, 맺은 호박 덩굴 끊고, 패는 곡식 모가지 뽑기라더니, 날이 새면 행악질이요 밤 들면 뜸베질인 이놈을 길래 두었다간 숱한 사람 팔자 망신할 것 같았다.

한참이나 틈 보아 기다리다가 석가놈이 일순 뜸베질할 제 한 손으로 잽싸게 연장을 감아쥐었다. 손아귀가 뻐근하게 뭉클하는 그놈이 잡혀오는가 싶자, 다른 손에 쥐었던 장도날로 손아금 위를 썩뚝 잘랐다.

"아쿠쿠쿠……"

황소 영각 커는 소리를 내지르며 금방 부샅을 감싸안고 이불자락째 벌떡 일어선 석가놈이 다시 방고래로 나가자빠지기를 기다려 매월이가 이르기를,

"이놈, 원후취월(猿猴取月)*이라 하였다. 덤벙거린다고 되느냐? 얻다 대고 색기 돋은 눈알을 부릅뜨냐?"

"아쿠쿠, 사람 살려."

"이승에서 계집질은 이제 하직이다, 이놈."

• 은짬: 은밀한 대목.

• 원후취월: 원숭이가 물에 비친 달을 잡으려고 하다가 물에 빠져 죽는다는 뜻으로, 자기의 분수를 지키지 않으면 좋지 않은 일을 겪게 됨을 이르는 말.

잘코사니를 부리던 매월이는 얼른 옷매무시를 수습하여 밖으로 내달았다. 그때 봉노에서 잠자던 상단 패거리들이 우르르 밖으로 쏟아져나왔다.

정지 뒷방에서 뛰쳐나오는 아낙의 두 손에 낭자한 핏자국을 보자 왼소리[*]가 진정인가 싶어 모두 움찔하였다. 어리둥절 갈피들을 못 잡고 있는데, 정지 뒷방에서 녹아드는 듯한 사내의 고함 소리가 참 없었다.

"저 염불 빠진 년이 살인한 게 아녀?"

"은근짜[*]구먼."

"아녀, 왈패구먼."

삽짝 붙들고 고꾸라진 매월이에게 한마디씩 쑤군거리더니 모두들 우르르 정지 뒷방 장지문 앞으로 꾀어들어 인성만성 떠들어댔다.

방 안에는 벌거벗은 석가놈이 사타구니를 싸쥔 채 천방지축 나뒹굴고 있었다. 봉노에서 밤새껏 코를 탈탈 골아 잠투세가 고약하던 작자가 신새벽이 되어서 아녀자가 자는 방에 뛰어들어 사타구니를 모아 쥐고 숭어뜀으로 전신을 떨고 있는데다가 마침 방을 뛰쳐나온 계집의 두 손에 선혈이 낭자하니 이 사단이 어찌 된 연유인지 짐작하고도 남았다.

외짝문 안으로 고개를 디민 숙객들이 저마다 한마디씩 내뱉었다.

"여상단 겁간하려다 본살 달아난 놈이군."

"저 은근짜를 잡아둬."

"저걸 그냥 두면 열명길일세. 누가 뼛가루 간수한 것 없나?"

• 왼소리: 험하거나 궂은 소리. 사람이 죽었다는 소문.
• 은근짜: 몸을 파는 여자.

마침 행중에 오징어 뼛가루 가진 이가 있었다. 장정 두엇이 달려들어 석가놈의 사타구니를 벌리고는 지혈을 시키고 대강 뒷수습을 하였다.

"그 사람 어느 임방인가 봇짐 뒤져 신표나 찾아보게."

그중 나잇살이나 들어 보이는 도부꾼 하나가 옆에 선 장한에게 일렀다. 그때 뒤에 서서 사단을 눈여겨보던 선돌이가 대답하였다.

"상단에 끼인 놈이 아니오."

"어 참, 그렇군. 동무하군 일행이지요?"

"우연히 행중에서 만났을 뿐이지 상단은 아니오."

"그럼 궐자는 임방 사람이 아니란 말이오?"

"그렇다니까요."

"이슥토록 동무와 권커니 잣거니 마시지 않았소?"

"그야, 내키면 술만 마시겠소."

"어쨌든 업어다 난장 맞힌* 꼴이오. 아녀자를 감히 범접하려던 것은 괴이하나 사내자식이 본살에 금이 갔으니 의원이나 불러줍시다."

"걱정들 마시오. 저놈은 신고 겪어 마땅하오."

"동무하군 무슨 억하심정이라도 있는가보구려?"

"그런 소리 하지 마슈. 누군 신명 난 줄 압니까?"

그러나 여남은 명이나 되는 패거리들 중에 누구 한 사람 관아에 발고하자는 사람이 없었다. 섣불리 관아에 발고하였다가는 증인이다 뭐다 해서 홍살문 안으로 뻔찔나게 불려다니며 번폐 겪기 십상이겠고, 또한 도부꾼들 사이에는 여상단 겁간하려던 패악질은 장문법(杖

---

* 난장 맞다: 마구 얻어맞다.

問法)으로 다스리던 판국이라, 어느 촌놈이 되잖은 흑심을 품었다가 봉욕을 당한 것 또한 당연하다는 조짐 때문이었다.

도부꾼들이란 대개 집 근처의 촌락을 돌며 닷새마다 집으로 돌아와서 다시 물화(物貨)들을 사들여가지고 떠나는 패, 정월에 집을 떠나서 4월 초파일이나 5월 단오, 8월 추석이나 세밑에 맞춰 돌아오는 패, 수시로 때를 정하지 못하는 패, 정월에 집을 떠나서 세밑에야 겨우 돌아올 수 있는 패들이 있어, 1년 내내 집에 있는 처자식들 걱정 속에 살아야 하는 충정이 있었다.

때로는 되다 만 아전 나부랭이들이나 돈 많은 선달들에게 계집을 빼앗겨 오쟁이를 지는* 경우가 허다하였다. 때문에 타관 객지 어디서든 계집을 넘보는 놈이 있으면 열 일을 제쳐놓고 몰매를 내려야 속이 풀리었으니, 석가놈을 위해 애써 의원을 불러댈 까닭 또한 없었다.

더욱이나 이순을 넘기도록 엄지머리*로 지내는 장사치가 허다하였던 것은, 몸은 개천에서 놀더라도 심지만은 곧게 가져야 한다는 장사치들대로의 정곡이 있는지라, 계집을 벼르다가 당한 석가를 두둔할 사람은 없었다. 어쨌든 계집 사단으로 꼭두새벽에 잠이 깬 도부꾼들이 새벽동자를 재촉하여 퍼먹고는 뿔뿔이 행리들을 챙겨 주막을 뜨는데, 어느 누구도 협방에 처박혀 신음 소리가 자심한 석가놈에게 인정 두는 사람이 없었다.

나중에야 안 일이지만, 궐자의 양물을 자른 계집이 채장 가진 여상단은 아니로되 굴러먹는 막창도 아니요, 더구나 흘러들어온 은근짜

---

* 오쟁이(를) 지다: 자기의 아내가 다른 남자와 간통하다.
* 엄지머리: 평생을 총각으로 지내는 사람.

도 아니라지 않던가.

상단 패거리들에 섞여 부랴부랴 주막을 나서면서 선돌이는 매월이를 달랬다.

"그 방물고리는 그냥 두시오. 그것 때문에 이런 변고를 당한 것이오. 또 그것이라도 있어야 석가놈이 살아날 터인즉 노자는 걱정 말고 나만 따라오시오."

"총각은 어디 갔습니까?"

"이삼 일 안으로 돌아올 것이오."

"그런데 우리가 떠나면 어떡하우?"

"만날 장소를 약조해두었으니까 수이 만날 수 있을 거요. 눈이 빠져도 그만하니 다행이더라고, 내가 그놈의 부샅을 헤쳐보았더니 영 못쓰게 되진 않았습디다만, 아낙의 악다귀도 보통이 넘소."

"……"

"길을 재촉합시다. 저놈이야 이제 일순(一旬)쯤은 꼼짝 못 하고 누워 있어야 할 거요. 그나마나 이 사단을 관아에서 눈치채지나 말았으면 좋겠는데……"

9

멀리 무협산(巫峽山) 봉우리 위로 해가 뜨기 시작했다. 안동 부중으로 들어가는 장사치들의 행렬이 심심찮게 눈에 띄었다. 황아장수, 시겟장수, 쇠전꾼에 거간꾼, 옹기장수, 유기장수, 세물장수 들이 대부분이었다.

그들은 안기(安奇) 역말로 올라가는 길을 가로질러 진영(鎭營)이 위치한 서문(西門) 밖에 이르렀다. 서문 앞을 멀찌감치 비켜 오른편으로 돌아가면 문안으로부터 흘러나오는 마전내가 있었다. 마전내 복찻다리를 건너 남문(南門) 어름에 이르니 저자의 가게들과 휘장을 드리운 잡살전들이 보였다. 두 사람은 시젯바리들을 따라 잡살전을 지나갔다. 시계전은 남문을 지나서였다.

시계진은 인제나 아침나절이 한창이었다. 중깃민 되먼 다른 깅디 파장머리와 같이 장꾼들이 흩어졌다. 시계전 한바닥에선 벌써 말감고〔斗監考〕*와 햇곡식을 내온 떠꺼머리 한 놈이 초장부터 시비가 붙어 있었다. 말감고가 떠꺼머리가 내온 곡식 낟알을 흉허물하고 기어든 게 화근이 된 모양이었다. 떠꺼머리는 목줄기가 벌겋도록 닭살을 드러내고 핏대를 긁어올리며 나잇살이나 먹어 보이는 말감고에게 삿대질로 대들었다.

"액미가 많든 문경새재 토끼 똥이 섞였든 무슨 상관이오? 굿이나 보고 떡이나 먹지."

"액미가 많다는 걸 타박하는데 무슨 염치로 잔소리야?"

"흥, 족제비도 낯짝이 있고, 미꾸라지도 배짱이 있소. 언청이 아가리에 토란 베어지듯 나서지 말고 저리 비키시오."

떠꺼머리가 체수 작고 잔망스러운 말감고를 획 떠다밀고 시젯자루 끝목을 잡아 어깨에 둘러멨다. 말감고는 시계전 옆에 있는 떡전 좌판 위로 넘어질 듯 비틀거리다가 겨우 일어나서 댓바람에 떠꺼머리 겹저고리 앞섶을 뒤틀어잡더니 귀쌈을 보기 좋게 한 대 올려붙였다.

• 말감고: 말이나 되로 곡식 헤아리는 일을 업으로 삼던 사람.

　"이놈아, 탯줄도 덜 썩었을 놈이 초장 바람에 얻다 대고 발길질이
냐?"

　"발길질이라니?"

　"어허, 이놈 말 낱알 떨어지는 것 좀 보게? 되다 만 상것 주제에 이
젠 하겟말일세."

　시비가 결판지게 되느라고 떠꺼머리 인중에서 흘러내린 코피가 금
방 저고리 앞섶을 적셔놓았다. 피를 본 떠꺼머리 낯짝이 개 핥은 죽
사발처럼 하얗게 되어 말감고의 상투를 잡고 떡전 좌판 옆에다 패대
기를 치려는 참에, 떡전에 둘러앉았던 도부꾼들이 우르르 시게전 복
판으로 뛰어들었다.

　"초장 바람에 왜들 이러슈?"

　도부꾼들이 멱살 죄어 잡힌 말감고와 떠꺼머리를 번갈아 보며 눈
을 부릅뜨는 시늉들을 하였으나, 떠꺼머리란 놈은 피를 본 판국이라
멱살 잡은 손을 수이 놓아줄 기세가 아니었다. 시게전에 모였던 촌것
들이 시비에 끼어들지 않으려고 핫바지에 방귀 새듯 꽁무니를 빼고
들 있는데, 목덜미를 틀어 잡힌 말감고가 어찌 발길질이다가 옆에서
뜯어말리는 선돌이 엉덩짝만 호되게 걷어찼다.

　"너 이놈, 쌀에 액미가 섞였다 해서 망정이지, 쇠똥 섞였다면 살인
할 놈이 분명하구나."

　"너 이놈이라니, 네 눈깔에는 쌍놈만 보이느냐?"

　"어허, 저놈 보게. 나잇살이나 먹은 손위를 보고 말세 한번 곱게 나
오네."

　"네놈이 나일 처먹었으면, 니 애비 나이까지 모개로* 처먹어주었
더냐?"

"예끼, 이 옘병 삼 년에 땀 못 흘리고 뒈질 놈, 개숫물에 뜬 개똥 같은 놈."

"네놈이 천상 상것들만 쳐다봐서 똥개 눈깔을 면치 못하였구나."

"이 천하에 날벼락 맞아 뒈질 놈."

"내 이래 봬도 대갓집 아랫것으로 잔뼈가 굵었기로 나리께 발고하여 네놈 하나쯤은 결곤*하여 주장맛을 톡톡히 보일 걸목이 있으니 아예 나이 자랑은 마라."

"저놈 보게. 이놈, 말감고도 관아에서 내린 두량패를 가져야 해먹는다. 네놈이 어느 대갓집 되다 만 종놈인지는 모르되 그깟 뜬구름 잡는 시늉 한 번으로 눈 깜짝할 내가 아니다, 이놈."

억적박적 엉커붙어 호놈으로 벼르는 두 사람을 겨우 뜯어말려놓긴 했으나 그동안 떡전 어름을 오르내리던 장꾼들이 시게전으로 하얗게 몰려와 있었다.

선돌이는 넋을 잃고 싸움 구경인 매월이를 건드려 얼른 시게전을 벗어났다. 떡전 모퉁이를 돌아 나가려는데, 떡전 옆 모주팔이* 노파 앞에 난데없이 짝 지어 다니는 각설이패가 끼어들었다. 누더기 장삼에 방갓을 삐딱하게 눌러쓴 한 놈은 입장구*를 낑낑 치고, 한 놈은 살만 남은 부채로 제 뒤꼭지를 탁탁 치며 두 다리를 빗디디고 바람을 먹이었다.

"작년에 왔던 각설이 죽지도 않고 또 왔네. 으흐흐, 이놈이 이래

---

* 모개로: 죄다 한데 묶은 수효로.
* 결곤: 곤장으로 죄인을 치는 형벌을 집행하던 일.
* 모주팔이: 약주를 거르고 남은 찌끼 술(밑술)을 파는 사람.
* 입장구: 조그마한 장구.

도 정승 판서 자제분으로 팔도 감사 마다하고 돈 한 푼에 팔려서 각설이로만 나섰네, 지리구지리구 잘한다, 품마품마 잘한다. 각설이라 먹설이라 동설이를 짊어지고 뚤뚤 몰아 장타령, 안경(眼鏡) 주관(主管) 경주장, 최복(衰服)* 입은 상주장, 이 술 잡수 진주장, 관민 분의(官民分義) 성주장, 이랴 채쳐 마산장, 펄쩍 뛰어 노리골장, 명태 옆에 대구장, 순시(巡視) 앞에 청도장, 구멍이 나 파주장, 과부 설운 양주장, 품마품마 잘한다, 초당 짓고 한 공부나 실수 없이 잘한다, 시전 서전 읽었는지 유식하게도 잘한다, 논어 맹자 읽었는지 다문다문 잘한다, 뜨물 동이나 먹었는지 걸찍걸찍 잘한다, 기름 동이나 먹었는지 미끌미끌 잘한다, 냉수 동이나 먹었는지 시원시원히 잘한다, 동삼(童蔘)을 먹었는지 기운차게도 잘한다, 목구멍에 불을 켰나 훤하게도 잘한다. 뱃가죽도 두껍다 일망무제(一望無際) 나온다. 네가 저리 잘할 적에 네 선생은 할말 있나, 네 선생이 나로구나. 잘한다 잘한다 대목장에 목쉴라, 대목장을 못하면 겨우살이를 벗는다, 지리구 잘한다, 품마품마 잘한다. 앉은 고리는 동고리 선 고리는 문고리 뛰는 고리는 개고리 나는 고리는 꾀꼬리 입는 고리는 저고리다, 지리구지리구 잘한다, 품마품마 잘한다. 한 발 가진 짝귀 두 발 가진 까마귀 세 발 가진 통노귀 네 발 가진 당나귀 먹는 귀는 아귀라, 지리구지리구 잘한다, 품마품마 잘한다. 일자 한 자 들고 보니 일편단심 먹은 마음 죽으면 죽었지 못 잊겠네. 이자 한 자 들고 보니 이수중분 백노주에 백구 훨훨 날아든다. 삼자 한 자 들고 보니 삼월이라 삼짇날에 제비 한 쌍이 날아든다. 사자 한 자 들고 보니 사월이라 초파일에 관등놀이가

• 최복: 상복.

좋을씨고. 오자 한 자 들고 보니 오월이라 단옷날에 처녀 총각이 한
데 모여 그네놀이가 좋을씨고. 육자 한 자 들고 보니 유월이라 유둣
날 탁주놀이가 좋을씨고. 칠자 한 자 들고 보니 칠월이라 칠석날에
견우직녀가 좋을씨고. 팔자 한 자 들고 보니 팔월이라 한가위 올해
송편이 좋을씨고. 구자 한 자 들고 보니 구월이라 구일날에 국화주가
좋을씨고. 시월이라 무오일(戊午日)에 고사 사당이 좋을씨고. 백자
한 자를 들고 보니 백만 장안 억만 간에 태평가가 좋을씨고. 만자 한
자 들고 보니 국태민안(國泰民安)이 좋을씨고……"

하릴없는 맥장꾼*들이 모주팔이 노파의 술동이 옆에 꾀어들어 구
경이 한창인데, 각설이패들은 바람 있는 날 얼레에서 연줄 풀려나가
듯 타령 가락을 매듭 없이 시원스럽게 목청껏 뽑았다.

그런데 가관인 것은, 행색의 초라함이 각설이패에 못지않은 잔망
스러워 보이는 맨상투 바람의 사내 하나가 괴나리봇짐을 등에 달랑
진 채로 각설이패들 옆에 바싹 붙어 서서 잉아걸이*로 넘어가는 타
령에 덩달아 신명이 나서 어깨춤으로 초싹거리는데, 매월이가 언뜻
그 사내에게 눈길 주다가 화들짝 놀라고 말았다.

모주팔이에게서 부침이 곁들인 밑술 한 잔씩을 얻어마신 각설이
패들은 초장 바람인데도 신명이 눅을 줄 모른 채, 옆에서 초싹거리는
사내놈과 어울려 장타령으로 바람을 몰아잡는데,

"서서 본다 서울장 다리가 아파 못 보고, 아가리 크다 대구장 너무
넓어서 못 보고, 이 산 저 산 양산장(梁山場) 산이 많아 못 보고, 울울

• 맥장꾼: 일없이 장터에 나온 장꾼.
• 잉아걸이: 판소리에서, 판소리를 부르는 자가 박자에 맞추지 않고 박자 사이로 교
묘하게 소리를 엮어가는 기교.

적적 울산장 답답해서 못 보고, 코 풀었다 흥해장(興海場) 미끄러워서 못 보고, 이 통 저 통 통천장(通川場) 알젓 많아 못 보고, 횡설수설 횡성장 시끄러워 못 보고, 이 천 저 천 이천장 개천 많아 못 보고, 똥 쌌다 구례장 구린내 나서 못 보고, 정들었다 정선장 갈보 많아 못 보고……"

녹어질 기미가 보이지 않는 장타령에 팔려 있는 선돌이를, 얼굴이 천생 무두질®해놓은 세모시처럼 하얗게 된 매월이가 잡아끌었다. 마침 떡전 쪽으로 들이닥치는 시겟바리들 틈으로 몸을 숨기면서 매월이가 발명하기를,

"대처도 아닌 시골 저자 바닥 물리 익혀 뭣 하려고 그러시우? 전도가 찾아간다더니 이젠 잊어버렸수?"

"아직 초장 어름인데 전도가가 문을 열었겠소?"

"그렇다고 각설이패만 따라다니다 해동갑하려고 그러시우?"

"가봅시다, 그럼."

선돌이가 순순히 따라나섰기에 망정이지 거기서 대중없이 꾸물거렸다가는 시골 저자 바닥이 궐자의 장기튀김으로 발칵 뒤집히는 건 고사하고 찍자를 놓기로 했다면 받았을 고초가 수월찮을 건 빤한 이치였다. 전도가가 맞춤하니 전(廛)을 열었다면 골방이라도 빌려 저자 바닥엔 얼씬하지 않으리라고 속내를 차려먹었지만, 한번 놀라 팔싹 뛴 가슴으로 내딛는 발걸음이 건공에 뜬 것처럼 경황없었다.

두 사람은 황급히 떡전 앞을 돌아 비린내가 물씬거리는 어물전 앞으로 나아갔다. 밤새 길을 재촉하여 닿은 어물전 난전꾼들이 거적을

• 무두질: 재질을 부드럽게 만드는 일.

깔고 휘장들을 치고 있었다. 건대구, 조기, 도미, 가오리, 농어, 상어, 망둥이, 멸치, 가자미, 문어, 오징어, 새우 같은 건어물이 대부분이었고 새우, 해삼, 대합, 홍합도 보였다. 바로 옆에는 소금과 꼴뚜기젓, 황새기젓을 파는 염전(鹽廛)이 있었다.

염전을 지나 올라가니 날밤〔生栗〕, 날배〔生梨〕, 해송자(잣), 은행, 모과, 날감〔生柿〕, 능금〔林檎〕 같은 과물을 파는 모전(毛廛)이 나왔는데, 맨상투에 수건 질끈 동여맨 장사치가 외쳐댔다.

"삼월에는 청귤이요 사월에는 살구·앵두라. 유월에는 능금·자두, 칠월에는 배·잣에다 호두와 청포도로다. 팔월에는 홍시·대추·밤에다 구월에는 석류에 산포도·다래로다. 시월에는 유자·은행·곶감에 동짓달에는 당유자요, 섣달에는 유감이요, 없는 것 빼고는 다 있소. 강원도 정선 금배〔金色梨〕, 평안도의 홍배〔紅梨〕, 곡산(谷山)·이천의 문배〔大熟梨〕에다 영암·함평의 석류요, 온양·남양(南陽)의 홍시에다 지리산 곶감이요, 상주·밀양 밤에다 보은의 대추며 예천의 모과요."

모전을 비켜 가니 신주목이나 주독(主櫝)·지방(紙榜)을 파는 세물전이 나왔는데, 서울 모교(毛橋) 언저리에 뜨르르한 샌전*들 못지않게 물화들을 갖추어놓았다.

세물전가 밑을 돌아 나가니, 유기 난전들이 쫙 벌이고 앉았다. 조반기(朝飯器), 대접, 주발, 탕기, 보시기, 종지, 바리, 발탕기, 쟁첩, 양푼, 쟁반, 제기, 접시, 향로, 요강, 촛대, 조치, 타구 들이 즐비했다. 엎어진 김에 쉬어가고, 활 당긴 김에 콧물 씻더라고 유기장수도 선길

______

* 샌전: 제사에 쓰는 도구를 파는 가게.

에 외쳐댔다.

"결세 좋다 안성 유기, 소리 좋다 정주 납청(納淸) 방짜, 도듬질 좋다 김천 방짜, 떡맛 좋은 놋양푼에 장맛 좋다 놋탕기, 살결 좋은 놋요강, 분벽사창에 놋촛대요, 칠첩반상기 입맛대로 들여가시오."

약소한 밑천으로 난전을 벌이고 있는 황아전, 망건전(網巾廛), 입전(笠廛), 도자전(刀子廛)을 지나니 드팀전*이었다. 백목전(白木廛), 청포전(靑布廛), 입전(立廛)*이 즐비함이 어지간한 대처의 저잣거리를 방불케 하였다.

향시(鄕市)의 크기라면 경기도 광주 사평장·송파장, 안성 읍내장, 교하(交河) 공릉장(恭陵場), 충청도의 강경장, 직산(稷山) 덕평장(德坪場), 전라도의 전주 부내장(府內場), 남원 읍내장, 강원도의 평창 대화장(大和場), 황해도의 토산(兎山) 비천장(飛川場), 황주 읍내장, 봉산 은파장(銀坡場), 경상도의 창원 마산포장(馬山浦場), 평안도의 박천(博川) 진두장(津頭場), 함경도의 덕원(德源) 원산장(元山場)을 꼽을 만하였으나, 안동의 삼베장도 그에 못지않아 잇속을 노리는 장사치들끼리는 소문이 파다하였다. 그러나 드팀전 모퉁이를 기웃거려보아도 번듯한 포전(布廛)은 눈에 띄질 않았고, 간혹 상목(上木)을 낀 촌것들이 드팀전 어름을 기웃거릴 뿐이었다.

드팀전 장사치에게 물었더니 옹기전 한쪽 고샅길을 가리키는데, 제법 번듯하게 돌담 치고 대문 단 품이 모양내고 사는 집 같은 전도가가 나타났다. 공연히 마뜩잖은 기분이 들긴 하였으나, 선돌이는 선

• 드팀전: 여러 가지의 피륙을 팔던 가게.

• 입전: 비단 팔던 가게.

길에 전도가 대문께를 기웃거렸다.

짐방으로 보이는 두엇이 곳간을 들락거리고 있었고, 차인(差人)
놈 하나가 툇마루에 오도카니 앉았다가 선돌이를 보고 체수없이 발
딱 일어나며 물었다.

"어디서 온 동무시오?"

"황주 사는 선돌이우."

"누굴 찾으시오?"

"전계장(廛契長)은 계시우?"

"글쎄요……"

이 집에 들어설 때 선돌이가 그랬듯이 차인 역시 마뜩잖다는 눈시
울인데, 선돌이도 내친김이라 중동무이하고 돌아설 수도 없는 노릇
이어서,

"약소한 밑천이오만 계추리 몇 동 사려구요."

"전도가에선 현방(現放)만 하오."

행색이 언 수탉 같으니 대뜸 사람을 얕잡아보고 차인놈이 쓸까스
르는 형세로 나오자, 선돌이가 그 말 지체 없이 되받아치기를,

"허, 그럼 초면부지인 내게 엄대 긋고 물건 주려 하였소?"

"철 지난 계추리를 사 묵혀서 몽리(蒙利)는 어디서 찾아 먹으려고
그러시오?"

"그야, 이쪽 보관이외다."

"채장은 가졌소?"

"걱정 마슈."

　차인놈은 잠시 대문 밖 시끌시끌한 저자 바닥으로 눈길 주는 듯하더니,

　"재물(在物)이오만 주인장께서는 문안 객사(客舍)에 불려가시고 안 계시니 당장 거래를 트기는 뭣하오."

　"언제 나오시겠소?"

　"그게 난감이오."

　전계장이 객사로 불려간 데는 그럴 만한 사정이 있겠으나, 차인놈만을 상대하여 거래를 틀 수도 없는 노릇인데, 궐자가 입엣소리긴 하였으나 분명 들으란 듯이 한마디 내뱉었다.

　"아마, 서울 시전(市廛)에서 든든한 물주 한 분이 내려온 모양입디다."

　"그렇다면 재가(在家)에서 우리 같은 잡살뱅이에겐 물화를 내줄 수 없다는 거요?"

　"그게 아니고 객사에 묵고 있는 행수(行首)께서 전도가에 있는 물화를 혼자 먹으려 든다면 안동 저자 드팀전 바닥이 개 핥은 자국 같을 거란 말이오."

　"그참, 알다가도 모를 일이오. 나루 건너서 배 탄다더니 행수 아니라 행수 할애비라 하더라도 장사치임에는 분명한데, 어찌하여 장사치가 객점에 묵지 않고 문안 객사에 묵고 있더란 말이오?"

　"어허, 이 사람 꼿꼿하기는? 그러다가 서서 똥 누겠소. 맥도 보아하니 명색 없는 장돌림인가본데 섣불리 입정 놀리지 마시오. 하기야 갓 쓰고 박치기를 해도 제멋이더라고, 신명 꼴리는 대로 하라면 호랑이 앞에서 저고린들 못 벗겠소?"

　"그렇다면 전계장이 나와도 물건 사기는 글렀구려?"

"아마 그럴 거요."

"왜 진작 말하지 않았소?"

"이 사람, 이제 보니까 수작이 시비하자는 짓 아닌가? 주제에 계추리 몇 동을 사려는지는 모르되 억수장마에도 빨랫말미는 있드키 장바닥에나 나가보시오. 흥정하자는 난전꾼들이 더러 있을 거요."

"거 배배 꼬지 마슈."

"방귀 잦으면 똥 나오더라고 자꾸 언턱거리* 부리다가 붙들려가서 주장맛 들이지 말고 횡허케 돌아서시오."

"되다 만 차인 주제에 어디다 삿대질이야?"

"차인 주제라니? 이거 어디서 굴러든 왈짜야, 이거?"

"오는 말이 고와야 가는 말이 곱지. 이 자식아, 정말 갯바닥 왈짜 맛을 한번 보여줄까? 신명풀이 한번 하게."

어찌 된 영문인지 차인놈이 기가 끽 죽어선 일어섰던 툇마루로 뒷걸음쳐 앉았다. 배알이 곤두선 대로 한다면 지체 없이 달려들어 차인놈의 뒷고대를 잡고 봉당에 태질을 하고 싶었으나, 선돌이는 참았다. 언뜻 뒤돌아보니 매월이가 온데간데없었기 때문이다.

매월이가 말 한마디 없이 종적을 감춘 것도 괴이하거니와, 삿대질을 하고 덤벼들어야 할 차인놈이 거짓말처럼 결기를 죽이고 물러서는 품이 또한 예사롭지 않았다.

전도가의 차인꾼이나 겸인놈쯤 되면 저자 바닥 돌아가는 물리가 빤한 건 물론이거니와, 문전에 찾아오는 장사치들을 흔연대접할 것인가, 되받아 내칠 놈인가를 먼저 알아서 상대했음직하였다. 그런데

____

• 언턱거리: 남에게 무턱대고 억지로 떼를 쓸 만한 근거나 핑계.

핏대를 세우고 대들던 놈이 무슨 배포가 들었던지 금방 주눅이 들어 툇마루로 물러가 앉아버렸다.

선돌이는 잠시 어리둥절하였으나 무슨 곡절이 있겠다 싶어 드나들던 짐방들이 뜸한 틈을 타서 궐자에게 다가가 귀쌈에 대고 나직이 물었다.

"무슨 방도가 있는 모양인데, 지체 말구 말해보슈."

한참이나 부시를 치던 차인놈이 붙지도 않은 곰방대를 입에 물며 이르기를,

"도대체 몇 동을 사려우?"

"배짱만 맞으면 한 일흔 동 사리다."

차인놈의 입가에 희미한 웃음이 흘렀다.

"저 옹기전 맞은편으로 가면 버들집이라구 꽤 큰 객점이 있소. 거기서 기다리시오. 내 빌미 봐서 중화참에 들르리다."

"믿고 기다리겠수."

"믿다마다요. 신용 하나로 먹고사는 놈이오."

제법 너스레를 떠는 차인놈과 은밀히 약조하고 전도가를 나와 유기전 어름을 샅샅이 뒤졌으나, 아니나 다를까 매월이의 종적이 묘연하였다.

황아장수 망신은 고불통*이 시키더라고 계집 하나가 따라다니며 무던히도 속을 썩인다 싶어 부아가 끓어올랐으나 모른 체할 수도 없는 노릇이었다. 이제 생각해보니 시게전 어름에서, 각설이패들의 장타령을 듣고 있을 때부터 매월이의 모양새가 심상찮았다. 예까지 따

---

* 고불통: 흙으로 구워 만든 담배통.

라와선 종적을 감춘 연유가 무엇인지는 모르되, 봉삼의 간곡한 부탁대로 소박을 놓는다 하더라도 밥값 용채만이라도 쥐어 보내야 장사치의 도리가 아니겠는가.

계집의 마음먹음이 당차고 아금받아서, 우습게 알았다간 어느 타관에서 무슨 봉욕을 당하게 할지 모를 계집이었다. 또 비위짱 사나운 꼴 당하는 게 아닌가 싶어 심사가 자못 흐리터분해져 이리 기웃 저리 기웃하던 선돌이의 시선이 문득 무시로전 뒤 고삿길 안쪽 돌담 아래로 가서 머물렀다. 때문은 걸망 하나를 착 늘어지게 멘 사내 한 놈이 매월이의 치맛말기를 단단히 쥐어 잡고 앉아서 억지다짐을 받아내고 있었다. 체수 작고 잔망스러워 보이는 그 사내는 조금 전 각설이패들 앞에 붙어서서 촐싹거리던 놈이었다. 사내는 매월이와 트고 지내는 사이인 듯 너나들이였다. 사내의 입에서 흘러나오는 말본새가 괴이하고 민망했다.

"이 못된 년, 무슨 억하심정이 있어서 남의 방물고리를 채어가지고 야반도주를 해? 이 아갈잡이를 할 년. 내가 해우채를 떼어먹쟀느냐, 식채에 물렸더냐? 그걸 갚아주려고 달려간 게 아니냐?"

그만하면 사정이 어찌 된 것인가는 선돌이도 알 만하였다. 매월이란 계집도 사단을 오지랖에 싸고 다니는 년이다 싶어 오히려 선돌이의 심사까지 싱숭생숭한데, 사내 입에서 비어지는 말본새가 꽤나 듣기 거북하였다.

"내가 방터거리 주막에서 복에 과한 중노미질로 연명하면서 수소문해 듣기로는 네년이 봉삼이와 작반한 것으로 되었는데, 오늘 보니 황당선에서 내린 되놈 비엿한* 놈과 일행이니 이것은 또 무슨 변괴냐?"

———————————

• 비엿하다: 비슷하다.

가만히 앉았던 매월이가 그제야 대답하기를,

"다 물 건너간 이야기유. 이젠 그놈의 방물고리 타박은 그만해요. 그것 때문에 까딱했다간 목숨 부지 못 할 뻔했으니까요."

"이 염불 빠진 년, 내가 그 말을 곧이들을 줄 알았느냐?"

"이녁이 갈 길이나 가슈."

"이년, 봉삼이는 어느 절벽에다 굴렸느냐?"

"그것도 발 달린 짐승인데 내가 민다고 수이 굴러떨어지겠수?"

"이년, 이제 보니까 니 좆 내 몰라라 하는 식 아녀?"

"에이구, 그놈의 연장 타령, 이제 그만둬요. 그놈 연장 사단으로 신세 망친 년이오."

"그럼 이년아, 아랫녘 팔아서 팔자 고칠 작심이었더냐?"

"입정 놀리는 것하고 잔망스러운 체수하구는…… 걸판지게 맞아떨어지우."

"상둣술*로 생색내고 친구 사귄다더니, 네년도 화냥질에 화적질까지 겹쳤으니 그 체면을 저승에서도 되찾기는 어렵게 됐다."

"장꾼들 꾀어들기 전에 일어섭시다요. 이러나저러나 나도 해우채 떼이긴 마찬가지유. 아직 그 방물고리 손도 못 댔으니까요."

"네년이 무슨 헤살을 놓는다 하여도 날 따돌리긴 이제 글렀다."

서로 엄포를 놓아가며 말머리가 자못 험악하게 돌아가는가 싶더니 사내는 걸빵에서 쌈지를 꺼내 부시를 치기 시작했다. 선돌이는 잠시 망설였다. 오가는 말투세로 보아 자기가 나설 계제가 아님은 분명하나, 궐자가 매월이뿐만 아니라 봉삼까지도 찾아나선 장본인임이 틀

---

* 상둣술: 상주가 상여꾼에게 먹이려고 내는 술.

림없다면 그냥 지나칠 처지가 아니었다.

선돌이가 다가가서 우선 매월이부터 잡아 일으키자, 최돌이는 완전히 겁먹은 낯짝이긴 하되 사내자식으로 빠진 배짱만은 드센 탓으로 같이 발딱 일어서더니 댓바람에 선돌이의 멱살을 잡고 늘어졌다.

"이건 또 얻다 쓰던 놈이냐?"

"노형이 말하지 않았소? 황당선에서 내린 되놈이라구."

"노형이라니? 이놈, 네가 도부꾼 가장한 왈짜나 설레꾼이 분명하렷다."

"이거 놓으시우. 그 눈은 행세로만 갖고 다니시우? 맑은 정신이거든 사람 똑바로 보시우."

선돌이는 멱살 잡은 최돌이의 두 손을 목자 부라리며 좋게 뿌리치고 한마디 오금 박았다.

"노형이 천봉삼과 일행이라기에 이 판에 뛰어든 것이니 그리 알고 좋은 얼굴 하고 주막으로 갑시다."

"싫다, 이놈. 네놈이 누군 줄 알고 내가 따라가느냐?"

"거 뻔찔나게 호놈일세. 싫으면 그만둬요. 내 상관할 바는 아니로되 저간의 사정을 나도 알 법하여 이러는 거요. 이 아낙이 장달음을 놓지도 않을 테니 괜히 설치지 말고 따라오시우."

"그놈 말본새 한번 고약하구나."

"그참, 얼간망둥이 꼴로 주책없이 껑충거리지 말고 따라오라니까 그러네. 용수도 없어 뵈는 주제에 중뿔나게 장기튀김은……"

"이놈이 얻다 대고 쓸까스르냐?"

최돌이 표정이 마뜩잖기는 마찬가지였으나 호놈을 하며 삿대질인데도 궐자는 타박 한마디 없이 타이르는 터수라, 저자 바닥에서 대중

없이 밀고 당길 일도 아니다 싶어 잠시 생각을 도사리는데,

"봉삼이가 노형을 찾아나섰소. 얼추잡아 이틀 안으로는 수이 돌아올
것인즉 그 사람을 꼭 만날 의향이 있다면 나와 작반하는 게 도리요."

떨떠름해하던 최돌이 낯짝이 핑계할 곳이 없어 두리번거리더니 힐
끗 매월이에게 가서 멎었다. 대낮에 업혀가서 난장당할 일이야 없겠
다 싶어 최돌이가 그제야 바짓말기 추스르며 따라나섰다.

세 사람은 차인놈이 일러준 옹기전 맞은편 주막으로 갔다. 꽤 넓어
보이는 술청에서는 먼 길 행보에 아침 설친 도부꾼들과 시게전에 곡
식을 내다 판 장꾼들로 북새판을 이루었다. 용수 씌운 장대엔 주기가
제법 운치 있게 펄럭이었고, 부엌엔 불땀 좋은 장작이 타고 있었다.
병술과 안주 그릇을 든 중노미 녀석이 궁둥이에서 비파 소리가 나도
록 뜨락에 친 휘장과 술청 안을 들락거렸다.

개다리소반을 들고 부엌으로 내닫는 중노미 한 녀석을 불러 방 하
나를 달랬더니, 턱짓으로 마침 휘장 곁으로 기어가는 개 한 마리를
가리켰다.

"저 개 따라가보슈."

개를 따라 뒤꼍 측간 옆을 돌아갔더니 지린내 나는 봉노 하나가 비
어 있었다.

"우선 들어가 허기나 끄시우. 난 전도가 사람과 약조한 일이 있어
술청으로 나가 있어야 되겠소."

중노미를 불러 술국을 시키고 막 술청으로 발길을 돌리는데, 차인
놈이 객점으로 들어서는 게 보였다.

"빨리 왔구려."

목판 앞에 좌정하더니, 우선 탁배기 한 주발부터 벌컥거리고 나서

차인놈이 물었다.

"곁에 누가 따라온 사람은 없소?"

"없소이다. 뭐 뒤 구린 일이라도 있다는 거요?"

"사실은 그렇게 될 수밖에 없소."

"장물이오?"

"거 괜한 소리 마시오."

"그럼 연유라도 알고 봅시다. 우리가 잠매(潛賣)*를 해야 할 사정이 어디 있다는 거요?"

차인놈의 발명인즉슨, 지금 문안 객사에 묵고 있는 서울 운종가(雲從街)*의 신상(紳商) 격인 신석주(申錫周)는 전부터 사사로이 친분을 트고 있는 경상 감영 관찰사의 은근한 비호를 받고 있는 부상대고(富商大賈)*라는 것이었다.

궐자가 순여(旬餘) 전에 내려와서 계추리를 있는 대로 도집(都執)하고 있어 산상(散商)들이 발붙일 곳이 없어졌다는 것이다. 계추리 시세가 연중 가장 눅어지는 가을에 내려와서 가격을 동결시키고 인근 전도가에 심장(深藏)해둔 물화들을 내놓으라고 으름장을 놓고 있으면서, 각 전도가의 내막을 잘 아는 차인이나 발쇠꾼들을 매수하여 전도가의 곳간 사정을 소상히 밝혀내고 여러 이유로 물화를 내놓지 않으려고 발뺌하는 전계장들을 잡아들여 징치(懲治)함을 서슴지 않는다는 것이었다.

원래는 장돌림들이 물화를 거둬감이 장물의 순서이겠으나, 근자에

---

* 잠매: 매매가 금지된 물건을 몰래 팖.
* 운종가: 지금의 종로 거리를 중심으로 한 곳.
* 부상대고: 많은 밑천을 가지고 대규모로 장사를 하는 상인.

이르러 득세한 경강 장사치들이 향시의 장돌림들과 짜고 운종가의 시전에서 취할 몽리를 중도에서 위협하매, 시전에서 발 벗고 나선 게 틀림없었다.

부패하여 냄새나는 관리들이 종루(鐘樓)의 부상대고들과 은밀히 결탁하여 포흠(逋欠)*을 불사하면서까지 융숭히 대접하고 횡포를 눈감아주는 대신 거액의 뇌물을 받아 사사로이 탕진하기를 마다하지 않았고, 일변 경사(京司)의 내직(內職)으로 발탁되기를 노리는 벼슬아치들은 시전의 부상대고들에게 자청하여 연줄을 놓기도 하였다. 한 나라의 벼슬길이 시전 장사치들의 농간에 놀아나고 이를 빌미 삼아 시전의 거상들은 거액을 들여 직첩(職帖)을 사거나 그들과 혼인하여 균역(均役)을 면하고 양반의 신분으로 올라서는 자가 허다하였다.

그런 시정의 사정을 선돌이가 모르는 바 아니므로 궐자의 말을 듣고 보니, 부상대고들이 설치는 판국에 한낱 자기 같은 장돌림이 뛰어들어 그 위세를 꺾을 만한 것이 되지 못하였다.

"그럼 잠매하는 수밖에 딴 도리가 없겠구려."

"두어 파수만 기다린다면 물화가 풀려나올 것이긴 하나 그땐 동무도 식채가 어지간히 쌓일 테고 또 몽리도 박할 건 뻔하지요."

보아하니 차인놈의 속내가 무엇인지 짐작할 수 있었다. 잠매를 무릅쓰는 대신 구문(口文)*을 톡톡히 받아내자는 심산이었다.

"구문이 얼마면 되겠소? 내 천상 이곳에서 오래 묵새길 수는 없으니 쉰 동만 내놓으시우. 옴 덕에 보지 긁는다더니 그놈들 작폐에 노

• 포흠: 관청의 물건을 사사로이 써버림.
• 구문: 홍정을 붙여주고, 그 보수로 사고판 양쪽으로부터 받는 돈.

형도 구문깨나 챙기게 되었구려.”

“만약에 이 일이 혹 관아놈들 귀에라도 들어간다면 나도 전도가에서 쫓겨나야 할 처지는 고사하고 난장으로 어육이 될 거요. 그걸 내가 감수한다는데 동무도 너무 타박하진 마시오.”

“알았소. 물화는 언제 넘기겠소?”

“모레 새벽 인시쯤 해서 짐방들을 시켜 동문 밖 주막으로 내갈 테니 그때 셈을 끝냅시다.”

“약조나 어기지 마슈. 여기서 세마(貰馬) 낼 데는 없소?”

“동문 밖 주막에서 물어보시오.”

차인놈은 수작 중에도 대중없이 술을 퍼마셔 주막을 나설 적에는 낯짝이 암내 난 말궁둥이 모양으로 거무죽죽해져 있었다.

차인놈을 밖으로 내보내고 뒷봉노로 돌아와 보니, 그동안 매월이는 최가를 윽박질러 주저앉힌 듯 선돌이가 봉노로 고개를 디밀자, 발치에 느닷없이 넙죽 엎드리며 알뜰히 변해하였다.

“아깐 미천한 놈의 소견으로 노형의 체면을 손상시켜 경칠 짓을 했습니다요. 저간의 사정을 알고 보니 노형을 볼 낯이 없습니다요.”

선돌이가 그 말을 귀 거슬리게 듣지 않고,

“뭘요, 보아하니 노형께서도 장삿길에 나섰다가 횡액을 만나 객고가 자심한 듯하니 내 더는 따지지 않으리다. 그나저나 봉삼이와는 행보가 엇갈리고 말았으니 그게 임시낭패요.”

바람벽에 기대고 그린 듯이 앉아 있던 매월이가 그때 수작에 끼어들었다.

“제가 병문으로 나가보지요.”

“그럴 도리가 있소?”

"아닙니다. 하릴없이 주막의 식채를 지고 앉았을 몸인데…… 제가 해거름에 나가보지요."

"정히 그렇다면 말리지 않으리라."

선돌이가 순순히 대답해버린 것은, 들추기는 뭣하나 최돌이와 봉삼은 구멍동서가 되는 판국임을 알아차렸기 때문이다. 매월이의 행방술(行房術)이 설사 식초로 녹여주는 듯한 신기(神技)를 지녔기로서니, 두 놈이 한 계집을 놓고 허튼수작들을 늘어놓기로 한다면 패설(悖說)에 농탕(弄蕩)은 얼마나 더러울 거며 작폐인들 어지간하랴. 봉삼이 회정(回程)하여 주막으로 돌아오기 전에 먼저 매월이를 만나 이 천하에 괴이하고 난감한 일을 매듭짓고 처신하는 것이 나중 일에 수월할 것 같았다. 더욱이나 아닌 체하면서 서울 한강변 탕촌(蕩村)에 있는 삼패 천창(三牌賤娼)*들보다 몸을 더럽게 내돌리는 계집을 더이상 달고 다닐 엄두가 나지 않았다. 봉삼이 솔티고개 아래 주막에서 계집과 동침할 제, 훼방놓지 못한 것이 당장 후회스러웠다.

매월이로서도 봉삼을 장맞이하겠다고 나선 것은 도모코자 함이 따로 있어서였다. 매월이는 병문에서 정랑(情郎)을 기다리고 섰을 게 아니라, 20여 리 상거한 이송천나루 어름에서 봉삼을 만날 심산이었다.

그곳에서 봉삼을 만나기만 한다면 행보를 다시 돌려세울 자신이 있었다. 만약 최가와 봉삼이 서로 마주치게 내버려둔다면 도부꾼들 의리로 난장 맞을 계집은 바로 자기임을 알기 때문이었다. 최가와는 홧김에 서방질이었지만 종내는 이런 곡경을 겪게 되는 것으로, 지금 와서 복장을 친들 남는 건 자기만 화냥년일 것이었다.

---

* 삼패 천창: 이패보다 한층 낮은 부류인 삼패의 천한 기생.

선돌이나 최가는 장맞이로 병문에 나섰다가 해가 지면 다시 주막으로 되돌아오겠거니 생각할 테지만, 설사 봉삼을 만나지 못한다손 치더라도 이 행보가 달포 이웃하던 그들과는 영영 이별이라고 작정하고 있는 매월이로선 한 가닥 감회가 남지 않을 수 없었다.

변변치 못한 최가는 전당 잡힌 촛대 모양으로 바람벽에 기대고 썰렁하니 앉아 있었다. 매월이는 수중에 약간의 노자가 있었으니 그중에서 몇 닢을 꺼내 최가에게 던졌다.

"하늘만 쳐다보고 앉았으면 월궁 선녀라도 내려올 줄 아슈. 자, 술청으로 나가서 탁배기라도 받아 잡수. 입잔거리로는 톡톡하우."

황감하여 팔짝 뛰어야 할 최가가 눈시울을 모질게 뜨고 꾸짖기를,

"허, 이 아낙이 난데없이 실성을 했나, 왜 유난을 떠나?"

"군자 말년에 배추씨장사더라고 그렇게 탈진하고 앉아 있는 꼴이 보기 흉해서 그렇소."

"이끼, 그런 소리 말게. 개구리 주저앉은 뜻은 멀리 뛰자는 수작 아닌가."

"참으시오. 그러다가 하늘 밑구멍에다 봉창 내겠수…… 끈 떨어진 망석중이 신세에 뛰어본들 도대체 얼마를 뛰겠다고 그러슈?"

"그런 말 말게. 내가 소맷동냥을 하더라도 이런 꼴로 평생을 보낼 수야 없지 않은가. 나도 아낙의 속내를 대강 짐작은 하네만 지금 봉삼을 찾아봤자 그 또한 내 신수와 다를 바 없네."

염량 빠른 최가가 은근히 매월이의 속내를 알아차리고 부질없다는 듯 한마디 던졌다.

"열통적은* 말 고만하고 행하나 챙기시우."

"아낙이 이번 행보에 돌아올 심사가 아니란 것쯤은 나도 짐작하고

있네. 그러나 봉삼이도 제 할 일이 있는 사람일뿐더러 우리 세 사람은 하늘이 두 쪽 나도 꼭 만나야 할 걸목이 있은즉, 그리 호락호락하게 아낙의 연사질에 넘어가진 않을걸세."

"공연히 염량 빠른 체하지 말고 술청으로 나가서 신명풀이나 한번 하슈. 그 사람 만나는 길로 곧장 돌아오겠수."

"방구들 봐가며 발 뻗으라고, 너무 고르다가 종말에는 눈먼 사위 얻더란 말도 못 들었나? 공연히 헛물켜지 말고 정신 차리게."

"이 주막 정지에 보니까, 맞춤한 막창 한 년이 있습디다. 돈냥이나 건네고 잘 달래서 객고나 푸시우."

"잘 가게. 내 신세가 지금은 망측하니 아낙을 붙잡을 걸목이 없네."

어쩐지 최가의 마지막 한마디가 복장을 뜨끔하게 맞혀왔으나 매월이는 더이상 대꾸하기 싫었다. 난데없이 해죽해죽 웃음을 흘리는 최가를 봉노에 남겨두고 매월이는 주막을 나서버리고 말았다.

매월이는, 바리 실은 마소들의 왕래가 부산한 주막 뒷길로 해서 곧장 마전내를 건넜다. 짐작대로라면, 방터거리 주막에서 최가를 만나지 못한 봉삼은 적변(賊變)을 당하지 않은 이상 금방 회정하여 안동 부중으로 돌아올 것이었다. 그러나 그 짐작이 완전히 빗나가고 있었다. 솔티고개에서 기다리다 못한 매월이가 풍산 역말까지 걸어서 하룻밤을 묵고, 어언 석가놈을 다시 만났던 신득골고개에까지 이르렀으나 봉삼은 코빼기도 보이지 않았다. 매월이는 기왕 나선 김에 방터거리까지 가기로 하고 신들메를 단단히 죄어 맸다.

• 열통적다: 말이나 행동이 조심성이 없고 거칠며 미련스럽다.

10

바로 그날이 안동 주막에서 묵새기는 선돌이가 전도가의 차인놈으로부터 물화를 건네받기로 약조한 사흘날 신새벽께였다.

매월이를 보낸 이튿날, 차인놈이 일러준 대로 마방이 딸린 동문 밖 객점을 찾아갔더니 힘꼴이나 쓰게 생긴 객점의 젊은 술아비는 소싯적부터 차인놈과는 정분 트고 지내는 사이인 듯 선돌이 일행이 주막으로 들자 콩 심는 시늉을 하면서 구들장이 뜨끈뜨끈한 봉노를 내주며 흔연대접하였다.

선돌이의 계산으로는 이 객점에서 물화를 넘겨받는 길로 곧장 세 마에 옮겨 싣고 용상(龍上)나루를 건너 관음원(觀音院)을 비켜 금소(琴召) 역말 앞을 지나 가랫재〔楸峴〕만 넘으면 진보(眞寶) 땅에 들 수 있었다. 행보를 바쁘게 떼어놓는다면 그곳의 각산(角山) 역말 부근 주막에서 저녁참을 맞을 것이었다. 그곳에서 봉삼을 기다려보자는 심산이었다.

서울 시전객주에서 온 행수놈이 전도가의 계추리를 도집한다면 인근 저자의 계추리 시세가 껑충 뛸 건 뻔한 이치였고, 그렇다면 차인놈에게 적잖은 구문을 떼인다 하더라도 몽리를 취할 방도는 앉은 놈 턱 차기였다.

인시나 되었을까, 선돌이는 가만히 일어나 바람벽에 기대고 앉았다. 장지에는 차가운 새벽 기운이 와서 푸르르 떨고 있었다. 방 안에 감발 냄새가 등천하는 것으로 보아 바깥엔 새벽 안개가 무척 내린 모양이었다. 최가는 저녁 먹은 것이 관격(關格)*이 되어서 밤새껏 끙끙 앓더니 한밤중이나 되어서 오력*을 하느라고 착 늘어져서 깊은 잠에 떨어졌다. 선돌이는 힐끗 피곤을 느꼈다. 그는 곰방대에 불을 붙였다. 시초 타는 냄새가 봉노에 싸하게 퍼졌다.

멀리서 홰를 치는 소리가 들려왔다. 그 소리 사이로 사람들의 바쁜 발걸음 소리가 들려왔다. 장지에 귀를 갖다 대고 기울이는 참에 금방 삽짝 귀를 흔드는 소리가 들려왔다. 선돌이는 얼른 외짝 장지를 열고 봉당으로 내려섰다. 희뿌연 안개 속 몇 칸 밖으로 짐방 서넛이 허옇게 서 있었다.

면분 있는 차인놈이 삽짝 안으로 쓱 들어섰다.

"방앗간에 들여놓으려오?"

선돌이는 얼른 마방 어름을 가리켰다. 짐방들이 잽싸게 마당 안으로 들어서서 마방 옆에 계추리 쉰 동을 내려놓았다.

"물량은 틀림없겠소만 노형이 한번 어림해보시오."

"어련하시겠소."

"될 수 있는 대로 빨리 뜨시는 게 좋을 거요. 늦어지면 나루에 별장들의 기찰이 깔릴지 모르니까요."

"그깟 군총(軍摠) 몇이 깔리면 어떻소, 장물 운반도 아닌데?"

"그렇지만은 않소. 물화가 외방으로 빠져나갈까봐서 눈이 시뻘게져서 살피는 중이니까요."

"알았소. 물대(物代)나 쳐 받으시우."

선돌이는 전대를 풀어 차인놈에게 건네주었다. 차인놈은 대강 꿰미를 가늠하여 셈한 다음, 낌새 알고 봉당에 내려선 술아비를 불러

• 관격: 한방에서, 음식이 급하게 체하여 먹지도 못하고 대소변도 못 보며 정신을 잃는 위급한 병을 이르는 말.
• 오력: '욺'의 사투리. 일을 잘못한 것에 대한 갚음.

용채 몇 닢을 쥐여주었다.

"셈은 틀림없소?"

"전대를 들어보면 알지요. 차액이면 몇 닢 상간이겠소."

"그럼 들어가보시우. 내 일행이 와서 묻거든 각산 역참에서 기다린다구 말 좀 전해주시우."

"전해주다마다요."

선돌이가 손짓으로 흩뿌리는 시늉을 하는 참에 삽짝 밖 희뿌연 안개 속으로 아랫도리가 껑충한 장한 셋이 불쑥 나타났다. 세 놈 중에 두 놈은 긴 저고리에 맨상투한 품으로 보아 행랑것들이 분명해 보였다. 그러나 그중 한 놈은 패랭이깨나 받쳐 쓴 품이 지체가 다르다는 느낌이었다.

궐자가 뚜릿뚜릿 마당 안을 살피다가 수작 중인 선돌이와 차인놈을 발견하고는 때 아닌 꼭두새벽에 벼락같이 소리를 내질렀다.

"저 두 놈을 옭아라."

차인놈은 뒤돌아보지 않아도 소리친 당사자가 누구라는 걸 당장 알아차린 듯 선 자리에서 화들짝 놀라 자지러졌다.

사세 판단이 빠른 선돌이는 그참에 몸을 사렸다. 힐끗 마당 옆에 있는 절구통을 밟고 올라서서 지붕물매 위로 몸을 날렸다. 그때 삽짝 밖에 섰던 장한 두 놈이 바람같이 달려들어 지붕 위로 올라서는 선돌이의 바짓말기를 잡고 당겨 내리니, 그 바람에 엉덩이에 걸렸던 바지가 훌러덩 벗겨지면서 시월 막사리 새벽 찬 기운에 복에 없는 알궁둥이가 허옇게 드러나고 말았다. 아무리 사세가 다급하기로서니 발가벗기는 것은 난당(難當)*하여 용마루를 잡았던 손을 놓아버리고 말았다. 선돌이의 육중한 몸뚱이는 가파른 물매를 타고 쭈르르 미끄러져내려와, 아래에 있던 절구통에 사정없이 얼굴을 처박고 말았다. 아쿠 하고 얼굴을 가리는데 금방 손바닥에 코피가 낭자하였다.

"이 고이얀 놈, 네놈이 도타한들 몇 칸을 뛰겠느냐?"

두 장한이 지체 없이 달려들어 북두끈으로 선돌이를 뒷결박 짓고 봉당 앞에 꿇어앉히니, 그제야 밖에 섰던 패랭이가 안으로 들어섰다. 난데없이 들이닥친 놈들이 형방 사령놈들은 아니어서 다행이긴 하였으나 어찌 땅땅 벼르는 품이 한바탕 북새판을 놓을 것 같았다.

"그놈 샅이나 가려주어라. 그리고 저 신가(申哥)놈도 사정 두지 말고 옭아라."

두 장한이 주막 정지 앞에서 떨고 있는 차인놈에게 달려가더니 삭신을 발길질하여 초주검시키고는 선돌이 버금가게 단단히 옭았다.

얻어맞은 차인놈이 뺨이 부어올라 이틀이 솟았다고 엄살을 떠는데, 패랭이를 쓴 사내는 거들떠보지도 않고 장한들을 꾸짖었다.

"어찌 그 모양들이냐. 저놈들 도타할 염려 없도록 상투들을 단단히 맞잡아 매어라."

장한들이 다시 달려들어 두 사람의 상투를 풀어서는 마빡을 마주하도록 하고 행리에 조리개 죄듯 머리채를 맞잡아 매었다. 차인놈과 이마를 빗대고 있으려니 등뒤로 세 놈이 떠드는 소리만 들리고 형용은 보이지 않았다.

패랭이가 땅을 한 번 굴렀다.

"이놈, 근력 세찬 품이 갯가에서 놀던 왈짜로구나…… 섶 지고 불로 뛰어든 격이지, 그렇다고 난데로 와서 화적질이냐?"

• 난당: 당해내기 어려움. 대적하기 어려움.

선돌이는 내심으로, 이놈이 전도가의 전계장이거나 서울서 왔다는 행수놈이겠거니 생각은 하였지만, 까고 보면 궐자에게 사사로이 난행을 당해야 할 건덕지가 없는즉, 묶인 채였지만 의연 가슴을 펴 보이며 되받아쳤다.

"이놈이라니? 어느 되다 만 장사치가 난행질이냐?"

선돌이의 언사가 거북하게 나오자 궐자는 다시 한 번 발을 구르고 말했다.

"이놈이 어디다가 하게를 던지느냐. 아직 제정신이 아니구나. 이놈, 모둠매를 맞아야 정신이 들겠느냐?"

"모둠매 아니라 형장을 맞아 장하에서 탈진하는 한이 있더라도 어디 붙은 자리라도 알고 보자. 무고한 사람을 결박 짓는 너는 도대체 웬 놈이냐? 보아하니 형방 뒷간에서 썩는 포리는 아닌가본데?"

"이놈, 패설이 자못 심상치 않구나. 내 사사로이 네놈을 옭았으되 관에서 금한 물화를 잠매한 죄는 죄가 아니더냐?"

"잠매라니? 그런 야료 부리지 마라. 법이 네놈들 손바닥 위에서 노는 창기가 아니다. 나로서도 끝전까지 셈하여 사들인 물건이다."

선돌이는 패랭이 쓴 놈의 본색을 알려고 오기만을 잔뜩 돋우는 판국이었으나 궐자는 말려들지 않고 선돌이를 징치(懲治)함에 빈틈이 없었다.

"이놈, 저 물화들의 출처와 사연을 알고 있었지 않느냐. 그렇지 않다면 왜 개도 잠이 안 깬 꼭두새벽 주막 안에서 은밀히 거래를 트느냐? 엄연히 전도가가 있지 않느냐. 채장 가진 임방 장사치라면 이런 잠매는 하지 말아야 된다는 것쯤은 알 테지, 이놈."

"내가 알기로는 전도가에선 장돌림에게 물화를 내주기로 되어 있고 또한 그것이 도리인 줄 아오. 그러나 웬 놈이 저자 바닥 물화를 도집하려 하고 전도가 사람들이 동조하여 이런 작폐를 벌이고 있으니 한심하기 그지없소. 그러나 시절이 그러하니 내 한 몸으로 당해낼 재간이 있겠소? 단념할 테니 어서 이 결박이나 푸시오."

"발명해도 소용없다, 이놈."

"사실이 아니면 내가 천지신명께 벌역을 받겠소."

"그래? 네 심사가 정히 그렇다면 아주 이 자리에서 아퀴를 짓자, 이놈."

"그렇소, 나는 형장 맞을 죄가 없소."

"이놈, 남의 전방 차인놈과 은밀히 결탁하여 전방을 털려는 놈의 본심이 화적이 아니냐?"

"여보시오, 하면 다 말이오?"

"이놈이 얻다 대고 줄기차게 말대꾸냐? 네놈이 도둑이 아닌가는 앞에 있는 놈에게 물어보아라."

전계장은 차인놈을 턱짓으로 가리켰다. 차인놈이 고개를 자꾸만 샅으로 쑤셔박았다. 선돌이는 눈시울에서 불똥이 튀는 것 같았다.

선돌이가 물었다.

"사실이오? 이게 장물이오?"

"……"

"여보시오, 남의 훈수 기다리지 말고 말하시오. 손으로 좆 가리기지 지금 대답 않는다고 이 봉욕을 면할 것 같소?"

고개를 봉당으로 처박던 차인놈이 땅이 꺼지도록 한숨이더니, 겨우 들릴락 말락 하게 지껄였다.

"내가 죽어 싼 놈이외다."

"예끼, 이 박살을 낼 놈. 차라리 양반의 턱찌끼를 얻어먹는 비부(婢夫) 노릇이 제격이지, 이놈아, 아무리 신세 망측하기로서니 어디 할 짓이 없어 도둑질이냐?"

그때 전계장 조순득(趙順得)은 체머리 떨듯 하며 신가놈에게 일렀다.

"내가 네놈을 믿고 허술히 잡도리한 것은 내 운수의 과실이나 그렇다고 가지가지 중죄를 낭자히 퍼지르는 네놈을 그냥 둘 수 없다."

그때 놓치지 않고 선돌이가 발명하였다.

"여보시오, 전계장 나리. 내가 잠매를 한 건 분명하나 이게 도둑질한 물건인 줄은 정말 새까맣게 몰랐소. 장사치로 입신할 적엔 이런 봉욕을 사서 하려 하진 않았소이다."

"통문을 돌려 네놈이 다시는 팔도 저잣거리에 얼씬하지 못하도록 할 건 물론이거니와 그것만으로는 오늘의 네 죄가 벌충될 리는 없다."

"내 말을 들으시오. 차인놈이 챙긴 꿰미를 가늠하여보시오. 내가 진작부터 장물인 줄 알았다면 그만한 물대를 건넸을 리가 없지 않소? 게다가 나는 이놈에게 구전까지 얹어주었단 말이오."

"네놈이 아무리 발명을 하고 나선들 선뜻 네놈을 놓아줄 수는 없느니."

까마귀 똥도 닷 푼이오, 하면 물에다 갈기더라고, 식채만 지는 최가놈도 이 난감할 땐 좀 나서서 발명을 거들어주었으면 좋겠건만, 내처 봉노에 처박힌 채 코빼기도 얼씬하지 않았다.

최돌이가 잠 깨어 일어나 장지를 침 발라 뚫고 봉당의 동정을 살피건대, 사실 일이 난감하게 되어 있었다. 그러나 당장 뛰어나가 같이 변해한들 눈시울이 시뻘건 세 놈의 결기에 잘못하면 사매질로 어육

이 될 판국이었고, 그렇다고 마냥 앉아 있으려니 뒤꼭지가 메슥메슥한데,

"내 이자와 일찍부터 연비(聯臂)*가 있었던 것도 아니오. 사정을 알았으면 결박을 푸시오."

선돌이가 사정조로 나오는 듯하였으나 조순득은 거들떠보지도 않고 장한들에게 일렀다.

"그놈들 결박을 단단히 죄어라. 그리고 술애비놈도 같이 끌고 가자."

장한들에게 질질 끌려나가면서 선돌이는 힐끗 봉노로 눈길을 주었으나 최돌이는 별반거조*가 없었다.

"그 타관 것은 신가놈과는 딴 곳간에다 가두어라."

세 사람은 남문 밖 옹기전 어름에 있는 전도가로 끌고 가는가 하였더니, 조순득은 짐방들에게 영을 내리고는 몸채로 들어가버렸다.

선돌이와 차인놈을 따로 가두는 뜻은 서로 말 맞추어 발명할 겨를을 주지 않겠다는 주변일 제, 해가 뜨는 대로 관아로 넘기든지 조순득 자신이 징치할 여지가 있다는 증거이니, 선돌이는 앞날에 닥칠 고초가 생각보다는 엄중할 것으로 짐작하였다.

"여보시오, 가두는 것은 좋소만 이 결박이나 좀 늦게 해주구려."

곳간으로 끌고 들어온 짐방놈에게 선돌이는 사정하여보았다. 어딘가 낌새만 보인다면 도타할 방도를 찾아야겠다고 생각했기 때문이다. 그러나 건너오는 대답에는 송곳 한번 찔러볼 틈이 없었다.

• 연비: 다른 사람을 통하여 간접으로 소개함.
• 별반거조: 특별히 다르게 차리는 노릇. 특별한 행동.

"참기 어려워도 주리 참듯 참어."

"이게 무슨 되지 못한 행사요?"

"이 찢어서 장을 담글 놈, 지은 결박 헐하게 하려면 아예 오라를 지우지도 않았다, 이놈."

"무고한 장사치를 이렇게 묶어 사사로이 벌하는 건 나중 일을 생각잖고 하는 짓이오."

"그놈, 입맛은 변치 않았구나. 그건 나으리께서 알아서 할 일이지 내가 상관할 바가 아니다, 이놈."

"여보시오, 당신네 주인께 이르시오. 예절도 과하면 횡액을 자초하거늘, 하물며 잠깐 실수한 장사치에게 이런 찍자를 놓는 법은 없소. 되지 못한 벼슬아치들이 하는 짓을 섣불리 본뜨지 마시라구 하시오."

"이놈이 입정 놀리는 걸 보니까 기어코 멍석말이 몰매맛을 보여야겠구나."

짐방놈이 목자를 부라리며 발길질할 거조를 차렸으나 고개를 번쩍 들고 두 눈을 부릅뜬 선돌이의 형용에 주눅이 들었던지 금방 돌아서서 곳간 장지를 단단히 닫아걸고는 바깥으로 나가버렸다.

좁은 곳간 한편에 섬이 쌓여 있고 왼편으로 바깥을 내다볼 수 있는 조그만 봉창이 나 있었다. 봉창 밖으로는 뒤뜰로 돌아가는 담장길이 나 있었다. 그 봉창 저편으로 덩그런 몸채의 지붕물매가 내다보이는 것으로 보아도 조순득이란 작자가 향곡(鄕曲)의 부민(富民)일시 분명하였다.

선돌이는 탈기하여 곳간 구석으로 가서 앉았다. 뒷결박이 워낙 단단한지라, 어떻게 움치고 뛸 재간이 없었다. 바닥으로 냉랭한 습기가 차올라 오래 앉아 있을 수도 없었다. 그렇다고 협소한 곳간 속을 해동갑으로 서서 어정댈 수도 없었다.

　그동안 닭이 여러 홰 울었고 희미하게 날이 밝아왔다. 봉창 저편으로 내다보이는 지붕물매가 선명하게 드러나기 시작했다. 그러나 옥에 갇혀도 구메밥은 있건만 생사람을 종내 굶길 작정인지 하루해가 저물도록 냉수 한 그릇 디밀지 않았고 그렇다고 사람을 끌어내는 법도 없었으니 조순득의 속내를 알 길 없었고, 그러자니 심경의 초조함을 가눌 길이 없었다.

11

　최돌이를 찾아 회정하였던 봉삼은 그 이튿날 중화참에야 겨우 반곡리 세거리에 닿았다. 행중에서 마주치는 등짐장수들마다 최돌이의 종적을 물었으니 자연 행보가 늦어질 수밖에 없었다.

　곡자 나르던 짐방들의 말을 곧이듣자면 최돌이는 반곡리에 있어야 했다. 그러나 등짐장수 몇을 붙잡고 물어보아도 반곡리에서 최돌이를 보았다는 사람은 없었다. 괴이하다는 생각도 들었으나 반곡리까지 내쳐 걷고 말았다.

　반곡리 세거리 어름을 돌며 수소문하다가 매월이와 중화를 먹었던 주막에 들러 에멜무지로 최가를 물었다. 50이 다 된 늙은 여편네가 마침 탁주동이에 집어넣던 술구기*를 뻐드름하게 잡고는 시선을 들어 봉삼을 찬찬히 살피더니 다그쳐 물었다.

____

　* 술구기: 독이나 항아리 따위에서 술을 풀 때 쓰는 도구.

"그 사람이 어떻게 생긴 사람이지요?"

그 말에 힘을 얻어 봉삼은 최가의 용모를 속속들이 외워바쳤더니 주파의 얼굴에 차차 핏기가 가시기 시작하였다. 궐녀의 형용이 심상치 않은지라 봉삼은 다급히 물었다.

"주파, 왜 그러시오?"

궐녀가 아무 대답 없이 벌떡 일어서더니 주막 뒷봉노를 가리키며 봉삼의 바짓말기를 잡아끌었다. 뒷봉노에 분명 최가가 식체에 집혀 나자빠져 누웠겠거니 싶어 바쁜 걸음으로 봉노로 끌려갔으나 최가는 보이지 않았다. 괴이하다 싶어 시선을 돌리는데 궐녀가 난데없이 외짝 장지를 안으로 닫아걸고 있었다. 그러고는 득달같이 달려들어 술구기로 봉삼의 면상을 후려치는데, 황망중에 당하는 봉욕이라 봉삼은 금방 눈언저리를 싸쥐었다. 다시 내려치려는 궐녀의 손목을 잡아채며 물었다.

"이 어인 난행이오?"

"이놈, 난행이라니? 얻다 대고 하는 입주정이냐?"

술구기에 찢긴 이마에 낭자히 피가 흐르는데 궐녀의 장기튀김이 수이 가라앉을 기미가 보이지 않았다.

"여보시오, 주파, 연분도 없는 남정네에게 이런 난행이 될 법한 일이오? 실성을 했소?"

"실성하다니, 네놈이 그놈과 동패가 분명하겠지?"

"분명하기에 수소문하는 거 아니오? 그래, 그 동패인 내가 어쨌다고 하물며 여편네가 이런 패악을 퍼지르는 거요?"

"예끼, 이 날벼락을 맞고 뒈질 놈들. 내가 이 주막거리에서 술구기를 든 지 십여 년이 된다마는 네놈들 같은 화적은 처음 보았다."

길길이 뛰는 품이 도대체 예사롭지 않았다. 이 무슨 봉욕인가 싶어 봉삼이 잠시 정신을 도사리는데, 궐녀는 드디어 바람벽에다 술구기를 내던지고 넉장거리를 쳤다. 어인 사연인지 알 수 없었으나 최돌이가 주파에게 못할 짓을 하고 비켜버린 것만은 분명한지라, 이마에 낭자한 핏자국을 대강 수습하고 궐녀를 달래기 시작하였다.

오래도록 울음을 참지 못하던 주파가 그제야 문득 일어서 나가더니 삽짝을 닫고 정주일을 수습하고 들어와 앉았다.

봉삼이 데려온 자식 모양으로 바람벽에 기대고 망연히 앉아 있는 꼴에 마음이 쓰였던지 주파가 은근히 물었다.

"괜찮으시오?"

"나야 젊은 놈이라 괜찮소만, 일이 이렇게 된 곡절이라도 알고 봅시다. 주모가 장기튀김을 하는 걸 보니 내 작반하던 일행에게 모질게 난행을 당한 것 같은데, 남의 일일망정 내가 모른 척할 수는 없지 않습니까?"

"내 불찰이지요. 내가 저퀴귀신*에 씌었던 거요."

치맛자락에 코를 푼 궐녀가 차근차근 저간의 사정을 늘어놓았다.

"내 나이 열다섯에 혼인하였으나 합침(合寢) 두어 번에 덜컥 서방님이 죽고 말았습니다그려. 명색이 성혼은 한 몸이지만 아직 음양의 이치를 모를 것은 뻔한 노릇이지요. 천지간에 사는 만물이 제아무리 미물일지라도 모두 음양의 이치를 알고 있는데 나만은 유독 모르고 있는 고로, 친정에선 틈나는 대로 개가하기를 권했습죠만 그것 또한 인력으로 되는 것이 아니어서 끝내 오십까지 수절해왔습니다요. 그

---

* 저퀴귀신: 사람을 몹시 앓게 한다는 귀신.

러나 새벽바람 밤비에 싸늘한 벽에 기대어 다하는 등잔 밑에서 몇십 년을 수심만 가다듬고 앉아 있기가 어려웠습죠. 바람이 지나면 바람 소리가, 비가 오면 낙수 소리가 전부 수심이 되어 가슴을 찢었지요. 그간 친정의 살림이 간구(艱苟)해져 조반석죽이 어려워졌습니다. 살 길 도모가 막연하였으니 마냥 앉아서 허송세월하기가 굶어 죽기보다 는 쉽지 않았습니다요. 그러나 내가 상계집이긴 하되 친정을 멀리 떠 날 수는 없어서 이 반곡 세거리에 나와 오가는 길손 허기나 꺼주는 주막을 냈습지요. 샐닢을 챙겨도 적선한다는 마음도 컸지요.

얼마 전에 일색이 저물어 길손이 흩어질 참에 웬 길손이 주막 앞을 서성거리며 기숙할 방을 찾습디다그려. 행색이 초라하고 피곤한 기 색이 객중에 끼니를 잃은 형국으로 영락없는 뽕나무귀신입디다그려. 당장 축객(逐客)하기가 주저되어 바라보고 있는데 그자가 참한 걸음 으로 다가와 넙죽 엎드리며 무일푼임을 미리 토설하고 하룻밤 묵기 를 청합디다. 혼자 사는 입장이라 일찍부터 숙객만은 받지 않았으나 행객의 형국이 어딜 가도 축객당하기 십상인지라 재워주기로 하였지 요. 한 이틀이나 묵새기는 중에 가만히 보니까 새벽같이 일어나서 마 당도 쓸고 군불도 땐다 물지게를 진다 하는 행동거지가 아담할뿐더 러 또한 입이 무거워 보입디다요. 게다가 크게 밉상도 아니기에 황망 중에도 설핏하니 인정이 쓰입디다. 이런저런 연충을 떠보았더니 홀 애비에 등짐 놓은 장사치가 분명합디다. 거조를 보았다가 사내의 의 중을 은근히 떠볼 요량만 하고 있었지, 그때까지 감히 합방(合房)할 의향은 품고 있지 않았습지요.

그런데 바로 그저께 밤에 잠자리에서 얼른 한기를 느껴 어슴푸레 눈을 떠보니 열린 장지 밖으로 달빛이 교교한데 웬 사내놈 하나가 성

큼 방 안으로 들어섭디다. 황망중이나 나는 얼른 그 남정네가 누구라
는 걸 알고 있었습니다요. 그런데 그게 내 실수였지요. 내가 만약 그
때 소리라도 질렀다면 남녀 간의 예절이 엄중한지라 이웃에 소문이
낭자히 퍼지고 보면 이곳에 평생토록 발붙이고 살 내 일이 보통 아니
다 싶더이다. 게다가 걸출한 군자가 이미 생의를 내고 늙은 여자의
방에 들어선 이상 내 비록 칼을 들이댄다 할지라도 녹록히 물러날 것
같지가 않았습니다요. 만일 내침을 당하고 나면 원한을 함께 품을 것
아닙니까요. 소문이 퍼진들 그자가 방에 들어왔다가 일없이 나간 것
을 동기간인들 곧이듣지 않겠지요. 누명 뒤집어쓰기는 마찬가지가
아닙니까요. 내 속내가 그런 쪽으로 기운 것은 마음속으로는 이미 그
자와 음행을 저지르고 있었음을 말하는즉, 그자가 서리 맞아 찬 몸을
내 이불 속으로 묻을 때까지 잠든 체하여버렸지요. 구태여 간을 태우
고 창자를 녹여 천금의 몸을 상할 것 있나요. 나도 모르게 그자를 부
둥켜안고 말았습니다. 이미 이 늙은 것에도 음심(淫心)이 발동해버
렸으니 대절(大節)을 잃어 그 허물이야 죽어도 족히 아까울 것이 없
습니다요. 열다섯에 상부(喪夫)하고는 처음 당하는 판국이라 처음
에는 맛도 모르고 그저 소리만 내지르고 가슴이 뛰었습니다. 아랫배
가 후끈 달아오르는 품이 천상 화덕에 주저앉은 꼴입디다그려. 그자
의 하는 짓이 밥 위에 떡까지 얹어먹자는 판국이긴 하였으나 나 역시
삼십여 년을 수절한 것이 일시에 무너지는 판국이라 늙은 몸을 내맡
기고 그저 한없이 울기만 하였습죠. 그 육허기 사나운 놈이 지칠 줄
을 모르고 삼합을 누운 자리에서 도모할 동안 나는 그저 울기만 하였
습니다그려. 내 나이 오십에 이 무슨 해괴한 망조냐 싶기도 하여 주
척주척 말기 잡고 일어서는 작자를 붙잡아 앉히고 이참에 아퀴를 짓

자고 졸랐습니다요. 내 지나온 경로를 소상히 말하고 늙은 년 서방 되어주기를 간청할 수밖에요. 그 작자가 팔짱을 끼고 꺼칠하게 앉아서 내 소청을 유심히 듣더니 내 입장이 난감하게 되었다면서 산 사람의 소원을 못 풀면 그 원한이 저승에서도 반드시 응보를 받을 것이라면서 나와 평생 해로하기를 주저하지 않았습니다. 나는 잼처 다짐하고는 또 울었지요. 그자는 그 짬에 또 힘이 돌아서 울고 있는 나를 명석 봉노에 떼밀더니 달려들어 다시 퍼지르는 음행이 자못 난합디다요. 그놈에겐 하다 죽은 귀신이 씌었는지 그참에도 이합(二合)을 거뜬히 해치웁디다요. 나중에 멍석 봉노에 찍힌 내 엉덩이가 하도 쓰라려 들여다봤더니 관아에 잡혀가서 물볼기라도 맞아 장독(杖毒)이 난 듯 껍질이 훌러덩 벗겨졌습디다, 글쎄. 재수 없는 년은 봉놋방에 가 누워도 고자 곁에 눕는답디다만, 난 그래도 그 짝은 아니어서 다행이다 싶습디다요. 그러나 피둥피둥 젊은 년도 나귀를 오래 타면 자감(紫紺)이 쓰린데 늙은 내 고초야 오죽했겠소? 음분(陰分)도 모자라는 내게 그런 곤욕을 보이고는 웬걸, 새벽같이 일어나 마당도 쓸지 않고 장달음을 놓고 말았습니다요."

주파가 다시 치맛자락을 들어 코를 팽 풀어내는데 얼굴에 눈물 콧물이 한데 엉겨 감히 쳐다볼 생의가 나지 않았다. 듣고 보니 최가가 아니면 할 짓이 아니었다는 건 짐작 갔으나 이러고 앉아 있는 봉삼 역시 할 짓이 못 되었다.

"듣고 보니 주파의 입장이 난감하오. 내 그 일행을 대신하여 사죄하리다."

"내 뜻밖에 악연에 얽혔습니다요. 닭 쫓던 개 지붕 쳐다보기도 분수 나름이지, 어찌 보면 꿈같기도 하고 생시 같기도 한데, 이틀 밤을 꼬박 새우며 생각해보니 뭣 주고 뺨 맞는 게 바로 이거다 싶어 어디가서 하소연도 못하고 이만 갈고 있는데 댁을 만났소. 그동안 종적을 백방으로 수탐해보았더니 안동 어름 이송천나루에서 그자를 만난 도부꾼들이 있습디다요. 음행에 지친 기력을 가지고 멀리 가지는 못했을 법한데 가다가 엎어지지나 않았는지, 혹여나 적환(賊患)을 입지나 않았는지 그게 더 궁금합니다. 인력으로 다하지 못하는 것이 상계집의 마음인가 봅니다요. 사죄고 무엇이고 될 성부르오? 그놈을 잡아서 이리 끌고 오시오."

"딱하오. 보다시피 나 역시 그자를 찾아나선 사람이 아니오?"

"그럼 꼼짝 말고 여기 계시오."

"주파, 맑은 정신이오? 내가 여기 묶여 있다면 내가 주파의 서방이라도 되어달란 말이오?"

"에이구, 이게 무슨 망측한 패설이냐그래?"

"말이 그러하지 않소? 내가 여기 묶여서 할 짓이 무어요? 병문에 나가서 수소문해봐도 찾을까 말까 한 사람을 여기 엎드러서 오가는 사람 낯짝만 쳐다본다고 장달음 놓은 위인이 제 발로 걸어 들어오겠소? 개를 쫓아도 구멍 두고 쫓으란 말 듣지도 못했소?"

주파는 방고래가 꺼질 듯 깊은 한숨을 토해냈다.

"내가 죽어 쌀 년이지. 늘그막에 하필이면 떠돌이 행중에 각설이 같은 놈을 든든한 남정네로 보았는지…… 내가 눈깔이 뒤집힌 거여."

"남녀 간의 정분이란 늙고 젊고 간에 그리 쉽게 한탄할 게 못 되오. 그 위인이 또 마음이 동하여 문득 나타날지 어떻게 알겠소."

"입정 반지르르하게 놀리지 마시오."

"사람의 인연이란 게 그렇듯 뜬구름 같은 건 아니오. 내가 그 사람을 만나면 주파의 정분이 그러하다는 걸 알아듣도록 얘기하리다. 그러니 조용히 나를 놓아줌이 그중 상책이 아니겠소?"

주파는 더이상 대꾸가 없었다. 한참이나 있다가 문득 고개를 들어 하소연하기를,

"수치요, 다만 수치스러울 뿐이오. 그러나 내 속내가 그러하다는 걸 그 잡놈을 만나거든 이야기나 실수 없이 전해주시오. 이미 떠난 사람이 댁네가 어른다고 돌아올 것 같지는 않으오. 등짐장사 행엽질이 어떻다는 걸 난들 모르겠소? 황금은 사람의 마음을 검게 하고 백주(白酒)는 사람의 마음을 붉게 한다더니, 내 자발없는 욕정으로 삼십 년 태깔 고운 수절에 똥칠한 것만 남았네요."

하룻밤을 자도 만리장성을 쌓는다고 말했거늘 주모는 푼주기°에 안다미로 탁배기를 부어서 저냐° 안주로 봉삼을 흔연대접하였다.

궐녀가 한 말이 거짓이 아니라면, 최가는 지금쯤 안동 부중 어름에서 서성거리고 있을 게 분명하였다. 최가는 이 주막에 죽치고 앉았을 동안 오가는 도부꾼들에게서 봉삼의 일행이 안동 부중으로 들어가더란 풍문을 얻어들은 게 확실하였다. 도부꾼들이란 오가는 행중에서 만난 동무들을 눈여겨보았다가 낙오된 일행에게 기별하기 마다하지 않았으니, 풍문을 듣고 사람을 찾아가도 거의 틀림이 없다는 것을 최가인들 모를 리 없었다. 그리고 보면 봉삼 역시 금방 회정치 않을 수 없었다.

조성준과 헤어진 지도 퍽 오래되어 종적이 궁금하기 짝이 없었으

• 푼주기: 아가리가 넓고 밑이 좁은 너부죽한 사기그릇.
• 저냐: 얇게 저민 고기나 생선에 밀가루를 바르고 달걀을 입혀 기름에 지진 음식.

나 우선 최가부터 찾아놓고 볼 일이어서, 봉삼은 바삐 주막을 나서기로 했다.

주막을 나와서 세거리 한중간으로 나서는데 멀리 떡전을 벌여놓고 앉은 여자와 아이들이 보였다. 그때 얼핏 좌판 앞에 쭈그리고 앉은 여편네 하나가 시선에 들어왔다. 등을 이쪽으로 돌리고 앉은 품이 매월이가 틀림없었다. 봉삼은 가슴이 철렁 내려앉았다. 잠시 못 박힌 듯 갈피를 못 잡고 섰다가 지체 없이 발길을 돌려 다시 주막으로 기어들었다. 언뜻 짚이는 대로 매월이가 예까지 돌아온 것은 선돌이의 야료가 먹혀든 게 분명하였다. 그러나 봉삼이 최가를 찾아 떠났다는 것을 매월이도 짐작하기 어렵잖았을 테면 중화 먹은 일이 있는 이 주막으로 와서 봉삼의 종적을 물어봄직하지 않은가.

하직했던 봉삼이 다시 봉당으로 올라서자 주모가 화들짝 놀라 마주 일어섰다. 주파의 훈수를 빌려야겠는데 얼른 방도가 서지 않았다. 매월이가 떡전에서 요기를 마치고 일어서기 전에 닦달을 해두어야 했다. 봉삼이 짐짓 낭패한 얼굴로 주파를 보고 말했다.

"주파의 짐작이 틀렸소."

"틀리다니요?"

"그 위인이 안동 쪽으로 간 게 아니란 말이오."

"아니라니?"

궐녀도 덩달아 낭패한 표정이었다.

"마침 병문에 나섰다가 소금장사하는 고향 연배들을 만났소."

"그래서요?"

"우리가 본래 상주로 가게 돼 있던 행중이기도 하였지만…… 소금장수들은 전부터 최가와도 면분이 있던 터수라 상주 저자 바닥에서 우연히 만나 박주 일배로 회포까지 풀었다는구려."

주파의 눈자위에 설핏하니 눈물이 배었다.

"그럴 법한 일이오. 장달음을 놓으면서 내가 뒤쫓을까 안동 쪽으로 간다고 헛소문을 놓은 거요……"

"정녕 그럴 사람이 아닌데……"

"고맙수. 내 알아들으라고 다시 찾아와주셨으니, 댁네 마음씨만 믿어요."

"그 사람 욕이나 마슈. 나도 나선 김에 바삐 길 줄여 상주에 닿아야겠소."

주파를 두 번이나 하직한 봉삼은 쫓기는 듯 주막거리 뒷길로 해서 샛길로 접어들었다. 한 식경만 샛길로 가다보면 금방 용궁으로 가는 대로와 만날 수 있다는 계산 때문이었다. 자기가 샛길로 가는 동안 매월이는 어차피 그 주막에 들를 것이요 주모는 옳다구나 하고 상주로 가는 길목을 가리킬 것이 분명하였다.

매월이를 그곳에서 뒷모습으로 재장구쳤기에 망정이지 객점 술청이나 쉴 참에서 딱 마주쳤더라면 체모의 손상을 불문하고 억적박적 기어들었을 판인데 생각하면 모골이 송연할 지경이었다. 삼십육계 중에서도 줄행랑이 제일이더라고 열불나게 길을 줄이면서 쉴 참마다 거들떠보았지만 매월이의 종적은 보이지 않았다. 그러나 선돌이가 어떤 소견으로 매월이를 떼어놓았는지는 모르되 염량 빠른 계집의 노여움을 샀다가는 무슨 봉변을 당할지 모르겠기에 일각이라도 빨리 동패를 만나야 한다는 생각뿐이었다.

그러나 일족으로 걸어도 하루 동안에 안동에 닿을 수는 없어서 반곡리를 떠난 이튿날 중화참에야 겨우 이송천나루에 닿았다. 나루를 건너는 길로 거기서 목을 지키고 있던 최가와 만났다. 나루의 사공막 주변에는 잔술을 파는 들병이 두엇과 엿목판을 목에 건 잡살뱅이 엿 장수들이 서성거리며 내지르는 엿단쇠 소리가 낭자하였는데, 최가가 그중에 오도카니 끼여 앉았다가 봉삼의 거동을 보고는 개구리튀김으 로 달려왔다.

"이 사람아, 살아 있었네그려!"

"성님이시우?"

봉삼이 잠깐 살펴보았더니 최가의 신관이 섣달 찬바람에 얼어붙 은 쇠똥 꼴이었다. 최가가 장맞이 나온 속내를 모르는 봉삼은 또 무 슨 야료를 부리려고 나루에서 어정거리는가 싶어 금방 상종할 마음 이 가시어 좋지 않은 눈꼴로 물었다.

"나루에선 또 뭘 하고 계시오?"

최가는 그 말에 얼른 대답은 않고 봉삼을 한참 쳐다보다가 제법 처 연한 어조로,

"무슨 풍상을 겪었기에 옥골 같던 신수가 이 모양인가?"

"글쎄, 여기서 뭘 하우?"

"뭘 하다니? 자넬 기다리고 있었지."

반곡리 주모의 말대로라면 당장 저고리 뒷고대를 잡아채어 태질을 하는 게 순서이겠으나 빈말이라도 사람을 기다리고 있었다는 최가의 말에 우선 오감하여,

"기다리다니, 어찌 알고 기다렸소?"

"자네 선돌이란 사람과 작반하였다면서?"

최가는 봉삼의 소맷자락을 단단히 죄어 잡고 사공막 뒤로 끌고 갔다.

"그 사람이 지금 안동 전도가 곳간에 갇혀 있는 신세일세."

"잡히다니, 그 사람이 외봉친[•] 일이라도 있단 말이우? 대갓집에 월장이라도 했단 말이우?"

은근히 최가의 좋지 않았던 행실을 빗대어놓고 한 말이었으나, 제 밑천 들추는 줄 모르는 최가의 대답이 문득 예사롭지 않았다.

"변고가 보통 아닐세. 우리가 동패라는 걸 알면 몰밀어 닦달하려고 덤벼들 기세일세."

"동패라면 함께 적간(摘奸)을 당함도 도리겠지요. 물화는 넘겨받은 거요?"

"물화가 다 무언가. 물대조차 몽땅 털리고 말았다네."

"무슨 동티가 그런 동티가 있소?"

최가가 보고 들은 대로 전후사 이만저만하다고 발명하니, 오랜만에 만난 회포는 고사하고 낭패를 보고만 있을 형편이 아니란 생각이 들었다. 그러나 우선 안동으로 들어가서 허기나 끈 뒤에 차근차근 생각해볼 일이다 싶어 당장 길을 재촉하였다.

봉삼이 최가에게 묻기를,

"신관 틀린 것이 흡사 병난 사람 같소."

"나야 늘 그렇지 않나. 그래, 어디까지 갔다 왔나?"

"반곡리까지요. 거기서 성님 못할 짓을 했더구려. 늙은 주모를 상관했소?"

"누굴 상관해?"

"그 혼자 사는 주모 말이오."

[•] 외봉치다: 물건을 훔쳐 은밀한 곳으로 옮겨놓다.

“이끼, 이 사람, 내가 그 늙은 것과 상관을 했다면 자네와 의절을 하겠네. 내가 아무리 육허기가 들었기로서니 오십 줄에 든 늙은 호박 에다 대심박이를 하겠나?”

“상관하지 않았으면 나이 오십인 건 어떻게 아오?”

“그저 짐작인 거지……”

“거, 야료 부리지 말고 나중에 회정커든 들여다보슈. 삼십 년 수절 에 엉덩이에 똥칠만 했다고 고래고래 소리칩디다. 그리고 이젠 그 자 발없는 짓 그만두시우. 행중에서 난장 맞지 말고.”

“이 사람 이제 보니까 만나서 한다는 소리가 쓸까스르는 시늉 아 닌가? 자네두 계집이라면 호령깨나 하는 터수에 누굴 타박인가?”

“타박이라니?”

“매월이란 계집이 자넬 찾아나섰다네. 그래도 내 말을 못 알아듣 겠나?”

“또 누굴 언걸입히는 거요?”

“입은 가로 째졌어도 피리는 바로 불랬다구, 그래 내 말이 틀렸나? 고자가 아닌 다음에야 달밤에 가인(佳人)을 만나 어찌 헛되이 보낼 이치가 있겠는가? 타관에서 만난 사내와 계집이 서로 흉회를 털다 보면 계집이 실절(失節)하는 수도 있고, 사내가 상음(上淫)을 할 수 도 있거늘 날 면전에 두고 그걸로 타박하긴가? 아니래도 홀애비 신 세인데, 계집 수발을 이후부터 자네가 맡아주겠다면 내 애써 체모 손 상 입어가며 그 짓 아니함세.”

“기집 사단 벌이고 있을 입장이 아니니까 하는 소리 아뇨.”

“이끼, 이 사람, 공자 말씀 흉내내지 말게. 아니, 사정 보고 물꾀 보 아 기다리다가 저승에까지 가서 계집질을 하란 말인가?”

최가의 말소리는 낮았으나 어조는 야멸쳤다.

"덮어둡시다. 그건 나중에 따져도 늦지 않소. 우선 그 사람 구해 낼 방도나 찾읍시다."

"내가 뭐랬나? 중을 낸다고 될 일인가? 대궁밥 얻어먹고 연명해 온 나를 붙잡고 자네가 나서서 말마디깨나 끌고 있지 않나?"

최가는 비웃음을 받고 머쓱했던 나머지 새된 소리를 내질렀는데, 하기야 오리 발이 거위 발 아니던가. 따지고 들어봐야 일도양단으로 결말이 날 일도 아니었다. 두 사람의 내막을 소상히 알고 있는 사람이 듣는다면 박장대소할 일밖에 아무것도 아니었다.

해거름에 안동 동문 밖 주막에 이르니 아직 저녁참은 되지 않았으나 허기가 들어 꼼짝하기 싫었다. 술국으로 초벌 허기를 끄고 봉놋방 툇마루의 싸늘한 바람 맞고 앉았으려니 타관 객고가 가슴을 여미는 듯하였다.

옷깃에 스치는 바람이 제법 차가웠으나 이제 겨울이 바로 코앞인데 낭중에는 선돌이에게 건네받은 은자 몇 닢이 달랑거릴 뿐이었다.

선돌이를 그냥 두고 떠날 수는 없었다. 그간 세 사람이 겨끔내기로 폐 끼친 일이 보통 아니었고, 설령 그것이 아니더라도 도부꾼 하나가 전도가 협잡배들에게 사사로이 잡혀가서 봉욕을 겪고 있음에도 동패가 모른 체한다면 앞으로의 장삿길이 여의치 않을 것이었다.

지극히 미천하고 또한 지극히 누추한 인생으로 살아서 유익함이 없고 죽어서 손해됨이 없는 것이 장돌림이라 할지라도, 의지가지없는 도부꾼의 고초를 동패가 모른 체한다면 그 또한 중죄를 저지름이니, 적몰된 물화나 물대로 준 전대를 찾아내는 건 나중 일이고, 우선 사람부터 구해내야 할 일이 발등에 떨어진 불이었다.

해가 지기를 기다려 봉삼은 주막을 나섰다.

"나도 따라감세."

최가가 늘어져 누웠다가 발딱 일어섰다.

"아니요, 내가 먼저 가서 거조나 살피고 오지요."

"무슨 용뺄 재간이라도 있단 말인가?"

"내게 무슨 용뺄 재간이 있겠소."

"그럼 월장이라도 하겠다는 수작인가? 아예 그런 생의는 말게."

"별반 용수가 없다면 월장 아니라 조순득이란 놈 모가지에 칼이라도 들이대야지요."

"고목에 깔딱낫이지, 그러다간 자네 신세만 망치는 꼴 나네."

"그렇다고 횡액을 당하고 있는 동패를 보고만 있을 수야 없지요."

"시일이 늦어지더라도 임방에다 보장(報狀)*을 냄이 어떤가?"

"추보전(秋補錢) 영수(領收)한 자문〔尺文〕*도 없는 우리 주제에 얻다 대고 보장을 낸단 말이오? 설령 보장이 받아들여진들 그때까지 기다리기엔 너무 늦소."

보부상들은 병구사장(病救死葬)을 비롯한 환난상구(患難相救)에 소요되는 경비를 별도로 납입할 의무가 있었다. 춘기에 바치는 것을 춘수전(春收錢)이라 하였고, 추기에 바치는 것을 추보전이라 하였다. 춘수전은 병난 도부꾼의 회춘(回春)을 위한 쓰임이었고, 추보전은 사자(死者)를 매장하는 데 썼다. 이를 납입하는 것은 행상을 떠날 때 임소에 있는 장부에 등재하고 자문을 받기 위함이었다. 보부상은

• 보장: 어떤 사실을 상관에게 보고하는 공식 문서.

• 자문: 세금을 낸 영수증.

자문을 지니었다가 다른 임방을 지날 때에는 내보여야 재봉(再捧)을 당하지 않았다.

추보전에는 행상들이 내는 것 외에 별부(別部)가 있었으나 그것은 임방의 접대비를 말했다. 그 수입은 주로 부상(負商)들이 차린 사기점(砂器店)에서 검사시에 바치는 사기의 수입으로 충당하였다. 사기나 옹기는 부상만의 상품인 관계로 그 제조에 있어서도 부상이 전담하였다. 주인(主人) 부상이 사기나 옹기를 만들기는 하였으나 임의로 팔지 못하여서 통기 받은 임방의 임원들이 현장으로 가서 검정토록 되어 있었다. 특히 극상품의 사기는 임방으로 바치게 되어 그것을 팔아 관아의 내객에 대한 접대비로 썼으니 내로라하는 도부꾼일망정 춘추의 자문이 없으면 그 또한 행세하기 어려웠다. 두 사람의 신세가 그러한즉, 어차피 선돌이를 구해냄에 옳은 방도란 있을 수가 없었다.

12

봉삼이 최가가 일러준 대로 저잣거리 옹기전 어름으로 나가 두릿두릿 살핀 끝에 조순득의 전도가를 찾아내었다. 고샅길 안쪽으로 가만히 고개를 디밀었더니 제법 번듯한 기와집 한 채가 보이고 장명등이 환한 대문간이 널찍하였다.

오래 기다려보았으나 드나드는 인종내기가 쉽게 눈에 띄지 않았다. 집을 빙 둘러보았으나 흙담이긴 하되 4, 5장이 넘는 판국이라 월장할 엄두를 낼 만한 형편도 아니었다. 부질없이 서성거리기보다는 장사치로 행세하며 들어가서 수작이라도 걸어볼까 하였으나, 소득

없이 쫓겨나오는 판이면 염량 빠른 겸인놈들이 나중엔 상종조차 해줄 것 같지 않았다.

내일 밝은 날에 다시 와서 전도가를 찾는 난전꾼들에게 묻혀들어가서 일을 도모할까 망설이고 있는데, 때마침 대문간을 은밀히 나서는 여인이 있었다. 업저지나 노비로 보이는 맨댕기 바람의 계집애가 앞에 서고 그 뒤를 장옷에 얼굴을 묻은 헌칠한 키의 여편네가 따르고 있었다. 장옷자락 속으로 보이는 마름 잘된 여인의 치맛자락이 어둠 속에서 무척이나 희었다. 지체 있는 집의 여자라면 초록빛 천에 자줏빛 깃과 흰 끝동을 단 장옷을 걸침직한데, 언뜻 보기에 전부가 자줏빛이니 여염집 계집임이 틀림없으나 옷매무시나 걸음걸이가 매우 아담할 제, 가히 상것들의 동류도 아닌 성싶었다.

계집 일행이 고샅길을 총총히 걸어나오는 것을 보고 봉삼은 얼른 담벼락에 몸을 숨겼다. 저자 바닥으로 나설 제 문득 바람이 불어오자, 여인은 앞섶에 모아 잡은 장옷자락을 더욱 여미면서 앞서서 조촘거리는 계집애에게 입속말로 길을 재촉하였다. 언뜻 보아 소복임이 분명한데 행로를 마다 않고 집을 나선 품이 우선 예사롭지 않았고, 그 여인이 봉삼이 지켜보던 전도가의 대문을 나섰다는 것이 또한 그러하였다. 여인이 조순득이란 자와 연비가 있거나 식솔쯤이라면 다시 돌아올 것이고, 아니면 저의 집으로 돌아가는 길이었을 것이다.

궐녀가 조순득의 집 대문을 나섰다는 한 가지 연유만으로도 뒤따라볼 만한 걸목은 있었다. 마침 달이 뜨긴 하였으나 구름에 가리어 길이 어둡지도 않았고, 그렇다고 밝지도 않아 궐녀의 행보도 빠른 편이 아니었다. 남문거리를 벗어나 마전내를 건너서 서문 밖에 이르니 인가가 멀리 바라보이는 자드락길이 나타났다.

　인적이 드물어 불과 몇 칸을 두고 뒤쫓고 있는 봉삼을 눈치챔직도 하건만 궐녀의 걸음새는 처음과 끝이 침착했다. 그러다가 미루나무 두어 그루가 밭둑에 서 있는 걷이 끝낸 남새밭 어름에 이르자 궐녀가 문득 걸음을 멈추었다.

　봉삼은 부지중 밭둑 아래로 몸을 낮추었다. 궐녀가 작은 소리로 계집아이를 나무라는 눈치였고 계집아이는 잦은걸음으로 남새밭 속으로 두어 칸 들어가 앉더니 치맛자락을 얌전히 내리고 수피를 보는 품이었다. 계집아이가 소피를 보는 동안 궐녀는 단 한 번도 뒤를 돌아보는 눈치가 없었다.

　계집아이가 일어서더니 종종걸음을 치기 시작했다. 사래 긴 밭이 끝나는 저편에 초가 네댓 채가 이마를 빗대고 촘촘히 박혀 있었다. 밭둑을 가로질러 불어오는 밤바람에 궐녀의 장옷자락이 한곳으로 몰림에 헌칠한 몸체가 부드럽게 드러났다. 그러나 궐녀는 차가운 밤바람에도 애써 몸을 사리려 하지 않았다. 더군다나 밤길을 걷는 여자라면 응당 한두 번은 뒷길을 돌아봄직한데 그런 눈치는 끝내 없었다. 드디어 한 초가에 이르니 계집아이가 먼저 삽짝 안으로 쪼르르 달려가고 여인이 그 뒤를 따라 그림같이 방 안으로 들어가버렸다.

　봉삼도 마음 같아서는 삽짝 안으로 들어가 엿듣기라도 하고 싶었으나 누구의 집인지도 모르면서 섣불리 범접하였다가 무슨 낭패를 당할지 몰라 삽짝 귀틀에 붙어 서 있는데, 들어갔던 궐녀가 또한 금방 장지를 열고 봉당으로 내려섰다. 시간으로 말하면 밥 한술 뜨기가 바빴고, 한겨울이었으면 발 녹일 틈이 없을 정도였다.

　궐녀는 방 안에서 만난 사람과는 앉은자리에서 하직해버린 것인지 장지를 닫고는 계집아이를 앞세워 총총히 회정하였다. 남문 밖에서 예까지는 활 몇 바탕 상거하였으나, 밤길인데다 바람이 몹시 불어 행보가 오던 길 같지는 않았다. 궐녀가 저잣거리로 접어들어 다시 전도가의 대문으로 들어가자 겸인놈이 어깨를 푸르르 떨고 나와서 대문을 닫아걸었다. 봉삼은 도깨비에 홀린 시늉으로 골목 어귀에서 한참이나 어정거리다가 주막으로 돌아왔다.

"이 사람, 뭘 꾸물거리고 있나?"

봉삼의 소위(所爲)가 궁금했던 최가가 날름 다가와 앉으며 물었으나, 봉삼은 엉뚱하게 되물었다.

"지금 몇 점이나 되었을까?"

"이경이 깊었네."

봉삼이 목침을 끌어당겼다.

"그 동무는 아직 고방에 갇혔던가?"

"그런가 봅디다."

"자네 대답이 왜 그리 싱거운가?"

봉삼은 어쩐지 궐녀의 이야기를 최가에게 토설하기 싫었다.

이튿날 아침 느지막이 봉삼은 남문 전도가 어름으로 나갔다. 낮에 보니 전도가로 들어가는 고샅길 초입에 말끔한 초가 한 채가 있었고 할미가 팥죽을 팔고 있었다. 봉삼은 문득 떠오르는 게 있어서 팥죽집으로 들어갔다.

"한기가 드는구면…… 죽 한 그릇만 주슈."

할미가 말없이 푼주기를 들어 국자 든 한 손으로 옹가지의 팥죽 앙금을 헤쳤다. 할미가 죽 그릇을 내밀자 봉삼은 괴춤에서 동전 대여섯 닢을 꺼내 디밀었다. 할미가 짐짓 놀라기를,

"한두 푼이면 돼요. 웬걸 이리 많이 내놓으시오?"

"일시 떨던 걸 생각하면 그것도 약소하지요."

봉삼이 힐끗 노파를 곁눈질하매 황감한 빛이 완연했다.

"보아하니 등짐장수시구려?"

"눈치 한번 빠르시오."

"무슨 물화를 지고 다니시오?"

"닥치는 대로지요. 왕골이나 좀 사려구요."

"그렇다면 예안(禮安)으로 들어가셔야겠구려."

"그렇다마다요. 그런데 이 골목 안 기와집엔 누가 살고 있소?"

"전도가 말이오?"

"그 집이 전도가인가? 담 치고 대문 단 품이 제법 버티고 사는 집 같습니다만?"

할미는 마수걸이 팥죽값을 수월찮이 받아쥔 터라 말대답이 제법 알뜰했다.

"조 아무개라고 계추리장사로 한밑천 잡더니 형편이 요족(饒足)하기로 가근방에선 뜨르르한 편이라우. 그 집 종내기들도 비린 반찬에 물릴 지경이랍디다."

"그 집에 되모시* 비슷한 여자가 하나 있지요?"

"난뎃사람이 남의 밑천 언제 뒤져봤소?"

"풍문에 들어 알지요."

"되모시가 아니라 과부요. 열여덟에 상부하고는 친정으로 돌아와선 평생에 문밖출입이 없고, 그러자니 외간 사람들과도 교제가 없지요. 이웃 간에 간혹 내왕은 있다지만 말수가 적고 진중하여 같은 여

____

• 되모시: 이혼하고 처녀 행세를 하고 있는 여자.

자끼리라도 수작 걸기가 어려울 정도지요. 아비는 상것이되 내지른 딸 하나는 아담한데 소년의 나이에 청상이 되었지요."

"안됐구려. 서문 밖 어디에 그 집 연비가 있소?"

"이웃한 지 십 년이 되었지만, 그런 소리는 못 들었소."

"그 과수댁 생산은 있습니까?"

"시집살이는 한 삼 년 했지만 생산은 없었던가봅디다."

"개가할 생의는 없는가보지요?"

"하기는 서울 시전에 점방을 내고 있는 경주인(京主人) 한 놈이 생의를 내고 있는 모양입디다. 첩실로 들여앉힐 요량으로요."

"혹시 그게 누구란 건 아시우?"

할미가 괴이쩍다는 눈꼴을 하며 언사를 삐뚜름하게 하기를,

"왕골장사한다는 분이 포목 도갓집 내막은 왜 그리 물어쌓소? 업어가기라도 하려고 그러시오?"

"큰일날 소리 그만두슈. 내 아무리 범절 없는 등짐내기로서니 남이 먹다 내친 대궁상에 혀 디밀게 생겼소? 더군다나 눈이 화등잔 같은 선다님이 뒤에 버티고 앉았는데, 어디라고 감히 범접하겠소? 애매한 두꺼비 떡돌에 치이더라고, 근거 없는 말 지어가지고 우매한 상것 하나 낭패 보게 하지 마슈."

기둥 치면 대들보가 울리듯이 나무라는 듯하면서 넌지시 할미의 입설에 신명이 붙도록 겨냥하는데,

"조 아무개가 비록 상것이긴 하되 알부자에다 서울 시전에 연비가 있고 관속들에게도 발새가 넓어 관아를 무상출입한다지만, 자기 딸을 스스로 훼절시켜 서울 화주(貨主) 첩실로 팔아먹을 요량을 한다니 벌써 눈이 먼 놈이지요. 재산 그만하겠다, 소생의 용모 또한 출중하고

보면, 총각 시집도 소리쳐가며 보낼 처진데 그 지랄을 한답니다."

"그 또한 사람 나름이지요. 그렇다면 그 과수도 눈치를 알겠구려?"

"알다마다요. 그 청상이 실절(失節)하기를 죽기 한하여 서울 화주란 놈의 회정이 늦어지고 있는 모양입디다. 아무리 죄 많아 상부한 계집이기로 이팔청춘에 시앗 되기 좋다 할 여자가 어디 있겠소."

"서울서 온 선다님 인품두 가히 신통치가 않은 모양이지요?"

"그것까지야 내가 어찌 알겠소만, 조 아무개란 작자가 화주에게 딸로 인정 쓴 후에 은밀히 상종하여 양반의 직첩을 손에 넣고자 함이랍디다. 조 아무개가 언변도 좋고 짐작 빠르고 남의 비위 잘 맞추어 작량깨나 하였지만 상것의 동류라는 데는 소싯적부터 한이 맺힌 모양입디다."

"딸을 주고 양반을 산다? 그놈도 두 치 앞을 내다볼 줄 모르는 인사군. 양반의 직첩을 산다고 하루에 네 끼 밥을 처먹을까, 방귀 소리가 나던 엉덩이에서 거문고 소리가 날까, 다 부질없는 짓인데."

"누가 아니랍디까. 저도 붙박이 상놈이기로, 양반으로 체모를 갖춘들 멀리 북관으로 뜨든지 대처로 나가서 숨어 살아야 행세를 할 것인즉, 숨어 살면서 양반 행세 한다는 게 제 똥에 주저앉기지 뭐겠소."

"듣자 하니 그놈이 타관바치 난전꾼을 잡아서 곳간에다 가두었다던데요? 관아에 넘기지도 않구요."

"그놈에게 횡액당한 난전꾼 등짐쟁이가 한둘인 줄 아시오? 사람을 관아에 넘기지 않는 건 꿩 먹고 알 먹자는 수작 때문이라오. 만만한 난뎃사람을 보면 겸인놈과 짜고 포목을 잠매하는 척하고선 들이닥쳐서 물화를 적몰하고 꿰미를 빼앗아 챙긴 후에 난전꾼이 근력이 다 삭아서 목숨 하나만 살려달랄 때까지 곳간에다 가두어둔답디다. 모르겠소, 난 그렇단 소문만 들었지, 내 눈으로 보았소, 내가 잡혀가보았소. 에그, 내가 공연한 입정을 놀렸지.”

“저런 개구멍에다 처박을 놈, 그놈이 어째서 예까지 목숨 부지하고 있소?”

“그놈이 제 소견으로 산답디까. 등 치고 배 문지르는 데는 이력 난 아전 관속들 요사(妖邪)로 살지요.”

봉삼은 할미를 하직하고 얼른 저잣거리로 나왔다.

조순득의 내막이 그러하다면 어젯밤 나들이하던 계집은 조가의 혼자된 딸이 틀림없겠고, 그렇다면 오늘 밤 역시 바깥출입을 하지 않을까 하는 짐작이 서기도 하였다. 무슨 영문인지는 가늠할 수 없으되 과연 그 계집은 이틀이나 연거푸 똑같은 시각에 정한 길로 나들이를 하고 있었다.

그 사흘째 되던 날 아침에 차인놈과 결탁하였다 하여 같이 옭아갔던 술아비놈이 집구석에 나타났다. 삽짝 앞까지 멀쩡하게 들어서던 놈이 마침 측간 출입이던 최돌이를 보자 굴신 못하는 체하며 절뚝거리기 시작했다.

최돌이가 득달같이 달려들어 선돌이의 소식을 물었으나 잡혀가서 풀려나기까지 선돌이는 낯짝 한 번 보지 못했다고 잡아떼는 데는 최돌이도 더이상 채근할 재간이 없었다.

“술애비놈도 잡혀간 이후로는 입에 곡기를 해본 적이 없다네.”

“궐자가 기광을 부리고 있는 거요. 본래 술애비란 것들이 외주 삼촌에다 야바위꾼들이 아니오? 저놈도 조가란 놈이 부리고 있는 수하 패거리임이 분명하오.”

"형용이 초췌하고 몸을 제대로 가누지 못하는 형세가 아닌가? 그럼 술애비란 놈이 시방 방정을 떨고 있단 말인가?"

봉삼은, 사세가 절박한지라 저잣거리에서 할미를 만났던 일과 조가의 집에 상부한 딸이 있다는 사실을 최가에게 털어놓았다. 염탐한 사실을 최가에게 토설한 것은 이제 봉삼 혼자 수작으로는 작정한 바를 해결할 방도가 없었기 때문이다.

최가 역시 탄식하여 빼죽거리기를,

"그러나 한강이 녹두죽이라도 쪽박이 있어야 퍼먹지를 않겠나?"

"내게 한 방도가 있소."

"뭔가?"

"그 계집을 동입시다."

"업어오자는 말인가?"

"그렇지요."

최가는 심기가 편치 못한 눈꼴을 하고,

"뱁새가 대붕(大鵬)의 흉내를 내고 버마재비가 수레 앞을 막아서는 격일세. 사세가 아무리 절박하기로서니 그런 오지랖 넓은 소리는 아예 그만두게. 자네가 염라 태수의 외손자라도 그러다가 죽음 면키는 어렵게 될걸세."

"기왕 수풀 밖에 난 도깨비가 아니오? 적몰당한 전대도 찾고 장방에 갇힌 사람을 함께 구하는 방도는 그것뿐이란 것을 왜 모르시오? 한식에 죽으나 청명에 죽으나 오십보백보 아니오?"

"팔자는 독에 들어가도 피할 수가 없다더니, 내 신세가 이 무슨 꼴인가?"

"내가 그 계집을 업어다놓고 상종할 동안 성님은 조가란 놈에게 달려가서 일의 순서를 사실대로 발명하고 계집과 동패를 바꾸자고 땅땅 벼르시오. 땅땅 벼르되 지체 없이 거행치 않으면 계집의 목숨 또한 경각에 달렸다고 은근히 으름장을 놓으시오.”

“천행으로 그 동무를 구해낸다고 하더라도 그 울 센 떨거지들이 우리가 장달음을 놓을 동안 가만히 두고 보겠는가? 수하놈들과 동소임들을 풀어놓는다면 우린 독 틈에 끼인 탕건일세.”

최가가 까닭 없이 몸을 사리려드는 데는 봉삼도 배알이 뒤틀렸으나 일을 도모하자니 자연 사정조로 나올 수밖에 없었다.

“후사의 봉변을 생각지 않은 바가 아닙니다.”

“그게 뭔가? 일이란 활과 과녁이 서로 맞아야 하네.”

“그걸 당장 말할 수는 없수.”

최가는 옳다구나 싶었던지 홱 모 꺾어 앉으며,

“자네가 무슨 끗발이 있어 설레발치는지는 모르되, 우매한 사람 그 언걸로 변당하게 하지 말게. 등 치고 배 문지르는 수단이 보통 아니란 조가놈에게 무슨 작폐를 당하려고 그러나?”

“정히 성님 복안이 그러하다면 주막에 가만히 누워 계시우. 내 혼자서 도모해보리다.”

봉삼은 나중에야 장폐(杖斃)*를 당하는 일이 있다 하더라도 당장은 이 방도밖에 없었으므로 최가의 훈수가 없더라도 일을 도모할 작정이었다. 그래서 개연(慨然)한 어조로 이르는데, 그제야 최가가 황급히 손을 내저었다.

“이 사람아, 천지신명이 내려다보는 자리에 이 무슨 흰소린가? 된

• 장폐: 곤장을 맞아 죽음.

장에 풋고추 박히듯 주막 봉노에 처박혀 있으니까 사람을 종내 깔보네그려? 내가 자네 속내를 모를 줄 아는가? 또 나만 여기에다 태질을 시키고 자네 혼자서 장달음을 놓겠다는 수작 아닌가?"

"그렇소, 혼자 남기 싫거든 같이 도모함이 상책이라니까요."

"시어미 죽었다고 춤추었더니 보리방아 찧을 때는 생각나더라고, 새재 어름에서 패악질이던 그 깍정이 두 놈이 언뜻 생각나네그려."

최가가 방고래가 꺼지도록 한숨을 토해냈다.

언제 무슨 연사질로 주모를 꾀어 탁배기를 얻어 마셨는지 한숨에 섞여나오는 문뱃내에 마주앉은 봉삼의 속이 뒤틀릴 지경이었다. 그러고 보니 용집이 낭자하던 헌 감발을 벗어던지고 새 감발 차림이어서 발 고린내도 나지 않았다. 자기 몸 하나 가축함에는 한 오리의 틀림이 없는 사람이었으나 거사에는 꽁무니를 빼려는 것이 최가의 돼먹잖은 수작이었다.

"자네의 속내가 그러하다니 내 박절하게 내칠 수야 있나. 그러나 그 야료를 부리고도 동무를 구해내지 못한다면 그땐 살아남기 기다리지 말게."

"내 허술히 잡도리하진 않으리다. 만약 천에 하나 잡히기라도 한다면 천 아무개 소행이라고만 발고하시우."

"그건 그때 가서 구처하기로 하세."

두 사람은 봉노에서 빈둥거리다가 해가 져서 초경이 깊자, 저녁을 달래서 뱃구레를 든든히 채웠다. 이경 초에 봉삼은 최가를 재우쳐서 주막 삽짝을 나섰다. 제각기 바소쿠리 지게에 짚단을 얹어 지고 곧장 남문거리 쪽으로 내려갔다.

달이 떠서 길이 희부옇게 밝았다. 어깻살을 여미고 드는 저녁 기운도 쌀쌀했거니와 먹은 마음들로 하여 자연 몸이 떨렸다. 전도가 어름에 이르러 최가만을 골목 어귀에 세워두고 봉삼은 팥죽장사 할미 집으로 들어갔다. 밤중에 팥죽 사먹으러 오는 엉뚱한 행객은 없는지라, 할미는 일찍 설거지를 끝내고 들어앉아 있었다. 바라지문을 열고서 봉삼을 한참 만에야 알아보고 할미가 떨떠름하게 말했다.

"어제 보던 도부꾼 아니오? 팥죽은 없소."

"팔다 남은 탁배기는 없소?"

"탁배기야 있지요."

"거냉(去冷)해서 댓 국자 퍼주시우."

"안주는요?"

"눅은 걸로 아무거나 주시우."

할미가 개다리소반에다 술국 한 그릇과 호리병 하나를 얹어가지고 들어왔다. 고동잔에 안다미로 탁배기를 부어 한 모금 쭉 들이켜고 난 봉삼은 괴춤을 뒤져 은자(銀子) 두 닢을 소반 위에 올려놓았다.

"이게 무슨 일이오?"

희미한 등잔에 눈길 어두운 할미일지언정 은자만은 눈에 금방 들어온 모양이었다.

"뒷골방에서 하룻밤만 묵읍시다."

"아직 처소를 구처 못한 처지요?"

"전에 들었던 객점은 하직하였수."

할미는 소반 위에 놓인 은자만은 해롭지 않게 생각하였으되 행하가 과만한 걸 보니 그걸 빌미 삼아 골방에서 투전판이라도 벌여 귀찮은 설레꾼들이나 꾀어들지 않을까 하여 입을 열지 못하고 주저주저하였다.

"할미 동티 낼 소악패가 아니니 걱정 마슈."

"그러시오."

할미가 재빨리 은자를 거두어넣었다.

"군불 때고 요때기나 하나 깔아놓으시우. 이경이 깊어 돌아올 것
이니 삽짝이나 걸지 마슈."

할미와 수작을 끝내고 밖으로 나가니 최가는 봉삼이 일러준 대로
전도가로 들어가는 고샅길 어귀에서 어정거리고 있었다. 봉삼을 보
자 주춤거리다가 다가와 조급히 물었다.

"어딜 갔다 오는가?"

"계집을 동여서 들여놓을 집을 물색하고 오는 길입니다."

"죽기 한한다면 무서울 것이 없겠네만, 이게 칼 물고 뜀뛰기지. 난
지금이라도 딴 방도를 구처했으면 좋겠네. 자넨 뭔가 배포가 있는 모
양인데, 난 삭신이 떨려서 체수 가다듬을 겨를이 없네."

"성님은 배행하는 계집아이만을 동여서 여기 이 자리에까지 날라
다주고 곧장 주막으로 갔다가 늦은 아침에 조가놈을 찾아만 가시우."

최가의 뜨악해하는 기색이야 처음이나 지금이나 마찬가지였지만,
이 판국에 다른 잡담 지껄이고 있을 처지가 아니어서 최가가 자꾸만
보채었지만 봉삼은 아예 대답조차 하지 않았다.

13

한 식경이나 좋이 기다린 끝에, 그제야 업저지를 앞세운 계집 하나
가 장옷자락에 깊숙이 고개를 박고 전도가 대문을 나서는 거동을 발

견하였다. 봉삼은 어제처럼 불과 몇 칸을 두고 계집을 뒤따르되, 최 가는 활 한 바탕 상거해서 멀찍이 뒤따르다가 미루나무 근처에서 두 계집을 함께 덮치기로 하였다.

계집은 여느 때처럼 업저지를 두어 발쯤 앞세우고 저잣거리를 벗어나 마전내를 건넜다. 그러나 오늘 밤만은 이상하게도 마전내 앞에 이르더니 금방 징검다리를 건너지 않고 물빛에 은은히 서리는 달빛과 동무하여 한참이나 서성거렸다. 그러면서도 봉삼 쪽으로는 단 한 번도 고개를 돌리는 법이 없었다.

그제야 봉삼은, 그 계집이 처음부터 미행을 당하고 있는 사실을 알고 있다는 짐작이 갔다. 만약 사정이 그러하다면 오히려 놀림을 당하고 있는 쪽은 봉삼 쪽이 아니겠는가. 징검다리를 건너갔다 건너오는 놀음을 즐기면서 마전내 이쪽 밭둑에 웅크리고 앉아 있는 봉삼의 형국을 눈치채지 못할 리가 없었다.

물여울로 떨어지던 달빛이 징검다리를 건너고 있는 계집의 흰 치맛자락에 감기었다 풀려나서 다시 물앙금으로 떨어지매, 인적 없는 마전내는 잠시 달빛과 소복이 한데 어울려 허공에서 너울너울 춤을 추는 듯하였다. 간혹 마전내 저쪽에 앉은 업저지가 까르르 하고 달게 웃었다. 계집이 징검다리를 잘못 밟아 물여울로 떨어질 듯하다가 겨우 두 팔을 벌려 몸을 가누어 잡으매, 저고리 앞섶에 감아쥐었던 장옷자락이 벗겨져 물여울로 떨어졌다. 눈이 부신 계집의 소복이 달빛에 온전하게 드러나고 저편 둑에 앉아 있던 업저지가 발딱 일어서며 호들갑을 떨었다.

"어머, 이를 워째!"

그때 계집의 목소리가 들려왔다.

"그만두어라."

"아씨, 한기 들면 어쩌려구요."

"젖은 옷을 다시 써도 한기 들지 않느냐?"

"……"

계집은 마전내 한가운데에 그대로 서서 물여울을 따라 떠내려가는 장옷자락을 오래도록 바라보며 서 있었다. 문득 바람이 계집의 허리를 감고 불어가니, 계집은 가만히 한 손을 내려 치맛자락을 여미는데, 풍만한 엉덩이의 굴곡이 달빛에 희미하게 드러나니 봉삼은 잠시 넋을 잃고 계집의 자색(姿色)에 눈길을 빼앗기었다. 장옷자락이 여울을 따라 떠내려가서 이젠 물속으로 가라앉아버리자 망연히 서 있던 계집은 외코신을 사뿐사뿐 들어서 업저지가 서 있는 건너편 둑으로 걸어갔다.

"너무 지체했구나. 어서 가자."

계집이 업저지에게 재촉하는 말이 마전내 건너편에 앉아 있는 봉삼에게도 또렷하게 들려왔다.

내를 건너고부터는 바람이 몹시 불어왔지만 계집은 앞에 선 업저지를 재촉하는 법 없이 잦은걸음으로 멀리 미루나무 숲 너머 촌락을 바라보며 걸었다. 이슥한 밤길을 걷는 소복 차림의 여인의 모습이란 섬뜩하게 마련일진대, 오히려 봉삼은 그 계집의 몸에서 뜨거운 무엇이 전해오는 듯한 느낌을 받았다.

미루나무가 서 있는 밭둑길을 들어서는 목에 와서 봉삼은 뒤따르는 최가에게 손짓하는 한편 저도 걸음을 빨리하였다. 예상했던 대로 두 사람은 걸음을 멈추었고 계집이 업저지를 보고 남새밭 사래 쪽으로 깊숙한 느낌이 들도록 손짓하여 가리켰다. 업저지란 년이 사래 사이를 예삿날보다는 몇 칸을 멀찍이 건너가더니 어깨를 푸스스 떨며 소피 볼 거동을 차렸다.

그때를 놓치면 날 샌 올빼미 처지가 될 것이었다. 봉삼은 일순 밭둑 아래로 숨겼던 몸을 솟구쳐 계집의 등 뒤를 겨냥하고 바람같이 날았다. 한 손에 계집의 저고리 뒷고대가 낚아채이는가 싶자, 득달같이 달려들어 아갈잡이를 하면서 일순 계집을 안고 밭둑 아래로 나뒹굴었다. 찢은 마대(麻袋)로 아갈잡이를 다시 하고 괴춤에서 숙마바˙를 꺼내 뒷결박을 짓는 사이에 힐끗 밭둑 위를 올려다보니, 최가가 업저지를 동이려고 봉충걸음으로 사래 사이로 기어가는 모습이 보였다. 계집은 미리 약조라도 나눈 사이인 듯 별 앙탈 없이 아갈잡이를 당하는 판국이었고, 봉삼이 뒷결박을 지으려 할 때는 순순히 팔을 내맡기는 듯하여 되레 이편이 싱겁기까지 하였다.

잠깐 딴전을 팔다 보매, 최가는 벌써 업저지를 동여서 곰배팔이 담배 목판 끼듯 하고는 봉삼에게로 쫓아왔다. 두 계집을 밭둑 아래 엎질러놓은 바소쿠리에 안아다 얹고 위로는 짚단으로 덮어 잡도리하기를 만에 하나 실수 없도록 하였다. 두 사람은 곧장 지게를 지고 일어나 저잣거리로 되돌아왔다. 최가는 전도가 대문 앞에다 업저지 동인 것을 내려놓는 길로 주막으로 되돌아갔다.

빈 지게를 진 최가가 저잣거리를 탈 없이 벗어나는 것을 지켜보고서야 봉삼은 할미의 집 삽짝 안으로 들어섰다. 약조해둔 대로 삽짝은 걸지 않았으나 봉삼이 마당 안으로 들어서자, 할미가 얼른 외짝 바라지를 열고 묻기를,

---

˙숙마바: 삼 껍질을 잿물에 삶아 희고 부드럽게 만들어 꼰 줄.

"인제 오는구먼?"

"예, 물화를 거두느라고 늦었수. 방에 불은 켜두었수?"

"지금 켜리다."

할미가 관솔을 들고 뒤꼍으로 가는 동안 봉삼은 마당 귀틀에 지게를 받쳐 세워두고 측간 출입을 하는 체하였다. 할미가 지게에 진 것을 허술히 보게 하기 위함이었다.

"들어가서 주무시오. 군불은 넉넉히 지폈으니 구들은 뜨끈뜨끈할 거요."

"고맙수. 내일 아침은 좀 늦으리다. 삭신이 쑤셔서 잠이라도 푹 자두어야겠수."

"젊어 한때 몸가축을 잘해야지. 제 몸뚱이라고 너무 부려먹지 말아요. 늙어서 고생이라오."

말대꾸가 좀 길다 싶던 할미가 그제야 하품을 늘어지게 하더니 정지방으로 들어갔다. 봉삼은 헛간에 지게를 옮기고 계집을 등에 업었다. 뒤꼍으로 돌다가 문득 담 너머로 고개를 디밀어올리니 바로 한 집 건너에 조순득 집의 높은 담장이 막아서 있는 게 보였다. 대문간에 매단 장명등이 한 집 건너 지붕물매를 넘어서 여기까지 희미한 불빛을 밀어내고 있었다. 아직도 그 모퉁이가 조용한 것으로 보아 최가가 업어다놓은 업저지는 보지 못한 모양이었다. 봉삼은 계집을 동인 채로 방 안으로 밀어넣고 다시 앞마당으로 나와서 정지방 바라지에다 귀를 붙이고 동정을 살피었다. 시초 한 모금 탈 동안밖에 안 되었는데 할미의 숨소리는 고즈넉이 가라앉기 시작했다.

봉삼은 뒷봉당으로 돌아와 방으로 들어가지 않고 봉당에 앉아 곰방대를 물었다. 문득 저잣거리 저편 아래에서부터 엿단쇠 소리가 청승맞게 들려왔다.

엿단쇠 소리에 뒤미처 장단이라도 맞추듯 다듬이 소리가 낭자하게 들려왔다. 봉삼은 무심결에 하늘을 쳐다보았다. 허공에 뜬 달이 옆집의 가파른 지붕물매를 헛딛고 뒹굴어 곧장 미끄러져내릴 듯 지척에 다가와 있었다. 낮은 담장을 타고 오르다가 그대로 말라죽은 호박 덩굴에, 싸늘한 달빛이 계집의 윤기 나는 머리칼처럼 치렁치렁 걸려 있었다. 봉삼은 저도 모르게 얇은 옷깃을 여미었다. 뜨물이나 대궁밥을 얻어먹으며 반 자치 베로 샅을 가리고 살아가는 신수일망정 정녕 저렇게 싸늘한 달빛만은, 오가는 저잣거리의 한천(寒天)에 떠 있지 않기를 바랐었다. 의지가지없는 떠돌이 도부꾼의 심회는 항상 달빛이 흩뜨려놓기 십상이었기 때문이다.

어느덧 엿단쇠 소리가 저잣거리 한복판을 가로질러 멀리 동문거리 쪽으로 잦아지고 있었다. 지금쯤은 조순득이 점방 겸인놈들을 풀어, 동여간 딸을 찾으려는 추쇄(推刷)가 한창일 듯하였다. 그러나 조순득의 수하놈들이 용을 잡아 날로 회 쳐 먹는 재간을 가졌더라도 바로 제 집 담장 아래에 업혀간 딸이 가로누워 있으리란 짐작만은 하기 어려울 것이었다. 봉삼은 곰방대를 털고 방으로 들어갔다. 계집을 일으켜 요때기 위로 앉힌 다음 뒷결박을 풀었다. 계집은 조금의 요동도 없이 봉삼의 하는 양에 가만히 몸을 내맡기고 있었다. 문득 계집의 시선과 한동안 마주쳤음에도 겁에 질린 얼굴이 아니었다. 괴이한 일이다 싶었지만, 아갈잡이한 것을 풀어줄 때는 행전 속에 감추었던 비수를 꺼내 이맛전에다 바싹 들이대었다.

“내 말을 새겨듣거라. 만약 이참에 분수없이 소리를 질렀다간 너 죽는 건 고사하고 소리 듣고 달려온 겸인놈들의 뱃구레도 바람구멍이 날 것인즉, 그리 알고 동티 나기 전에 조용히 해야 한다."

계집이 신기(身氣) 불편하다 할지언정 코앞에 비수가 살기등등하매 결박당한 처지 못지않게 옴나위없이 앉아 두 눈만 똑바로 뜨고 봉삼을 쳐다보았다.

"내 동무 한 사람이 네 집 객실 고방에 무고히 갇혀 있은 지 이미 여러 날째다. 널 업어온 것은 내 동무를 구명키 위한 편법인즉, 이것이 네 죄나 팔자가 아니고 한갓 모리꾼에 지나지 않는 네 애비를 겨냥한 사단에 불과하다. 내가 바라는 소득만 얻고 나면 널 놓아줄 의향을 갖고 있느니, 그리 알고 있어야지 허술히 움치고 뛸 요량을 하다간 잠깐 실수로 본의 아니게 내가 널 찌를 수도 있다는 것을 명심하거라. 내일 날 밝는 대로 밖에 있는 동무 한 사람이 네 애비를 만나 담판을 지을 거다. 그동안 가만히만 있어준다면 이 방 안에서는 별 사단이 없으리라."

계집이 고개를 가만히 끄덕였다. 그러나 눈길만은 잠시도 봉삼에게서 떼어놓지 않았는데, 그것은 봉삼의 깊은 속내도 말처럼 그러한가를 헤아려내려는 것임이 분명하였다. 봉삼은 계집의 코앞에 디밀었던 비수를 내려 괴춤에다 꿰어찼다. 계집이 혀를 내밀어 마른 입술을 적시었다.

계집의 용모에 똑바로 눈길을 주던 봉삼은 내심으로 놀랐다. 보기 드문 미색(美色)이었기 때문이다. 방금 혀를 내밀어 적신 입술이 촉촉히 젖어 붉었고 해맑은 이맛전으로 흩어져내린 자분치* 사이로 보이는 당돌한 눈동자가 오뚝한 콧날로 더욱 돋보였다. 계집의 미색이

• 자분치: 잔머리카락.

이만하고 보면 서울서 왔다는 화주란 놈이 생의를 낸 것도 남우세스러울 일만은 아닐 성싶었다.

그러나 동문거리 객점에서 최가의 오금을 박았듯이, 나중에 봉욕 당하지 않으려면 고달만 빼고 앉았을 게 아니라 이 밤중 안으로 계집과 상관을 해버리든지 아니면 옷을 벗겨보든지 해서 계집의 입을 비롯하여 조순득 수하놈들의 발을 묶어놓아야 했다. 그러나 계집의 요조(窈窕)한 자태에 우선 부정한 마음 먹기가 주저되고 억눌리었다. 그때, 계집이 문득 입을 열었다.

"저와 같이 가던 아이는 어찌하였습니까?"

"걱정 마라. 전도가 대문 앞까지 업어다놓았으니까."

"이젠 안심입니다만, 제 아비를 욕하지 마십시오. 자식 된 도리로서 귀에 담기 거북하기 짝이 없습니다."

"제 돈 칠 푼만 알고 남의 돈 열네 닢은 모른다는 수작이군. 거북해도 소용없느니. 내 듣자 하니 조순득이란 모리꾼이 관속들을 등에 업고 저잣거리 목을 지키고 앉아서 드나드는 난전꾼들에게 작폐가 보통 아니란 소리를 들었다. 물론 너는 내사(內舍) 깊숙이 박혀 있는 몸이니 바깥일을 모를 듯도 하지만 네 고운 살결과 아리따운 자태가 비록 네 본디의 것이로되 그것이 무고한 난전꾼이나 도부꾼들의 전대와 물화를 턴 패악질로 보전되는 것이라면 자식 된 도리로 여기서 당장 칼을 물고 죽어야 갈 곳 없는 여귀(厲鬼)들의 한을 만에 하나라도 풀어주는 길이 된다는 것을 생각해라."

"저는 지금 댁네와 마주앉아 있지, 내 아비와 함께 있지는 않습니다."

"그럼 초면부지에 마주앉았으니 합환주라도 나누어야 되겠다는 수작이냐?"

"초면부지인 여염집 여자를 통기 없이 업어온 것은 누구이옵니까?"

"그러니까 내가 이야기하지 않았느냐, 내 동무를 구명하자는 뜻이라고."

"저는 제 아비의 못난 자식일 뿐 그분의 상리(商利)나 바깥어른들의 교분과는 상관이 없습니다. 오늘 댁네에게 고분고분히 업혀온 속내의 바탕이 또한 거기에 있습니다."

계집이 더불어 담소함에 조금의 쑥스러움이나 거리낌이 없었다. 유심히 살펴보니 식견도 통달해 보였거니와 인품이며 국량(局量) 또한 상것인 봉삼보다는 당초부터 앞질러 있었다. 게다가 계집이 던진 마지막 한마디에 어렴풋이 짚여오는 것이 있었으매, 봉삼은 문득 놀라 계집을 찬찬히 바라보았다. 그 순간 궐녀의 똑바로 뜬 두 눈이 무엇인가를 호소하고 있다는 짐작이 서기 시작하였다. 산초기름 타는 냄새가 방 안에 싸하고 장지 틈으로 새어든 차가운 밤바람에 기댄 궐녀의 그림자가 가만히 흔들리고 있었다.

남녀 간의 예절이 엄중한 것은 고사하고라도 업혀온 계집치고는 너무나 대담하고 말대꾸가 옹골찼다. 잠시 뜸을 들이다가 계집이 고운 아미를 들어 첫머리에 묻는 말이,

"관향(貫鄕)은 어디로 쓰세요?"

"타관 객지로 한둔하며 부평초처럼 떠도는 본데없는 도부꾼에게 그런 걸 묻는 게 아니오. 그러나 굳이 알고 싶다면 내가 천가 성 가진 놈이란 것만은 말해드리리다."

봉삼은 길래 하겟말만을 던지고 있기가 민망하여 존대로 대접하고 말았다.

"저는 처음부터 댁네가 제 행로 뒤를 밟고 계시다는 걸 알고 있었습니다."

"그렇다면 왜 진작 튀기질 않았소?"

궐녀의 대답 없음이 무엇을 겨냥함인지 짐작이 서련만, 대답 없는 것은 헤아리지 않고 봉삼은 잼처 물었다.

"그 곡절이 뭐유?"

"그걸 제가 말씀드릴 수가 없습니다. 저도 제 심사를 가늠할 길이 없으니까요."

"아낙의 신세가 어떠한 지경에 이르렀는지 내가 대강은 알고 있소."

"저 역시 이 좁은 저잣거리에 그런 소문이 낭자하다는 걸 짐작은 하고 있습니다. 그러나 못났다 하더라도 제 아비가 주변하는 일이라 여자의 힘으로는 어찌할 도리가 없어 서문거리에 비접〔避接〕* 나간 동기간의 병문안을 핑계하고 집을 빠져나오곤 하였지요. 밖에 나다닌 지 사흘째 되던 날부터 남정네 하나가 뒤따르는 것을 눈치채고 차라리 업혀가기라도 했으면 하는 엉뚱한 생각까지 품게 되었습니다. 이상하게도 밤이 되면 집 안에 가만히 있질 못하고 계집아이를 꾀어서 마실을 나서곤 하였습니다."

"이미 잘못된 팔자라면 나 같은 도부꾼에게 업혀가는 것보다는 서울 화주의 첩실로 들어앉는 편이 낫지 않소? 댁같이 젊고 고운 자색은 부잣집으로 개가하는 것이 사리에 온당하오. 아무 여망(餘望)도 없는 상것에게 시집가서 신세를 그르쳐서야 되겠소?"

---

* 비접: 앓는 사람이 딴 데로 옮겨 조용히 요양함. 병을 가져오는 액운을 피한다는 뜻.

"남의 첩실로 들어앉아 평생을 그늘에서 살기보다는 차라리 홀애비의 아내 되어 잠시 공궤함이 떳떳하다고 생각하였습니다. 비록 풍악으로 귀를 즐겁게 하고 기환(綺紈)*으로 육신과 눈을 호사하고 비린 반찬으로 입을 달게 하여도 일생을 시앗으로 늙으매 어디에다 희망을 견주겠습니까. 계집이 기구하여 대절을 지킬 팔자가 되지 못한다면 차라리 홀애비로 더불어 해로함이 떳떳하지 않겠습니까."

"난 홀애비가 아니오. 상투는 외자로 튼 거요."

"짐작하고 있었습니다."

궐녀가 문득 무릎을 세워 봉삼에게 다가앉으며 나직이 말하기를,

"댁네가 홀애비이든 외자로 상투 튼 총각이옵든, 혹은 청의(靑衣)*라 하더라도 의표(儀表)를 삼가 뵈오니 실로 걸출한 군자이시군요. 이제 제가 절조를 굳게 지킬 일이 없습니다. 댁네가 비록 부평초처럼 도방 대처를 떠도는 신세라 하더라도 그 의표만은 평생을 다하여 글을 읽은 선비에 못지않으니, 이제 제가 일없이 이 방을 나가기는 글렀습니다. 또한 제가 문에 기대어 표객(嫖客)을 맞는 청루(靑樓)의 계집이 아닌 이상, 초면부지인 남정네 앞에서 속내를 털어 정을 구하였으니, 내 비록 이 방에서 나가 아비 앞에 참형을 당하고 저잣거리에 육신이 널린다 하더라도 한번 입 밖에 낸 말을 거두어들일 수가 없는지라, 오늘 밤 이 몸을 거두어주심이 또한 군자의 도리가 아닌가 싶습니다. 댁네가 야박하게 저를 내친다면 저는 죽어서 여귀가 될 수밖에 없습니다. 살아서 무슨 일을 주변하겠으며 죽어 또한 어느 귀신

• 기환: 고운 비단. 또는 곱고 값진 옷.
• 청의: 천한 사람을 이르는 말.

이 거두어주겠습니까. 제가 무슨 경성지색(傾城之色)으로 꽃이 부끄
러워할 만한 용모를 지닌 주제는 아니오나 이 누추한 침석(枕席)에
서라면 댁네를 모실 만합니다.”

“아낙의 정곡을 헤아리기 심히 부끄럽소. 그러나 아낙이 오늘 밤
이곳에서 나와 상관한다면 아낙으로선 자초하여 일생에 부정한 자취
를 남기는 것이니 내 선뜻 생의를 내기가 두렵고 주저되오.”

그때, 궐녀가 품 안으로 손을 넣더니 장도 하나를 꺼내들었다. 그
장도를 제 품으로 갖다대더니 나직하나 분명한 어조로 말하였다.

“이제 댁네의 속내가 그렇게 부동하다면 저는 자문(自刎)할 길밖
에는 딴 방도가 없습니다. 제가 서울의 화주에게 끌려가기 전에 단
한 번 정의를 품었던 남정네에게 내침을 당하였으니 이는 살아서 구
실 못할 계집임이 드러났고 또한 죽어서 여설옥(犁舌獄)에 갇혀 야차
(夜叉)•에게 조롱받기 십상이니, 이제 계집의 몸으로선 막다른 골목
에 이른 것과 진배없게 되었군요. 살아서 동기간에 체면 부지 못하고
남우세스럽게 사는 것보다는 자진하여 체면이나 지키는 도리밖에 없
습니다. 그러나 비록 연약한 풀이 바람에 쓰러지고 시든 꽃잎이 떨어
져 진흙 속에 묻힌다 하더라도 이 원한은 어느 날에 다하겠습니까?”

궐녀는 들었던 장도를 가슴에 바싹 들이대고 한 손으로는 저고리
고름을 풀어헤쳤다. 치맛말기에 꽁꽁 싸였던 궐녀의 젖가슴이 등잔
빛에 드러나니 화용월태(花容月態)가 진실로 국색(國色)이 아닌가.

봉삼은 이제 자진하려는 궐녀를 더이상 두고볼 처지가 아니란 것
을 알았다. 문득 다가가 궐녀의 손목을 낚아채고 잡은 손아귀에 힘을

• 야차: 생김새가 괴상하고 사나우며 사람을 해치는 귀신.

쥐니 궐녀의 손이 풀어지면서 들렸던 장도가 봉노 바닥에 떨어졌다.

"이 무슨 해괴한 짓이오? 여자의 서릿발 같은 연충을 모르는 바 아니로되 아낙이 이 마당에서 자진해버린다면 두 가지를 함께 잃는 것이 되오. 그 하나는 아낙의 귀중한 생명이요, 또 하나는 내가 도모하려던 바를 이루지 못함이오. 아낙의 의중이 정히 그러하다면 내 또한 굳이 각석하게* 굴어 아낙을 내쳐 심중에 한을 남길 까닭이 없소."

봉삼의 말이 그러하매, 장도를 빼앗긴 궐녀는 풀어헤친 가슴 그대로 덥석 봉삼의 품에 안겨들었다. 봉삼 역시 심기가 동하였던 것이 궐녀에 버금갔던 처지라 물오른 버들가지처럼 휘청 안겨오는 여자를 마주 안아버렸다.

봉삼의 한 손은 궐녀의 어깨를 끌어안았고 다른 손은 금방 젖가슴으로 기어들었다. 그 손이 젖가슴으로 깊숙이 들어가매 감겼던 치맛말기가 저절로 풀어지고 궐녀는 일순 몸을 떨며 사내의 목덜미에 단내 나는 입술을 묻었다.

봉삼은 궐녀를 안아올려 요때기 위에 반듯이 눕히고 치마를 벗겨 횃대에 걸었다. 고개를 들어 등잔을 불어 끄니, 외짝 바라지 문밖에서 서성이던 달빛이 금세 방 안으로 밀려들었다. 계집의 희디흰 속살이 밀려든 달빛과 어울려 가히 월궁 선녀가 잠깐 실수로 속세에 처져 있는 형용이었다. 가히 상것인 봉삼으로선 동품하기 주저되는 가인의 모습이었다. 그러나 언제인가 최가가 말했듯이, 달밤에 가인을 만나 어찌 헛되이 보낼 수가 있겠는가. 나중에서 극변(極邊)*이나 원악

• 각석하다: 모질다.
• 극변: 나라의 중심지에서 매우 멀리 떨어진 변두리.

도(遠惡島)*로 귀양을 갈망정 벗겨놓은 계집을 외면할 방도만은 없었다.

봉삼은 궐녀의 흰 가슴 한복판에 봉발을 묻어버리고 말았다. 남의 집 편발(編髮)* 처녀를 범하는 것도 아니요, 업어온 사정이긴 하되 계집 편에서 먼저 생의를 내고 있으니 또한 겁간도 아니었다. 명색이 가시버시* 되어 해로할 처지는 아니라 할지라도 이 하룻밤의 동품이 또한 즐겁지 않은 바가 아니었다. 봉삼은 궐녀의 단속곳을 가만히 벗기고 땀내 나는 몸을 뱃구레 위로 덮쳤다. 궐녀가 입술을 들어 사내의 목덜미에다 쩍 소리가 나도록 입을 맞추었다.

사내는 힘꼴깨나 쓴다는 장한의 몸이었고 계집은 오랫동안의 수절로 막혔던 정회를 풀려는 입장이었으니 밤이 이슥하여 삼경에 이르도록 서로 붙잡고 놓아주지 않았으며 잠시 잠깐도 허술히 보내지 않았으니, 드디어 닭이 홰를 칠 때에 이르러서 남녀는 육신이 촛농처럼 늘어지고 말았다. 골방 구들에 깔린 삿자리에 끌어박기 일삼았던 봉삼의 두 무릎 종지는 살갗이 해어져 허옇게 속살이 드러날 정도였으며, 궐녀의 엉덩이는 요분질로 벌겋게 자국이 날 지경이었다.

토벽을 두 겹이나 사이하고 정지방에 누운 할미가 삼경을 넘기며 어렴풋이 귀에 들려오기를 마당으로 난 바라지가 심히 흔들려 바람인가 하고 문을 열어보았으나, 밤은 깊어 적막하기 그지없는데 먼 데 저잣거리 저편으로 개 짖는 소리만 들려올 뿐 바람 한 점 흐르지 않는 적막강산이었다. 이 삼경에 짬 없이 방구들이 쿵쿵 울릴 제, 이웃

• 원악도: 서울에서 멀리 떨어져 있고 살기가 어려운 곳.
• 편발: 지난날, 관례를 하기 전에 머리를 땋아 늘이던 일. 또는 그 머리.
• 가시버시: '부부'를 속되게 일컫는 말.

에 기제(忌祭) 드는 집이 있어 절구질 때문인가도 싶었으나 그 또한 얼른 짐작이 서지 않았다. 삼간두옥이 몸살을 앓듯 뒤틀리고 있었으나 그것이 골방에서 퍼질러 자는 두 정랑의 음행질로 그러하다는 것을 귀먹고 눈 어두운 팥죽장수 할미가 가늠하기란 그리 쉬운 노릇이 아니었다.

다만 할미가 일어난 김에 소피를 볼 양으로 측간으로 갔다가 돌아오는 길에 언뜻 마당 한가운데 희미하게 떨어져 있는 것이 보이기에 다가가 주워보았더니 저잣거리 병문에선 흔히 볼 수 없는 난데없는 외코신 한 짝이었다.

14

새벽이 깨어 닭이 여러 홰 울어젖히고 희미한 장지에 서릿바람이 와 닿을 때까지도 조순득의 집 대문에서는 이렇다 할 징조가 보이지 않았다. 전도가란 가근방 난전꾼들이 쉴 참 없이 드나들 것은 물론이요, 수하의 짐방들이나 거간꾼들도 부산하게 드나들 것이고 보면 대문 앞에 업어다놓은 계집아이 하나쯤은 금방 눈에 띨 만하였다.

눈알을 허공에 단 수하놈들이 조가에게 득달같이 통기하고, 계집아이는 동여진 전후사를 남김없이 발고할 것이었다. 그렇다면 홰를 높이 쳐든 짐방들이 장터거리를 오소리 잡듯 추쇄할 것이었다. 그러나 그런 짐작은 사리에 맞지 않았다. 조순득이란 작자가 염량 빠르기로 이름난 놈일진대, 업혀간 딸을 찾자고 장터 바닥이 발칵 뒤집히게 법석을 떨지는 않을 것이었다. 밤새 낭자히 퍼진 소문이 관속들의 입을 통해 객사에 머문다는 신석주의 귀에 들어가지 말라는 법은 없었다. 그렇다면 이미 조가의 딸을 청하여 첩실로 맞아들일 약조가 되어 있고, 이제 서울로 뜰 날만을 기다리고 있는 터수에 딸년 건사를 허술히 한 조가를 가만두지는 않을 것이었다. 조가는 필경 살얼음 위를 걷는 형국으로 수하 것들의 입을 잡도리하고 은밀히 딸의 종적을 수탐하고 있을 게 분명하였다.

장지 밖이 제법 밝아 몇 칸 건너에 있는 사람은 알아볼 정도가 되어 봉삼은 가만히 일어나 횃대에 걸어 둔 바지를 끌어내렸다. 횃대로 건너가던 봉삼의 한 팔이 계집의 하얀 손에 황급히 잡혔다.

"어디로 가려 하십니까?"

"전도가 앞으로 나가려는 거요. 내 동패가 아낙 동인 것을 전도가에 통기하고 담판을 짓기로 약조한 때문이오."

궐녀의 입에서 짧은 한숨이 흘러나왔다. 봉삼은 옷을 주워 입고 행전을 단단히 죄어 쳤다. 행전 치는 사내의 손을 궐녀가 다시 잡았다. 골방의 어둠 속이라 형용을 볼 수 없으되, 잡은 손이 떨리는 것으로 보아 여인은 울고 있음이 분명하였다.

"내가 다시 올 것 같지는 않소. 그러나 내 비록 하천배(下賤輩)이되 어젯밤의 일은 혀가 잘리는 한이 있더라도 발설치 않으리다. 내 심중을 털어놓는다면 실상은 아낙과 헤어지고 싶지가 않소. 그러나 일찍부터 역마살이 끼어 오늘은 북관으로 내일은 하동 포구로 조선 팔도를 순거(鶉居)하는 신세에 어찌 아낙을 달고 다니며 한고(寒苦)와 행역(行役)을 겪게 하겠소? 그러나 늙어 신기가 다하고 쇠잔한들 결단코 어젯밤의 일만은 잊을 수가 없을 거요."

궐녀의 어깨가 몹시 흔들렸으나 흐느끼는 소리만은 가만가만하였

다. 잠시 울음을 삼키고 대답하기를,

"저도 이녁을 놓아주고 싶지는 않습니다. 그러나 이녁을 놓아주지 않으면 자별한 장석(長席)친구*를 또한 잃게 될 것입니다. 한낱 계집의 꼴같잖은 간구로 남아의 대의를 꺾게 됨은 계집이 할 짓이 못 됩니다. 그러나 이틀 뒤에 아침동자 먹는 대로 서울로 뜨기로 되어 있습니다. 이송천나루를 건널 때는 나루에서 잠시 지체될 것인즉 이녁이 신상에 변고가 생기지 않거든 그리로 나오시기 바랍니다. 이 약주만은 꼭 해주셔야 제가 손을 놓을 수가 있겠습니다."

"오늘 이 방을 나가면 어떤 객고가 기다리고 있을지 나 또한 예측하기 어렵소. 그러나 아낙의 정곡이 그러하고 나 또한 이후에 단 한 번이라도 더 보았으면 하니 아낙의 부탁대로 하리다."

"전방의 겸인들이 여기로 찾아올 때까지 저는 여기서 기다리겠습니다. 안심하시고 일을 도모하세요. 생각건대 쇤네의 아비도 이제 도리 없이 이녁의 일행을 내줄 것입니다."

봉삼은 장지를 열고 봉당으로 내려섰다. 문득 방 안에서 울음을 삼키는 소리가 들려왔다. 그는 서리가 하얗게 내린 마당을 가로질러 안으로 걸린 삽짝을 따고 저잣거리로 나섰다. 전도가 앞 고샅길 어귀에서 가만히 건너다보았으나, 닫힌 대문에 장명등이 희미할 뿐 골목 안은 개 한 마리 얼씬하지 않았다.

서리가 하얗게 내린 긴 담장 위로 새벽 기운이 걷히고 해가 뜰 참까지 기다려보았으나 때맞추어 나타나야 할 최돌이의 모습이 보이지 않았다. 애당초 약조할 때에는, 봉삼이 여인을 주저앉히고 상종할 동

---

* 장석친구: 골목 어귀의 길가에 모여 막벌이를 하는 사람. 병문친구.

안 최가가 조순득과 아귀를 짓도록 되어 있지 않았던가. 최가가 무슨 고달을 빼느라고 이 지경에서 나타나지 않는지는 알 수 없으되, 더이 상 최가만을 기다리고 있을 수는 없었다.

봉삼은 선길에 전도가로 달려가서 대문 앞에 이르러 길게 통자(通刺)를 넣었다. 대문과 마주 보이는 바깥채 장지가 열리고 행랑것으로 보이는 늙은이가 해소를 걸판지게 쏟아내며 장지를 열고 나왔다. 해소가 멎기를 기다려 늙은이가 물었다.

"왜 그러시오?"

봉삼은 소매에 손을 찌르고 뻣뻣하게 서서 말하기를,

"이 집의 대주(大主) 어른을 뵙고자 합니다. 지금 계시우?"

"어디서 온 뉘시오?"

"천송파(千松坡)라 하오."

"그런데 대주 어른은 왜 찾소?"

"거 쓸데없는 사설은 길게 나누고 있을 처지가 아니오. 대주께선 안채에 계시우, 안 계시우?"

"보아하니 자네나 나나 성명없는 상것임이 분명한데, 무슨 왜골뼈가 퉁겨서 마수부터 그리도 뻣뻣한가? 송파 사는 선길장수들은 전부 그렇게 예법에는 까막눈인가? 어쩐 연유로 꼭두새벽에 대주 어른을 만나 뵈려는지 알아야 안채로 통기하든지 당장 내치든지 거조를 차릴 것 아닌가? 되지못한 난전꾼이로되, 임방 출입깨나 했다면 그만한 도리라도 알고 지내야지 않는가?"

"어허, 도리를 알아 깨칠 줄이야 난들 모르겠소? 일이 하도 급박한 판국이라 예법이야 뒤로 미루어도 될 법하기에 이리 조급히 군다는 것은 왜 모르오? 지체 없이 달려가서 대주께서 귀 트일 소식을 가지고 온 사람이 있다고 통기하시오. 나잇살이나 먹은 형국에 그렇게 눈치가 없어서야 무슨 염치로 전도가 행랑을 지킨다고 가타부타 말이 많소?"

겸인이 무엇인가 짚이는 게 있었던지 혹은 봉삼이 까닭 없이 거만을 떨며 드센 체하니까 가위에 눌려서인지 몰라도 금방 되돌아서 안채로 줄달음치매 바짓말기가 축 처진 품이 천생 요강도둑이었다.

봉삼이 잠시 딴전을 피우고 있는 사이에 겸인이 붉알 차인 중놈처럼 쭈르르 달려나와서 이르는 말이,

"대주 어른께서 곧 사랑채로 나오실 거요. 우선 툇마루에라도 앉으시오."

수작이 처음보다는 고분고분할 제, 어젯밤 딸년을 업어간 사단에 연관된 난뎃놈이 아닌가 하는 짐작이 갔음이 분명하였다.

얼마를 기다리지 않아서 갓 쓰고 두루마기 입은 조순득이 내사(內舍)의 중문 밖으로 얼굴을 내밀었다. 조가가 힐끗 봉삼에게 눈길을 주는 듯하다가 겸인을 겨냥해서 묻는 말이,

"이 이른 아침에 누구라더냐?"

"예, 바로 이 작자이옵니다. 제 딴에는 송파 사는 난전꾼이라고 하더군요."

겸인이 엉거주춤 일어서서 턱짓으로 봉삼을 가리키며 곱지 않게 입정을 놀렸다.

"이리로 올라오게."

대뜸 해라를 던지며 사랑채 어간마루로 올라서는 조가의 신관이 말이 아니게 못되어 있었다. 분명 밤을 꼬박 뜬눈으로 새운 형국이었다. 봉삼은 버릇대로 하정배(下庭拜)를 드리려다 말고 뻣뻣한 그대

로 조가를 따라 방으로 들어갔다. 조가는 좌정하는 둥 마는 둥 하며 방으로 들어서는 봉삼에게 조급히 물었다.

"무슨 일인가?"

봉삼이 그 말끝에 짬 두지 않고 댓바람에 이르기를,

"무고히 적몰당한 전대를 찾으러 왔소."

조순득이 힐끗 봉삼을 쳐다보더니 앞에 놓인 담뱃대를 들어 시초를 꾹꾹 다져넣는데 손이 떨리고 있었다. 염량 빠르다는 조순득이 이른 아침에 난데없이 달려든 놈이 지금 무엇을 놓고 흥정을 하려 드는지 모를 리 없었다. 조순득이 문득 한 칸쯤을 더 뛰어넘었다.

"곳간에 갇힌 동패는 어떡하고 전대만 찾으려 드나? 장사치의 의리가 겨우 그것이더냐?"

"그 사람을 예까지 살려두었겠소? 이미 옛날에 도륙을 내었겠지요. 다만 내가 바라는 것은 범절 없는 초종(初終)●이나마 거두었으면 하는 것이오."

"사람 잘못 보았네. 내 딸년을 업어갔다는 것을 미리 짐작하고 곳간에 갇힌 사람에게 미음을 주도록 일렀네. 보아하니 삼사 일 수발하여 조섭한다면 수이 신기를 되찾을 만하다네."

"그렇다면 마침 잘되었소. 내 동패를 찾고 적몰당한 전대와 포목짐도 함께 찾게 되었으니 그만한 다행이 없구려."

"포목짐이라니?"

"그 계추리는 본디 내 동패가 전대를 건네고 산 물건이 아니오? 또한 그 전대로 말하면, 전도가에 건네지기도 전에 안동 저잣거리 붙박

____

● 초종: 초상이 난 뒤부터 졸곡(卒哭)까지 치러지는 온갖 일이나 예식.

이 도둑놈에게 적몰당한 것인즉, 그 전대나 계추리 쉰 동이 전부 내 동패의 것이지 않소?"

"자네가 지금 무슨 모함을 도모하고 있는가?"

"내 동패가 허무하게 봉욕을 당한 건 모함이 아니고 무엇이오? 싫 거든 그만두시오. 내 오래 지체할 수가 없으니, 그리 아시오."

조순득의 상투가 체머리 떨듯 하였다.

"자네 뜻대로 하겠네."

"아무리 성명없는 외방 난전꾼이라 할지라도 도적 아닌 도적에게 적변을 당하고 보니 부아가 끓어올라 참기가 쉽지 않소. 버릇을 배우라니까 과부 집 문고리를 빼들고 엿장수를 부르더란 말이 있소. 대주께서 이곳에다 전도가를 내고 있는 처지라면 살길 도모가 그리 절박한 축은 아니지 않소? 상리(商利)를 취함에도 그중 정의가 앞서야 하겠거늘 이따위 못된 패악질로 작량하고 치부해서 무엇을 구하려는지 그 소의를 가늠하기 어렵소. 더욱이나 신수 멀끔한 자가 관속들과 결탁하여 올가미 없는 개장사로 취리함에 주저함이 없었다니, 이는 하늘이 무서운 일이오. 당장 비수를 들어 대주의 목을 자르고 더러운 피를 저잣거리에 뿌리고 싶소. 그러나 딱 한 가지, 대주의 여식이 밤새껏 나를 앞에 두고 못난 아비를 변해하니 그 또한 밉상이 아니라 별다른 행패는 놓지 않기로 약조를 하고 말았소. 그러하니 내 마음이 변하기 전에 득달같이 달려가서 동패를 업어 대령하시오."

그때 문밖에서 대답하는 소리가 들려왔다.

"봉삼이…… 나 여기 있네."

봉삼이 황급히 문을 열고 내다보니 언제 업어다놓았는지 마루 끝에 선돌이가 늘어져 누워 있었다. 형용이 초췌하고 기운이 쇠잔하여 제출물로는 몸을 가눌 형편이 아니었다. 늙은 겸인이 밖에서 엿듣다가 사세 다급함을 알고 선돌이를 끌어내어 업어다놓았음이 분명하였다. 봉삼이 조순득을 바라보며 말하였다.

"짐방들을 시켜 적몰한 포목 쉰 동과 전대를 동문거리 주막으로 갖다놓으시오. 그때 대주의 소생이 있는 곳을 알려주리다. 그러나 단단히 일러두되, 이후에 떨거지들을 풀어서 우리 행적을 수탐하려 든다거나 해코지할 요량으로 설치다간 대주의 체모에 돌이킬 수 없는 손상을 입게 될 것이오. 그 앞서 대주의 여식이 먼저 자문하고 말 거요. 대주께서 옹춘마니가 아닌 이상 내가 시방 무슨 말을 하고 있는지 알고 있을 거요. 건공(乾空)대매*로 실속 없이 지껄이는 수작이 아니오. 우리를 해코지하려거든 여식에게 먼저 통기해보시오."

봉삼은 벌떡 일어나서 마루 끝에 늘어져 누운 선돌이를 들쳐업고 전도가를 나섰다. 동문거리에 다다랐으나 주막 봉노에 너부죽이 엎드려 있어야 할 최돌이가 보이지 않았다. 술아비를 불러 다그쳤으나 어젯밤에 주막을 나선 이후로 돌아오지 않았다는 것이었다.

궐물*이 시답잖은 봉충다리를 절뚝이며 어디로 잠적했단 말인가. 분명히 동인 계집아이를 전도가 대문 앞에 내려놓고 동문거리로 올라가는 뒷모습을 보고 되돌아선 터였고, 또한 조순득도 그 계집아이에 대한 말은 일언반구도 없었으매 계집아이를 무사히 거두었음은 분명한데, 난데없는 최가를 찾을 길 없으니 이 또한 낭패였다. 혹시 조순득이 순순히 선돌이를 내준 까닭이, 최가가 동패임을 알고 포촉

하여 다른 곳간에 숨겨둔 연유 때문이 아닌가 하는 의심이 문득 천봉삼을 긴장시켰다.

봉삼이 선돌이를 주막으로 업어다놓고 채 숨도 돌리기 전에, 조순득은 수하 것들을 시켜 적몰했던 계추리 쉰 동과 전대를 주막으로 가져갔다. 수하 것들을 뒤따라온 늙은 겸인이 봉당에 나와 선 봉삼을 잡고 물었다.

"이제 대주 어른의 여식이 있는 거처를 말하게."

"그런데 한 가지 궁금한 일이 있소. 조가의 여식을 배행하던 계집아이는 어떻게 됐소?"

"무슨 말인가? 지금 대주 어른께서 여식의 일로 좌불안석인데 그깟 계집아이 행적이야 수탐할 경황이 있겠나?"

"그럼 계집아이 소식은 모른단 말이오?"

"그 계집아이 일이라면 염려 놓게나. 절에 가서도 새우젓 얻어먹는 수완에다 옹골차고 담대하기 이를 데 없는 아이니깐 제 처신은 제가 알아서 할걸세."

"조가의 여식은 전도가 앞 팥죽장수 할미 집에 있으니 그리 아시오. 그리고 물대로 건넸던 이 전대는 도로 가져가시우. 애당초 조가의 심기를 떠볼 요량으로 내 한번 전대까지 내놓으라고 억지를 써보았던 거요."

겸인과 짐방들이 전대를 도로 받아 숭어뜀을 하며 돌아간 뒤에야 최가가 무슨 횡역(橫逆)질을 벌이고 있는지 알게 되었다. 그러나 최가의 종적을 수탐하기 전에 선돌이를 조섭할 일이 더욱 큰 난사였으므로 봉노 구들이 뜨겁도록 군불을 땐다, 미음을 끓인다, 의원을 불러댄다 하여 수발과 구완에 정신 가다듬을 틈이 없었다. 선돌이가 쇠진케는 되었으나 탕제를 달이고 미음으로 조섭하기 이틀이 지나니 먼 길 행보야 못 해도 그런대로 눈동자가 바로 박히고 측간 출입만은 간신히 하게 되었다.

그날 아침 새벽동자를 재촉하여 퍼먹은 봉삼은 곧장 주막을 나섰다. 이송천나루에 닿으니 막 해가 뜨기 시작하였다. 도선목 부근에는 안동 부중으로 들어오려는 행객들로 북새판을 이루었는데 간간이 소금장수들과 담배장수들이 눈에 띄었다. 남문거리 밖에 있는 먼달나루에 소금배가 와 닿는다는 소문이 진작부터 저잣거리에 파다하였고 그 소문을 듣고 담배를 주고 소금을 바꾸려는 등짐장수들이 사방에서 모여들고 있었다.

소금과 담배를 바꾸려는 일뿐만 아니라 그 틈에 한몫 잡으려는 포목장수들과 시겟바리들은 말할 것도 없었고, 물때가 좋지 않아 중선(中船)과 야거리*들이 오래 머무는 꼴이 되면 투전판을 벌이려는 설레꾼에 타짜꾼들도 심심찮게 꾀어들었다.

소금은 부상들만의 거래 물종이기는 하였으나 이를 거래함에도 관아의 토색질이 심하였다. 매상세(賣上稅)는 말할 것도 없고 노부세(路浮稅)라 하여 나루에 발만 들여놓아도 통로세로서 관세(關稅), 나루에 닿았다고 진세(津稅), 실었다면 복세(卜稅), 거래했다고 해서 수월세(手越稅) 같은 명색도 없는 온갖 잡세를 징수함에 주저가 없었다. 혹은 관아 수용(需用)이라 해서 현품 징발도 서슴지 않았다.

나루에도 건방(乾房)이 있어 소금배가 도착하면 지방의 토호나 아전들이 건방의 중도위〔中都兒〕와 결탁하거나 밑천을 대어 소금 바리

---

* 야거리: 돛대가 하나 달린 작은 배.

들을 독점하여 중로 도집(中路都執) 외목장사*로 은밀히 몽리를 취하는 판국이었다. 그러나 난전꾼이나 등짐장수 중에 누구도 횡역이 자심한 이들을 두고 누구냐고 묻지도 못하였다. 그나마 때맞추어 와서 소금을 얻을 수만 있으면 약소한 취리는 도모할 수 있었기에 푼전을 든 산골 등짐장수들이 모여들었다.

봉삼은 사공막 부근에 앉아 행객들을 가득 싣고 갈내를 건너오는 거루*에 멀거니 시선을 준 채 쭈그리고 앉아 있었다. 이쪽 도선목에는 건너오는 행객들을 겨냥하여 아낙들이 좌판을 벌이고 밀전병이나 남매죽*을 팔고 있었다. 근처 마을에 사는 듯한 아낙들은 거개가 나무비녀에 몽당치마 차림이었고, 거루가 닿으면 서로 먼저 팔려고 뒷굽 떨어진 미투리들을 끌고 내달아 도선목에 먼지를 보얗게 일구곤 하였다.

거루가 세 차례나 강을 질러 내왕을 하고 등에 와 닿는 햇살이 제법 달게 느껴지는 오시(午時)가 가까워지는데도 신석주의 행차는 보이지 않았다. 기다리기 진력나 하는 판에 나루로 들어오는 저편 늪지대에서 말 워낭 소리가 분주하게 들려왔다. 문득 고개를 돌리니 갓 쓰고 도포 입은 사내가 마상(馬上)에 꼬나앉아 흔들리는 모습이 갈밭 사이로 보였다.

등에다 포목짐을 진 짐방들 10여 명이 뒤를 따르고 경마잡이 딸린 부담마(負擔馬) 두 필이 섞여 있으매 필경 신석주의 일행이었다. 사공막 부근에 흩어져 앉았던 행객들이 눈이 휘둥그레져서 모두 한마

• 외목장사: 저 혼자 독차지하여 장사를 함.
• 거루: 돛이 없는 작은 배. 거룻배.
• 남매죽: 수수에 칼제비를 넣어 쑨 죽.

디씩 하였다.

"거 행차 한번 뼈근하군. 저 행수는 누구인가?"

"저게 서울로 가는 신상(紳商)의 행차라네. 상단 한 패는 사흘 전에 이미 떴는데도 뒤처진 상단이 저만하니, 필시 저 행수는 팔도 상고(八道商賈)를 휘젓고도 남을 거금을 가진 신상이구면."

옆에 엿목판으로 돌아앉았던 채수염*의 사내가 거들기를,

"어디 그뿐인가. 은린옥척(銀鱗玉尺)* 같은 조순득의 여식을 첩실로 삼겠다고 달고 간다네⋯⋯"

"그 혼자된 과부 말인가?"

"그렇다네."

"허, 그 신상 돈 많고 보니 늘그막에 젊은 여편네 얻어 신수가 틔었네그려."

"어디 방자*라도 놓아보게나. 그 여편네 손목이라도 한번 잡아볼지."

"난들 멀쩡한 신수로 생의를 못 내겠나?"

"이끼, 이 불상놈. 니 불알이 닷 발이나 되나⋯⋯?"

중구난방으로 입정을 놀리고 있는 옆에 앉았으려니 봉삼은 가슴이 미어질 것만 같았다.

행차를 눈여겨보매 부담마 뒤로 보교(步轎)를 멘 교군[轎子軍]들이 보이니, 그 가마 안에 궐녀가 앉아 있음이 분명하였다. 그러나 궐녀를 무슨 방도로 한 번이라도 상면할 수 있단 말인가. 궐녀 역시 그

• 채수염: 숱은 그리 많지 않으나 퍽 길게 드리운 수염.

• 은린옥척: 모양이 좋고 큰 물고기.

• 방자: 남이 못되거나 재앙을 받도록 귀신에게 빌어 저주하거나 그런 방술을 쓰는 일.

것을 예상치 못한 바는 아닐 텐데, 무슨 소의로 한 번 상면을 간구한 것인지 가늠하기 어려웠다.

건너간 거루가 아직 뜨지 않아, 신석주 일행은 사공막 부근에서 잠시 지체할 참인 듯 보교가 신석주의 말 옆에 와서 내려졌다. 궐녀로서는 가마 틈 사이로 어정거리고 있는 봉삼을 볼 수 있을지도 몰랐다. 그러나 궐녀가 가마 밖에서 어정거리는 봉삼의 구면(垢面)만을 먼빛으로 보고자 나루로 불러내지는 않았을 터였다. 분명 봉산에게 어떤 증표라도 남기려 함일 거였다.

드디어 거루가 도선목에 닿았다. 신석주의 짐방들이 반으로 나뉘어 거루에 올랐고 교군들이 가마를 메고 올랐다. 신석주와 남은 짐방들은 다음 거루를 탈 모양이었다.

봉삼은 옆에 앉았던 행객들을 따라 거루에 올랐다. 짐방들은 창막 이판에 포목짐들을 쌓고 뱃전 가녁에 쭈그리고들 앉았다. 나머지 행객들은 뱃머리의 덕판이나 고물의 판자 위로 흩어져 앉았다. 가마는 포목짐이 쌓인 창막이 부근에 내려졌다. 가마 틈 사이로 꼴을 지켜보고 있을 궐녀를 생각하면 사내의 꼴이 창피스럽기도 하였으나, 정랑의 손목이라도 마지막으로 잡고자 하는 궐녀의 뜻이 있으매 우선 몰골이 남우세스럽고 주변함이 배리다 할지라도 지금 와서 주저할 수는 없었다.

도선목에 닿았던 배가 천천히 고물을 틀어 강심 쪽으로 나아가매, 강 건너 새밭 위로 까마귀가 울며 날았다. 이물의 덕판에 앉았던 봉삼이 가마 안에 있는 궐녀에게 들리도록 큰 소리로 앞에 앉은 짐방들에게 물었다.

"어디로 가는 상단이우?"

곰방대를 물고 있던 짐방이 힐끗 봉삼을 곁눈질하였다.

"서울 시전으로 가는 포목짐들이오."

"행수 어른은 뉘시우?"

짐방은 그 말에 대답을 않고 건너편 나루에 서 있는 신석주를 턱짓으로 가리키며 되묻기를,

"행수 어른은 왜 찾소? 알 만한 분이라서 그러쇼?"

"아니요, 상단들이 하나같이 걸출하고 포목짐들이 착실하기에 한번 물어본 거요."

"보아하니 댁도 도부꾼 형세인데 어디루 가시오?"

"그저 죽반간에 연명이나 하는 떠돌이 행중이지요."

"그렇다면 우리 상단에 끼여보시오. 아니래도 짐방들이 적어 행수 어른께서 난감해하고 있소. 태가(駄價)도 쏠쏠한 편이고 삼시 굶기지 않을 테니 이건 공으로 서울 구경이오. 서울에만 떨어진다면 삼개〔麻浦〕 염전으로 가서 염부 노릇을 해도 농사일보다야 낫지 않겠소?"

"고맙소만, 문서 없는 종 노릇을 어찌하겠수?"

"거 입정 한번 사나운 인사군. 그럼 우린 문서 있는 종놈들이란 건가? 신수 보아하니 제나 나나 면천(免賤)도 못한 주제에 중뿔나게 뼈다귀는 거세군."

짐방이 먼빛으로 시선을 돌리고 다시는 쳐다보지도 않았다. 봉삼은 덕판에서 일어섰다. 이물에서 고물 쪽으로 건너가려는 사람처럼 뱃전 가녘을 붙잡고 비틀거리며 걷다가 가마 부근에 이르러 발이 걸린 체 아쿠 하며 창막이 한끝을 잡고 넘어졌다.

넘어지는 체하면서 한 손을 잽싸게 가마의 앞 주렴 아래로 디밀었

다. 수모(手母)* 겻시*쯤으로 보이는 편발 처녀가 가마 곁에 앉아 있었으나 봉삼이 가마 아래로 손을 디민 것까지는 모르고 있었다. 가마 안으로 들어간 손바닥 위에 궐녀의 장옷자락이 집혀왔다. 문득 땀에 밴 여인의 손바닥이 와서 닿더니 헝겊 조각에 똘똘 말아 싼 무엇을 쥐여줬다. 그리고 금방 가마 밖으로 손을 내치었다. 손을 빼내려는 참에 등 뒤에서 난데없는 사내의 목소리가 들려왔다.

"여보시오, 거기서 무슨 수작이오?"

고개를 돌리니 돈피 배자를 껴입은 깍짓동만 한 짐방 한 놈이 목자를 부라리고 서 있었다.

"뭘 하다니? 포목 바리 사이에 다리가 끼여 일어나지 못하고 있잖소?"

"이런 불량한 놈을 봤나? 이놈아, 상것의 다리가 포목 바리에 걸렸다는 걸 모르고 하는 소리냐? 넘어지는 체하면서 남의 가마 밑으로 돼지 발바닥 같은 손목쟁이를 집어넣기에 하는 소리가 아니냐? 이놈아, 그 손 썩 내밀지 못하겠느냐?"

낭패였다. 그놈이 봉삼의 거동을 유심히 보고 있었으리라곤 짐작조차 하지 못했었다. 가마 밑으로 들어간 손바닥에 건네받은 물건이 있으리라곤 궐자도 짐작지 못할 테지만, 도강(渡江)하는 가마 밑에 분수없이 빈손을 집어넣었다는 한 가지 실수만으로도 떨거지들에게 사매질을 당할 걸목은 충분하였다.

그놈의 요구대로 이미 반쯤이나 빼낸 손을 도로 디밀기도, 그렇다

• 수모: 전통 혼례에서 신부의 단장 및 그 밖의 일을 곁에서 도와주는 여자.
• 겻시: '겻수'의 사투리. 밑에서 일을 배우는 사람.

고 빼내 보일 수도 없어 엉거주춤인데, 거루에 탔던 행객들은 난데없이 구경거리가 생겼는지라, 노질을 하던 사공까지 삿대를 놓고 봉삼을 바라보았다.

짐방놈이 소매를 모양 있게 걷어붙이면서 당장 행티 놓을 거조를 차리며,

"어육을 만들 놈, 어서 그 손을 빼내지 못하겠느냐? 이놈이 이제 보니까 바람잡이 아녀? 낯짝에다 물찌똥을 내갈길 놈."

바로 그때였다. 가마 앞 주렴이 지체 없이 젖혀지면서 궐녀의 장옷자락이 밖으로 획 나오더니 봉삼의 엎딘 머리 위를 덮쳤다. 봉삼은 이때다 싶어 얼른 손을 빼내어 손에 쥐인 것을 괴춤에 찔러넣었다. 궐녀가 짐방놈을 꾸짖었다.

"웬 소란이 이리도 낭자하오? 손버릇 나쁜 사람이 있으면 얼른 내칠 일이지, 객쩍은 소리들로 버르기만 하면 어떡하오?"

궐녀의 꾸짖음에 힘을 얻은 짐방놈이 달려들어 봉삼의 오지랖에 흘러내린 장옷을 걷어 가마 안으로 디밀었다.

봉삼이 힐끗 궐녀를 바라보매 귀밑머리에까지 눈물이 흘러 있었다. 눈물이 괸 눈자위를 들어 봉삼을 마주보던 궐녀가 장옷 아래로 손을 내밀어 흩뿌리는 시늉을 하니 그 정경이 자못 애틋하였다.

봉삼도 가마 밑에서 나온 빈손을 거루에 탄 행객들에게 내보인 터라 기세등등한 짐방놈의 행티를 꺾어줄 요량으로 큰 소리로 대꾸하기를,

"이놈, 내가 무슨 농간을 부린다고 헛장담이 그리 낭자하냐? 어디에다 함부로 하게를 던지고 기광을 부리느냐?"

봉삼은 득달같이 달려들어 궐자의 상투를 낚아챘다.

돈피 배자 껴입은 놈이 봉삼에게 꼭뒤가 틀어잡혀 뱃전 가녁으로 가재걸음을 하며 끌려나가자, 가마 곁에 앉았던 교군 두 놈이 연달아 소리치기를,

"아니, 저놈이 어느 갯가놈이기에 겁 없이 시라소니 꼭뒤를 잡고 늘어지나그래?"

"그놈 소동 피우는 꼴이 코밑이 제법 따뜻한 놈인 모양일세. 허리 몽댕이가 쩍 소리 나도록 부러져보게 가만둬보세."

교군 두 놈이 돈피 배자의 편을 들어 소리치며 일어났고, 산이 우니 산돼지가 운다는 격으로 거루의 덕판에 앉았던 두어 놈이 합세하여 봉삼을 금방 요절낼 기세로 창막이 뱃전으로 달려나왔다.

그러나 고슴도치도 살친구가 있는 법, 지금까지 상단 패거리들의 왜장치는* 꼴에 눈심지가 편치 않아 고물 쪽 판자에 비켜 앉았던 난전꾼 두 놈이 그때 맞받아 소리 질렀다.

"그 사람 다치지 마라. 무고한 사람을 먼저 건드린 경우부터 따져야지."

"옳거니, 떨거지 결판지다고 난뎃사람 함부로 치고받을 거여?"

"네놈들은 웬 잡것들이냐?"

덕판 쪽의 한 놈이 대거리하자,

"잡것이라고? 어허, 이거 인왕산 호랑이가 따로 없네? 조선 팔도를 채반장수로 기어다니다 보니 나한테 말대꾸하는 쟁퉁이*도 보겠네그려."

• 왜장치다: 쓸데없이 큰 소리로 마구 떠들다.

• 쟁퉁이: 잘난 체하고 거드름을 피우는 사람.

"거 범절 없이 나서는 놈 있거든 땟국을 얌전히 빼줘라."

"까짓것, 채반짐 놓더라도 저놈들을 작살내고 봐?"

고물 쪽 판자에 앉았던 난전꾼 두 놈이 상투를 버르르 떨며 신들메를 단단히 쥐는데, 봉삼은 어느새 돈피 배자의 샅에다가 손을 넣고 왼배지기로 번쩍 들어 뱃전 가녘에다 태질을 쳤다. 엄장 큰 돈피 배자는 뱃전에 허리를 걸고 나자빠지더니 상투부터 곤두박고 첨벙 강물 속으로 처박혔다. 그와 함께 덕판에서 합세하러 나왔던 다른 한 놈의 옆구리를 걸어차니 체수 작은 짐방놈은 건명태처럼 가볍게 강물 속으로 곤두박였다.

사공이 삿대를 놓고 달려왔고, 왜장치던 짐방들이 물에 빠진 두 놈을 건져올리느라고 뱃머리는 잠시 난장판을 이루었다. 건너편 도강목에 서서 거룻배의 소동을 눈여겨보던 신석주가 겸인 행수를 시켜 행티를 놓고 있는 왈짜를 포촉하도록 일렀으나, 당장은 물 건너 일인즉슨 달리 방도가 없었다. 거루 안에 있는 짐방들 역시 수적으로는 우세하였으나 힘깨나 쓴다는 짐방 두 놈이 순식간에 물속으로 곤두박이는 꼴을 본 마당에야 더이상 시비곡절을 따질 엄두가 나지 않았다. 더군다나 난데없는 곁꾼까지 생긴 터라 모두들 꺼칠하니 서로 눈치만 살피고 있었다.

"이놈들, 열명길로 가기 바쁜 놈이 있거든 달려들어라."

눈치 보아 봉삼이 한마디 찍어누르니 시비곡절이고 뭐고 온 거룻배가 그대로 맹물이었다. 다만 남우세스러운 것은 이 못난 꼴을 지켜보았을 궐녀의 속내를 짐작하기 어렵다는 것이었다. 봉삼은 고물 쪽 뱃전을 잡고 풀썩 주저앉고 말았다.

겨우 소란을 수습한 사공이 열불나게 배를 몰아 도강목으로 갔다 대자, 그제야 짐방들이 도선장으로 내려서면서 소리 질렀다.

"저놈 잡아라."

봉삼이 그걸 예상치 못했을 리 없었다. 놈들보다는 한발 앞서 도선장에 뛰어내리던 길로 냅다 뛰기 시작했다. 도선목에서 활 한 바탕 거리만 뛰어나오면 길이 왼쪽으로 급히 꺾이면서 멀리 산자락 아래에까지 이어졌고 나루를 낀 오른쪽은 갈밭이 질펀하였다. 봉삼은 노루뜀을 하면서 쫓기는 체하다가 문득 잡목 숲이 있는 목쟁이에서 몸을 낮추어 오른편 갈밭 속으로 숨어들었다. 봉삼의 종적을 잃어버린 짐방들이 하릴없이 나루로 되돌아갔고, 그동안 거루는 되돌아서 건너편의 신석주를 마저 실어다놓았다. 그러나 소동은 있었으되 포목짐이 상하지 않았고 갈 길이 촉박한지라 신석주는 지체 없이 행차를 수습하여 나루를 떠났다.

봉삼은 갈밭 속에 숨어서 신석주의 부담마 뒤를 따라가는 궐녀의 보교가 갈꽃 사이로 가려졌다간 다시 보이곤 하는 모습을 멀리까지 바라보며 앉아 있었다. 상것의 이별이란 게 어찌 이리 주변치 못한 것일까. 궐녀가 바라보는 앞에서 그런 추태만은 보이지 말아야 하는 것이 남정네로서 의연한 태도이겠으나, 허무하게 멱살을 틀어잡히는 봉변을 고스란히 당한다는 것도 거북한 일이었다.

신석주와 궐녀의 보교가 멀리 산자락 아래로 묻히고 도선목에 행객들이 뜸해진 틈을 타서 봉삼은 천천히 갈밭을 걸어나왔다. 거루를 기다려 다시 올라타는 봉삼을 사공이 못 알아볼 리 없었다.

"용하게 피신을 했구려. 그 떨거지들에게 잡히는 날이면 아마 온 나루가 도륙이 났을 거요."

"갈밭 속에 숨었더랬소."

"그런데 어디로 가는 행보시오? 보아하니 가근방 사람은 아닌 것 같은데?"

"글쎄요."

"발행하면서 땅땅 벼르는 품이 나중에라도 만나면 사화(私和)술은 톡톡히 사야 하겠습디다?"

"고맙수. 차후론 푼전깨나 작량하고 다니지요."

"나도 이 나루에서만 배 부린 지 이제 꼬박 팔 년째요. 그러다 보니 눈치만 늘었지요. 노형이 가마 밑에 손을 넣어 무엇을 빼내는 걸 나 혼자서는 보았지요."

"내가 몰골은 볼 것 없으나 양경장수는 아니오. 무슨 곡절이 있었 던 거요. 그리 아시고 이후로는 함부로 입정을 놀리지 마시오."

"그 가마와 무슨 약조라도 있었던 모양이구려."

"이제 그만둡시다. 쓸데없는 말이 길면 화근이 생기는 법이오."

염량 빠른 사공도 더이상 해찰*을 놓지 않았다. 처자식 삼시 공궤 가 삿대 하나에 매달린 처지로서, 공연한 입정으로 삿대를 두 동강 내어서는 안 되겠기 때문이었다.

15

봉삼은 배에서 내리는 길로 한눈팔지 않고 길을 줄였다. 주막 삽짝 에 들어서니 벌써 저녁참이었다. 선돌이가 멀겋게 눈을 뜨고 누웠다

____

* 해찰: 일에는 정신을 두지 않고 쓸데없는 짓만 함.

가 미친놈처럼 허겁지겁 토방을 밟고 들어서는 봉삼을 보고 물었다.

"웬 행보가 그리 허겁지겁인가?"

봉삼은 윗목으로 가서 풀썩 주저앉는 대로 쌈지를 꺼내 시초부터 곰방대에 다져넣었다.

"자네 눈에 무엇이 보일 만하고 기력이 행보할 만하면, 그때 말하지."

"내가 행보할 만하면 우선 조가놈부터 물고를 내고 봐야겠네."

"그건 공연한 객기일세. 이곳에 알음도 없는 우리가 궐놈에게 달려든다는 건 우환만 자초할 뿐일세. 궐놈은 붙박이고 우리는 떠돌이니 우리가 작정만 한다면 언제든지 만날 수 있지 않은가. 지금 당장은 결기를 죽이게나."

"앓느니 죽겠네. 굼벵이도 뒹구는 재주만은 있다는 걸 궐놈에게 보여주어야 하네."

"그렇다고 궐놈을 당장에 주저앉힐 묘수도 없지 않은가? 설건드렸다간 또 무슨 횡액을 당할지 모르네."

선돌이가 말이 없는 틈을 타서 봉삼은 작정하였던 속내를 털어놓았다.

"사오 일 후에 먼달나루로 소금배가 와 닿는다는 소문이 파다하네. 우리가 잘만 생각하면 잇속을 노릴 만하네."

"우리가 가진 건 계추리 쉰 동뿐이지 않은가?"

"염상(鹽商)들이 예까지 올라와서 찾는다는 게 포목이나 담배라는 것이여."

"신석주가 가근방 포목을 전부 거두었으니 포목은 천세가 날 판이군. 자네 배포가 뭔지 짐작이 가네."

"포목 쉰 동이라도 가지고 있는 장사치가 흔하지 않을 건 뻔한 이치일세."

"나는 계추리를 놓고 싶지가 않은걸."

"장사치가 이(利)를 보고 왼고개를 쳐? 우리가 갈 길이 어딘가, 얼추잡아도 일삭(一朔)쯤은 산골길이 아닌가? 소금을 주고 상목(上木)들을 다시 골라 바꾼다면 나중엔 밑전 제하고도 포목 쉰 동이 그대로 남을 일을 왜 마다하는가?"

선돌이도 길미〔利錢〕*가 빤히 들여다보이는 이치라 봉삼을 따르기로 하였다. 산골에서는 소금만큼 잘 팔리는 물종도 드물었다. 갯가가 멀수록 천세나는 게 소금이요 산골 농투성이들의 범절 없는 염반(鹽飯)*일수록 소금은 필요했다. 곡기를 못해 육탈이 된 사람도 당장은 소금으로 신기를 되찾았고 종기를 짜내고도 소금으로 지져 다스렸다.

일이 수월하게 돌아가느라고 4, 5일 후에야 닿으리라던 소금배가 썩 앞당겨서 그 이튿날 밤중에 와 닿았다. 소식을 들은 날 아침 마침 선돌이도 행보할 만하게 되었기로 늦은 조반을 뜨고 먼달나루로 나갔다. 도선목에는 진작부터 주기가 펄럭이는 주막집들이 여럿이었지만 소금배가 와 닿자 멍석으로 휘장을 친 탁줏집과 술국집들이 너덧 군데 생겨났다. 거루 두 척이 와 닿았는데도 도선목이 그득한 꼴이었고 떡을 파는 계집과 아이들이 나루 부근에 난전을 벌이고 앉았다가 서성거리는 도부꾼들을 목이 찢어져라 불러댔다.

• 길미: 빚돈에 덧붙어 일정한 푼수로 느는 돈. 이자.
• 염반: 반찬을 변변찮게 차린 밥상.

소금을 사려는 도부꾼들뿐만 아니라 길이 바쁜 행객들이나 양반 행차들도 흡사 저잣거리를 방불케 하는 나루의 북새판을 구경한답시고 얼른 길을 뜨지 않고 근처를 서성댔다.

부근의 주막들은 그 언걸로 적잖이 재미를 보려는 작정인지 대낮부터 자지러진 방아타령이 삽짝 밖으로 낭자히 들려왔다.

"뫼에 올라 산전방아, 들에 내려 물방아. 여주이천 밀다리방아, 진천통천 오려방아, 남창북창 화약방아, 각대하님 용정방아. 이 방아 저 방아 다 버리고 칠야삼경 깊은 밤에 우리 님은 가죽방아만 찧고 있네……"

두 사람은 잠시 서성이다가 휘장을 친 도선목의 술국집으로 들어갔다. 벌써 일고여덟 명이나 되는 도부꾼들이 멍석 위에 둘러앉아 앙가발이* 술상들을 벌이고 있었다.

선돌이는 주모에게 두 닢을 건네고 장떡과 탁배기 두 주발을 시켰다.

"어디서 오신 동무시오?"

옆에 앉은 떠꺼머리에게 선돌이가 넌지시 말을 텄다.

"상주서 왔습니다."

고개는 돌리지 않았으나 대답은 깍듯하였다.

"일행이 많소?"

"일고여덟 명 됩니다만, 시절이 없어 회정해야겠습니다요."

"물종은 뭔데요?"

"담배라면 말마디깨나 한다는 영월초요."

---

* 앙가발이: 다리가 짧고 밖으로 굽은 조그마한 소반을 속되게 이르는 말.

"그럼 그 사람들이 찾는 건 뭐요?"

"무명이나 계추리랍니다. 그런데다가 건방에서 나온 잡것들이 구전을 뜯어내느라고 눈이 시뻘겋고 관아에서 나온 관속들은 노부세 챙기기에 앞뒤 볼 겨를이 없으니, 밑천 짧은 도부꾼들은 초장부터 울상이 되었고 간장 있다는 사람들은 작파하고 돌아섰습니다요. 차라리 화초방에서 불전이라도 떼인다면 한번 본때 있게 벼르기라도 해보지, 이건 사람 세워놓고 눈 빼먹기요."

"그런 패악질이야 한두 번 당하는 일이 아니지 않소?"

"나라에선 잡세 징수를 금하도록 진작부터 닦달하는 모양인데 지방 관속들은 들은 척도 하지 않으니 명 짧은 도부꾼 신세로야 어디 연명인들 온전히 하겠소? 그러잖아도 바로 이틀 전에 등짐 놓은 동무 한 사람이 행려병으로 죽은 걸 장사 지내고 오는 길입니다요."

떠꺼머리가 곡절 없이 빈둥거리며 떠벌리자, 휘장 안에 쭈그리고 앉아 허기를 끄던 도부꾼들 전부가 오갈이 든 낯짝으로 떠꺼머리를 건너다보았다. 휘장 안이 잠시 숙연해졌다. 궐자가 대중없이 내뱉은 말이긴 하되 너나없이 종말에 가선 그런 꼴로 세상을 하직하게 되리라는 것을 나잇살이나 먹은 도부꾼들은 속으로는 짐작하는 터였다. 짐작 없이 지껄인 총각의 한마디에 모두들 발가벗기라도 한 듯 썰렁한 낯짝들인데, 마침 주모 옆에 앉았던 패랭이 쓴 도부꾼이 떠꺼머리에게 호되게 면박을 주었다.

"젊은것이 어디에다 함부로 입정을 놀리느냐? 아무리 구변 좋은 주둥이를 가졌기로서니 조석을 가려서 입정을 놀려야지? 보아하니 배우는 장사인 모양인데 그러려면 입단속부터 먼저 배워야지."

총각이 금세 오갈이 들어 조아리며 변해하였다.

"죄송합니다. 자기 단속이 부족한 탓입니다. 관속들을 욕한다는 것이 그만 그렇게 되었습니다. 차후로는 조심하겠습니다요."

두 사람은 휘장 안 총각 도부꾼의 말로 나루의 초장 물리는 대강 짐작한 터라, 탁배기 한 주발씩으로 목을 축이는 체 흉내만 내다가 밖으로 나왔다.

마침 나루를 건넌 갈삿갓 쓴 호두엿장수가 엿단쇠를 내지르는데,

"호두엿 사요, 호두엿 사요. 계피건강(桂皮乾薑)에 호두엿 사려, 가락 굵고 유하고 쫄깃쫄깃 혀에 녹는 호두엿 사려, 양념맛으로 댓 푼어치 콩엿을 사려, 깨엿 사려. 늙은이 해소에는 수수엿이요, 우는 아이 달래주는 호두엿이요, 먼 길 행보에 허기 끄는 콩엿이요, 쏜 살을 붙들겠소, 엎지른 물을 거두겠소, 이제 못 사면 후회하는 호두엿이요, 수수엿이오."

담배쌈지나 부싯돌과 말린 꼭두서니나 다래나 빗, 그리고 짚신 채독을 지고 온 도부꾼들이 거루로 쫓아갔다. 처네*를 쓴 산골 여자들이 두곡(斗穀)을 이고 와서 소금과 바꾸기를 간청하였으나, 뱃사람들은 거들떠보지도 않는 눈치였다.

원래 염상들은 이 지방 토산인 안동포나 계추리를 겨냥하여 강 하구에서 안동 먼달나루까지 배를 몰았던 것이나, 거래를 트자고 내놓는 도부꾼들의 물종이 생리(生利)를 취하기엔 보잘것없음을 알고 실망의 빛이 역력하였다. 간혹 소금이 달린 양반집에서 별배(別陪)들을 시켜 계추리 몇 필을 내오는 흉내가 고작이었고, 물을 잔뜩 먹여 곰팡이가 핀 잎담배도 역시 물색 좋지 않아 그것들을 바라고 노둔(露

---

* 처네: 주로 시골 여자가 나들이를 할 때 머리에 쓰던 쓰개. 머리처네.

屯)하고 있을 형편이 아니란 눈치들이었다. 그런데다 청송이나 상주·고령 지방의 사장(私匠)들이 구워낸 도자기 주로[酒器]들도 반갑지 않은 바는 아니었으나, 그 또한 시절이 없었다. 그렇다고 해서 서울 신상이 와서 바닥내고 간 포목이 다시 풀려나오기를 부지하세월로 기다리고 있을 처지도 아니었다. 삼베라는 것이 그렇게 물꼬 터진 듯 몰려나오는 물종이 아니었기 때문이다. 겨울 삼동에 무릎이 벗겨지도록 삼을 비벼 삼아 여름철 농사 틈을 봐서 실을 날고 베틀에 올리면 온종일 매달려야 네댓 자를 짠다. 마흔 자짜리 한 필을 짜는데 여섯 근의 삼이 들고 10여 일이 걸려야 하니, 안동 저자에 다시 포목이 풀리려면 옹솥밥을 해먹으며 일순이 넘게 기다려야 할 판국이었다.

이름 있는 포목으로는 경상도 안동포, 전라도 세목(細木), 충청도 한산 모시[韓山苧], 함경도의 육진장포(六鎭長布), 평안도 안주 항라(亢羅), 황해도 해주 수목[海州木], 경기도에는 강화 반포(斑布), 강원도는 철원 명주(明紬)가 있었다. 안동포는 전라도의 세목보다는 베 바닥이 두껍고 올이 굵어 결세가 고르지 못한 것이 흠이었으나 때깔이 희다는 것으로 대처에서 담 치고 대문 달고 사는 양반 가문에서 심의포(褝衣布)를 많이 찾았다.

두 사람은 도선목으로 주척거리고 다가갔다. 입맛을 다시며 낭패한 낯짝으로 둘러서 있는 도부꾼들 사이를 뚫고 나아가니 제법 나잇살깨나 먹어 보이는 늙은 뱃놈 하나가 덕판에서 뺌가웃 곰방대를 물고 앉아 윷짝을 떼고 있었다.

선돌이가 뱃놈에게 다가가 넌지시 묻기를,

"무얼 받소?"

윗짝으로 눈길을 주고 있던 뱃놈이 힐끗 선돌이와 봉삼을 곁눈질
로 쳐다보더니 웬 깔따구* 같은 놈들이냐는 듯이 되받아쳤다.

"무얼 가지고 있소?"

"포목이오."

"자투리는 일없소."

"자투리는 아니오."

"그럼 물화나 봅시다. 조포(造布)·농포세포(農布細布)·중산(中
山) 치도 좋고 심의포하며 계추리, 안동포, 토주(吐紬), 갑주(甲紬),
분주(盆紬), 저포(紵布), 당포(唐布) 가릴 것 없이 다 좋소만, 행색을
보아하니 많은 물화는 가진 것이 없어 보이는군."

"여보시오, 사람을 어떻게 보고 하는 소리요? 우리가 행색은 초라
하나 행신 못 하는 난전꾼하구는 틀리단 말이오."

"그럼 대단(大緞)*이나 가진 신상 격이란 말이오?"

"그런 건 아니지만 소금 받고 내줄 만한 계추리는 한 쉰 동 유렴하
고 있소."

"거 목멘 영계 모양으로 소리만 지르지 말고 계추리가 있거든 내
놓아보시오."

"소금 한 섬에 몇 냥 치시우?"

"열닷 냥은 받아야겠소."

"허, 노형께서 포도청이 멀다고 잔방귀를 함부로 뀌는구려. 엽전
열닷 냥이 어디 조방(助幇)질*로 얻은 비루잡년들의 행핫돈인 줄 아

시우?"

"거 젊은것이 말대꾸 한번 버르장머리 없군."

"여보시오, 그 소금으로 용천뱅이*를 고친다우? 소금 한 섬에 계추리 두 필을 내놓으란 것이 말이 되오? 그 소금이 저승길 야차에게 인정을 쓸 것이라도 그래선 계추리짐을 풀진 못하겠소."

"이 사람 보게? 그럼 이 토선(土船)을 여기까지 끌어 오면서 객비 쓰고 사공들 발채는 어디서 뽑으란 말인가? 수세(收稅)하는 관속들에게 달라 할까?"

"아무리 이문이 박하게 된 형국이라 한들 소금 한 섬으로 멥쌀 석 섬을 달라는 수작이야 어디 될 법한 소리요? 환장한 놈들이 아닌 이상?"

"보자 보자 하니까 이놈 말본새가 아주 다랍게 나오는군."

뱃놈이 곰방대를 덕판에다 툭툭 털어선 괴춤에 꽂아넣고 약차하면 선돌이의 뱃구레를 걷어찰 요량으로 뺏뻐드름해서 일어섰다. 그러나 그 흉내 한 번으로 어디 눈이나 한 번 깜빡할 선돌이인가. 선돌이도 마주 일어서면서 찍어 누르기를,

"보아하니 네놈이 도사공(都沙工)*인 모양인데, 갯가의 물리라면 나도 소싯적에 갯바닥에선 타짜깨나 놓던 놈이다. 부당한 취리를 구하려는 놈들을 그냥 두고볼 수는 없는 법, 본바닥 왈짜 맛을 한번 봐라."

그러나 팔을 걷어붙이는 도사공 역시 나잇살이나 먹은 주제이긴

____

• 조방질: 남녀 사이의 오입에 관한 일을 주선하고 잔심부름 따위를 하는 일.
• 용천뱅이: '문둥이'의 사투리. '용천'은 문둥병, 지랄병 따위의 몹쓸 병.
• 도사공: 뱃사공의 우두머리.

하되 그렇게 볼품없이 당하고만 있을 위인은 아닌 것 같은데, 그때 나루터에 웅성거리던 행객들과 잡살뱅이들이 구경거리가 생겼는지라 도선목으로 꾀어들었다. 그 구경꾼들 중에서 행색은 초라하나 엄장 큰 사내 하나가 후딱 팔을 걷어붙이며 덕판의 선돌이와 봉삼을 겨냥하여 소리 질렀다.

"그 뱃놈 가만두쇼. 내가 맡겠소."

언청이 아가리에 토란 비어지듯 구경꾼들 사이를 비집고 나선 사내는 도선목 쪽으로 쭈르르 내달아서 득달같이 덕판 쪽으로 쫓아왔다. 그러고는 도사공의 멱살을 틀어잡고 있는 선돌이를 밀치더니 도사공의 명색뿐인 상투를 틀어쥐었다. 이건 또 웬 난데없는 곁꾼인가 싶어 선돌이가 힐끗 고개를 돌리니 이송천나루 너머 솔티고개 객점에서 매월이에게 봉욕당한 바로 예주목 석가였다.

"아니, 예주목 석가 아녀?"

옆에 섰던 봉삼의 입에서 은연중 그런 말이 튀어나왔고 선돌이 역시 생각잖았던 사태라 뜨악해서, 달려든 석가놈을 맥 놓고 바라보았다. 물론 거루의 창막이와 고물 쪽에는 네댓이나 되는 염상 일행이 쭈그리고 있었으나 도사공에게 달려든 패거리들과 대적할 근력도 문제거니와 섣불리 싸개통*으로 끼어들었다간 도선목에 꾀어든 구경꾼들도 합세할 것 같아 엄두를 못 내고 있었다. 구경꾼들 대개가 소금을 바꾸러 왔다가 성사가 안 되어 서성거리던 난전꾼들이었기 때문이다. 그러고 보면 이 행보에 신발차*를 찾는 건 고사하고 뼈추림

• 싸개통: 여러 사람이 둘러싸고 다투며 승강이를 하는 상황, 또는 그 일.
• 신발차: 심부름하는 값으로 주는 돈.

을 당할 것 같았다.

선돌이를 옆으로 제친 석가는 도사공의 뺨을 보기 좋게 손질하더니,

"이놈이 소금 몇 섬으로 눈깔이 뒤집힌 놈이군. 그렇게 짠 놈이면 맹물맛은 어떤지 한번 보아라."

석가가 도사공의 작은 체수를 번쩍 들어 강물에 던지니, 도사공은 네 활개를 쭉 뻗고 물속으로 곤두박였다. 석가가 손을 툭툭 터는 시늉이자, 고물 쪽에 앉았던 일행들이 달려가서 도사공을 건져올렸다.

"흥정은 이렇게 해얍지요."

석가가 도선목으로 내려서며 봉삼과 선돌이를 보고 헤벌쭉 웃으니 두 사람인들 어찌할 수 없는 노릇이었다. 그들은 대강 행색을 수습한 도사공을 술막질하는 술국집으로 불러내어 어한을 끄게 한 후에 다시 흥정을 붙여보았다. 열닷 냥이라던 소금 한 섬이 금방 열 냥으로 흥정이 이루어졌다. 그러나 1할이나 떼는 구문(口文)만은 어찌할 재간이 없었다. 건방에서 어지간히 염상들을 잡도리해둔 모양이었다.

소금 섬을 싣고 올라온 염상들이나 그것을 사려는 도부꾼들은 기껏해야 도선목 부근의 휘장 친 술국집에서 어한을 달래고 있었으나, 수세할 관속들이나 구문 받아내는 거간꾼들은 저들끼리 수작하여 아예 물대를 놓아놓고 객점 아랫목에 책상다리하고 앉아 게트림이었다. 선돌이 동패들과의 흥정이야 어떻게 이루어졌든 염상들은 깎아 준 물대 닷 냥에 대한 수세와 구문은 밑전에서 내놓아야 할 판국이었다.

알고 보니 딱한 쪽은 난전꾼이 아니요 오히려 염상들이었다. 선돌이는 하는 수 없이 소금 한 섬 열닷 냥의 물대를 고스란히 쳐서 계추리를 건네고 소금 두 바리를 얻었다.

소금 섬을 건네받아 동문거리 주막으로 돌아오니 해는 벌써 중화참이 넘어 있었다. 이제 발행할 채비를 차려야겠는데 난데없이 다시 끼어든 석가놈이 문제였다. 그러나 물화가 넉넉히 갖춰진 만큼 경마꾼이 있어야 했다.

석가가 염라국의 나찰(羅刹)* 흉내로 때아니게 불쑥 나타났다고는 하나, 매월이에게 봉욕당했던 솔티고개 주막에 그대로 눌러앉아 조섭하였다면, 안동 부중을 뜨지 못한 선돌이의 동패를 찾아낼 수 있었던 건 그렇게 괴이한 일이 아니었다. 그러나 심기를 떠보매 전사(前事)는 묻어두고 기어코 떠돌이 행중에 참여하겠다니, 이젠 더이상 궐자를 내칠 핑계가 없었다.

그 농투성이가 참 없는 경난(經難)을 당하면서까지 울골질로 선돌이의 상단에만 끼이려 하는지 그 우렁잇속을 가늠할 수 없으되, 쪽박 쓰고 벼락 피하기로 구차하게 핑계하다간 오히려 화근을 자초할 듯도 하여 달고 가기로 작정해버렸다. 매월이가 놓아버리고 온 방물고리는 어떻게 처분하였는지 보이지 않았지만, 봉삼은 그걸 따져 공연한 평지풍파를 일으키고 싶지도 않았다.

발행할 채비를 끝낸 선돌이는 그동안 밀린 식채 조로 술아비에게 계추리 세 필을 내놓았다.

"웬 식대가 이리 과만하시오?"

"여러 날 묵새기는 동안 폐가 많았소. 그러나 오가는 길손 허기나 꺼주고 푼전을 받아 식솔을 거느려야 할 주막집 주인이 모리배들과

결탁하여 난전꾼들을 괴롭히기 일삼는다면 술막질은 고사하고 성깔 있는 도부꾼을 만나면 목숨 부지가 난사일 거요."

"죽을죄를 지었습니다. 그러나 저도 문밖에 사는 상것이라 목숨 부지하자니 옴치고 뛸 재간이 없습니다."

"주인장의 입장을 가늠하지 못하는 바는 아니오. 그러나 우리들 상것일수록 후환 없는 조신을 해야 살아남을 게 아니오?"

술아비는 삽짝 앞에 비켜서서 머리를 조아리고 대답이 없었다. 목 자를 부라리고 서 있는 석가놈이 약차하면 발길질이라도 내지를 거 조였으므로 술아비는 주눅들어 고개조차 들 수가 없었다.

16

그들은 곧장 주막을 하직하고 동문거리를 나서서 중들나루를 건넜 다. 중들나루는 강원도 함백산(咸白山) 황지(黃池)에서 흘러내리는 낙동강과 일월산(日月山)에서 내려오는 반변천(半邊川)이 합류하는 곳이었다. 그들은 왼쪽으로 낙동강 상류를 버리고 반변천을 따라서 산골의 향시(鄕市)들을 거쳐갈 작정을 하였다.

길라잡이인 석가가 세 마리의 나귀를 끌며 선머리에 서고 봉삼도 등이 휘도록 포목 바리를 졌다. 중들나루를 건너면서부터 길이 훨씬 좁아졌다. 송하(松河)와 선어연(仙魚淵)을 지나면서 석가는 바삐 나 귀를 몰았다. 나귀 세 마리 중에 난데없는 상사마(相思馬)•가 끼여

• 상사마: 발정하여 일시적으로 매우 사나워진 수말.

있어 석가는 무진 고초를 겪었다. 나귀 세 마리는 진보(眞寶)까지 낸 세마였다.

반변천이 길의 왼쪽으로 흐르다가 금소천(琴召川)과 다시 합류하는 임하(臨河)에 금소 역말이 있었다. 안동을 떠나 겨우 30리를 줄인 셈인데 해는 벌써 어두웠고, 신기 차린 후 처음 행보인 선돌이는 빈몸이었는데도 전신이 식은땀이었다. 선돌이의 형편만 아니라면 마침 달도 있것다, 가랫재 아래 주막에서 숙박질할 작정이었으나 선돌이의 형편이 더이상 행보를 떼어놓을 처지가 못 되었다.

세마도 돌려줘야 했고 30리 상거한 곳에 골 깊은 시오 리 가랫재가 버티고 있는 처지여서, 내키지는 않았으되 마침 주막이 있으니 봉노를 얻어 드는 수밖에 없었다. 산골 주막이라는 게 서까래 서넛을 올린 달팽이집으로 겨우 비바람을 가릴 정도여서 대처의 객점처럼 범절 차려 아랫목 윗목 가릴 처지는 아니로되, 마방(馬房)만은 널찍하여서 나귀 풀기에는 좋았다.

봉노로 고개를 디미니 벌써 숙객 두엇이 코를 탈탈 골고 누웠다. 거멀못이 촘촘히 박힌 앙가발이 소반에 내온 묵으로 저녁 허기를 끈 다음 등잔 가에 모여 앉아 시초 한 대씩을 다져넣는데, 선돌이가 석가를 대중하여 불쑥 물었다.

"말 꺼내기는 뭣하오만 임자의 기물 형편은 어떻소?"

선돌이 곰방대에 수리취를 쳐서 갖다 대던 석가가 씩 웃음을 흘리며 한다는 대답이,

"곱상하지는 못하나 그런대로 쓸 만합죠. 천행으로 의원을 잘 만나서 쉽게 근력을 찾았지요."

"의원 말이 쓸 만하답디까?"

"말은 별 탈이 없을 거라고 합디다만, 아직은 알 수 없지요. 색주가 짜리라도 하나 만나서 수작이 되나 안 되나 한번 써보아얍지요."

"어쨌든 그만하니 다행이우. 우린 그날로 임자의 사내구실은 하직인 줄 알았소. 천지간 만물 중에 그만치 귀중한 물건이 또 어디 있겠소. 간수나 잘하시오."

"휘어진 호밋자루 형국이긴 하나 천만다행으로 아직은 달려 있으니 너무 걱정 마시오."

"부득부득 우리와 동패하자는 것은 임자의 양물에 손상 입힌 매월이를 찾겠다는 수작이 아닌지는 모르겠소?"

"그런 말씀 마슈. 내가 그렇게 옹졸한 잡배도 아니거니와 그년을 찾겠다고 마음먹었다면 내가 지금까지 계집 종적 하나 찾지 못했겠소?"

석가가 곤댓짓을 해가며 껄껄 웃는 시늉이었으나, 봉삼이나 선돌이 둘 중 누구도 궐자의 속내가 정히 그러하다고는 믿지 않았다. 매월이를 찾지 않고 두 사람을 찾아나섰다는 것이 오히려 더 수상쩍은 일이었다. 석가가 아무리 딴전을 피워보았자 그도 힘꼴깨나 쓴다는 장한이었고, 궐자가 거친 밥 쓴 나물로 연명하며 물정 모르고 살아온 산골의 농투성이였다 할지라도 한갓 들병이 계집에게 양물을 온전히 잘릴 뻔한 봉욕을 잊을 까닭이 없겠기 때문이었다. 당초부터 그 심보가 괴이한 것이긴 하였으되 일시 저지른 무안한 일을 가지고 굳이 한 사내를 파멸시키려 했던 매월이의 행동을 속내 모르는 사람으로서는 얼핏 이해하기 어려운 것임에는 사실이 아닌가. 그러나 궐자가 속으로는 두 사람에게 무슨 모함이나 해코지할 마음을 품고 있다 할지라도 그들 또한 그렇게 호락호락한 위인들도 아니었다. 두고보는 수밖에 지금 당장은 별도리가 없었다.

이튿날 그들은 꼭두새벽에 일어나서 나귀에 여물을 먹이고 내려놓았던 짐바리들을 얹고 길을 떴다. 다음날이 진보 장날이었고 진보에 닿으면 그곳 각산 역말 부근 객점에서 묵고 있을 최가를 만날 수 있을 것이었다.

최가가 그들과 의절해버릴 작심만 아니라면 각산 역참 어름에 묵고 있으리라는 짐작은 그다지 무리가 아니었다. 안동 동문거리 주막에서 작정한 바가 그러하였을 제, 각산 역참 길목을 지키고 앉았으면 동패들을 만나게 되리라는 것을 염량 빠른 최가가 모를 리 없겠기 때문이었다. 다만 속량(贖良)*도 않은 남의 몸종을 종내 업어가서 무슨 경난을 벌이고 있는지 그 뒤끝이 궁금할 따름이었다.

주막을 떠난 일행은 금소천을 오른편으로 끼고 20여 리를 걸었다. 돌고개를 넘자 금소천이 멀리 계곡 아래로 가라앉고 눈앞으로 야트막한 아기봉이 나타났다. 그들은 독골 앞 개천을 똑바로 건너서 늘치미 앞산자락으로 난 샛길을 타고 납실 앞 계곡으로 길을 꺾었다. 납실에서 가랫재 아래 주막이 있는 가랫골까지는 5리 남짓 상거하였으나 산이 깊고 길이 좁아 행보가 빠르지는 못했다. 주위가 싸늘하고 나귀의 워낭 소리가 한결 귀에 맑았다. 나귀 세 필을 혼자서 경마 잡은 석가가 진땀을 빼는 꼴이었으나 가랫골 주막에 닿았을 때에는 그래도 이른 중화참이었다.

일행은 주막에 닿는 대로 나귀를 풀어 쉬게 하고 여물도 많이 주어 나귀의 배를 불렸다. 젊은 주모가 잔술을 팔고 있는 주막엔 재를 넘기 전에 탁배기 주발로 목을 축이려는 행객 두엇이 정지 바닥에 앉아

• 속량: 종의 신분을 면하여 양민이 되게 함.

있었다.

산중답게 주막 앞 고갯길로 오르는 한길에 햇빛이 제법 달게 비치고, 멀리 산중턱에 서 있는 소나무 가지들이 선명하게 보일 정도로 시야가 맑았다. 멀리서 낮부엉이가 울었다. 술국 주발에 수저 닿는 소리가 들릴 정도로 사위가 적막하였고, 배불려놓은 나귀가 산중의 고요가 힘겨워 주막 삽짝에 대고 자꾸만 뒷발길질이었다.

젊은 주모가 인심 좋게 퍼주는 술국으로 배안엣걸신을 때려눕힌 세 사람은 봉당 쪽마루에 걸터앉아 곰방대에 불을 달아 물었다. 언제나 그랬듯이 큰 잿길을 앞에 두었을 때는 뜻 모를 긴장이 어깨쯤에 점점이 서리곤 하였으므로 세 사람은 잠시 말을 잊었다.

"자, 이만치 쉬었으니 이젠 뜨세."

봉삼이 공연히 능장을 부리고 있는 듯한 선돌이에게 재촉하고 봉당을 내려섰다.

"좀더 쉬었다 가지."

"벌써 많이 쉰걸. 떠돌이가 병근에 물리지 않은 다음에야 어디든지 자꾸 가야지. 자꾸 가야 고향을 잊지."

"나 뒷간 출입해야겠네."

"금소 역말 앞에서 출입하지 않았나?"

"뒤가 무슨 시 두고 마렵나?"

"이끼, 애새끼들 보채는 형국일세. 어서 갔다 오게."

봉삼이 손을 흩뿌리며 재촉이었으나 선돌이는 햇볕이 쨍하게 내리쬐는 주막 앞길에 눈길을 준 채 연기만 내뿜을 뿐 정작 바쁘다던 측간 출입은 할 요량도 않고 있었다. 마침 유기짐을 진 도부꾼 두 사람이 봉당에 짐을 내리고 앉았다. 선돌이가 그들을 보고 말을 걸었다.

"어디서 오는 동무들이시오?"

나잇살이나 먹었으되 아직도 엄지머리 행색인 한 사람이 감발을 풀어 목덜미의 땀을 씻으며 목쉰 소리로 대답하였다.

"고향이야 북관이오만, 그 고향 떠난 지 꼬박 팔 년째니 어디서 왔고 어디로 간다는 얘기부터가 송구스럽고 덧없을 뿐이외다."

"뿌리 뽑혀 바람에 불려다니는 입장이야 매양 같소이다만, 그래도 당장에 갈 길이야 정해두지 않았겠소?"

"내일이 재 너머 진보 장날이라니까 방짜나 몇 죽 팔아보려는 거요."

"유기는 시절이 어떻소?"

"고헐간(高歇間)*에 시절이 없소. 발바심 때인데도 거들떠보지도 않습디다."

바삐 길을 줄여야 할 입장인 사람이 유기장수를 붙들고 농을 걸고 있으니 봉삼은 그 속내를 짐작하기 어려웠다. 석가를 재촉하여 부렸던 바리들을 나귀에 올려 북두끈을 죄고 행리들을 챙겨 발행 준비를 서두르는데, 난데없이 선돌이가 낯짝이 개 핥은 죽사발이 되어 툇마루에 모잽이 하고 누웠다.

"봉삼이, 갑자기 비울증*이 오네."

"아직 병줄이 몸에서 떨어지지 않았단 얘긴가?"

"아니, 갑자기 관격이 든 것처럼 속이 답답하고 숨 돌리기가 불편하네."

---

* 고헐간: 값이 올랐다 내렸다 하는 사이.
* 비울증: 기(氣)가 몰려서 가슴과 배가 몹시 답답한 증상.

"이 사람 이제 보니까 꾀병이군. 아까는 뒷간 가고 싶다지 않았던가?"

"그렇다면 내가 업지요. 우선 재라도 넘고 봅시다. 여기에 의원이 있을 턱이 없고 약첩 구하기도 난당일 거요."

마침 감발을 고쳐 치던 석가가 쭈르르 달려와서 선돌이에게 등을 돌려세웠다. 그러나 업힐 요량은 아예 그만두고 선돌이가 낙태한 고양이 상을 하고 눈짓으로 봉삼을 불렀다.

"내 측간으로 좀 가야겠네. 아무래도 관격이 든 모양이여."

봉삼이 곁눈질로 바라보매 정녕 신기가 불편한 것 같기도 하였으나 일변 꾀병인 것도 같아 궐자의 난데없는 타짜가 종잡을 수 없었다. 게다가 측간 출입까지 동행해달라니 궐자의 겨드랑이에 손을 집어넣고 일으켜세우긴 했지만, 뭔가 배알이 뒤틀린다는 심사는 마찬가지였다.

그러나 얼마를 뒤꼍에 돌아서 있다가 삽짝 뜰에 사람들이 보이지 않게 되자, 선돌이가 꾸부렸던 허리를 발딱 펴면서 나오는 말이 썩 괴이했다.

"여보게, 실은 내가 신기가 불편한 것도 아니요, 관격이 든 것도 아니여."

"그럼 도대체 어디가 아픈가? 여긴 의원도 없다네."

"그게 아니여. 난 아무 탈이 없네. 그렇다고 농도 아닐세."

"그럼 측간 출입은 왠가?"

"자넬 따돌려 불러낼 계략이었네."

"자네, 왜 그러나? 갈 길이 먼데 자꾸 허튼수작들을 하고 노닥거릴 형편이 아니지 않은가? 짐바리 실은 나귀들 발자취가 느려 해동갑으로 몰아쳐도 해질녘에 진보에 닿을까 말까일세."

"그걸 내가 왜 모르겠나? 그러나 여기서 하룻밤 묵어야겠네."

"묵자니, 이 주막에서 말인가?"

"그럼, 이곳에 이 주막 말고 또 다른 주막이 있는가? 길이 아무리 바빠도 여기서 하룻밤을 묵어야 할 까닭이 분명히 있네."

"자네가 실성을 한 것인가, 아니면 대낮에 목객(木客)˙을 보았는가? 공연히 연사질하지 말고 어서 짚신이나 단단히 죄어 신게. 자네답지 않게 무슨 변괴를 부리고 있는가? 어서 가서 소금 바리를 줄여야 세마도 돌려줄 것이 아닌가."

"내 말을 곧이듣게. 내가 주막에서 요기를 하고 곰방대를 물고 한 길 쪽으로 가만히 눈길을 주고 있지 않았겠나? 간혹 주막 앞을 지나서 잿길로 올라가는 행객들이 심심찮게 눈에 뜨이데그려. 그런데 괴이한 건 잿길로 올라가는 행객은 보였으되 내려오는 행객은 아직 한 놈도 보이지 않았단 말일세. 이는 꼭히 집어서 말할 수는 없으되 필시 수상쩍은 일이 아닌가?"

"자네 원기 적탈하더니 눈에 뵈는 것이 전부 목객이 아닌가? 아직 자네 병근이 말끔히 가시지 못한 탓일세. 명색이 젊은 사람이 어찌 그리 병약한 소리만 하는가? 마음이 허하면 낮도깨비가 보이는 법일세. 내일이 진보 장날이니까 올라가는 행객만 보일 것이야 당연한 이치가 아닌가?"

"아녀, 그렇다손 치더라도 재를 넘어오는 행객이 이렇게 없을 수가 있겠는가? 안동 부중으로 들어가는 양반 행차라도 있을 법하지

˙목객: 도깨비.

않은가?"

"그럼 고개 위에 무슨 화적 떼라도 목을 지키고 있다는 말인가?"

"당장은 무어라고 말할 수는 없네만 어쨌든 내키지 않은즉, 오늘은 여기서 묵고 내일 신새벽에 발행하세나. 그래도 늦지 않네."

"자네가 한기 든다더니 헛소리를 하고 있네. 만약 고개 위에서 적변(賊變)이라도 일어났다면 고개 아래 주막인 여기에 소문이 낭자할 것 아닌가. 고개 아래 주막에서 모르는 적변이 어디 있던가?"

"증을 낸다고 될 일이 아녀. 정히 그렇다면 난 자네와 헤어질 수밖에 없네. 부득부득 자기만 옳다 한다면 우리가 앞으로 어찌 행보를 같이하겠는가. 내 아직 미열이 있긴 하지만 헛소리까지 나올 입장은 아니네. 우리가 진보장을 보아서 팔자 고칠 형국도 아니요, 장치를 빌려 변리(邊利)가 곱으로 늘어가는 입장도 아니지 않은가? 기껏해야 바삐 걸어 최돌이의 행적이나 수탐해보자는 수작인데 그것이라면 반나절 행보쯤 틀어진다고 해서 당장 무슨 변괴가 일어날 것도 아닌즉, 내 말을 듣고 여기서 나귀를 풀도록 하세. 우리가 반나절 장을 못 본다 할지라도 명색 없는 적변을 당할 수야 없지 않은가?"

봉삼이 선뜻 맞장구를 칠 수는 없으되 그렇다고 사리에 어긋나지 않는 선돌이 말을 두고 부득부득 행리 챙겨 발행할 수도 없어서 엉거주춤인데, 석가는 벌써 나귀를 앞세워 주막을 떠나 활 한 바탕쯤이나 되는 고갯길로 접어들고 있었다.

화주 격인 선돌이가 마다하니 어쩔 수 없는 노릇이었다. 봉삼이 뛰어가서 경마 잡은 석가를 돌려세우니, 석가 역시 영문 모르고 에멜무지로 한바탕 욕지거리를 퍼부어댔다.

나귀를 풀고 아예 봉노 하나를 빌려 들고는 시큰둥해서 한길을 내다보매, 정녕 선돌이 말대로 내려오는 행객이 눈에 띄지 않았다.

선돌이 마음 같아서는 재를 넘어가려는 행객들을 보이는 족족 주막으로 불러들이고 싶었다. 그러나 짐작이 공연한 것이라면 길 가는 사람 턱없이 붙들어 주저앉힌 몫으로 촉작대*로 앙가슴 떼밀리기 십상이겠으니 속만 탈 노릇이었다.

산중의 동짓달 해는 빨리도 진다. 멀리 맞은편 서녘 산등성이로 놀이 선명했다. 그 놀 비껴서 떼 지은 쇠기러기가 날았다. 해가 지니 주막 앞 자드락길에는 행객도 끊어지고 산자락을 타고 내려온 저녁살이 계곡에 누운 손바닥 같은 장토에 내려앉았다. 어디서 다듬이 소리라도 들려왔으면 객고라도 풀련만, 워낙 빈궁한 주막이라 마름질한 무명 자투리 한 폭도 없는 모양이었다. 주막의 술어미가 관솔을 내와서 등잔을 밝혔다. 산골의 해는 지는 것도 빨랐지만, 또 해가 지면 금방 어두워졌다.

봉노가 희미하게 밝았지만 부들자리에 등 붙이고 누운 세 사람 누구도 꿈쩍하지 않았다. 뻠가웃 곰방대 하나로 어지러운 심사를 달래기에는 아무래도 거북했던지 석가가 문득 천장을 쳐다보며 곰보타령을 읊조렸다.

"칠팔월 명일에 얽고 검고 바둑판 장기판 고누판 같고, 멍석 덕석 같고, 철둥덕석 고석(蠱石)매 같고, 때암장이 발등 같고, 우박 맞은 잿더미 같고, 진사전(眞絲廛) 기둥, 선전(縇廛) 마루, 연죽전(煙竹廛) 좌판 같고, 한량놈의 포대 같고, 과녁나무에 앉은 매미 잔등 같고, 상하 미전(米廛) 멍석 같고, 경상도 문경새재로 건너오는 꿀항아

---

* 촉작대: 보부상들이 가지고 다니던, 끝에 뾰족한 쇠를 맞추어 끼운 긴 작대기.

리 초병같이 아주 무척 얽고 검고 푸른 중놈아. 네 무슨 얼굴이 어여쁘고 똑똑하고 맵자하고 얌전한 얼굴이라고 시냇가에 내리느냐. 고기가 너를 그물 버리로만 여겨 수많은 곤쟁이, 송사리, 눈 큰 준치, 키 큰 장대, 머리 큰 도미, 살찐 방어, 누런 조기, 넓적 병어, 등 굽은 새우가 아주 펄펄 뛰어 넘쳐 달아나는구나. 그중에 음흉하고 숭물스럽고 흉측스러운 농어란 놈이 가로 앉아서 중놈을 슬슬 보는구나……"

엎치락뒤치락하던 석가가 끝내 참지 못하고 얽은 낯짝을 버쩍 쳐들며 소리 질렀다.

"탁배기라도 술국 안주하여 한잔 걸치고 잡시다. 창자 속에 술걸신이 나를 못살게 굽니다요."

봉삼이 일어나서 외짝 바라지를 열고 주모를 불렀다.

"탁배기 있거든 숨 좀 죽여서 들여보내슈."

주모가 득달같이 쫓아가 술상을 보아왔다. 석가와 주거니 받거니 동이를 비우다 보니 거의 바닥이 나 갔다. 봉삼이 취기 어린 눈을 들어 석가를 건너다보니 눈시울에 뜨물 자국이 완연했다.

"마누라쟁이는 보고 싶지 않소?"

"이끼, 거 마누라 같은 소리는 아예 마십시오."

"왜 그러시오?"

"남의 집 담살이로 들여보낸 지 오래요."

"임자도 딱하구려."

문득 말이 없더니 석가가 소반 가녘에 대가리를 처박고 끼룩끼룩 울기 시작하였다. 괴이하다 싶어 바라보고만 있는데, 그렇게 한참이나 울다가는 그대로 부들자리에 거꾸러져서 코를 골았다.

이튿날 새벽에 잠이 깨었을 때는 아직도 새벽 한기가 뜨락에 휑뎅그렁한 인시 말쯤이었다. 먼저 잠이 깬 선돌이가 술상 아래 처박혀 그대로 잠이 든 봉삼을 우격다짐으로 흔들어 깨웠다.

"빨리 발행 준비를 서두르세."

봉삼이 어섯눈을 뜨고 일어나 감발과 행전을 고쳐 치면서 투덜거렸다.

"꼭두새벽같이 일어나서 웬 곱상치 못한 성화인가?"

"나귀는 벌써 죽을 먹여놨네."

봉삼은 목침도 괴지 않은 채 네 활개를 쫙 뻗고 나자빠진 석가를 흔들었다. 새벽동자를 재촉하여 먹고 세 사람은 곧장 가랫재를 오르기 시작했다. 희미하게 밝아오는 하늘은 콧날이 찡할 정도로 차가웠다. 산자락과 계곡에 하얗게 서리가 내려 저절로 등이 시렸다. 계곡 아래로 워낭 소리를 흩뿌리며 잿길을 오르는 나귀 세 마리는 엉덩잇짓이 바빴다.

"허, 이거 벌써 소설(小雪)이 지나지 않았소?"

길라잡이하던 석가가 어깨짬을 으스스 떨며 뒤따르는 두 사람을 대중하여 물었다. 봉삼이 그 말을 받았다.

"머지않아 강나루에 얼음이 얼 거요."

"동지 전에 하동(河東)에 닿아야 할 텐데."

선돌이가 그렇게 거들었다.

"나는 거기서부터 전라도로 들어가서 강갱이〔江景〕로 들어가야겠네. 겨울 한철 조기장사는 길미가 쏠쏠하다네."

"그럼 우린 하동까지만 일행인가?"

"자네도 강갱이로 가겠다면 뿌리칠 수야 없지. 나는 놀미〔論山〕로 해서 강겡이로 들어가 거기서 행수 어른 수소문하여 만나야 하네."

"최돌이는 어떡하고?"

"같이 가야지. 내가 이 행역을 치르고 있는 게 누구 때문인데."

"알다마다. 어쨌든 그 인사가 각산 역참에서 기다려줘야 할 터인데, 난 웬일인지 그 사람이 꼭히 그곳에 없을 것만 같은 예감이 드니 괴이한 일일세."

"그건 궐자를 잘 모르고 하는 소리여. 자기 일신 하나는 간수하는 사람이니까."

"업어간 계집은 어떻게 됐다는 건가?"

"내 짐작으로는 편발 처녀 하나에 자국을 냈을걸세."

"조순득이 안동 장터에서 포목 도가를 차리고 있다면 가근방에도 그 수하 것들이 우글거릴 테니 까딱 잘못했다간 봉욕당하기 알맞을걸세. 그 계집이 오지랖이 넓어서 순순히 궐자를 따라나서겠다고 하면 몰라도 말일세."

"대장부가 일개 아녀자에게 미치지 못하겠는가. 계집 어르고 등치는 데는 어지간한 산골 아전은 뺨치고 나가는 솜씨이니 과히 염려 말게나."

"그 계집도 수월내기는 아니라지 않던가?"

"물장수 삼 년에 궁둥잇짓은 남더라고, 장판에서 늙은 사람이 설마 베잠방이에 대님 치듯 하겠나? 자기 처신 자기가 알아서 하겠지."

농을 주고받는 동안 세 사람은 등줄기에 희미하게 땀이 배어오는 것을 느꼈다. 나귀들 엉덩이에도 김이 오르기 시작하였다.

산기슭에 잠시 나귀를 세우고 흩어져 앉아 곰방대에 지삼이*를 다져넣었다. 날이 훤히 밝아왔으나 아직도 고개를 뒤따라 오르는 행객들은 보이지 않았다. 고개 위로 가만히 시선을 주어도 선돌이가 염려했던 것처럼 별반 곡절이 있을 법한 기운은 없었으되 어찌 역병 앓는 마을처럼 사위가 쥐 죽은 듯하였다. 그때 곰방대를 빨고 앉았던 석가가,

"가만가만, 들어보시오. 고갯목에서 뭔가 소리치는 소리가 들렸소이다."

"무슨 소리?"

선돌이가 벌떡 일어서며 묻는데,

"잘 모르겠소만 짐승 소리는 아닌 것 같소."

고갯목까지는 아직도 활 두어 바탕이나 상거하였으므로 그들은 불을 끄고 바삐 나귀를 몰아세웠다. 사위가 너무 적막한 것이 뭔가 심상치 않다는 낌새만은 금방 느낄 수가 있었다. 왼쪽으로 가파른 계곡을 내려다보며 몇 굽이를 돌아 목에 닿으니 그제야 사방의 소나무 숲속에서 신음하는 소리가 낭자하였다. 나귀를 매고 숲속으로 뛰어드니 적변당한 품이 완연한 십수 명의 행객들이 숲에 널브러져 있었다.

상투가 서로 맞잡혀 매인 놈, 아갈잡이에 주의(周衣)와 바지가 벗겨져 시꺼먼 하초를 드러낸 채 나뭇둥걸에 매인 놈, 허벅지에 투창(投槍) 맞고 자빠진 놈, 모가지가 부러져 입으로 낭자히 피를 흘리고 거꾸러진 놈, 허리 부러져 굴신 못하는 놈, 입 언저리가 작살난 놈, 뒷결박당한 채로 소나무에 매달린 놈, 눈알이 빠져나와 허옇게 늘어진 놈, 어깻죽지에 표창(鏢槍) 맞고 살려달라고 소리치는 놈, 물 달라고 소리치는 놈, 빈 자루 전대를 움켜잡고 대성통곡하는 놈, 식솔들이름을 부르며 눈을 허공에 매달고 앉은 놈, 세 사람을 발견하고 허

• 지삼이: '살담배'의 옛말.

겁지겁 기어오는 놈, 결박 풀어달라고 먼 데서부터 애걸복걸하는 놈,
나타난 세 사람이 또한 화적 떼의 잔당이 아닌가 싶어 지레 겁먹고
비척거리며 달아나려는 놈, 화적 떼들이 도타한 길목을 가리키며 빨
리 뒤쫓아서 적몰당한 미역짐을 찾아달라고 긴 사설 늘어놓는 놈, 화
적 떼를 피하고 나니 때아닌 새벽에 도깨비가 나타났다고 중얼거리
는 놈, 잘려나간 상투를 찾겠다고 풀숲을 뒤지는 놈, 발 고린내 나는
감발 풀어서 지혈시키는 놈, 이미 숨이 껄떡껄떡 넘어가는 시늉 하
는 놈, 밤새도록 소리를 질러대서 목구멍이 꽉 막혀버린 놈, 코가 뭉
개진 놈, 허벅지에 맞창이 난 놈. 수십 명이 행보를 떼어놓을 수 없을
만큼 칼침을 맞고 늘어지고 엎어지고 자빠지고 처박히고 매달리고
찢어지고 거꾸러지고 젖혀지고 비틀거리고 부러지고 휘어졌는데, 어
느 한 사람 육신이 멀쩡한 이는 없었고 거개가 소매 달린 웃옷을 입
을 처지가 못 되는 도부꾼들이나 상것들이었다.
　간간이 봉적하기도 하고 보아오기도 하였으되, 이만큼 북새를 놓
은 꼴은 처음이었다. 가근방 50여 리 상거에는 하다못해 변변찮은 찰
방 하나도 없었으니, 화적들이 안심하고 패악질을 한 것이었다.
　"이거 보게, 내가 뭐라고 하던가."
　봉삼이나 석가는 입이 있으되 대답할 경황도 겨를도 없었다.
　"떨거지들의 수효도 많았거니와 미상불 머리를 쓸 줄 아는 놈들이
었음이 분명하네. 고갯목을 지키고 앉아서 양편 잿길로 올라오는 행
객들을 모두 잡아서 한 사람도 내려보내지 않았으니 적변당한 소문
이 고개 아래 주막에 퍼질 리 만무하였고, 소문이 없었으니 행객들은
꾸역꾸역 올라왔을 게 아닌가."
　"옳거니, 그놈들이 분탕질을 놓아놓고 분명 행객이 끊어진 한밤중

에 산속으로 튄 것이 분명하군. 그런데 신수 멀쩡한 사람이 한 사람
도 없으니……"

봉삼이 그렇게 대답은 하였으나, 비로소 선돌이란 사람이 도부꾼
행세로 한둔하여 굴러먹되 범상한 인사가 아니란 것을 깨달았다. 사
리 분별이 재빠른 건 고사하고 하찮은 것도 지나쳐 보지 않는 이 사
람의 근본이, 제 말대로 갯바닥 왈짜였다고는 하나 하찮은 물화를 지
고 다니며 궁색한 취리를 구하여 구차히 연명해야 할 사람이 아니란
것을 알았다.

세 사람은 우선 아갈잡이된 사람들과 뒷결박된 사람들을 풀고 계
추리를 풀어서 지혈을 시키었다. 그사이에 고갯마루에는 하나 둘 행
객들이 모여들었다. 대강 수습을 끝내고 관가에 사람을 보내는 동안
낮해를 거의 보낸 터여서 진보 장판에 닿았을 때는 이미 파장 무렵이
었다.

17

각산 역말 부근의 객점 서너 곳을 들러 최가를 찾았으나 그를 보았
다는 사람 하나 만날 수 없었다. 봉삼이 짐작한 대로라면 각산 역말
에서 최가를 만나야 하겠지만, 그러나 최가의 속내는 당초부터 그렇
지 않았다. 안동 마전내 부근에서 계집아이를 업어올 때부터 최가는
벌써 다른 마음을 먹고 있었다. 나중에 어떤 봉변을 당하더라도 우선
은 이 계집아이에게 자국을 내고 말아야겠다고 최가는 작심한 것이
었다. 이미 봉삼이 조순득의 여식을 업어갔으니 선돌이가 풀려나올

것은 뻔한 이치였고, 그러고 보면 오랜만에 만난 횡재를 허술히 놓아 보낼 까닭이 없다는 생각이었다.

최가는 봉삼이 끝까지 거조를 지켜볼 것으로 예상하고 계집아이를 대문 앞 고샅길에 내려놓고 동문거리로 올라가는 체하다가 어느 집 담 뒤에 숨어서 봉삼이 할미 집으로 들어가기만을 기다렸다. 봉삼이 보이지 않자 득달같이 달려가서 내려놓은 계집아이를 다시 동여 지 게에 졌다. 그길로 최가는 곧장 먼달나루로 나갔다. 그러나 이미 거 루가 끊어진 뒤였다. 마침 사공막에는 사공들이 화톳불을 쬐며 앉아 있는지라 최가는 넙죽 엎드려 적선을 빌었다.

지난밤에 느닷없이 모친상을 당하여 안동 장터에 나가서 포목을 사오는 길이라고 거짓 변해하였다. 사공들은 이미 배를 맨 처지여서 떨떠름해하였으나 초종범절을 차리려는 상주 앞에서야 어쩔 도리가 없어 배를 내주었다. 그러나 이상한 건 바소쿠리에 담긴 그 계집아이 였다. 최가가 나룻가에 지게를 받쳐놓고 사공들을 만나서 거짓 변해 로 꾀어내는 사이에 상당한 짬이 흘렀고 보면 그동안 작정만 하였어 도 계집아이는 얼마든지 몸을 빼낼 수가 있었다. 최가 역시 계집아이 에게 뒷결박을 짓고 아갈잡이를 하였으나 그것이 마전내를 건너고 내리고 지는 동안 느슨하게 풀려 있었다. 아갈잡이한 것은 아예 풀려 서 숨 쉬고 발악하는 데는 하등의 불편이 없었다.

최가는 나루에 내리는 길로 사공에게 백배사죄하였다. 사공이 손 짓하며 대답하기를,

"어서 가시오. 어서 가서 초종이나 범절 있게 치르시오."

"고맙습니다."

"어서 가시오. 염꾼이 기다리겠소. 그런데 상주 된 사람이 어쩌자

고 저리 허겁지겁 정신을 못 차리나그래? 무슨 보화라도 진 사람 같은 낯짝이니, 거 아주 맹랑하고 괴이하구나."

최가는 밤길을 뛰듯 줄이기 시작하였다. 나루를 건너서 거의 한 식경이나 길을 줄였을까. 어디인지 분간키는 어렵되 제법 넓은 개천이 나타났고 개천 한가운데 어살 질러놓은 것이 밤빛으로 희미하게 보였다. 어살을 놓았다면 지척에 분명코 살막이 있을 도리였다. 사방의 갈밭 어름을 한참이나 살핀 끝에 살막을 발견하였다.

살막이란 어살을 지키려는 의도이겠으니 내왕이 없는 한밤중에야 비어 있을 건 뻔한 노릇이었다. 최가가 살막 앞에 지게를 내려놓았을 때 밤중은 거의 삼경에 이른 때였다.

이젠 내왕도 없겠거니와 인가도 멀어 보였고 사방이 탁 트인 개활지여서, 계집이 뛴다 하더라도 불과 몇 칸 안에서 잡을 만하였다. 그러나 금방 입에 드는 음식일지언정 우선 냉큼 집어넣기 전에 태깔을 눈여겨보아두는 것도 싫지 않은 일이었다. 최가는 지게로 가서 계집을 안아 내려 살막 앞에다 앉혔다.

계집아이는 한번 눈을 들어 최가를 쳐다보았을 뿐 종내 시선을 발부리에 두고 앉아 있었다. 가만히 살펴보니 몽당치마 민저고리 행색이 뉘 집 노비이긴 분명한데 외양이 크게 밉지 않게 생겼고 범절 있는 여자를 모신 탓으로 상것의 티가 그렇게 두드러지진 않아 보였다.

"내가 너에게 뭘 좀 물어봐도 좋겠느냐?"

계집아이가 날름 대답을 올렸다.

"물어볼 것이 있으면 물어봅시오마는, 나잇살이나 잡수신 사람과 대면하여 상종하고 주고받을 말이 그리 없을 성싶습니다."

"내가 나잇살이나 먹었다고 네가 쏠까스르는 판이구나. 내가 묻는 대로 대답만 하면 되지 않느냐?"

"물어볼 말씀이 무엇입니까?"

업혀온 계집아이치고는 대꾸가 당찬 편이어서 겁을 먹었거나 주눅든 형국이 아니었다. 최가는 내심 혀를 내둘렀다.

"너 어찌하여 여기까지 곱게 업혀왔느냐? 너는 내게 업혀올 만한 과부쟁이도 아니지 않느냐? 이제야 내가 알았다만, 그동안 네가 세의(細意)•만 있었다면 얼마든지 소리를 지르거나 달아날 짬이 있었지 않느냐?"

"그런 말 하지 마셔요."

"그런 말 하지 말라니? 내가 너를 두고 농을 하고 있는 것 같으냐? 아니면 묻는 말이 자발없어 보이느냐?"

"세상에 나를 업어와서 뭣에다 쓰려나 두고보려고 그랬습니다."

"계집아이가 간릉스럽기 이를 데 없구나. 내가 무섭지 않느냐?"

"맥도 짐승 아닌 사람인데 무서워할 까닭이 뭐 있어요? 설마 사람이 사람을 해칠까요."

"너 몇 살이나 되느냐?"

계집아이는 그때에야 다시 한번 힐끗 최가를 훔쳐보았다. 최가가 은근히 손을 내밀어 계집아이의 손목을 잡으렸더니 당초에는 가만있는 듯하더니 느닷없이 손목을 홱 뿌리치면서 내뱉는 말이,

"근력이 어떤지는 모르겠소만 남의 편발 처녀 손목은 왜 잡소. 인가가 없는 외진 곳이라 해서 함부로 될 성부르오?"

"헛, 고년, 범상한 계집이 아니구나. 그래, 나이는 몇 살이냐?"

• 세의: 작은 뜻.

"내 발목을 한번 잡아보시구려. 한 손아귀에 들면 나이가 찼겠지요. 나이는 자꾸 물어봐서 얻다 쓰려고 그러시오?"

"그럼 네가 내게 수청이라도 들 수 있다는 거냐? 내 진작부터 그걸 알고 싶었다."

"내가 대답할 일이 아닙니다. 그런 일은 내 아비더러 물어보시오."

"이 한밤중 살막에서 노둔할 입장에 어디 가서 네 아비를 찾겠느냐? 네 아비는 뭘 하는 인사냐?"

"저잣거리에서 푸줏간을 합니다."

"네 아비가 장판에서 푸주질을 한다면, 백정이란 말이냐?"

"잘 아시네요."

"네 아비가 백정이라면 너도 근본부터 불상년이구나."

"정말로 망신살이 뻗쳤네. 불상년을 재차 업어온 사람이 누군데요? 말을 길래 씹다간 댁의 체모에 손상 입으리다. 그래, 내가 뭐랍디까, 상종하여 말대답할 처지가 아니라고 하지 않습디까? 그러나 댁도 보아하니 창의 껴입은 선비도 아니구려. 똥 묻은 개가 겨 묻은 개보고 불상놈이라 한다더니, 원."

"헛, 고년, 말대답이 아주 청산에 유수로구나. 어서 살막 안으로 들어가기나 하자. 한기 들라."

"흥, 걱정도 팔자시구려. 못 들어간다면 어쩌실 테요?"

"내가 네년 하나를 온전히 다루지 못할 성싶으냐? 내가 젊었을 적엔 양손에 나락섬을 하나씩 들어올렸던 처지다."

"흥, 우리 아비는 맨손으로도 농우소를 잡소."

"도대체 네 아비가 이 판국에 무슨 범절을 한다고 종내 아비, 아비 하느냐? 어서 들어가기나 하자."

"인가가 멀다는 생각이겠지만 한밤중이라 내가 소리를 지르면 인가까지 들릴 거요. 어살 지른 곳에는 살막이 있겠지만 살막이 있으면 인가도 멀지 않다는 것을 알아야지요. 어찌 하나는 알고 둘은 모르오."

"소리를 지르면 내가 가만두고 볼 성싶으냐?"

"주둥이 막는다고 손발은 기광을 부리지 않나요?"

"그야 죽기 한사한다면 안 될 것이 무엇이 있겠느냐. 그러나 지금 집으로 돌아간대도 삼십 리 길이 착실하다. 앙탈 부릴 것 없이 안으로 들어가자. 내가 애당초 널 동여왔을 땐 얼려 죽이려고 한 짓은 아니다."

"들어갈 테니 이 손 놓으셔요."

"이리 와서 내게 안겨라."

"맑은 하늘에서 벼락 내리겠소. 우리가 가시버신가요, 끌어안게? 무슨 배포로 그런 말을 하십니까?"

"시지도 않아서 군동내부터 난다더니, 고년 참말 대답 하나는 늙은 년 뺨치겠구나."

대답하는 것과는 달리 계집아이는 최가를 따라 살막 안으로 순순히 기어들었다. 겨우 밤이슬이나 가릴 정도로 엮어 이은 살막이었으나 들어가 앉고 보니 제법 후끈하였다. 계집아이를 살막 안으로 끌어들이긴 하였으되 말대답이 워낙 아금받고 담대할뿐더러 남녀 간의 물리가 또한 어떠해야 한다는 걸 제 나름대로 터득하고 있는 듯한 눈치인지라 주막의 막창이나 허술한 과부쟁이 다루듯 하다간 무슨 봉변이라도 당할 것 같아 가슴속이 썰렁한 판인데, 계집아이는 낯짝을 최가의 턱밑에 바싹 들이대며 한다는 소리가 사뭇 맹랑했다.

"공연히 속간장 녹이지 말고 썩 떨어져 누우셔요."

"내가 네 몸에 자국이라도 내야겠다면 어떻게 하겠느냐?"

"칼로 찌를 테요."

"네가 칼부림을 할 동안, 그럼 난 바라보고만 있으란 말이냐? 이년, 보자 보자 하니까 버르장머리가 말이 아니구나. 어디라고 칼부림하겠다는 소리를 거침이 없이 하느냐?"

"제가 언제 칼부림을 함부로 하다고 했습니까? 약차하면 그런다고 했지요."

"어른이 수청을 들라면 냉큼 들 것이지 넌 어찌해서 잔소리가 그리 많으냐?"

"제가 백정의 소생이라고 댁은 우격다짐으로 입에서 나오는 대로 발설하는 모양 같소. 내가 백정의 소생이고 천비일지언정 사당년의 소생은 아니오. 더욱이 화냥질로 연명하는 터도 아니오. 처음부터 말씀이 점잖고 곱게 나오셨다면 나도 생각한 바가 있겠는데 백정이 생산한 것이라고 그렇게 안면을 싹 바꾸다니요. 내 설령 하늘의 은혜를 입지 못하여 백정의 소생으로 태어났고 또한 태어나서 사람 구실을 못하는 계집이 되었다지만 일찍이 오장 육부를 갖추었고 생각하는 바도 궁색하지는 않소. 굼벵이도 기는 재주는 있다 하였소. 아닌 밤중에 남의 집 편발 처녀를 옭아다가 살막에 몰아넣고 불문곡직하고 수청을 들라니, 그것이 사람이 사람에게 하는 소리요?"

"임자 없는 편발 처녀니까 내가 업어왔지, 아니라면 내가 설령 도척의 심보였기로서니 무슨 염치로 생의를 냈겠느냐?"

"길가에 핀 꽃이 임자는 없으되 이름은 있다 하였소. 세상 만물 중에 이름 있는 것치고 어느 것 하나 허술히 여겨지는 것이 있소?"

"이년, 잔소리할 것 없이 어서 이리 오너라. 대장부가 네깟 천한 년 하나를 마음대로 못한다면 아예 자진하고 말 일이지 어디 될 법한 일이냐?"

"내 몸을 버려놓은 후에는 어찌하겠다는 것인지 말씀부터 먼저 하시는 게 대장부의 도리인 줄 압니다. 그 말씀을 듣고 그럴싸하지 못하다면 손가락 하나 다치지 못하게 할 터이니 그리 아셔요."

"내가 널 버려놓은 뒤에 널 차버리겠느냐? 데리고 살지."

"작정이 그러하시다면 날짜를 잡아서 작수성례라도 치러야지요."

"백정의 소생이라면서 무슨 범절을 그렇게도 골수 사무치게 찾느냐? 서로 안고 자면 가시버시요, 순종해야 아내가 아니냐?"

"저를 시앗으로 삼으시려는 거지요?"

"난 홀애비다."

"그 말씀 정말인가요?"

"못 믿을 말 묻기는 왜 했느냐?"

"그렇다면 더욱이나 이 밤에는 안 됩니다. 꼭히 나를 데리고 사시려거든 되잖은 범절이되 초례(醮禮)를 치른 후에야 같이 자야 합니다."

"네 말이 참으로 괴이하구나. 네 말을 곰곰이 씹어보니 나를 따라가기로 이미 작정을 하고 있는 것만은 분명한데, 나와 같이 해로하겠다면 그런 범절을 애써 찾을 까닭이 무어냐? 평생 의관 한 번 하고 다닌 적이 없었을 백정 아비를 둔 네가 범절을 찾겠다니, 그런 옹고집이 어디 있느냐? 네 아비가 탕건 쓴 것을 본 일이 있느냐? 네 아비는 소를 타고 장가들어서 널 낳은 후에야 겨우 상투를 틀었을 거다. 너 또한 초례를 치른다 한들 가마를 탈 입장도 아니거니와 어미가 되어도 비녀 꽂을 처지도 아니지 않느냐?”

“그렇습니다.”

“그렇다면 네 팔자로는 너무 무례한 요구가 아니냐?”

“그럼요. 그러하기에 내가 댁에게 곱게 업혀온 것이 아닙니까요. 비적(婢籍)에 올라 있는 내가 다시 종놈에게 시집가서 천비로 늙으면서 누대를 노비로 물려주는 것보다는 댁의 아내가 되어 면천하는 것이 옛날부터 바라던 것이었으니까요.”

“어림없는 소리다. 조순득이가 도타한 널 순순히 속량시키겠느냐? 수하 것들을 풀어서 널 추쇄하거나 관아에 발고하여 네 발길을 묶을 거다. 기찰에 물리면 너는 나루 한 번 온전히 건너지 못한다. 나 또한 널 방조한 죄로 결곤을 당할 건 뻔한 노릇이 아니냐.”

“사내대장부가 그런 요량도 없으면서 편발 처녀를 업어올 수가 있습니까? 당초부터 종년인 줄 알고 업어온 것이 아닙니까. 그러니까 절 아내로 삼고 싶거든 당장 절 상관할 심사로 간장 녹이지 말고 장차 저를 어찌할 것인지 먼저 생각해야 합니다. 그것이 아니라면 지금이라도 절 놓아주셔야 합니다. 밤 도와 걷는다면 홰치기 전에 집에 닿을 수가 있습니다. 그래야 상전께 물볼기를 맞지 않습니다. 이참에 아주 아퀴를 지으세요.”

“엄살을 떤다고 어린 네년의 속임수에 내가 허술하게 넘어갈 성싶으냐? 내가 좋아서 따라가겠다는 것도 아니요, 다만 면천할 길이나 찾자는 수작이 아니냐? 도대체 무슨 배포로 반노(叛奴)의 심기를 품느냐?”

“제 말을 들어보십시오. 댁도 그 연세에 피둥피둥한 이팔의 아내를 얻는 셈이고, 저 또한 늙은 서방을 얻되 비적을 면한다면 아비 적부터 맺힌 소원을 푸는 것이 되지 않습니까?”

“네 이름이 뭐냐?”

“월이라고 합니다.”

“너 내가 누군 줄 아느냐?”

“팔도 저자를 뒤지고 다니는 선길장수가 아닌가 짐작할 따름입니다.”

“명색도 없이 떠도는 도부꾼을 한사코 따라가야겠다는 네 신세도 딱하긴 마찬가지구나. 그러나 네 눈치도 그만하면 절간에 가서도 젓국 얻어먹겠다.”

계집아이의 말이 사리에 그름이 없고 변명할 말도 궁하여 최가는 한동안 묵묵히 앉았다가 드디어 작정을 해버리고 무릎을 세우고 일어나 앉아 당조짐*을 놓았다.

“네 작심이 정히 그러하다면 오늘 밤을 여기서 한둔할 처지가 아니다. 지금 곧 밤길을 떠야 한다. 같이 가겠느냐?”

“지옥인들 마다할 처지가 아닙니다.”

“네 아비에게 아무 통기도 없이 뜬대도 후환이 없겠느냐?”

“제 아비는 오히려 이것을 소원한다니까요. 평생을 종년으로 시달림을 받고 궁박하게 살며 사람값을 못하게 된다는 것을 번연히 알고 있는 처지에, 남의 집 담살이나 빨래품을 팔더라도 면천하겠다고 종적 감춘 딸을 원망할 아비가 어디 있겠습니까?”

“일어서거라. 홰치기 전에 나루에 닿았다가 첫배를 타자.”

“먼달나루는 안 됩니다. 제 얼굴을 아는 사공이 있을지도 모르고

____

 • 당조짐: 정신을 차리도록 단단히 조지는 일.

추쇄 나온 포리들 귀에 소문이 들어갈 염려도 있구요."

"어쨌든 일어서거라. 밤 도와 걷는다면 그것들을 피해갈 방도가 있지 않겠느냐? 나로선 떨어진 동패들을 만나야 하겠으니 너는 잔소리 말고 나만 뒤따라오너라."

"여기서 한티재를 넘어서면 곧장 먼달나루입니다. 먼달나루에서 길을 오른편으로 꺾으면 신절이란 작은 마을이 나오지요. 거기서부터 시뭇 개천가 갈밭 길을 따라서 이십어 리만 올라가면 포진으로 건너가는 뱃실이란 나루에 닿을 수가 있습니다."

"길이 험하겠구나."

"길이 아무리 험한들 짐승도 다니는 길을 사람이 못 다니겠습니까. 댁이 걸을 수 있는 길이라면 쉰네도 한사코 따라가겠습니다."

월이가 비록 천한 종년이긴 하였으나 어지간한 여염집 여자는 뺨칠 만큼 줏대 있고 똑똑한 데 최가의 심기가 동한 것이었다. 업어온 계집아이를 놓아주면 일신에 화가 미친다는 말도 있었지만, 어쨌든 기왕 내친김이니 편발 처녀 천추에 맺힌 소원 한번 풀어준다는 것도 적선이겠고, 또한 멀리 잡아서는 아랫배에 비짓덩이 없는 이팔 처녀를 아내로 얻겠다는 작심도 두었는지라, 두 칸 앞이 보이지 않는 낯선 밤길에다 허기진 뱃심일지언정 걸음이 나는 듯 빨라졌다.

길이 있다고는 하였으나 초행이긴 두 사람이 마찬가지여서 뱃실이란 나루터에 닿을 때까진 길을 잘못 들어 몇 번이나 허행을 겪어야 했다. 뱃실에 닿았을 땐 벌써 오경이 가까워 있었다. 두 사람은 등줄기에 옷이 감기도록 땀에 흠뻑 젖었다. 최가는 그간 쉴 참마다 행전과 신들메를 고쳐 맸으나 월이는 뒤축 떨어진 미투리를 끌고도 군소리 한 번 없이 잘 따라왔다.

“넌 행보도 잽싸구나. 이렇게 먼 길을 걸어본 일이 있느냐?”

“이판사판인데 머리에 다듬잇돌을 이고 있다 하더라도 게으름을 피울 처지이겠습니까.”

“내가 욱한 김에 너를 달고 가긴 한다마는 너도 떠돌이 도부꾼에 참여하고 보면 그 곤욕이 말이 아닐 거다.”

“내 본색을 모르는 사람들과 삿대질이라도 할 수 있고 맞대거리라도 목 터지게 한번 한대도 평생을 욕받이 천비로 지내는 것보다야 낫겠지요.”

“알고 보면 나도 지금 당장은 낭중이 썰렁하니 고린전 한 닢도 없느니라. 길양식 몇 줌 주변할 입장도 못 될뿐더러 대궁밥 한 그릇도 주변할 신세가 못 되는 형국이다. 너도 신공(身貢)*을 바칠 만큼 설산(設産)*을 해야 네 애비나마 보러 갈 게 아니냐? 지금이라도 늦지 않았으니 속내가 떨떠름하거든 돌아가거라.”

“나잇살이나 잡수신 양반이 하룻밤 사이에 엎었다 젖혔다 마시고 어서 배나 얻어 탈 요량을 해야지요. 그런데 사공막에 불 켠 흔적이 없습니다요.”

기다리는 수밖에 없었다. 최돌이는 당장 사공을 깨워 배를 달라고 타짜를 놓아볼까도 하였으나 타관바치가 사공을 잘못 건드렸다간 무슨 봉변을 당할지 몰라 첫배가 뜨는 시각까지는 기다려보기로 하였다.

사공막 옆으로 멀리 산 아래 마을로 들어가는 외줄기 길이 숲속으

---

* 신공: 노비가 신역(身役) 대신에 삼베나 모시, 쌀, 돈 따위로 납부하던 세.
* 설산: 살림을 차림.

로 뻗었고 그 숲속 멀리에서 개 짖는 소리가 들려왔다. 밤길을 걸어허기가 지기도 하였거니와 우선 땀을 말릴 곳이나마 찾아야 했다. 사공막 앞을 비낀 강가에 갈밭이 길길이 자라 있었으나 지금쯤은 서리가 내릴 때인지라 갈밭 속으로 들어가면 되레 얼어 죽을 판국이었다. 근처에는 주막도 없어 사공막 하나만 썰렁한데 들어가서 적선을 구한다는 일이 뭔가 썩 내키지 않아 팔짱을 끼고 엉거주춤 서 있는데, 바들바들 떨고 섰던 월이가 주변 없는 최가를 구박하기 시작했다.

"배가 뜰 때까지 이렇게 서서만 계실 거요?"

"글쎄, 내가 시방 썩 내키지를 않아서 그런다. 사공막에 몸 기댈 자리라도 있으면 몰라도 쫓겨날 판국이면 괜히 입정만 더럽히지 않겠느냐? 심심한 놈이라도 있어 우리 행색을 쳐다보며 자꾸 물어쌓을 것도 싫은 일이 아니냐?"

"그렇다고 장승도 아닌 우리가 병문 밖에서 떨고 서 있을 수는 없지 않습니까? 무슨 구처를 내어야지요. 잘못하다간 서리 맞고 얼어 죽게 되겠습니다. 어서 사공막을 한번 살펴보기라도 하십시오."

"글쎄……"

계집아이의 성화가 그러하니 당장 내침을 당하는 한이 있더라도 시늉이라도 내보는 수밖에 없었다. 돌아가서 곱게 거적을 들치고 안을 살폈다.

밤빛으로 확연히 짚여오진 않았으나 갈대를 꺾어다가 땅에 깔고 그 위에다 기직자리 서너 장을 연폭해서 깐 잠자리에 장정 두 사람이 웅크리고 누워 있었다. 기침이라도 해볼까 말까 하고 거적문을 든 채로 주저하는데 잠귀 밝은 한 작자가 누운 채로 부스스 고개를 들어올리며 물었다.

"뉘시오?"

"건너 나루로 가려는 행객인데 아직 배가 뜨지 않은 시각이라 서리나 피하려구 그럽니다."

"서리 피하려는 사람이 그렇게 거적만 들고 있으면 어떡하오? 어서 거적 내리고 들어오든지 나가든지 양단간에 결정지으시오. 안에 있는 사람조차 한기 들겠소."

최가는 거적을 놓고 사공막을 뒤로 돌아서 월이에게 나직이 말하였다.

"들어가자."

다시 월이를 데리고 사공막 거적을 들치니 먼저 일어난 사공이 초롱불을 밝혀놓았다. 기왕 선잠이 깬 연후라 사공은 두 사람에게 발치의 기직자리 한쪽을 내주면서 곰방대를 뽑아 시초를 다져넣었다. 대수롭잖은 듯이 최가와 월이를 번갈아보면서 하품을 늘어지게 뽑은 뒤에,

"가근방 사람들이 아닌가보군."

"그렇소. 첫눈에 타관바치라는 건 어떻게 알았소?"

최가가 손을 비비면서 슬쩍 물었다.

"아직 배가 뜨려면 반 식경이나 좋이 남았는데 본동 사람들이야 미리 알고 때맞추어 나오니까요."

"예, 안쪽 동네들에 변변찮은 옹기들을 풀어 먹이구 나오는 길입지요."

"도부꾼이구려."

"예."

"딸이오?"

사공은 가르마가 앞으로 보이도록 고개를 깊숙이 숙이고 수삽한[*]
태를 짓고 앉은 월이를 곰방대 끝으로 가리키면서 물었다.

"그렇소."

최가는 자기의 아내라고 발명하려다가 문득 월이의 편발이 눈에 들
어왔으므로 그렇게 대답하고 말았던 것이나, 기실 바쁜 대로 그런 대
답을 하고 나니 입맛이 떨떠름한 게 생감을 한입 베어문 기분이었다.

"허어, 살다보니 과녀한 딸을 데리고 장삿길 나선 도부꾼도 있구
려."

사공이 쓸까스르는 듯한 투로 내뱉은 것이나 최가가 그 말 냉큼 되
받아치기를,

"집구석에 내자가 없어 열 살 때부터 데리구 다니기 시작한 게 이
젠 이팔이 되었습니다. 어디 혼처를 구해서 시집을 보낼 때도 되었습
니다만……"

짐짓 말끝을 흐리는 체하니 사공이 장단이 맞게 혀를 끌끌 찼다.
그러다간 옆에 누운 사람을 흔들어 나루에 매둔 배를 보러 가자며 채
잠이 덜 깬 사람을 황망히 데리고 나가면서 최가에게 일렀다.

"다리를 뻗고 앉으시우. 곧 배를 띄우겠소."

사공들이 밖으로 나간 후 담배 한 대 태울 참이나 되었을까, 느닷
없이 거적이 홱 들쳐지며 어떤 놈이 등 뒤에서 소리 질렀다.

"이놈, 꿈쩍 마라."

자못 벼락 떨어지는 소리가 나기에 엉겁결에 뒤돌아보니, 도선장
으로 나간다던 그 사공놈이었다. 부러진 사앗대를 양손에 바싹 꼬나

잡고 화등잔 같은 두 눈을 벌겋게 켜고 있는데 손에 들린 몽둥이는 물에 퉁퉁 불어 있었다. 용빼는 재주가 없을 바에야 여축없이 당할 판국이었다. 사공놈의 형용이 제법 호륵(豪勒)해져서* 몽둥이 끝을 최가의 이맛전에다 겨누는 시늉을 하며 반 칸쯤을 썩 다가섰다.

"꿈쩍 마라, 이놈. 본데없이 야료를 부리려 했다간 모가지가 부러 질 거다."

도대체 실성한 놈처럼 난데없이 몽둥이를 들이대고 기광을 부리 매, 최가는 망신살 떨어지는 소리가 우수수 들리는 듯하였다.

사공놈들의 본색이 화적이 아니라면 자기의 행신이나 수작에 필경 잘못된 것이 있었겠는데, 그게 무엇인지 금방 떠오르지 않았다. 최가 도 혼자 같으면 염치 불고하고 넙죽 엎드리고 보겠으나 월이가 옆에 있는지라 자못 침착스레 사공놈에게 물었다.

"이 무슨 난데없는 산중 도깨비인가? 여보시오, 사공, 때아닌 꼭두 새벽에 이 무슨 근본 없는 패악질이오? 꿈을 잘못 꾸어서 실성을 한 거요, 아직 잠이 덜 깬 거요?"

"이놈, 어디다 농락을 쳐? 꼴같잖게 취발이 상투를 해가지고 오지 랖 넓은 척하지 마라."

"허어, 경상도 산중에서 인왕산 호랑이를 만났구려. 여보시오, 사 공, 도대체 무슨 배포로 이런 분탕질이오?"

"이놈이 또 무슨 기만을 부리려고 말을 길게 끄느냐?"

"허어, 개천에 배 띄우는 주제라고 시방 어쭙잖게 갯가놈 흉내를 내는 거요, 뭐요? 몽둥이찜질당하는 건 어렵잖게 되었소만, 어디 웬

---

* 호륵하다: 매우 사납다.

놈이 뒈졌는지 알고나 옵시다."

"이놈이 예사로운 척하는구나. 너 이놈, 어디서 온 화적패냐?"

"화적이라니? 이건 또 어디서 듣던 귀신 씻나락 까먹는 소리냐?"

"네 말대로 초간에 배 띄우는 신세다마는 눈치 하나는 재빠르다. 이놈, 남의 동네 편발 처녀는 왜 후려가느냐? 그건 화적질이 아니냐?"

"허어, 사공, 결 삭이시우. 후리다니, 내가 사람을 후렸다는 거요?"

최가는 가재걸음으로 비척거려보았으나 워낙 비좁은 사공막 안이라 옴치고 뛸 재간이 없었다. 사공놈은 몽둥이를 이맛전에다 바싹 들이대고 차츰 상간을 좁히는데, 보아하니 이미 뭐라고 변해한들 씨알이 먹혀들기는 글렀다는 생각이 들었다.

분명 월이를 동여가고 있다고 생각하는 모양인데, 만에 하나 그런 눈치를 보인 적이 없었으매 도대체 어디서 그런 낌새를 보았는지부터가 궁금하였다.

"여보시오, 그 서리 맞은 구렁이 같은 몽둥이는 내려놓으시오. 몽둥이를 내려놓고 묻는다면 내 솔직히 털어놓으리다. 내가 이래 봬도 적악(積惡)*을 하고 다니는 인사는 아니오."

그러나 사공놈은 이젠 코가 석 자나 빠진 최가의 발명을 들을 까닭이 없다는 눈치였다. 그참까지도 월이는 한마디 거들지 않고 염천에 학질 오른 몰골로 최가의 등 뒤에서 떨고만 있었다.

그 순간, 사공놈이 들었던 몽둥이를 치켜들어 허공을 깊숙이 가르

• 적악: 악한 짓을 많이 함.

더니 일순 최가의 정수리를 향해 내리쳤다. 최가는 그 순간 옆으로
살짝 비켜나면서 몽둥이를 피하려 했으나, 워낙 빈틈이 없었던 판국
이라 한쪽 어깨에 벼락이 떨어지는 듯한 충격을 받으면서 그만 기를
잃고 기직자리 위에 껍죽 엎어지고 말았다. 넘어지면서 최가는 귓가
를 아련히 스치는 월이의 비명 소리를 들었다. 이젠 끝장이구나 하는
생각도 잠깐, 그대로 거꾸러진 최가는 끝내 한 매에 일어나지 못했
다. 최가가 거꾸러지는 걸 보고 있던 사공놈은 금방 바깥에 대고 소
리를 질렀다.

"얼른 들어와!"

사공막 밖을 지키고 있던 엄지머리 한 놈이 그제야 거적을 들치고
안으로 삐쭉 고개를 디밀더니 한다는 소리가 맹랑했다.

"얼래? 그놈 죽었노?"

"아직 죽진 않았다. 이놈 정신 차리기 전에 옭아놓아야 낭패가 없
지."

"여기 있소."

엄지머리 한 놈이 안으로 쑥 내민 것은 배에서 쓰던 밧줄 자투리였
다. 사공놈이 그걸 받아 엎어진 최가를 단단히 뒷결박 짓고는 사시나
무 떨듯 하고 있는 월이를 보고 물었다.

"바른대로 대라. 보아하니 너도 편발인데 어찌하여 이 잡것을 따
라나서게 되었느냐?"

월이는 그만 기직자리 위에 허리를 꺾고 폭삭 고꾸라졌다.

"어서 대답하거라. 이 작자가 누구냐?"

"쇤네의 아비올시다."

"이 육시를 할 년. 이놈이 네 아비가 아니란 건 내 진작부터 알고

있다. 어서 바른대로 대어라."

"이분이 내 아비가 아니라니? 그럼, 내 아비가 둘이란 말씀입니까?"

"이년이 얻다 대고 거짓 발명이냐? 너희들이 여길 들어오기 전에 밖에서 속삭이던 말을 내가 온전한 정신으로 죄다 들었다. 부녀간에 주고받는 말대답이 그러하냐? 그러면서도 부녀간이라고 속이는 것을 보니 필시 수상치 않느냐? 저놈하고 어떤 인연인지를 바른대로 발고치 않으면 날 밝는 대로 관아로 넘길 테다."

"……"

"이년이 왜 말이 없느냐? 너 어느 동네에 사느냐?"

"떠돌이입니다."

"이년이 누굴 농락하려 드느냐? 떠도는 연놈들이 걸망 하나 없느냐? 하다못해 뒤축 떨어진 미투리 한 짝이라도 걸머진 게 있어야 하지 않느냐?"

"놓고 왔지요."

"이년 말본새가 아주 다랍구나. 여기서 멀지 않은 동네에서 저놈에게 잡혀가는 입장인 계집인 줄은 내가 알고 있다. 그러나 네년이 붙잡혀가는 입장이긴 하되, 저놈과 한통속인 것처럼 은밀히 행세하니 네년은 추쇄에 쫓기는 종년이 분명하다."

"듣다 보니 별말씀을 다 듣겠네요. 제가 어찌 종년이란 말이오? 제 이맛전에 비적이라도 붙어 있습니까요?"

"그러면 네년이 정녕 이놈의 소생이란 거냐? 아니면 외간 사내와 눈이 맞아 편발을 가장하고 도망하는 여염집 여편네냐? 둘 중에 하나렷다?"

월이는 더이상 버틸 수가 없게 된 것을 깨달았다. 사공놈이 사람 하나를 한 매로 초주검시킬 때는 뭔가 확연히 짚여오는 것이 있었기에 한 짓이겠고, 벌인 일을 수습하기 위해서라도 월이의 입에서 바른 말이 쏟아지도록 거조를 차릴 것임이 분명하였다.

월이는 난감하였다. 때아닌 횡액을 당하고 보니 갑자기 눈앞이 캄캄해왔다. 모든 것이 허사로 끝나려 하고 있었기 때문이다. 그러나 이런 횡액을 당했다 할지라도 어디엔가는 빠져나갈 구멍이 있을 것이었다. 무엇보다 확실한 건 아직도 관아로 끌려가지 않고 사공막 안에 잡혀 있는 처지라는 것이었다. 그것이 가장 난감하면서도 월이에겐 가장 확실한 빈틈이라 할 수 있었다. 관아로 끌려가거나 첫배로 월강하려는 마을 사람들이 도선목으로 몰려나와 소문이라도 낭자히 퍼지는 때면 그때야말로 끝장이라는 생각이 들었다. 월이는 치마를 들어 얼굴을 가리면서 와락 울기 시작했다.

"이년, 우는 척 말고 얼른 치마를 내려라. 오뉴월 삼복더위에 조기 젓 썩는 암내를 피운다고 내가 동할 듯싶으냐?"

그러자 뒤에 섰던 엄지머리 한 놈이 삐죽이 웃으면서 하는 말이,

"형님, 그거나 한번 구경하지요."

월이가 와락 울음을 쏟아놓자, 사공놈은 의기양양해졌다. 도망가는 노비를 잡아준다면 관아의 칭찬을 얻을 것이요, 그 상전에게서는 후한 행하가 떨어질시 분명했다. 사공놈은 기침을 한 번 하고 목청을 가다듬은 다음 월이에게 은근히 물었다.

"네 상전이 어느 분이시냐? 네가 순순히 발고만 하면 네가 도타하고 있었다는 사실을 너의 상전께 말하지 않을 수도 있다. 그러나 만약 네가 거짓 꾸며대거나 하면 널 상전께 넘기지 않고 곧바로 관아로

넘기겠다. 관아로 떨어지면 그 신고가 여간 아니느니."

"제가 바른대로 댄다면 꼭히 그렇게 해주시겠습니까?"

"그렇다마다. 도망까지 해야 하는 네 입장을 내가 모르겠느냐? 나역시 뱃사공이 아니냐. 뱃사공이란 게 남의 집 종살이와 다를 바가어디 있느냐? 과부 사정 홀애비가 안다지 않았느냐?"

이젠 계집도 더이상 버티지 못할 것을 사공놈도 알고 있었다.

때아닌 봉이 날아든 것이라고 생각하고 있는데, 월이는 입을 열어제 본색을 죄다 털어놓기 시작했다. 이야기를 끝까지 귀담아듣던 사공놈의 눈자위가 번뜩이기 시작하였다.

"조순득이라면 안동의 저자 바닥을 휘젓는 선다님이 아니냐?"

"그런가봅니다."

사공놈 역시 조순득 하면 가근방에서 홰를 치는 거상이란 것을 모르고 있을 리 없고 그 집 내막 또한 풍문으로 들어두었던 처지라, 월이의 말이 조금의 차착도 없다는 것을 알았다.

"이제 제 근본을 아시었고 사정도 아시었으니 어서 이 사람만은놓아주십시오."

나이 먹은 사공놈이 뒷결박 지은 채로 곤두박여 있는 최가를 힐끗내려다보며 다시 물었다.

"너 이놈과 초례라도 치러서 같이 살 작정이었더냐?"

"제 나이 이팔이온데 어찌 여망도 없는 중늙은이와 성례를 치르겠습니까. 우선 추쇄를 면할 먼 지경까지 나가고 보자는 욕심으로 거짓으로 그리하겠다고 다짐 두었지요."

"그렇다면 네년이 간릉을 떨고 알랑수를 부렸다는 얘긴데, 네년의속내만은 진정이 아니었다는 것이냐?"

"그러하옵지요."

"헛, 고년. 비복이 면천하려는 네 입장을 모르는 바는 아니다만, 너 그 살막이란 곳에서 이놈에게 밑엣품을 놓았느냐?"

"무슨 날벼락입니까요? 공연한 음해는 입히지 마셔요."

"참 괴이한 일이구나. 이놈도 신수를 보아하니 삼강오륜이라면 젓가락으로 집어서라도 맛보지 못한 시러베놈 같은데 어찌해서 너에게 자국 한 번 내지 않고 예까지 순순히 데려왔겠느냐? 남진계집도 농탕을 치는 판국에 너 또한 되지못한 상것으로 무슨 절조를 굳게 지킬 일이 있어 밑엣품 한 번 뇌주지 않고 이놈을 꼬일 재간이 있었더냐? 이런 근본 없는 왈짜가 성례를 치르자는 말 한마디로 널 방조(幫助)해서 길라잡이 노릇을 할 리가 만무하지 않느냐?"

"옳은 말씀입니다."

"이년, 내가 한 말이 옳다면 네년이 지금까지 한 토설이 생판 거짓부렁이란 얘기 아니냐?"

"그럴 까닭이 있었습니다요."

"까닭이 있었다? 그럼 이년, 그 까닭이란 것을 득달같이 대거라."

"제가 가끔 손버릇이 좋지 못한 병통이 있었습니다. 언젠가는 저도 도망하여 면천을 도모할 요량으로 값나갈 만한 산호비녀 한 개와 은비녀 두 개를 훔쳐 가진 게 있었습니다. 그걸 이자에게 주었지요."

사공 두 놈의 눈이 금세 휘둥그레졌다. 실물을 보지 않아 급히 짐작 가지는 않았으되 산호와 은이라면 어지간한 도부꾼들도 만져보지 못할 재산이란 것쯤은 알 수 있었다. 그 귀물의 소종래*야 어쨌든 우선

• 소종래: 지내온 내력.

은 한번 보아야겠다는 욕심부터가 울컥 치민 것은 인지상정이었다.

그참에 월이는 문득 곤두박인 최가에게 다가가 몸을 뒤지기 시작했다. 고의춤이나 겨드랑이 밑, 그리고 저고리 섶 안쪽과 사추리 밑에까지 손을 넣어 휘저었으나 주었다는 물건은 없었다. 궐녀는 그만 최가의 가슴에 몸을 던지고 울음을 쏟아놓았다.

"어이, 분해. 이 일을 어쩌나. 그 귀물이 없어졌습니다."

사공 두 놈은 대성통곡인 월이의 뒤에 썰렁한 낯짝들을 하고 한참이나 서 있었다. 거동을 곰곰 살피자니, 그런 귀물을 훔쳐가지고 달아나야 할 계집의 사정만은 생각할 게 있으되 여비의 목숨과 신분을 맞바꿀 만한 귀물을 한입에 삼킨 최가를 곱게 둘 수는 없었다.

나이 먹은 사공놈이 월이를 달래기 시작했다.

"가만있거라. 이놈이 필시 그 귀물을 너 모르게 어디다 감춘 것이 분명하다. 이놈을 닦달하는 게 그리 어렵지는 않아."

"제가 일없이 상전께로 돌아간들 그 물건을 찾지 못한다면 분하고 원통해서 오래 연명치 못할 것입니다."

말인즉슨 이치에 타당하였다. 그런 귀물을 건네받지 않고서야 해코지 한 번 없이 밤길 30여 리를 계집종을 데리고 신고를 겪을 위인이 어디에 있겠는가. 보릿자루를 내밀어야 쓴 참외라도 얻는다 하지 않았던가. 홀대당할 계집이 오히려 방조를 받는다면 그런 거래가 마땅히 있을 법하였다.

일이 잘만 된다면 그 귀물들을 뺏고 계집을 놓아줘버릴 수도 있었다. 그러나 최가란 놈이 이 판국에 기를 잃고 쓰러져 있으니 그것이 당장 낭패였다. 월강하려는 마을 사람들이 도선목으로 나오기 전에 이 계집과 담판을 지을 수만 있다면 그만한 횡재가 또 어디 있겠는

가. 추쇄 나온 포리들에게야 보지 못했다면 그뿐일 테고, 운수가 사나워서 계집이 잡힌다 하더라도 물건의 소종래가 장물인 이상 계집이 또한 공연히 발설치 못할 것이었다.

"어서 가서 물 한 바가지만 떠 오너라."

나이 먹은 궐물이 엄지머리에게 말하자 그놈은 득달같이 달려나가서 바가지에다 안다미로 물을 떠왔다.

"너희들은 달려들어 이놈의 손발을 주물러라."

엄지머리와 월이가 달려들어 손발을 주무르고 사공이 최가의 얼굴에 물을 뿜어주기를 얼마간, 그제야 최가는 기를 찾아 부스스 어섯눈을 떴다.

한참 정신을 되찾아 눈에 무엇이 보일 만하게 되자 최가는 어깨가 무너져내릴 듯 아팠다. 사추리 밑에 뭔가 걸리는 게 있기에 은연중 손을 넣어보았더니, 손아귀에 맞춤하니 와 잡히는 짧은 패도(佩刀) 한 자루였다. 자기가 그런 패도를 지니고 다닌 적은 없었다. 어떤 경로였는지는 모르겠으나 월이의 짓이 분명하였다. 최가는 옷매무시를 고치는 체 미적거려 패도를 뒷괴춤에 끼워넣었다. 정신을 찾은 최가에게 사공이 다시 몽둥이를 들이대었다.

"이놈, 이 자리에서 당장 요절을 내기 전에 그 산호비녀 숨긴 곳을 대어라. 만약 순순히 토설치 않을 때는 네놈의 허리에 돌을 달아 강에다가 버릴 테다."

"산호비녀? 그게 무슨 말이오?"

"이제 와서 딴전을 피운다고 될 성부르냐? 네 연놈들의 켯속을 모를 줄 알구? 네놈이 이 계집을 방조하는 대가로 받은 산호비녀가 있지 않느냐?"

"난 그런 것 받은 적이 없소."

"허어, 이놈이 기어코 거조를 차려야 본정신이 들겠구나. 이놈아, 그 당장 탄로가 날 일을 가지고 이 계집이 건네지 않은 물건을 건넸다고 거짓 발고를 하였더란 말이냐?"

"난 모르오."

"어서 바른대로 대어라. 만약 이 계집이 거짓이었다면 연놈이 함께 거렁귀신이 될 줄 알아라. 그러나 그 물건만 찾아낼 수 있다면 네 연놈이 무사히 살아날 방도가 있다."

최가는 그제야 이 새로운 사단의 줄거리를 대강 짐작하게 되었다. 월이가 난데없는 산호비녀를 건넸다는 것하며, 자신의 사추리 밑에 쑤셔박혔던 패도가 월이의 장난이었다고 한다면 얼른 짚여오는 것이 있었다. 최가는 그만 고개를 깊숙이 떨구고 한숨을 푹 내쉬었다.

"할 수 없군. 그러나 내가 그 귀물을 숨겨놓은 곳까지 행보할 기력이 없소."

"그래? 그러면 네놈이 기력을 되찾을 때까지 대중없이 기다리란 말이냐? 그걸 숨긴 곳만 토설하여라. 날이 밝아 이 사단이 사람들의 입초에 오르기 시작하면 우리도 어쩔 수 없이 네 연놈을 형방으로 떨어뜨릴 수밖에 없다는 것을 네놈도 심지가 깊은 놈이라면 알 만할 거다."

"내 혼자서만 알게 표적을 해두었으니 내가 가지 않으면 찾지 못할 거요. 그러나 우릴 순순히 놓아주겠다니 내 업혀서라도 그 귀물 숨긴 곳까지 가리다. 이 초막에서 멀지가 않소."

"이놈, 그걸 품지 않고 왜 거기다 숨겼더냐?"

"이 계집이 포리들께 잡히는 날엔 나 또한 장물을 먹은 죄로 결곤

을 당할까 두려웠소. 사실은 이 계집을 도강시키고 나는 곧장 되돌아
설 작심이었소."

"어쩌겠느냐? 형방으로 떨어져 결곤을 당하겠느냐, 그 귀물을 우
리에게 넘기겠느냐? 만약 귀물을 우리에게 넘긴다면 당장 배를 풀어
계집과 함께 월강을 시켜주마."

"그럼, 어서 누가 날 업으시오."

그중 나이 먹은 사공놈이 득달같이 돌아앉으며 최가에게 등을 들
이대었다. 최돌이는 벌벌 기어오르는 시늉으로 사공의 등에 업히면
서 나직이 말하였다.

"나가는 길로 오른편 갈밭으로 난 외길을 따라 곧장 올라갑시다
요."

사공놈은 최가를 들쳐업자마자, 사공막을 나서서 숭어뜀을 하였
다. 벌써 먼 산등성이가 시꺼멓게 바라보일 만큼 날이 밝아 있었다.
강 아래쪽에서부터 물여울 소리가 아련히 들려왔다. 서릿발에 언 갈
대가 사공놈의 발치에 걸려 꺾이는 소리가 분주했다. 사공막에서부
터 시작된 갈밭은 상류 쪽으로 제법 멀리 뻗어 있었다. 그들은 갈밭
속으로 점점 깊숙이 들어갔다. 사공막의 불빛이 멀리서 희미하였다.

최가는 사공의 목에 감았던 한 손을 내려 가만히 뒷괴춤으로 가져
갔다. 궁둥이에는 손깍지 낀 사공의 두 손이 받쳐져 있었다. 뒷괴춤
에 가만히 꽂혀 있는 패도를 손아귀에 바싹 감아쥐었다. 감아쥐는 것
과 함께 궐놈의 한쪽 어깨짬에다 패도를 깊숙이 꽂았다. 에쿠 하면서
숨을 턱에 건 사공놈이 최가를 업은 채로 뻘밭 감탕 속에다 코를 처
박고 엎어졌다.

"네 이누움……"

흔들리던 갈대가 쥐 죽은 듯 멎어서고, 멀리 강심에는 오리떼 여남은 마리가 물살을 치고 내려앉았다. 최가는 후딱 몸을 일으켜 사공놈의 거동을 내려다보았다. 칼침 맞은 쪽의 손이 허공을 두어 번 긁더니 옆에 있는 갈댓잎을 휘어잡고는 상반신을 푸르르 떨었다. 최가는 개흙이 낭자히 묻은 사공놈의 한쪽 귀쌈에다 제 입을 바싹 갖다 대었다.

"이놈, 꿈쩍 말고 여기 엎디었거라. 노구솥에다 지져 씨를 말릴 놈. 네 전생에 무슨 원수가 져서 불쌍한 아녀자의 흉을 적발하여 이를 취하려 하느냐? 비렁이 자루를 찢어도 분수를 알아야지. 내 당장 네놈을 멸구(滅口)[•]하여 화근을 없앨 것이로되 갈 길이 바빠 그냥 간다. 대중없이 관아에 고자질하려 하였다간 살아남지 못하리라."

최가는 돌아서서 사공막으로 뛰기 시작하였다. 뛰면서 갈대를 뜯어 패도의 핏자국을 닦았다. 사공막에 가까워오니 난데없이 계집의 새된 비명 소리가 들려왔다. 득달같이 내달아 거적을 들치니 떠꺼머리란 놈이 월이를 자빠뜨려놓고 몽당치마를 걷어붙이고 있었다. 사단은 벌써부터였는지 사내나 계집이 함께 땀에 젖어 있었다.

최가의 눈에서 불이 튀었다. 거적을 들치고 안으로 들어서는 최가를 힐끗 돌아보는 떠꺼머리놈에게 최가는 다시 패도를 허공 높이 쳐들어 등줄기에다 힘껏 내리그었다.

"어쿠우!"

떠꺼머리의 땀에 젖은 긴 저고리가 북 찢기어나가는가 하였더니 금방 피가 배어나기 시작하였다. 월이의 어깨쯤을 잡고 있는 놈의 손이 퍼르르 떨리며 모잽이로 나자빠지자, 반쯤 열린 월이의 젖무덤이

• 멸구: 비밀을 유지하기 위하여 그 일을 아는 사람을 가두거나 죽임.

드러났다.

"이누움!"

신음하는 떠꺼머리의 긴 저고리를 찢어 아갈잡이를 하고 뒷결박을
단단히 지었다.

"어서 가자."

뒷수습도 채 못한 월이를 끌고 허겁지겁 도선목으로 뛰어드니 큰
거루 한 척과 만장이* 한 척이 매여 있었다. 월이를 덕판으로 떼밀어
올리고 경황없이 배를 풀어 물에 띄웠다. 여울을 타던 오리 떼가 먼
동이 트는 새벽 차가운 하늘로 날아올랐다. 덕판에 앉은 월이가 꺼욱
꺼욱 울고 있었다. 어깨쭘이 무거워 삿대가 힘에 겨웠으나 배는 빨리
움직였다. 만장이를 나루에 대고 나니 최가는 그제야 자기가 큰일을
저질렀다는 생각이 들었다. 나루에 내리자마자 종종걸음인 월이를
봉충다리로 뒤따르면서 최가가 씨부렸다.

"네 잔꾀로 우리가 간신히 풀려나기는 하였다만, 그 잔꾀로 내가
큰 사단을 저질렀구나."

"쇤네가 어디 사람을 찌르라고 그럽디까?"

"이년 보았나? 그럼 칼을 은밀히 건네준 건 네가 아니었단 말이
냐?"

"제가 숨겨주었습죠."

"심보가 아주 고얀 년이로구나. 그래 놓고 이제 와서 왜 딴청을 부
리느냐?"

"칼 들고 사람 찌르는 재주야 저에게도 있습니다요. 아무리 사세

---

* 만장이: 뱃머리가 뾰죽한 큰 나무배.

가 다급하기로서니 사람이 어지간히 못났으면 칼로 재간을 대신할까요. 그걸 빌미 삼아 그놈들의 염량을 가늠하여야지요."

"너 나를 원망하고 있구나. 그랬다면 네가 재간을 부려서 빠져나올 일이었구나."

"내 코가 석 자나 빠진 터수에 누굴 원망하겠습니까요. 댁네가 아니었더라면 이참에 제 목숨을 부지할 수가 있었겠습니까? 다만 제 일생이야 포리들에게 쫓기고 숨어다녀야 할 것이 온당하겠으나 댁네의 일이 난당이어서 하는 말입니다."

"내 걱정은 하지 마라."

"저놈들이 신기 차리는 길로 곧장 관아로 원서(願書)를 올릴 테니 우리들 용모파기가 인근 관아와 역참에 신칙(申飭)될 날도 머지않았으니 하는 말이옵지요."

"옳은 말이긴 하다. 그러나 이젠 팔자에 맡길 수밖에 없게 되었다. 뒤에서 오는 호랑이는 속여도 앞에서 오는 팔자는 못 속인다 하였다만, 어디 우리 팔자가 어떻게 꼬이는지 구경 한번 해보자."

새벽같이 나루를 빠져나와 앞서거니 뒤서거니 샛길만을 뒤지며 걸었더니 중화참에 이르러서 가랫재 아래 주막에 닿았다. 월이는 삽짝 밖에 세워두고 최가는 혼자서 주막으로 들어갔다. 행객 서넛이 앙가발이 술상에 둘러앉아 탁배기를 마시고 있었다. 목판 앞으로 당겨앉으면서 최가는 혼잣소리 흉내로 지껄였다.

"떡은 없소?"

술국을 푸고 있던 젊은 술어미가 입을 비쭉하더니 대답하였다.

"이 추운 삼동에 뜨거운 술국 놔두고 난데없이 시어터진 떡은 왜 찾소?"

"가다가 주막을 못 만나면 저녁곁두리로 허기나 끄려구요."

"그런 걱정은 마시오. 재 이쪽저쪽에 총총히 박힌 게 숫막이니까요."

"거참, 젊은 술어미치곤 말이 많구려. 우선 술국 한 그릇만 주구, 팔다 남은 떡이라도 있거든 뒤 푼어치만 싸주슈."

"허기야, 보리 주면 외 안 줄까요."

밀전병으로 월이를 요기시키고 두 사람은 총총히 가랫재를 넘었다. 진보 땅으로 넘어가서 각산 역말 부근 주막을 샅샅이 뒤지며 수소문하였으나 봉삼 일행을 보았다는 사람은 없었다. 그러나 일행을 만나는 일보다는 추노(推奴)에 쫓기고 임검에 쫓기는 신세들이 되었으니 역참 주변에서 오래 지체할 수는 없었다.

18

이튿날로 곧장 월전(月田) 세거리 앞을 지나서 평해(平海) 길로 접어들었다. 남각산(南角山) 황장재 아래 주막에 숙박을 정하고 주막 앞을 오르내리는 도부쟁이들을 유심히 헤아리며 봉삼 일행을 기다렸다. 노자가 달랑거리던 판국이라 월이는 주막의 물어미 노릇 하며 서답 수발, 정지의 설거지를 거드는 하님 노릇으로 연채(烟債)를 꺼나갔다. 그러나 사흘을 넘기지 못하여 안달이 난 월이가 최가를 소맷짓으로 삽짝 밖으로 불러내었다.

"왜 이리 부지하세월하고 있소?"

"일행을 기다리느니."

"무슨 약조가 있었소?"

"있었다마다."

"언제까지 여기서 묵새겨야 합니까? 제가 가위 담도 벽도 의지할 곳이 없어 평생을 죽이라고 지다위할까*보아서 겁을 먹고 있는 거지요?"

"거 대중없이 입정 놀리지 말거라."

"어서 말하시오. 댁과 쉰네 사이에 이제 와서 무슨 휘할 말이 있슴니까. 내키지 않으신다면 저는 저대로 살길을 도모하여얍지요."

"자발없이 떠들지 마라. 사흘만 더 기다려보자. 그 일행을 만나면 내가 왜 이러고 있는 것인지 너도 금방 알아차릴 테다."

"저 같은 욕받이가 남을 논란할 지경이 아니오나, 등잔의 불똥이 흡사 제 마음 같아서 그리하옵지요."

"장차 운우(雲雨)의 정을 맺어 가권(家眷)이 될 너를 그럼 내가 버리려고 이러는 줄 아느냐?"

꼬박 이레를 보낸 해거름판에 주막 앞거리에 분주한 워낭 소리가 들리더니, 나귀를 풀 조짐으로 주막으로 들어서는 패거리가 있었다.

만나기를 단념하고 말았던 최가를 보자, 봉삼의 일행은 크게 놀라 한동안 얼굴색이 숯빛이 되어 꼴이 말이 아닌 최가를 덤덤히 바라보았다. 우선 녹초가 된 나귀부터 풀고 포목짐을 내려 봉노에 들인 다음 한저녁을 시켰다. 그동안 최가는 저간의 전후사를 거짓 섞어 발명하니, 거동이 미심쩍고 언어가 대중없어 세 사람 중 누구도 그 변해를 믿으려 하지 않았다. 남에게 기대어 살기를 그중 낙으로 삼았고 거

• 지다위하다: 남에게 의지하거나 떼를 쓰다.

사에는 언제나 뒷전이던 최가가 차붓소같이 건장한 뱃사공 두 놈에게 칼침을 놓았다는 말부터가 해괴한 것이었다. 오기가 상투 끝까지 오른 최가가 정지에서 동자를 거드는 월이를 불러들이기에 이르렀고, 월이의 입으로부터 여차여차하였다는 말을 듣고서야 세 사람의 얼굴에 낭패의 빛이 서리었다. 최가가 벌인 일도 일이거니와 두 연놈이 똑같이 소원하기를 날 밝는 대로 성례를 치러달라는 것에 있었다. 히쭉거리며 뺌가웃 곰방대를 빨고 있던 석가가 대뜸 하는 말이,

"까짓것, 성례를 치러줍시다. 저렇게 고소원이니 그냥 뒀다간 필시 우리가 언걸입을 거요. 또한 처녀가 초례 전에는 편발일 것을 고집한다면 앞으로 나루 한 번 온전히 건너지 못할 것입니다요."

석가가 한 다리를 들어주니, 최가는 금방 닭의똥 같은 눈물을 찔끔거렸다. 봉삼이 윗목에 고개를 꼬고 그림같이 앉아 있는 월이에게 물었다.

"너 기어코 성례를 치러야 하겠느냐?"

"두 번 다시 물어볼 게 무어 있습니까. 제 비록 근본이 천박하나 한 입으로 두 말을 뱉어낼 수야 없지요."

봉삼은, 계집아이가 서울 신석주의 첩실로 끌려가다시피 한 정인(情人)의 노비였다는 것에 은근한 정의가 솟았고 또한 그 입에서 나오는 말이 과히 밉지 않아 가슴이 뭉클하였다. 봉삼은 괴춤으로 가만히 손을 넣어, 이송천나루에서 정인에게 건네받았던 산호비녀 두 개를 어름하여 만지작거렸다.

"네가 우리의 행색을 보아서 알 터이지만 우리 입장이란 평생을 장돌림하는 도부쟁이들이다. 행탁을 풀어도 겨우 푼전이나 간수한 지경일 뿐이다. 너도 평생을 나무비녀에 몽당치마로 신세할 것은 물

론이요, 또한 낭재(郎材)로서 이 성님은 연치가 맞지도 않는다. 또한 평생을 추쇄로 시달리지 않겠느냐? 그래도 좋으냐?"

"지금부터 그걸 생각하고 짜른 한숨 긴 탄식을 늘어놓을 처지가 아니랍니다. 삽짝을 뜯어 불을 때고 부서진 창살과 비 새는 천장으로 바람이 불어와 한속이 뼈에 사무치고 부들자리 삼베 이불에 빈대와 벼룩으로 극성을 떠는 빈궁한 살림이라 할지라도 제 초로(草露) 같은 목숨을 구하기 위해 사람까지 해한 사내를 두고 어찌 다른 이와 초례를 치를 수가 있단 말씀입니까?"

"성님 생각도 마찬가지시오?"

변변찮은 소맷자락으로 콧물을 씻고 있던 최가가 더듬더듬 이르기를,

"대붕은 한 번 나래를 펴서 오 년 먹을 양식을 구하지 못하면 날지를 않는다지 않았던가. 내 비록 지금은 측간 개구리 신세에 불과하지만 이 늘그막에 이팔의 여편네를 얻어 죽밥간에 연명하다 보면 언젠가는 여망이 있지 않겠나. 떠돌이 행중에 범절을 찾겠는가, 작수성례라도 치러준다면 그 은혜를 내가 잊지는 못할걸세."

최가가 메추리를 달아맨 듯한 누더기 소매를 부들자리에 내리고 깝죽거리니, 그 소매를 뿌리치고 책망하고만 있기에는 때늦은 감이 없지 않았다.

출행할 일도 바빴거니와 계집과 사내가 함께 포리들에게 쫓기게 될 판국이 되었으니 그 밤 안으로 술어미를 불러 행핫돈을 후히 건넨 다음, 날 밝는 대로 범절 가는 데까지 초례청을 차리도록 당부하였다. 술어미는 그 밤으로 동소임을 찾아가서 가례에 필요한 예를 갖추었다.

이튿날 해 뜨기를 기다려 늙은 신랑이 먼저 치장을 하였다. 머리에는 사모(紗帽)요 허리에는 서띠〔犀帶〕, 그리고 발에는 목화(木靴)였다. 가마는 필요가 없었고 그저 월이가 있는 안쪽 봉노로 가서 신랑이 기러기를 드리고 석가의 팔밀이로 금방 마당에 있는 초례청으로 들어섰다.

초례청에는 독좌상(獨坐床)이 놓이고 독좌상 앞에는 거멀못 자국 투성이인 앙가발이 술상이 놓였다. 그 위에는 술병과 교배잔(交拜盞)이 놓이고 청실홍실 두 타래가 썰렁하니 놓였을 뿐이었다. 독좌상 위에는 그런대로 범절을 차려놓은 것이 많았다. 술어미와 신부 될 월이가 밤새워 빚은 달떡 두 그릇과 국수 두 그릇, 익지 않아 흉내뿐인 식혜 두 접시, 그리고 밤·대추·곶감 삼색과일이 각각 두 접시씩 늘어놓고 촛대 한 쌍이 놓였다. 닭을 붙들어다 씨앗을 쪼게 하였다. 색시가 어려서 먹던 꼭지숟갈이 없었으므로 큰 바리 뚜껑을 대신 놓았다. 그것에는 신랑을 따라온 꼭지도적°이 훔쳐 신랑 집에 두었다가 첫아들을 생산한 뒤에 돌려보낸다는 뜻이 있었다.

술어미가 황망히 신부를 부축하여 신랑과 마주 세웠다. 신부의 머리에 칠보 족두리를 씌우고 몸에는 원삼을 입히었다. 연지 찍고 곤지 찍고 얼굴은 찢어진 부채로 가리어주었다. 부채를 내리고 큰절을 시키니 늙은 신랑은 선 채로 절을 받고 답배한 뒤에 신랑과 신부를 마주 앉히고 청실홍실이 늘어진 교배잔을 서로 전하는 참에, 검은 머리가 파뿌리가 되도록 백년해로하고 아들 아홉에 고명딸 낳으라는 봉삼의 덕담이 늘어졌다.

° 꼭지도적: 꼭지도둑. 혼인식 때 신랑을 따라가는 어린 계집종으로 이르던 말.

"신방은 재를 넘고서 차려드려야 하겠수."

"아니, 그게 무슨 망측한 소리요?"

정작 신랑 된 최가는 떨떠름해서 가만히 서 있는데, 신랑 수발하던 석가가 숭어뜀을 하였다.

"그럼 다시 하루를 여기서 묵새기잔 말이오?"

발설한 봉삼이 물었다.

"우리가 아무리 사세 다급하기로서니 금방 초례를 치른 신부 머리도 얹기 전에 발행해야 한단 말이오? 아무리 범절 없는 성례를 치렀기로 그런 날벼락 맞을 일일랑 하지 맙시다요."

"여기 있다가 무슨 봉패를 당할지 누가 아오?"

"당할 때 당하더라도 할 수 없지요. 결구* 한 마리 못 잡은 초례를 치러준 터수에 합방 한 번 차려주지 않고 떠난다니 될 법한 일이오? 재를 넘는다고 감영이 없으며 포리들이 없겠소? 팔도에 널린 게 포리들이 아니오? 잡히고 안 잡히는 건 팔자소관이지요."

마당 귀퉁이에 가만히 섰던 선돌이가,

"옳은 말이오. 신방을 차리도록 하자구."

"허어, 이거 하릴없이 해 지기를 기다려야 할 판국이군."

해가 지는 대로 곧장 신방을 차리었다. 꼬리가 긴 밤이 꽤 깊었다. 그때까지도 신방의 최가는 꿈쩍도 않고 가만히 앉아 있었다. 나잇살이나 먹어 후취(後娶)한 것도 그러하겠거니와 여기서 석가와 다시 만나게 된 것도 예사로운 일이 아니란 생각이 들었기 때문이다.

최가는 그제야 앉은걸음으로 신부에게 가만히 다가가서 족두리와

---

* 결구: '결귀'의 사투리. 새끼를 낳은 뒤의 암퇘지.

웃옷을 벗기었다. 벗기는 옷고름을 거두는 체하는 신부의 손이 무척
이나 떨리었다. 입으로 등잔을 불어 끄고 막 신부를 아랫목으로 누이
려는데, 저쪽 봉당에서 짚신 끄는 소리가 들려왔다.

"아무리 다급했기로서니 초저녁부터 불을 끄는 법도 있나?"

혀를 끌끌 차는 석가의 목소리인데, 신부가 다시 옷매무시를 고칠
사이도 없이 고리 없는 외짝 바라지가 왈칵 열리고 취기가 도도한 석
가의 머리통이 방 안으로 쑥 디밀어졌다.

"장인도 없는 잔치에 내가 장인 대신하여 신랑 하는 범절이 어떤
가 보러 왔소."

마당에는 선돌이와 봉삼, 그리고 술어미 내외가 히죽거리며 서 있
었다.

"이끼, 무슨 야료를 부리러 왔나?"

최가가 흰자 많은 눈으로 석가를 흘기는데, 석가가 첫밖에 하는 말
이,

"어디, 신랑 신부 한번 동여볼까?"

석가의 손에는 북두끈이 들려 있었다. 석가 역시 조신한 적 없는
농투성이였던지라 체면 차릴 재간이 또한 있을 수 없었다. 북두끈을
우선 괴춤에 차고 신랑의 어깨쭘을 휘어잡으려는데 밖에 선 술어미
가 자발없이 거들었다.

"묶기는 뭘 하러 묶소? 둘 다 발가벗겨보는 게 좋지요."

"그럼 신부 고의는 내가 벗길 테니 속것은 술어미 자네가 벗기게."

최가가 석가에게 와락 엉켜붙으며 적선 사정을 하였다.

"제발 그것만은 안 되우."

"그럼 내가 시키는 대로 하겠수?"

"하다마다요. 옛적에 공으로 자고 먹은 은혜도 못 갚고 있는 처지에 체모 생각하게 되었소."

"좋소, 그럼 색시 엉덩이에다 입을 한 번 쩍 하고 맞춰보슈."

최가가 엉거주춤 입을 맞추는 시늉만은 하였다.

"허어, 그래서야 쓰나. 신부가 개짐을 찼소? 속것을 내리고 쩍 소리가 삼이웃에 있는 쥐새끼들에게도 다 들리도록 맞춰야지."

"허어, 늦깎이로 처녀장가 들어 실없는 봉변당하게 생겼네그려."

최가가 낭패해할수록 석가의 입에서 나오는 언사는 거북해져만 갔다.

"봉변이라니? 우리 행중에 혼자서만 운우 맺게 되었는데, 봉변이라니? 이거 안 되겠는걸, 진작 달아매야지."

그러면서 석가는 신부에게 달려들어 술어미에게서 얻어 신은 버선 두 짝을 후딱 벗겨 발뒤꿈치에 코를 갖다대는 시늉이더니,

"허어, 이거 도부쟁이 마누라가 되겠다고 진작부터 발에 고린내가 등천을 하네그려. 이러다가 큰 동티 나겠는걸."

바깥에 서 있던 사람들이 모두들 웃는 통에 신부가 바람벽으로 기어들듯이 바싹 모 꺾어 다가앉자 석가놈이,

"어디 생산할 것은 잘 기르려는지 한번 볼까?"

낮짝이 숯빛이 된 최가가 엄장 큰 석가에게 대롱대롱 매달리다시피 하면서,

"시방 무얼 하려구 그러시지?"

"거동 보면 모르겠소? 신부의 젖이 허펍한* 사발젖인가 옹골진 쇠

---

* 허펍하다: 헙헙하다('헛헛하다'의 옛말)의 사투리. 허전하다.

뿔젖인가 한번 보려고 그러오."

"이 사람 이제 보니까 거조가 고약하지 않나? 이놈아, 남의 여편네 된 사람 젖은 보아서 어디다 쓰려고 그러나? 신랑도 못 본 젖을?"

참다못한 최가가 문득 결기를 세워 석가에게 삿대질을 하였다.

"허어, 근력 세찬 신랑이 첫날밤에 장인어른 뺨따귀 치겠소?"

"예끼, 이 화적 같은 놈. 네가 내 여편네 젖을 본다면 내가 그냥 두고볼 성싶으냐? 보자 보자 하니까 천하에 불한당 같은 놈이구나."

"첫날밤 신랑이 저 꼴이면 영락없는 첫딸에다 육손이일시 분명하이."

"남이야 육손이를 낳든 곰배팔이를 낳든 네가 무슨 상관이야?"

"여보시오, 바깥양반님들, 사위가 장인어른께 버르장머리 이래도 좋수?"

중구난방으로 지껄이고, 오뉴월 쇠불알 모양으로 늘어져서 능청을 떨며 톡톡히 북새를 놓을 판국인데, 파르르 떨고 있던 최가가 그참에 석가에게 달려들어 뺨따귀를 모양 있게 걷어붙였다. 따귀 맞은 석가가 엄살을 떨기는커녕 신부에게 달려들어 고의를 벗길 거조를 차리자 최가는 다시 석가에게 달려들어 괴춤을 잡고 늘어졌다. 그러나 농우소와도 대적할 만큼 세찬 석가는 꿈쩍도 하지 않았다.

"이놈, 네가 남의 여편네 젖을 보기 전에 내가 니 바지를 벗길 테다."

"그것 해롭지 않구려. 너무나 황감한 처분이오. 내 바지를 벗긴다면 오늘 밤 신랑은 그럼 내가 된다는 게 아니오?"

그제야 최가는 다짐 둘 때 호기는 어디 가고, 그만 부들자리에 턱을 깔고 넙죽이 엎드리고 말았다.

"장인어른, 이제 그만 하시우. 이 사위가 잘못했습니다."

울골질이던 석가놈이 기어이 다짐을 받고서야 신방을 나서자, 마당에 서 있던 동패들과 술어미도 봉노로 돌아갔다. 석가가 비위 좋게 북새를 놓는 동안 시각은 또 지체 없이 흘러 삼경에 가까운데, 허둥거리다간 신방 차린 보람도 없이 허술히 밤을 지내겠다 싶어 석가가 장지를 닫고 봉당에 내려서는 길로 최가는 황급히 등잔불을 껐다.

바람벽에 모 꺾어 앉았던 월이의 치맛자락을 당기니 월이는 짧은 한숨을 토해내며 가슴에 와 안기는데, 어느새 귀밑머리가 젖도록 울고 있었다. 북두갈고리 같은 손으로 가만히 귀밑머리를 쓸어주며 최가가 나직이 물었다.

"왜 첫날밤에 못할 짓을 하느냐?"

"아비 생각이 나서 그럽니다."

"너에겐 아비가 그렇게도 중했더냐? 그러나 우리의 처지가 이만치 되었으니 이제 아비 생각은 말거라. 네 속전(贖錢)이라도 마련된다면 나와 같이 가서 상면케 될는지 누가 아느냐."

"쇤네의 아비가 아무리 상것이었다 했을지언정 그래도 쇤네의 아비로서 행신함에는 한 점 부끄럼이 없었습니다. 이제 제가 장성하여 성례를 치르게 되었으나 아비조차 모시지 못한 처지로, 생각하면 신세 망측함에 가슴이 미어질 듯하고 상것들의 도리는 헤아릴 수도 없다는 생각이 들었습니다."

"옳은 말이다. 그러나 네가 첫날밤에 늙은 신랑을 앞에 놓고 눈물을 지으면 내가 심히 부끄럽지 않겠느냐."

최가는 월이를 도닥거려 아랫목 이불 밑으로 옮겨 눕히었다. 월이의 속곳과 저고리를 벗겨 횃대에 걸고 낮은 베개를 목덜미에다 받쳐

주었다. 장지에 차가운 달빛이 와서 묻고 멀리 계곡을 스쳐가는 바람소리가 을씨년스러웠다. 문득 죽은 여편네 얼굴이 희미하게 떠올랐다. 하직한 지 3년이 되었으나 그 여편네에게 죄라도 짓는 것 같아서 최가는 혼자서 씁쓰레하게 웃었다. 심란한 판에 숨죽이고 누웠던 월이가 기어드는 소리로 물었다.

"주무시지 않고 뭘 하십니까?"

"옛날에 하직한 여편네 생각이 나서 그런다."

지체 없이 대답하다보니 못할 말이었는지라 최가는 금방 후회하였다.

"저 같은 종년하구는 비견할 바가 못 되었지요?"

벌써 젊은 여편네랍시고 고시랑거리며 투기를 하는구나 하였으되, 그 투기가 과히 귀에 거슬리지 않는 것이 속으로 괴이하다 싶은데, 벌써 샅 아래가 뻐근해와 최가는 이불 한 귀퉁이로 두 다리를 밀어넣었다.

"그런 소리 하지 마라. 죽은 계집으로 말하면 입초에 올리기가 부끄럽다. 그 여편네는 모양이 천상 도척에 버금갔느니라. 들창코에 콧수염이 숭숭하고 숱 없는 머리는 노랗고 광대뼈가 불거진데다가 눈자위가 위로 째졌고 입도 한쪽으로 돌아가서 예사에도 흡사 사람을 쓸까스르는 형용이었느니. 입이 돌아갔으니 턱도 돌아갈 수밖에 없었지. 발떠꾸°가 천상 도적놈이었고 타령한다는 것이 먹는 이야기요 목소리는 해질녘 까마귀가 짖는 형국이었느니. 허우대가 가을걷이

° 발떠꾸: '발떠퀴'의 사투리. 사람이 가는 곳에 따라 생기는 길흉화복의 운수. 여기서는 '발'을 뜻함.

끝에 서리 맞은 허수아비여서 내가 도방 대처로 홰를 치고 쏘다녀도 어느 놈이 계집 동여갈까 하는 걱정은 없었느니."

"세상 하직한 이가 듣지 못한다고 거짓말이 난당이구려."

"이끼, 그런 소리 하지 마라. 내가 뒈진 여편네를 두고 험담하는 것 같다마는 네가 묻기에 하는 말이다."

"그래도 근본이 노비만은 아니었겠지요?"

"어찌 그렇게도 잘 아느냐? 그 여편네도 제 아비가 북관 어디에 사는 고리백정이었느니."

"서방님이 쇤네를 위한답시고 없던 일을 거짓으로 발명하옵는 줄 모르겠습니까마는, 그것이 쇤네의 귀에 어찌하여 거슬리지를 않습니다."

"거짓이라면 내가 마른날 벼락이라도 맞겠네."

"벼락 떨어지기 전에 얼른 이불이나 뒤집어쓰세요. 그러다가 첫날 밤에 서방 잃는 신세가 되겠습니다요."

최가가 이불 속으로 기어들며 문득 손을 뻗치니 탱탱한 월이의 젖가슴이 와 닿았다. 최가가 속으로 입정 놀리던 석가놈을 생각하며 나직이 뇌기를,

"사발젖이 아니고 쇠뿔젖이구나."

"백정의 소생이니 쇠뿔젖이 온당하옵지요. 아까는 동무 되시는 분이 저고리섶이라도 젖히고 덤벼들까 와락 겁이 났습니다."

"앞으로 그놈을 조심하거라. 도부꾼들이란 여상단의 짚신도 넘지 않는 법이다만, 그놈은 목자 불량한 품이 어째 다시 만난 게 반갑지가 않구나."

최가의 손이 가만히 월이의 뱃구레로 내려가서 배꼽을 건드렸다.

“배꼽이 깊은 걸 보니 생산은 많이 하게 생겼구나.”

최가의 손이 배꼽 아래로 내려가서 멎었다. 벌써 엎어진 호로병에서 흘러나온 탁배기 찌꺼기 같은 것이 축축하니 부들자리를 적시었다. 다른 한 팔로 월이의 어깨를 감으니 상체가 물오른 버들가지 모양으로 부드럽게 안겨왔다간 한바탕 푸르르 떨었다.

최가는 가만히 월이의 귓밥을 핥았다. 귓밥이 꿀같이 달았고 손바닥에 담긴 젖무덤은 재 오르는 노루 엉덩이 모양으로 팽팽히 부풀어 올라 젖꼭지가 가을 따가운 볕에 익기 시작하는 대추 모양으로 띠글띠글 굳어졌다. 입술을 잇대어 비비대니 더운 김이 서로의 목덜미를 적시고 하초에 감기는 다리가 질기고 부드러웠다.

월이가 손대중으로 어림하여 최가의 괴춤을 풀고 발을 올려 바지를 내리니, 근 반이나 될 성싶은 뜨거운 옥수수 하나가 이빨을 곤두세우고 배꼽 위에 와서 뱃심 좋게 박혔다. 꿈인 것 같기도 하고 생시 같기도 하였다. 월이는 허리를 꺾고 반쯤 일어나서 다시 최가의 목덜미를 안고 부들자리에 쓰러지니, 배꼽에 와 박혔던 옥수수가 화승총을 맞고 떨어진 장끼란 놈이 솔밭 속을 천방지축으로 날뛰듯 한바탕 푸드덕거리다가 뒹굴며 샅으로 내려갔다. 월이는 그만 눈앞이 까마득해왔다. 낭떠러지로 떨어지는 것 같기도 하였고 떨어진 낭떠러지에서 하늘로 다시 치솟는 것 같기도 하였다. 발바닥이 화톳불을 밟은 듯 화끈거렸고 힘 좋은 가물치가 수초를 뻗대고 물살을 치며 빠져나가듯 최가의 두 다리가 월이의 다리를 잉아걸이로 삼았다가 패대기를 치니, 오뉴월 삼복더위 깊은 샘에 엉덩이를 담근 듯 사방이 시원하고 허리통은 부러질 듯 팽팽히 당기었다.

최가가 한 손을 풀어 이불깃을 젖히니 후텁지근한 몸 냄새가 걷히고 걸빵짐을 벗은 듯 몸뚱이가 더욱 가벼워졌다. 허리통이 시원하고 어깨에 찬 기운을 덮어쓰니 샅에는 더욱 영롱한 힘꼴이 뻗치었다. 꿀 종지가 엎어진 듯 서로의 입에서는 단내가 등천을 하고 잇몸에는 피가 맺히었다. 월이는 두 팔을 크게 벌려 사내의 허리를 부둥켜안아 손깍지를 끼었다. 사내의 몸짓이 막가는 방앗고처럼 숨 가쁘고 살이 터져나가는 듯 아팠으나, 방고래가 꺼지고 서까래가 부러져내려앉는 한이 있어도 그것을 참고 소리 지르지 아니함이 여자의 도리임을 월이는 알고 있었다. 사내가 어느덧 턱을 허공에다 곤두박고 꺼욱꺼욱 우는 시늉일 제 월이는 사내의 등줄기에 손톱자국이 깊이 파이도록 어금니를 짓물며 힘주어 껴안았다. 발가락 열 개가 전부 흩어져 제 주작대로 놀았다.

저잣거리에 회오리바람이 불어 지푸라기와 쓰레기들을 휘몰아 허공으로 떠올리며 먼 장판으로 사라지듯 한바탕의 돌풍이 월이의 몸뚱이를 휘감아나갔다. 손바닥에 흥건히 땀이 괴었다. 사내의 상투가 풀어져 월이의 얼굴을 덮었다. 궐녀는 옆으로 쓰러지는 사내의 가슴에 머리를 기대고 흑 느껴 울었다. 짧은 한숨 끝에 사내가 물었다.

"임자, 아팠지?"

"……"

궐녀는 사내의 한 손을 잡아 가슴에 얹고 한 손으로는 사내의 뱃구레에 낭자히 흐르는 땀을 닦았다. 궐녀는 장지 틈으로 새어드는 밤바람으로 눈물이 흐르는 얼굴을 돌렸다. 이제 저 찬바람 속을 평생을 두고 걸어야 할 것이었다. 바람 부는 언덕, 눈 내리는 산골길, 허기진 목쟁이마다 굽이굽이 설움을 뿌리며 장판을 따라 나귀를 몰아야 할 것이었다. 한둔하는 떠돌이의 설움을 달래기가 앞으로 몇 해이겠는

가. 재수가 좋으면 따뜻한 주막의 봉노에다 허리 붙이고 하룻밤을 지내는 것이 고작일 것이었다. 행탁을 풀어도 언제나 푼전이요 옹이솥 밥으로 사내를 공궤함에 서러울 것이었다. 월이는 사내의 팔을 당겨 목덜미에다 베었다. 난생처음 사내의 가슴에 안겨보는 것이었으나 궐녀의 행동은 만에 하나 주저함이 없었고 옛적부터 그래 왔던 것처럼 어색하지도 않았다. 그림 병풍에 비단 이불, 화문석(花紋席)에 수침(繡枕)은 아닐망정 탐화봉접(探花蜂蝶)의 정이 무르녹음에는 가히 비견할 바가 없었다. 최돌이 역시 마른풀이 비에 젖듯, 죽은 재에 다시 불이 붙듯이 긴긴밤이 노루 꼬리처럼 짧아 보였다.

어느덧 먼동이 트니 멀리 홰치는 소리가 들리고 정지에서는 아침 동자를 바삐 짓는 술어미가 삭정이를 부러뜨리고 있었다. 장지 밖에서 짧은 기침 소리가 들리는 걸 보니, 벌써 동패들은 발행 준비를 서두르는가보았다. 기침 소리가 마방에서부터 마당을 가로질러오더니 바로 신방 차린 봉당 아래에까지 와 닿았다.

"성님, 일어났수?"

"일어나려는 판이네."

"밖으로 좀 나오시우. 내 형수님과 은밀히 수작할 일이 있어 그럽니다."

최가가 괴춤을 잡고 봉당으로 내려서자, 마당 앞에서 나귀에게 여물을 먹이고 있던 석가가 농을 하였다.

"주리를 틀렸나 하룻밤 사이에 신수가 말이 아니구려. 비부 노릇하려면 근력이 그래 가지구서야 구실하기 어려울 거여."

삿대질하려는 최가를 만류하고 봉삼은 신방으로 들어가 윗목에 우두커니 앉았다. 한참 마른기침으로 뜸을 들이고 앉았다가 괴춤을 뒤져 산호비녀 하나를 꺼내놓았다.

"형수님, 이것 받으시우."

수삽한 태를 짓고 있던 월이가 힐끗 봉삼만을 돌아보며 물었다.

"그것이 무엇입니까?"

"보시면 금방 알게 될 거요."

봉삼이 밀어주는 물건을 본 월이의 두 눈이 허공에 매달렸다.

"에구머니나, 이게 무슨 변괴이옵니까?"

"과히 놀라지 마시오. 그 물건의 소종래가 수상쩍겠지만 장물만은 아니오. 그 귀물이 어찌하여 내 손에 있는 것인지는 장차 알게 될 것이오."

"아니 됩니다. 저의 상전께 속전을 바쳐야 할 처지인 저로서 오히려 상전의 귀물을 갖는다는 것은 천륜에 어긋날뿐더러 포리들에게 기찰이라도 당하는 날엔 그 귀물로 인하여 화를 당하기 십상입니다."

"너무 걱정하지 마시우. 이 물건은 형수님의 상전이었던 손으로 은밀히 내게 건네준 것이니 잘 간수하시오. 앞으로 우리들이 어떤 곤경으로 떨어질지는 예측하기 어렵소. 그리고 그분이 어찌해서 두 개나 되는 산호비녀를 제게 건넸던 것인지는 어젯밤에서야 비로소 깨달았소이다. 그 연충 깊은 곳을 헤아릴진대 그 뜻을 또한 감히 제가 저버릴 수야 없지 않습니까?"

"제 팔자가 이렇게 될 줄을 내 상전이 이미 예측하고 있었단 말씀인가요?"

"세월이 흐르게 되면 왜 제가 형수님께 간곡히 이 물건을 건네려 했던 것인지가 드러날 거요. 지금은 천 리를 격하였으나 언제인가 한

번은 우리 모두가 다시 상면케 될 것이오. 그때 다시 이 곡절을 따집시다."

"어젯밤으로 내 평생 상전과의 인연은 종시 끝장이 난 것으로 알았는데, 날이 밝아 우연히 상전이 아끼던 귀물과 만나니 노비의 팔자란 것이 하늘의 뜻 같다는 생각이 들어 반가움보다는 서러움이 앞서는군요."

"제가 자발없이 뛰어들어 형수님의 심기를 건드렸는가봅니다. 그러나 너무 걱정 마십시오. 조순득이가 제 체모를 생각한다면 행여 수하 것들을 풀거나 관아에 보장을 올려 형수님의 행적을 수탐하려 들지는 못하겠지요. 다만 성님이 해한 사공놈들이 걸리적거리기는 하나, 형수님도 머리를 올린 처지고 기찰에 몰렸다 하면 달리 행세할 방도도 있으니 염려 붙들어 매시우. 갯가로 나가서 임방을 만나 그곳에서 자문이나 얻어 쥐면 별 탈이 없을 겁니다."

봉삼은 그대로 산호비녀 한 개를 놓고 봉노를 나와버렸다. 나귀는 벌써 삽짝 밖에 매여 있었다.

아홉 권으로 끝맺었던 소설 『객주』를 연달아 쓰게 되었다. 열 권째 쓰기를 착수하기 전까지 30년 가까운 세월이 흘러갔다. 그 긴 세월 동안 나는, 대체로 남들이 하지 말라는 일을 하면서 시간을 보냈다. 하지 말라는 짓을 저지르며 조금 삐딱하게 살아보면, 이른바 인문학적으로 혹은 인격적인 소득을 획득하기는 어렵지만, 재미가 있었던 것은 분명했다. 그러나 그런 재미 일변도의 생활에 탐닉하면서도 가슴속 어딘가에는 항상 쓰다 그만둔 것 같은 소설 『객주』에 대한 미진함이 내 덜미를 뒤틀어쥐고 있었다. 그것이 『객주』를 연달아 쓰게 된 첫번째 이유다. 두번째는 연달아 쓰지 않으면 안 될 만큼의 소재와 자료 들이 우연히 발견되었기 때문이다. 오늘날까지도 너무나 확실하게 남아 있는 내륙 지방 보부상들이 남긴 자료들과 그들이 실제로 겪었던 애환들을 소설로 재구성하지 않는다면, 『객주』를 쓴 작가로선 필경 여한으로 남을 것 같았다. 그것이 바로 30여 년이 흘러간 지금 다시 객주를 연달아 쓰게 된 연유다.

2013년 봄,
울진 관송헌에서 김주영

이 소설의 초판본이 출간된 것이 1981년 3월이었으니, 그 후 22년 이란 수월찮은 세월이 흘러간 셈이다. 그토록 긴 세월 동안 이 소설에 무한한 애정을 가지고, 상업적 성취와 상관없이 절판시키지 않고 계속 발간해준 창작과비평사에 진심으로 감사드린다.

개정판에선 그동안 각 부의 말미에 따로 모아 두었던 낱말 풀이를 각 페이지 아래 각주로 옮겨서 읽기 손쉽게 만든 성과를 거두었다. 그리고 낯선 한자어나 낱말 들을 요즈음의 언어 감각에 걸맞도록 풀어 쓴 대목도 없지 않다. 개정판 작업에 들어가면서 다시 한번 이 소설을 꼼꼼하게 점검하며 읽는 기회를 가졌다. 솔직한 심정을 그대로 토로한다면, 예순을 훌쩍 넘긴 지금의 나이에 이처럼 방대하고 어려운 소설을 쓰라는 부추김이나 주문이 있다면, 십중팔구 손사래 치며 먼발치로 달아나고 말았을 것이다. 그리고 이 소설을 쓴 40대 초반에 가졌던 남다른 근력과 열정, 그리고 인내심과 불고염치, 혹은 치열성이 이젠 남의 일처럼 부러움으로 남았다는 것을 깨달았다.

이 소설을 읽으려는 독자들에게 다시 한번 일깨워줄 것은, 또다시 살펴보아도 이 소설 안에 뚜렷하게 부각시킨 주인공이 따로 없다는 것이다. 그것은 아마도 역사의 행간에서 속절없이 배설되고 말았거나 혹은 잊혀버린 조선시대 떠돌이 서민들의 행로를 추적한 소설이 기 때문일 것이다. 그러나 그들을 침묵이나 죽음에서 다시 일으켜 세 우고, 어엿한 성명을 붙여주고, 역할을 부여한 작업으로서의 노력이 있었다는 것을 염두에 두었으면 한다. 이 소설에 진술되어 있는 문장 이 지적이거나 논리적이기보다는 감정적이고 즉흥적이며 충동적인 것, 그리고 가창적(歌唱的) 서정성을 지니게 된 까닭도 그 시대 서민 들의 밑바닥 삶을 다루었기 때문일 것이다. 밟고 또 밟아도 또다시 일어서는 것을 멈추지 않는 질경이 같은 인생들이 가지는 독특한 향 기, 그리고 언제나 소매 끝에 바람 소리가 끊이지 않는 떠돌이 인생 들이 가지는 몸부림과 서정을 진술하려는 데 아홉 권이나 되는 소설 을 묶게 되었다는 것은 과문의 탓으로 돌리고 싶다.

출판사를 옮겨 개정판을 내는 일에까지 따뜻하고 너그러운 조언과 배려를 아끼지 않은 창작과비평사, 그리고 개정판 간행을 선뜻 받아 들여주고, 수개월 동안 어려운 작업을 감당해준 문이당 여러분에게 다시 한번 감사드린다.

2002년 12월

김 주 영

한 인생에 있어 가치 있는 연령대라고 할 수 있는 40대 초반의 근 5년 동안을 이 소설에 매달려 있었으면서도 피곤한 줄 몰랐던 것은 어린 시절 나를 매혹시켰던 저잣거리에 대한 강렬한 인상을 지워버릴 수 없었던 것과 함께 작가적 호기심과 충동이 끊임없이 나를 충동했기 때문이었다.

이 소설의 전체적 흐름을 구성하고 있는 저잣거리. 그 저잣거리에서 나는 감수성 많은 소년 시절의 대부분을 보냈다. 내가 살던 시골의 읍내 마을에서는 5일마다 한 번씩 저자가 열렸다. 내가 살던 집의 울타리 밖이 장터였고 울타리 안쪽은 우리집 마당이었다. 그러나 그 울타리는 어느새 극성스러운 장돌림들에 의해서 허물어지고 말았다. 그들은 우리집 마당에서 유기전을 벌이기도 하였고 드팀전을 벌이는가 하면 어물전을 벌이기도 하였다. 어릴 때부터 나는 땀 냄새가 푹푹 배어나는 그들의 치열한 삶의 모습을 보아왔다. 때로는 엄지머리 한 노인네가 숫돌 지게를 우리집 앞마당에 내려놓고 들메끈을 고치면서 넋두리를 늘어놓기도 하였다. 그러나 이튿날 새벽에 일어나보면 그 북새판을 이루던 장꾼들은 모두 자취를 감추고 저잣거리엔 허섭스레기만 굴러가고 낟곡식을 쪼는 참새떼들만 새까맣게 내려앉아 있었다. 그 적막감은 아직도 잊을 수가 없다. 명색 작가가 되면서 나는 그 강렬했던 인생들을 어떤 방식으로든지 배설하지 않으면 안 된다는 고백적인 강박감에 부대껴왔다.

『객주』는 그런 강박감에 대한 하나의 해결이었다 할 수 있겠다. 이 소설이 쓰인 두번째 이유는, 기왕에 썼던 이른바 역사소설에 대한 나름대로의 불만이 있었기 때문이다. 우리의 역사 기술은 정치사 일변도에 또한 너무나 직설적이란 데 반성의 여지를 갖고 있고 역사소설 역시 그런 기술 방식의 범주에서 과감히 탈피하지 못하고 있지 않나 하는 인상이 없지 않았다.

왕권의 계승이나 쟁탈, 혹은 그것에 따른 궁중 비화나 권문세가들의 권력 다툼이나 혹은 그들에 대한 인간사가 주류를 이루고 있었던 반면 백성들의 이야기는 뒤꼍에 비치는 햇살처럼 잠깐 비치고 말거나 야담(野談)으로 봉놋방 구석으로 밀려나 있었다. 백성들 쪽에서 바라보는 역사 인식에 대한 배타성이 우리 역사 기술에는 너무 강하게 작용하고 있지 않은가 생각되었다. 5년이란 기간 동안에 쓴 긴 소설 속에서 그리고 그 수많은 인물 중에서 단 한 사람의 영웅도 만들지 않았던 까닭은 나름대로의 시각 때문이기도 하였다.

세번째는 오늘에 쓰이고 있는 소설들이 모두 그렇다는 것은 아니지만 때로는 우리말 서술의 화석화(化石化) 현상에 대한 염려도 이 소설에는 포함되어 있다. 이 소설에 기술되는 문장이 지적이거나 논리적이라기보다는 감정적이고 즉흥적이고 충동적인 어휘, 그리고 마모되거나 퇴화돼버린 언어들을 굳이 골라 가창적 서정성을 꾀하려 했던 연유가 거기에 있고 사고적인 것보다 미각적인 어휘를 굳이 찾아 쓰게 된 것도 그 당시 사람들의 생활 감정에 보다 밀착되어서 서민 역사를 바라보고자 한 것에 연유한다.

상투적인 개념에서 따지고 든다면 이 소설에는 주인공이라 할 만한 사람이 없다. 이것은 한 사람의 영웅도 만들지 않았다는 말과 상통한다. 그러면서도 그 많은 등장인물들 모두에게 나름대로 고유한 삶의 모습을 색출해서 악센트를 주려고 노력했었다.

어쨌든 한 사람의 이름을 내걸고 쓰인 소설에 변명의 여지가 있을 수 없겠다. 그 준엄한 문학적 현실이 5년 동안이나 이 소설 하나에 매달려온 나를 허탈과 감상적인 공복감으로 몰아넣고 있다.

이제 이 소설에 대해선 항변이든 변명이든 쓸 수 있는 말은 단 한 장의 원고지가 남아 있을 뿐이기 때문이다. 단 한 개의 어휘를 찾기 위해 밤을 꼬박 새운 적이 한두 번이 아니면서 내가 부수적으로 얻은 것은 하루에 한 갑 피우던 담배가 두 갑 반으로 불어났다는 것이다.

이제 아홉 권으로 이 소설을 마감함에 있어 많은 번역서들과 경제 관계 저술들의 도움이 없었던들 이 소설이 이루어질 수 없었음을 고백한다. 그리고 1981년 3월에서부터 오늘에 이르기까지 영업상의 출혈을 무릅쓰면서까지 웃는 얼굴로 묵묵하게 연속적으로 책을 꾸며주었던 창작과비평사 여러분들과 특히 이 소설이 한 권 한 권씩 발간될 때마다 낱말 고르기와 시대 고증에 폭넓은 조언을 해주신 정해렴(丁海濂) 선생께 다시 한번 감사드린다.

1981년 3월

김 주 영

문학동네 장편소설
객주 1
ⓒ 김주영 2013

1판 1쇄 2013년 4월 1일
1판 14쇄 2024년 6월 5일

지은이 김주영
책임편집 김필균 | 편집 김민정 강윤정 김형균 유성원
디자인 이효진 유현아 | 저작권 박지영 형소진 최은진 서연주 오서영
마케팅 정민호 서지화 한민아 이민경 안남영 왕지경 정경주 김수인 김혜원 김하연 김예진
브랜딩 함유지 함근아 고보미 박민재 김희숙 박다솔 조다현 정승민 배진성
제작 강신은 김동욱 이순호 | 제작처 영신사

펴낸곳 (주)문학동네 | 펴낸이 김소영
출판등록 1993년 10월 22일 제2003-000045호
주소 10881 경기도 파주시 회동길 210
전자우편 editor@munhak.com | 대표전화 031) 955-8888 | 팩스 031) 955-8855
문의전화 031) 955-2696(마케팅) 031) 955-2678(편집)
문학동네카페 http://cafe.naver.com/mhdn
인스타그램 @munhakdongne | 트위터 @munhakdongne
북클럽문학동네 http://bookclubmunhak.com

ISBN 978-89-546-2108-3 04810
     978-89-546-2107-6 (세트)

www.munhak.com